時計仕掛けの歪んだ罠

一部

1

ポプラの木の葉が揺れている。その音が彼にも聞こえる。胸の高さほどもある牧草を掻《か》き分け、これまで走ったこともないほどの速さで全力疾走していても。

牧草地の視界が開ける直前、ポプラの葉の音が一層大きくなる。彼は走る速度を少しゆるめる。木々の圧倒的な存在感に気圧《けお》され、まるで別の時間から得体の知れない何者かが侵入してきたような感覚に襲われ、つまずく。葉の音がまた弱くなる。転ばないようなんとか体勢は保ったものの、まえを走る金色の髪が背の高い草のあいだに消えかかる。遅れを取らないよう彼はまた走りだす。

めったにないすばらしい夏の日。青く澄みきった空には羽毛のように軽やかな雲がいくすじも浮かび、微妙に異なる緑のグラデーションを描いて牧草が輝いている。

彼らはもう長いこと走りつづけている。バス停からの人影のない道を駆け降りて、牧草地に分け入ったのだが、今は遠くにかすかな水のきらめきが見える。

こんなに速く走っていてはボートハウスは見えにくい――それは彼にもわかっている――それでもそこにあることはわかっている。木々のあいだに隠れ、緑がかった茶色のボートハウスが岸辺に建っている。醜くてとても素敵なボートハウスがひとつぽつんと建っている。

先を走っている金色の髪が少し速度をゆるめる。顔がこちらを向きはじめる。彼にはそれもわかっている。そこで自分がまた驚くことも。今まで驚かないでいられたためしがない。それはこれからも変わらないだろう。醜く歪《ゆが》んだ横顔が見えはじめたところでまた音が聞こえる。

近くにポプラの木はないのに。なのにポプラの葉がざわざわと騒ぐ音が聞こえる。むしろそれしか聞こえない。やがてその葉音は囁《ささや》きになり、さらに歌声に変わる。

どこかにいる誰かが彼に何かを求めている。

そこでふたりは眼《め》と眼を合わせて見つめ合う。

走ったあとの息苦しさに彼は喘《あえ》ぐ。

2

十月二十五日　日曜日　十時十四分

ポプラの葉が揺れていた。中世を思わせるどんよりとした空のもと、ポプラの葉は雨音にも掻き消されない大きな音をたてていた。ベリエルは頭を振って余計な考えを追い払い、視線をポプラの梢《こずえ》から下に向けた。背中にあたる板壁の木は腐っていて軟らかく、底冷えのする寒さが瞬時に甦《よみがえ》る。

見捨てられたほかの家に眼をやっても、ますます強くなる雨の中ではぼんやりとしか見えない。二棟の廃屋のそばに警官がふたりずつ身を屈《かが》め、防弾チョッキから雨を滴らせて銃を構えていた。全員の視線がベリエルに集中している。全員が彼の合図を待っていた。うしろを振り返ると、大きく見開かれた一対の眼に出くわした。雨粒はディアの顔からも滴っていた。そのためまるで泣いているように見えた。

土砂降りの雨の中、廃屋同然のその家を取り囲んで、六人の警察官が所定の位置についていた。

ベリエルは建物の角からのぞき込んだ。小さな家はそこからではもう見えなかった。側道から忍び込み、敷地に広がって配置についたときにはまだ見えていたが、今は雨に呑《の》み込まれてしまっていた。

彼は大きく息を吸った。ほかに選択肢はない。

その小さな家に一番近い建物の陰にいるふたりの警官に向かってベリエルはうなずいた。ふたりは身を屈めて嵐の中に出ていった。ベリエルはもう一方の方向にもうなずいた――さきに出ていった男たちのあとを追って、その別のふたりも曇ったスープの中に姿を消した。

ベリエル自身もすすり泣きのように聞こえるディアの息づかいを背後に感じながら、雨の中に出た。

それでもまだその家は姿を現わさない。

屈み込んでいる四人の警官の姿がひとりずつ雨の中に見えてきた。みな緊張感をみなぎらせていた。

家が少しずつ暗闇の中から姿を現わした。濃い赤に白い縁取りの壁、黒いロールスクリーン。人の気配はない。

もうすぐだ。もうすぐすべてにたどり着ける。おそらくは終息に。

そんなふうに考えてはいけない。それぐらいベリエルにもわかっていた。重要なのは今だ。この場所、そしてこの時間だ。別の場所でも別の時間でもない。

黄色いペンキが剝げかけた玄関ポーチにあがる階段の下に全員が集まった。樋《とい》の端から噴き出る雨水が滝のように彼らの足元に落ちていた。何もかもが水浸しになっていた。

全員の視線がまたベリエルに向けられた。彼は人数を数えた。四人。それに背後から息づかいが聞こえるディア。ベリエルはまえに出るように彼女に合図してから、全員と眼を合わせてうなずいた。警官ふたりが階段をのぼりはじめた。背の低いほうの淡い緑の眼がアドレナリンのせいかやけに光って見えた。背の高いほうは破城槌《はじょうつい》を持っていた。

ベリエルはふたりに小声で声をかけ、念を押した。「罠《わな》に気をつけろ」

そこで雨が突然、彼らの味方についた。屋根瓦を叩《たた》く雨の音が玄関ポーチにあがるふたりの足音を呑み込んでくれた。

破城槌が振り上げられたのと同時に、さまざまな武器の安全装置が解除された。雨音の中、木が砕ける鈍い音が響いた。

深い闇が口を開けた。

まず淡い緑の眼をした警官が銃を構えて中にはいった。

雨音越しに聞こえる自分の息づかいがベリエルには妙に遅く感じられた。時間が間延びしてしまっているように。

何かの音が嵐の轟音《ごうおん》を凌《しの》いだ。最初は人間の声には聞こえなかった。が、すぐにわかった。人が痛みというより驚きを発した声だった。純然たる死の恐怖とともに。

暗闇から姿を現わした淡い緑の眼をした警官の顔はチョークのように白かった。持っていた銃がポーチの床に音をたてて転がった。横ざまに倒れたとたん、聞こえていた音が悲鳴に変わった。それでもまだ人間の声には聞こえなかった。同僚が彼の体を脇に引きずると、床の上で血が雨と混ざり合った。その両腕に一本ずつナイフが刺さっていた。

ベリエルは自分のうめき声を聞いた。その声の中には痛みが混じっていた。心に根づかせてはならない痛みだ。そんな痛みが心に根づいてしまうと、思いどおりに行動できなくなる。彼は暗がりに眼をやってからうしろを向いた。ディアが一方の手に銃を構え、もう一方の手に懐中電灯を持って窓の下にしゃがみ込んでいた。彼女の茶色の眼がやけに明るく澄んで見えた。

「罠よ」と彼女は小声で言った。

「また手遅れだったか」ベリエルはそう言いながら中にはいった。

その仕掛けは玄関ホールの壁に取り付けられ、ナイフを特定の高さと特定の方向に飛ばすように仕組まれていた。ディアが懐中電灯を左に向け、半開きになったドアを照らした。おそらくそこが居間だろう。

ポーチから聞こえていた驚きの叫び声が今では痛みを訴える叫び声に変わっていた。純然たる死の恐怖の声ではなくなり、妙な言い方ながら、希望の叫びになっていた。生き延びられることがわかった男の叫びに。

ベリエルは後方のふたりの警察官に右側の階段をのぼるように合図した。階段をのぼるあいだ、彼らの懐中電灯の光が階段の上の天井を照らしたが、やがてすべてがまた闇に包まれた。ベリエルとディアはおもむろに左側にある半開きのドアのほうを向いた。

棒に取り付けた鏡を差し出し、居間の中にも罠が仕掛けられていないか確かめた。不審なものは見られない。お互いに援護しながら、ベリエルがさきに暗闇に突入し、そのあとにディアが続いた。懐中電灯の薄い光に照らし出されたのは、がらんとした質素な居間と小さな病室のような寝室、それに同じように何もないキッチンだった。どんなにおいもしない。キッチンが最後の希望を消し去った。あまりにきれいすぎた。

あまりに空っぽだった。

玄関ホールに戻ると、ふたりの警察官もちょうど階段を降りて戻ってきたところだった。ひとりが何も言わずにただ首を振った。

玄関ホールはさきほどより少し明るくなっていた。怪我《けが》を負った警官は叫ぶかわりに今はうめき声をあげていた。柄《え》のない長いナイフの刃が二本、ポーチの床に並べられていた。ナイフに付着していた血はすでに雨に洗い流され、ポーチそのものも雨に洗われていた。

あまりにもきれいすぎる。

ベリエルは顔を上げた。この広い敷地の門に向かってやってくる救急車のサイレンが遠くから聞こえた。すでに二台の警察のヴァンが到着しており、競合するマスコミ二社の車の隣りで青いライトを光らせていた。非常線の外にはすでに野次馬が集まりはじめていた。雨はまだ土砂降りなのに。もっとも、さっきまでの嵐のような激しさではなくなっていたが。

ベリエルはポーチの階段をしばらく見つめてから——約二メートルの高さがあった——また玄関ホールに戻った。

「地下室がある」

「どうしてわかるの？」とディアは尋ねた。「地下室のドアなんてどこにもないのに」

「ドアじゃない。ハッチだ。手袋をはめるんだ」

全員がラテックスの手袋をはめ、四方に散ってロールスクリーンを巻き上げた。雨に濡《ぬ》れた窓ガラスを通して屈折した光が射し込んだ。ベリエルはベッドをどけ、箪笥《たんす》を横に移した。何もなかった。ほかの部屋からも物を動かす音が聞こえ、最後にキッチンからディアのくぐもった声が聞こえてきた。

「来て！」ベリエルが行くと、彼女は冷蔵庫の横の木の床を指差していた。かすかに薄い色の長方形が見えた。ベリエルは負傷を免れた三人の警察官と一緒に冷蔵庫を横にずらした。

冷蔵庫とオーヴンのあいだの床板に長方形の切り込みがあった。取っ手はなかった。

ベリエルは長方形を見つめた。このハッチが始まりだった。このハッチこそすべてを変え、ベリエルを闇の底へと引きずり込むとば口だった。

3

十月二十五日　日曜日　十時二十四分

大の男四人がさまざまな台所用品を手にハッチをこじ開けはじめ、何センチか開いたところでベリエルが全員の手を止めさせて、ハッチの周囲に懐中電灯の光をあてた。ディアが棒に取り付けた鏡を差し込み、中を確認した。罠は仕掛けられていないようだった。さらにこじ開けた。大きな音とともに下から埃《ほこり》が舞い上がり、そのあと静かになった。

何も聞こえない。

ベリエルは懐中電灯をつけて地下の階段を確認すると、銃と懐中電灯を手に降りた。一歩進むごとに暗闇に羽交い締めにされた。懐中電灯で照らしても、地下室はあらわになるどころかより一層闇にまぎれた。断片的な世界。壁に囲まれた窮屈な小部屋と暗闇へ続く半開きの低いドアだけの世界。その先の闇は新しい別の闇だ。ただ本質的には何も変わらない。

ベリエルにとってなにより衝撃だったのはにおいだ。が、それは彼が怖《おそ》れていたにおいではなかった。なんのにおいかわかるまでにはいささか時間がかかったが。

地下室は思ったよりはるかに広く、あらゆる方向にドアがあった。セメントの壁はかなり新しいものだった。家自体よりかなり。

空気が重たかった。空気以外何も存在できないくらい重かった。窓はなく、懐中電灯の定まらない五すじの光以外、光源はどこにもなかった。

においはますます強くなった。糞便《ふんべん》、尿、そして血の入り混じったにおいだ。が、死体のにおいはしない。

死体はない。

ベリエルは四人の警官を見まわした。狭苦しい小部屋に散った彼らの顔には何かを畏怖するような表情が浮かんでいた。ベリエルは一番奥の左側の部屋にはいると、懐中電灯で室内を照らした。何もなかった。まるで何もなかった。ベリエルは地下室の配置を頭の中に思い描いた。

「何もないのに」とディアがひとつのドアから青白い顔をのぞかせて言った。「このにおいはどこから漂ってきてるの？」

「この地下室は一階とは広さがちがう」ベリエルは壁に手をあてて言った。「まだ部屋があるはずだ。でも、どこにある？」

そう言って、小部屋の戸口に立つと、みんなに命じた。「全員広がって左の壁に沿って探してくれ。壁の色や質感のちがい。なんでもいい。どこか変わったところはないか、探してくれ」

そう言って、一番奥の左の小部屋の中にまた戻った。セメントの壁にむらはなく、ことさらめだつところもない。彼は手の甲を壁に思いきり叩きつけた。短く鋭く……ラテックスの手袋が破れ、指の関節の皮も一緒に剝《む》けた。

「見つけたかもしれない」どこからかディアの声が聞こえた。

ベリエルは痛みに手を振り払いながら小部屋を出た。右側の部屋の隅にディアがしゃがみ込み、もうひとりの警察官が小刻みに震える懐中電灯の光を壁にあてていた。

「ここ、何かちがってると思わない？」とディアが言った。

ベリエルは壁をとくと調べた。隅のほうに色が若干ちがっているように見える五十センチ四方の部分があった。地下室に降りてくる足音が聞こえ、警官のひとりが破城槌を持ってきた。

ベリエルは手を向けてその警官を制止し、色の異なっている部分に懐中電灯を向けるように全員に指示してから携帯電話で写真を撮った。そのあと破城槌を持った警官にうなずいてみせた。

破城槌をまともに振りおろすには部屋は狭すぎ、天井も低すぎたが、それでも壁は黒い円筒形の槌《つち》の一発で崩れた。ベリエルが壁の崩れた部分に手で触れてみた。ただの石膏《せっこう》ボードだった。彼の合図で破城槌がさらに二度三度振りおろされた。壁に長方形の穴があいた。それ以上広げようとしても無理だった。そのまわりはコンクリートで、とりあえずその大きさで満足するしかなかった。

奥の見えない穴。

鏡を差し込んでみても中は真っ暗で何も見えなかった。通り抜けるのは自分の役目だろうとディアは最初から思っていた。この大きさでも彼女なら簡単に抜けられそうだ。ディアが許可を求めるようにベリエルを見やった。その眼には緊張がありありと表われていた。

「気をつけろ」とベリエルは努めておだやかに言った。

ディアはひとつ身震いすると、膝をつき、上体を丸くして中にすべり込んだ。

時間が過ぎた。必要以上に。

ベリエルの不安が増した。ディアが消えてしまった、無防備な状態のまま彼女を地獄に送り込んでしまった、そんな感覚に襲われた。

穴の向こうから、抑制されたすすり泣きのようなうめき声が聞こえてきた。

ベリエルはほかの警官の顔をうかがった。みな青ざめていた。ひとりは震える左手を右手で押さえていた。

ひとつ深く息を吸ってからベリエルもどうにか穴にもぐり込んだ。

得体の知れない空間の中、ディアが両手で口を押さえているのが見えた。ベリエルはディアの視線の先に眼をやった。床から壁の下半分にかけて何か大きな染みができていた。それまでの異臭がそこでは耐えがたい悪臭になっていた。

それもひとつではなかった。いくつかの悪臭が混ざり合っていた。

ベリエルは這《は》ってまえに進んだ。徐々に全体の構造の感覚がつかめてきた。

ディアは壁ぎわに立っていた。ふたりの視線は二本の腐りかけた支柱にはさまれた空間に惹《ひ》き寄せられた。コンクリートの床に大きな染みがあり、そのそばにバケツが転がっていた。さらにそれより大きな染みが支柱のあいだの壁にできていた。同じような色だったが、染みのもとになっているものは異なっているように思えた。

「なんてこと」とディアが言った。

ベリエルは壁にできた染みの形を眼で追った。そのにおいが嗅げた。排泄《はいせつ》用のバケツが床に転がっていてさえわかった。

においが判別できるほど大量の血だ。

壁の染みは完全に染み込んで乾いていた。要するに、彼らはただ遅かったのではない。はるかに遅すぎたのだ。

壁を見ていると、ベリエルにはその染みが何かを伝えたがっているような気がした。何かを叫んでいるような。

ディアが近寄ってきた。ふたりはいっとき互いを抱き合った。そのときには気恥ずかしさも何も感じなかった。

「証拠保全のためにも長居は無用だ」とベリエルは言った。「さきに戻ってくれ」

ディアの足が視界から消えるのを待って、穴のほうに数歩行ったところで、ベリエルはふと思い立ち、二本の支柱のところまで戻ると、懐中電灯で支柱を上から下まで照らした。左の支柱にいくつか切り込みがあった。右側の支柱にも三個所、それぞれ異なる高さに左の支柱と同じような溝が彫られていた。視線を床にやると、右の支柱のうしろに何かが詰め込まれていた。彼はしゃがみ込んで引っぱり出した。歯車だ。きわめて小さな歯車。

彼はそれをしばらく見つめてから証拠収納用の小さなビニール袋に収めてポケットに入れた。

そのあとあらゆる角度から支柱の写真を撮った。床の乾いた染みの写真も念入りに撮影した。血が飛び散った跡のある壁に懐中電灯の光を走らせた。壁の写真は血痕のない部分も撮った。

さほど時間はかからなかった。だから誰も何も訊《き》いてはこなかった。穴から腕を出すと、警官のひとりが引っぱり出してくれた。

階段をのぼり、ぼんやりとした明るさの中に出た。家から出たときには雨はやんでいた。ベリエルとディアは並んでポーチに佇《たたず》んだ。やっと思うまま息ができた。

科学捜査官が何人かじれったそうに足踏みしながら外で待っていた。科学捜査センター長のふとっちょロビンがポーチへの階段をあがってきた。ほかの上司はいなかった。幸いなことに。アランもいなかった。負傷した警察官の姿はなく、救急車もすでに消えていた。青いライトを点灯させた警察車両だけ残り、報道関係者はマイクやカメラを携え、立入禁止区域に迫り、野次馬の数も増えているように思えた。

待ちかねた科学捜査班がぞろぞろと地獄の家にはいっていった。ベリエルは現場に群がっている人々を眺めた。そのときだ。ほんの束《つか》の間《ま》だったが、なんとも言えない違和感を覚え、左手の手袋をはずして携帯電話を取り出し、写真を何枚か撮った。が、そのときにはもう違和感は消えていた。

手首にはめた古いロレックスに眼をやった。手首にはまだ慣れない感覚があった。日曜日ごとに腕時計を替えるのが彼の習慣だった。時計の針がゆっくりと動いていた。微小で巧妙な装置が〝無〟から〝時〟を刻み出しているように思えた。振り向いてディアと向き合うと、彼女も彼の腕時計を見ていた。そう思った。が、すぐにそうではないことに気づいた。彼女はその少し先を見ていた。剝がれかけた手袋をしたままの彼の右手を。

「血が出てる」と彼女は言った。

「なんでもない」と彼は言って手袋をはずし、顔をしかめた。

ディアは反射的に笑みを浮かべてから、そのあとまじまじと彼の顔を見た。仔細《しさい》に。やけに仔細に。

「今度はなんだ？」と苛立《いらだ》たしげに彼は言った。

「〝また〟？」と彼女は言った。

彼女が何を言わんとしているのかは明らかだった。

それでも彼は繰り返した。「なんだ？」

「家にはいるときにあなたはこう言った。『また手遅れだったか』って」

「だから？」

「〝また〟とはどういう意味？」

ベリエルは苦笑した。苦笑でも笑みは笑みだ。〝死者の家〟の玄関ポーチにはそぐわない。

「気にしないでくれ」と彼は言った。

「エレンは生きてる」

そう言った彼女の眼に迷いはなかった。

「〝また〟か」と彼はため息まじりに言った。

「そう」と彼女は彼の答を促して言った。

「そう言ったのはこれまでの経験のせいだ」そう言って彼は肩をすくめた。「〝手遅れ〟なのはいつものことだからな。〝手遅れ〟がおれのモットーと言ってもいいくらいだ」

雨はとっくにあがっていた。

4

十月二十五日　日曜日　十九時二十三分

「ブービートラップに引っかかった？」

アラン・グズムンドソン警視は叱責《しっせき》のパロディを演じることを最初から決めていたのだろう。そのわざとらしい物言いにベリエルは腸《はらわた》が煮えくり返ったが、それでも率直に認めて言った。

「はい。あの忌々《いまいま》しい仕掛けはブービートラップとしか言いようがありません」

「私はそんなことを訊いてるんじゃないよ。そんなことはきみにもわかってるはずだ」

「だったら何をおっしゃりたいんです？」

「緊急対応班にブービートラップに気をつけろと忠告したのはなぜだ？」

「確かにその時点ではもうなんの役にも――」

「そういうことを訊いてるんじゃない。なんで忠告したんだ？」

「犯人はいかなる手がかりも残してないからです。このクソ野郎は賢い。ただそれだけのことです。賢くて危険なやつです。隠れ家を捨てるまえにブービートラップを仕掛けてるんだから」

「その家の住所自体が手がかりだったんじゃないのか？」とアランは吠《ほ》えた。

ベリエルは舌先まで出かかっているいくつもの悪態を吞み込んだ。窓に眼を向けると、雨がまた降りはじめており、外はもう真っ暗になっていた。捜査班のほとんどは帰宅したようだったが、ディアがまだ残っているのが直角に位置するふたつの窓越しに見えた。雨の滴が縞《しま》模様を描く窓ガラスの向こうに、パソコン画面の光に照らされたディアの顔がぼんやりと見えた。ふたつの窓の隔たりを土砂降りの雨が埋めていた。

「おいおい、サム」とアランはまた苛立たしげに言った。どこまでも喧嘩腰《けんかごし》になっていた。

「きみは嘘《うそ》をついてる」

今この瞬間にも眠ることができる。突然ベリエルはそのことに気づいた――眼を閉じ、アランのわめき声を子守唄に眠ることすら今のおれにはできる。

まあ、そんなことはしないほうがいいだろうが。

「嘘をついてる？」とベリエルはアランの決めつけに気分を害したように訊き返した。実のところ、アランごときにどう思われようとどうでもよかったが。

「他愛のない嘘なら私も大目に見たよ」とアランは口調を和らげて言った――しかし、それは感情を爆発させるクライマックスに向けてのクレシェンドの始まりみたいなものだ。「だけど、きみは自分の上司になんとも白々しい嘘をついた。それはきみが主張してる陰謀説がきみの頭の中で危険な段階にまで進んでしまったということだ。その証拠だ」

「あなたは官僚になるのが早すぎた、アラン」

「きみは道を踏みはずした。それを上司に嘘をついてまでごまかそうとしてる。そんなことをずっと続けられるとでも思ってるのか？」

「じゃあ、どうすればよかったんです？」とベリエルは肩をすくめて訊き返した。「あの家には行くべきじゃなかったんですか？　チームのみんなに罠が仕掛けられているかもしれないことを忠告すべきじゃなかったんですか？」

「そんなことは誰も言ってない。きみがこれからやらかしそうなことを言ってるんだ」

「連続殺人犯を捕まえることですか？」

アランが入念に計画していたクレシェンドはため息では足りない長い吐息となって終わっ

た。彼の年齢を考えると、見事な肺活量だ。生まれてからこの方一度も煙草《たばこ》を吸ったことがないのかもしれない。

大げさなまでに間延びした口調でアランは言った。「そもそも殺人犯などいないんだよ、サム。犯人がいたとしてもせいぜい誘拐犯だ。毎年スウェーデンじゃ八百人が行方不明になっていて、その大半が自分の意思で行方をくらましている。毎日ふたり以上の計算だ。そういう自発的な失踪者からたまたまふたりを選んで、自分以外には誰にも見えない連続殺人犯に殺されたなんぞと主張することには、どうしたって無理がある。そもそもこの国には連続殺人犯など存在しない。そんなものは腐敗した検察官や野心に燃える警察官の頭の中にしか存在しない。ついでに言っておくと、野心家の警察官というのは腐敗した検察官より性質《たち》が悪い」

「殺人犯などいない？」とベリエルは刺々《とげとげ》しく言った。

「ああ、そもそも被害者がいないんだから」

「あなたはあの地下室にはいらなかった。だからそんなことが言えるんです。アラン、断言してもいい。被害者はいる。それも複数」

「写真は見たよ。検視官とも話した。血液はそれぞれ別々の時間に別々の状況で乾いたものだ。それに実際の血液の量は見た目に比べるとはるかに少ない。多くて三十ミリリットルといったところということだ。その程度の出血では人は死なない」

ベリエルはアランの背後の壁を見つめた。何も掛けられていない殺風景な壁だった。「運び出されたときには彼女はまだ生きていたのかもしれない。今もまだ生きているのかもしれないんです。でも、このままではいつか殺される」

酸素は氷点下二百十八度で凍る。酸素以外の空気の主要構成要素である窒素やアルゴンの氷点は酸素に比べると若干高い。だから、酸素が凍るということはすなわち空気が凍るということだ。一瞬にしろ、ストックホルムの警察本部内にあるアラン・グズムンドソン警視のオフィスの温度は氷点下二百十八度以下になったにちがいない。ふたりのあいだの空気が凍った以上。

ややあってアランが口を開いた。「血液型はB型のマイナス。スウェーデンでは二番目に珍しい血液型だ。人口のわずか二パーセント。そのひとりがエレン・サヴィンエルだ。しかし、見つかった血液型はそれだけじゃない」

凍った空気の塊はまだふたりのあいだに浮かんでいた。

ベリエルは何も言わなかった。

「かなりの量のA型の血液も検出されていて、それが科学捜査を混乱させている」とアランはさらに続けた。「サム、ひょっとしてきみの血液型はA型か？　地下室の壁と床で見つかった。おまけに皮膚片もあったそうだが」

アランはそう言って、ベリエルの右腕を見た。肩から手のほうへ。ベリエルの手は机の角に隠れて見えなかったが。アランは首を振ってさらに続けた。「どの証拠についてもDNA鑑定の結果待ちだ。まあ、待つまでもないことだが」

「彼女はまだ十五歳です」とベリエルは努めて感情を抑えて言った。「十五歳の少女があの地下室に三週間近く閉じ込められていたんです。暗くて臭い地下室に。そこにあったのは大便をするためのバケツだけです。そんなところに頭のおかしな男が時々訪ねてくるんです。彼女が出血したのはまちがいない。なのに、悪魔が存在すると思ってるのはほんとうにおれだけなんですか？　しかもこの悪魔はうぶな初心者なんかじゃない。経験者だ。おそらくかなりの」

「今問題にしているのはそんなことじゃない、サム。今問題にしてるのはれっきとした証拠だ」

「証拠なんてものは突然頭の中に浮かんで現われるものじゃない」とベリエルは反論した。「証拠とはどんな手がかりも無視せずに集めることでやっと得られるものです。証拠かどうかもわからなくても、どんな手がかりも軽んずることなく追及してやっと得られるものです。あてはなくてもそういうことを続けるには自分の直感を信じるしかない。経験を信じるしかない。そうすれば、最後には手がかりが証拠に変わる。アラン、頼みます。このまま坐《すわ》って証拠が出てくるのを待てと言うんですか？　それがあなたにとっての警察の仕事のやり方なんですか？」

「なんで間取りがわからなかった？」

「ええ？」

「地下室があることは知らなかったんだろ？　なんでだ？」

「通報は突然だった。それはあなたも知ってるはずだ。だから緊急対応班の編成を頼んだんじゃないですか。エレンの救出は一分すら遅らせるわけにはいかなかった」

「仮にエレンがそこに囚《とら》われていたとしよう」とアランは言った。「緻密な計画があれば、ただちに地下室に突入できていたはずだ。それなら彼女を救出するチャンスがあったかもしれない。いや、今回と同じような手順で突入していたら、万一彼女と犯人がまだ現場にいた場合には、彼女はその場で殺されていただろう。準備不足と手ぎわの悪さのせいで。警察とは思えない、まるでど素人《しろうと》の大失態のせいで」

ベリエルはアランを睨《にら》んだ。が、そのとき初めてアランの言っていることにも一理あると思った。心が揺らいだ。アランの言っていることは正しい——今アランが言ったとおりのことが実際に起きていたら、エレンは殺されていたかもしれない。ど素人のせいで。

「これはやつからの招待状だった」とベリエルはひとりごとを言うようにつぶやいた。

「今度はなんだ、何が言いたいんだ？」アランはまた大きなため息を洩《も》らした。

「考えてもみてください。今になって目撃者が現われたんですよ。三週間も経《た》ってやっと。森に隣接したマーシュタの近郊で、何者なのか誰も知らないひとり暮らしの男の家で、少女の姿が一瞬だけ目撃された。当然、警察は迅速に対応しなければならなかった。しかし、日曜日ということから選択肢はあまり多くはなかった。たとえば、マーシュタの町役場には建物の図面を見つけることができなかった——こっちはしつこくせっついたのに。その結果、現場に駆けつけたらあんな仕掛けに出くわした——そう、ブービートラップに——それも想像を超えるなんとも巧妙な仕掛けだった。それはわかりますよね、アラン？」

「腕にナイフが刺さる仕掛けぐらい想像できなくはないと思うが」

「このことについてはふたつ言えます。まずひとつ、その仕掛けは警官を狙ったものだった。それも防弾チョッキではカヴァーできない両腕を狙ったものだった。ふたつ目は、頭の高さではなかったことです。致命傷を負わせるのではなく、われわれを馬鹿にすることが目的だった。屈強な警官が恐怖と苦痛に床を転げまわる。それを見越して巧みに仕掛けられていた。われらが犯人は精密なことが好きなんです」

「エクマンの具合については気にならないのか？」

「エクマン？」

「ナイフが腕に刺さって負傷した警官だ」

「容体はどうなんです？」

「知らんよ。よかろう。続けてくれ」

「ブービートラップは言ってみれば大きなプレゼントの包みに結ばれたリボンです。子供のゲームの〈パス・ザ・パーセル〉みたいに何層にも重なった包みのね。そのリボンを解《ほど》いたら、そのあとおれたちはまず一層目を突破しなければならなかった――厨房《ちゅうぼう》の隠れたハッチです。その次には地下室の迷路が待っていた。そして、もうひとつ開かなければならない包みがあった――壁を破ってその奥にはいることです。リボンを解き、ふたつの包みを開いて初めて、おれたちは犯人の内なる神聖な場所にはいることを許された。そういうことです」

「言いたいことはわからんでもないが」とアランは言った。「きみ自身が言っているように、今となって思い返せばそうだった、というだけのことだ。そのときはまだきみには何もわかっていなかった。だからこそちゃんと計画を立てるべきだったんだ。最大効率でもって捜査するべきだったんだ」

「犯人からのプレゼントのような感覚は最初からあった」とベリエルは言った。

「そうだろうとも、サム・ベリエルはスーパー警部なんだから。だったらなおさら訊きたい。なんであんなに慌てる必要があったんだ？」

「それは通報が本物だという可能性がほんのわずかにしろあったからです。もしかしたらエレンを救出し、誘拐犯を逮捕することができると思ったからです」

アラン・グズムンドソン警視は立ち上がった。彼のオフィスは調度品の少ない殺風景なオフィスだった。「スーパー警部は物事をじっくり考えるのは苦手のようだが、それに関しては大目に見よう。部下の頭の中身までは管理できん。それでも今回の捜査についてこれだけははっきり言える。それはエレン・サヴィンエルがストックホルムでも有数の高級住宅地、エステルマルム地区の学校のすぐそばで誘拐され、すでに三週間近く経過しているということだ。きみもきみの捜査班も三週間、何もできていない。捜査はまったく進展していない」

「それこそこの犯人が初犯でないことの証《あか》しじゃないですか、アラン」

「それはあくまできみの頭の中にある証しだ。そういうことを示唆する確かな証拠はどこにもない。きみの妄想については捜査班のメンバーにも明かさないように厳重に注意したつもりだが、今度の失態でさらに釘《くぎ》を刺さなきゃならなくなったようだな。もしこの命令に背いたら――メンバーに余計なことを言ったら――即、馘《くび》だ」

「冗談ですよね？」

「冗談を言っているように見えるか？」

ふたりは微動だにすることなく睨み合った。実のところ、アランの口調には冗談の気配すらなかった。それでも、さきに視線をそらすと、深いため息をつき、首を振りながらアランは言った。「で、次の手は？」

「すぐに今回の事件をディアにも手伝ってもらって見直します。最初から」

「女性の同僚を〝愛しい人《ディア》〟などと呼ぶのはどんなものかね。性差別だと訴える声が今にも聞こえてきそうだが」

「デジレ・ローゼンクヴィスト。それが彼女の名前です」とベリエルは言った。「警察官をデジレ・ローゼンクヴィストと呼ぶなんて（〝デジレ〟は現スウェーデン国王の姉の名）。〝ディア〟は〝デジレ〟の愛称です。綴《つづ》りも〝愛しい《dear》〟じゃなくて、〝鹿《deer》〟のほうです。実際、彼女は鹿のような眼をしてましてね」

「そういうことなら性差別にはならないというわけか」アランはそう言って手を振り、ベリエルを退室させた。

5

十月二十五日　日曜日　十九時三十七分

薄暗い照明の廊下を通り、間仕切りのない刑事部屋の始まりを示す柱を曲がったところで、ベリエルは思わず笑みを浮かべた。思ったとおり、刑事部屋に残っていたのはディアだけだった。彼女が顔を上げて言った。

「油を絞《しぼ》られた？」

「ああ、こってりと。それに、きみのことはディアと呼んじゃいけないんだそうだ」

「そういうことはまずわたしに訊くべきね」

「まあ、彼なりにきみのことを思ってくれてるんだろうよ」

ディアは声をあげて笑った。が、いかにも力のない笑い声だった。

「これを聞いて」と彼女は言った。

興奮した女の声が聞こえた。〝ねえ、絶対あの子よ。たった今見たの、あの女の子をこの窓から……まあ、断言はできないけど、でも、あれを首に掛けてた、ピンクの革のひもにくっつけて。ほら、なんて言ったかしら、ギリシャのおかしな形の十字架、正教会かどうかはわからないけど。でも、髪は本物のブロンドだから、ギリシャ系じゃないと思う〟。

ディアは早口の音声を止めて言った。「ここの〝ピンクの〟って何を意味してると思う？」

ベリエルは肩をすくめて言った。「その十字架が決め手になって、われわれは突入を決めた」

「ええ、そうよ」とディアは答え、少し考えてから言った。「ロシア正教の十字架で、ギリシャ正教のものではなかったけれど、正教会にはちがいなかった。テレビか何かで見たのだとしても、でも、革ひもがピンクだってことは公表してない。でしょ？　でも、それよりわたしが気になるのは、そう、距離のことよ。どれくらい近くから見れば、人の首に掛かってるひもの色まで見えるものか」

「その女性はどこからも見てなんかなかった」とベリエルは言った。「その女性は存在すらしないんだから」

ディアはしばらくベリエルのことを見てから、音声ファイルの再生ボタンを押した。〝ああ、住所ね。森のはずれの一番端の家、そう、廃屋みたいな家よ。道の名前は思い出せないけど、あそこに住んでる男の人はほんとうに変人よ。めったに見かけないんだけど、見かけたときには必ず逃げるの。ああいう人なら何かやってても……〟。

ディアは停止ボタンを押した。「このあと彼女は道の名前を思い出して、住所を教えてくれた。科研によれば、地下室が空《から》になってから少なくとも二日、おそらくもっと経っているということだった。それはつまり、この目撃者が今朝エレンを窓越しに見たなんてことはありえないということよ。近くに住んでいると言っていて、その目撃者が言った住所には実際、リナ・ヴィクストレームという人が住んでいた。でも、リナ・ヴィクストレーム本人とは連絡が取れない。なぜなら彼女は東南アジアを旅行中だから。いわゆる自分探しの旅らしくて、携帯電話も持っていっていない。でもって、向こうではヨガ三昧《ざんまい》の毎日らしい」

「ヨガ三昧？」とベリエルは訊き返した。「それは初めて聞いたな」

「まあ、それはともかく、連絡の取れないリナ・ヴィクストレームを名乗ったということは、通報者はあの一帯のことをよく知っていた可能性がある」

「それもかなり詳しく」

「このことからいくつかの根本的な疑問が出てくる。まず、犯人には女の共犯者がいるのかどうか。この目撃者の声は誘拐犯がボイスチェンジャーを使った声なのかどうか。それとも、もしかして犯人は女性じゃないのか？」

「音声の専門家からの報告は？」

「まだよ。でも、なんらかの変声機が使われていた場合、最新の技術でもとの声を復元できるかもしれない」

「おれはその線はあまり期待してない」とベリエルは言った。「たとえ科研の連中に声を復元することができても、それ自体が偽造されたものかもしれないんだから。いずれにしろ、この犯人は残したい証拠しか残さない。それもそれがちゃんと機能する場合にしか残さない」

「だったら女性の関与はなし？」

「おれはそう思う。これは単独犯の仕業だ」

「でも、これは初めての犯行じゃなかった。だって〝また手遅れ〟だったんだから。でしょ？」

ベリエルはそれには答えず、ディアのデスクライトの首を曲げて近くのホワイトボードを照らした。事件の全容がそこにあった。が、情報は大した量ではなかった。すでに三週間になろうとしているのに、まともな手がかりがひとつもない。その点に関してはアランの指摘は正しい。集められたのは次につながらない袋小路の情報ばかりだ。

過去にさかのぼってこの事件を見ないとそういうことになる。

ベリエルは無秩序に並べられたポスト・イットのメモ、写真、領収書、書類、絵、矢印の上にデスクライトの光を動かした。すべて古くさいアナログの手がかり。鈍い光が左右ふたつの顔を照らしていた。

ディアが右側のモンタージュ写真を指差して言った。「これは事件の一日目からある写真よね。エレン・サヴィンエルがかよっていたエステルマルム地区の学校がちょうどひける時間に、学校のそばで目撃されたヴァンに乗っていた男のモンタージュ写真。ふたりの別々の目撃者が似てると証言してる。もうひとつは森のはずれで見たという唯一の目撃者の証言をもとにした〝変人〟の似顔絵」

「このふたつに関するきみの結論は？」とベリエルは訊いた。

「同じ男だとしてもきわだった特徴がない。これじゃスウェーデンの四十代の白人男性の大半にあてはまる。年齢と人種は示唆していても、驚かなきゃならないような情報とは言えない」

「ほかには？」

「何も」そう言って、ディアは首を振った。

「犯人は犯罪常習者だと思うか？」

「それもなんとも言えない」

「この事件の犯人がどんなやつであれ、絶対に初犯じゃない。それはきみだってわかるだろ？　今回の事件のあらゆる面にそう書かれている」

「あなたはアランの大好きな〝確たる証拠〟を積み上げてる。教えてちょうだい。あなたはひとりで独自の捜査をしてるみたいだけど、何を隠してるの？」

ディアはまさにバンビのような眼でベリエルを見た。

バンビの眼でも彼女の眼は弱々しさの対極にあった。むしろその眼はディアの最大の武器だ。

「悪いが、それは話せない。アランから釘を刺されてるんだ」と彼は言った。「それにそもそも捜査はあくまでも証拠に基づいてあらゆる可能性を探る仕事だ」

「いつからアランの言うことを気にするようになったの？」

「馘にすると脅されてからだ」

暗い部屋の中でふたりは眼と眼を合わせた。ディアは顔をしかめ、ベリエルはデスクランプの光を新しいほうの似顔絵に向け、似顔絵に指を押しあてて言った。

「エリク・ヨハンソン。スウェーデンで一番ありふれた名前だ」

「マーシュタの家の賃貸契約書に書かれていた名前ね」とディアは言った。「でも、不動産屋は借家人には一度も会ったことがない。おまけに家の持ち主はアルゼンチン在住ときた」

「不動産屋か……」とベリエルは言った。「借家人に会っていないことをその不動産屋はなんて説明してる？」

「電子メールだけのやりとりだったたって言ってる。で、やりとりの履歴はもう削除してしまったって。でも、それはたぶん嘘じゃないわね。犯人は二年以上まえからあの家を借りてるんだから、古いメールは削除されてても不思議はないわ。それでも、その不動産屋は紙の記録も故意に廃棄したみたいね。サミールが、もともとの広告と賃貸借契約を比較したんだけれど、月額で三千クローナ（一クローナは約十四円）もちがってるのよ。たぶん犯人は正体を隠すために三千クローナ上乗せしたのね。不動産屋はその差額を自分のポケットに入れて、残りをアルゼンチンに送ってた。良心の呵責《かしゃく》など少しも感じることなく」

「メールアドレスから何か手がかりは？」

「サミールがまだがんばってくれてるけど、あまり期待はできないかも」

ベリエルはエリク・ヨハンソンの似顔絵をとくと見ながら言った。「録音をもう一度聞かせてくれ」

ディアは言われたとおり、音声を再生した。ふたりはリナ・ヴィクストレームの興奮した声をもう一度注意深く聞いた。

再生が終わり、ベリエルは言った。「もし声の主がエリク・ヨハンソンだとすると――共犯はいないとおれは確信しているが――普通に電話してくるだけで充分だったはずだ。こんなに昂《たかぶ》った演技をする必要はない」

「だったらそのことは何を意味するのか――？」

「わからない」とベリエルは言って似顔絵を指で弾《はじ》いた。「ただ、気持ちの悪さだけが残る」

「それは当然よ。小児性愛者を相手にしてるんだから」

ベリエルは何か言いかけ、思いとどまり、ディアを見てからおもむろに言った。

「おれは犯人が小児性愛者とは思わない」

ディアは黙ってベリエルを見つめ返した。暗がりの中でも彼女の茶色の眼が鋭く光った。

「これでよくわかったわ」ややあって彼女は口を開いた。「だからあなたはわたしたちの捜査とは別に秘密の捜査をしてるのね」

ベリエルは彼女から眼をそらすことなく言った。

「秘密の捜査なんかしてないよ」

「あなたはわたしたちの捜査が正しい方向に向かってるとは思ってない！」ディアは声を荒らげた。「犯人は子供を誘拐するために学校のそばで獲物を待ち構えているクソ小児性愛者。わたしたちはそう確信してるのに！」

「その仮定のもとでも捜査はまちがった方向には進まなかった。だから結果的には大したちがいはない。ただ、今はその仮定はまちがってたんじゃないのかって、そんな気がするだけだ」

「どうしてそんな気がするの？」

「犯人はあまりにも細かいことにこだわりすぎてる」

ディアは謙虚で忠実な警官だ――ベリエルは彼女のそういうところが気に入っている。が、顔を上げて窓の外の悪天候に眼をやった今の彼女の表情には、謙虚さも忠実さもなかった。

「わたしはごく普通の警官よ」彼女はベリエルに背を向けたまま雨に向かって言った。「だから警察学校で受ける訓練しか受けてない。社会民主主義者の労働者階級の両親の将来に対するゆるぎない楽観主義のおかげで、デジレ・ローゼンクヴィストなんていう大げさで馬鹿げた名前に呪われてはいても、わたしは家族の中で初めて高校より上の教育を受けることができて、血のにじむような努力をして警部になった。ただそれだけの女警官よ。だから、教えてくれない、スーパー警部のサム・ベリエルさん？　細かいことにこだわりすぎてるというのはどういうことなのか」

「犯人は細かいことにこだわりすぎていて、気取っていて、わざとらしくて、大げさだ。きれいに包装された小包みたいに贈りものを警察に送りつけてくる。つまりこいつは称賛されたがってる。われわれに高く評価してもらいたがってる。そういう行動は小児性愛者の世界にも見られる。それは認めるよ。しかし、小児性愛者の場合、それは閉ざされ、限られた集団内での話だ。彼らはより悪魔的な世界に足を踏み入れたところで、そのことを仲間うちに自慢して、反響やら称賛やら尊敬やらを得たがる。それに対して、この犯人は自分の犯した罪をもっと広範囲な相手に自慢したがってる。そんな小児性愛者など聞いたことがない。ましてや警察に知られたがってる小児性愛者など。自分たちの狭い世界の外じゃ、ただ蔑《さげす》まれるだけなんだから」

ディアはゆっくりと振り向き、ベリエルと向かい合った。窓ガラスを伝う雨の縞模様が彼女の顔から消えた。「〝十五〟の問題もあるわ。エレンが行方不明になったとき、彼女は十五歳と一ヵ月だった。それで子供に対する性的暴行でなくなる――厳密な解釈では小児性愛にはあたらない。血縁関係でなければ。でも、今回の場合、血縁関係は考えられない。サヴィンエル家の人たちは除外することができたんだから。少なくともこれは捜査の成果よ」

「それは対立仮説になりうる。つまり今回の犯人の動機は身代金――犯人からの要求はないが――と小児性愛というありふれたもの以外にもあるかもしれないということだ」

「かもしれない」とディアは同意して言った。

ベリエルが隣りの机で帰り支度をしはじめたところで、ディアの電話が鳴った。彼女はほとんどしゃべらず、通話も二十秒とかからなかった。

「科研の連中がマーシュタの家の検証を終えたみたい。指紋なし、血液以外のDNAの痕跡なし。ロビンによれば、忌々しいほどきれいだったって」

「そうだろうな」とベリエルはうなずいて言った。「それよりきみはもうとっくに家族のもとに帰ってなきゃいけないんじゃないのか？」

「ジョニーとリッケはお祖母《ばあ》ちゃんと映画を見にいった。だから急がなくてもいいの。ビールでも飲んで帰る？」

「誘惑されるけど、実はこまごまとした仕事をいくつか考えてたところでね」

「それってたぶんわたしがやる仕事でしょ？」とディアは苦笑いしながら言った。「その間、スーパー警部サム・ベリエルは危なっかしいネット・デートにまたもや勤《いそ》しむってわけ？」

ベリエルは鼻を鳴らしたものの確信はなかった。それで笑ったことになるのかどうか。

「そんなこともあったっけな。たった一回だけ。でも、そう、確かに危なっかしいデートだった」

「マダムXは何をしたがったんだっけ？」

「きみはそれをおれの口から言わせたいわけだ」

「だって、あなたが言うたびにますます面白くなるんだもの、奇妙なことに」

ベリエルは笑みをこらえて首を振り、あれこれ詰め込んだリュックサックのジッパーを閉じると、笑みの気配も見せずにディアに言った。

「あの地下室の小部屋にはきみが最初にはいった。そのとき出血量はどれくらいだと思った？」

ディアは真顔になって答えた。

「そりゃ大変な量だと思った。それでもわたしはあなたにこう言った、エレンは生きてるって。それはもしかしたら、あなたを慰めようとして、いえ、わたし自身に対する気休めだったのかもしれない」

「きみなりの量を言ってみてくれ」

「わからないけど、二リットルくらい？」

「鑑識予備報告では三十ミリリットル以下だそうだ。そこでまずひとつ、ちょっとした宿題を頼みたい。エレンの血を薄めることにどんな意味がある？」

ディアは顔をしかめながらうなずいて言った。

「〝まずひとつ〟ということは、仕事はまだほかにもあるってことね？」

「それは今すぐできることだ。エクマンはどこの病院に入院した？」

「エクマン？」

「ファーストネームもわかれば助かる」

6

十月二十五日　日曜日　二十一時五十四分

ベリエルはセーデルマルム病院を出ると、雨の中を歩いた。その雨にまるで汚れがきれいに洗い流されたかのように妙に元気を取り戻していた。秋の夜の刺々《とげとげ》しい暗さと、ほのかな光に包まれたセーデルマルムの街の柔らかさがせめぎ合っていた。そのせめぎ合いの狭間《はざま》のどこかで心が洗われた。ボンデ通りの坂をのぼりきってプローグ通りに曲がったときには、ほんとうに一からやり直せるチャンスが得られたような気がした。

いつもとはまったく異なる感覚でエレヴェーターに乗って四階まであがった。少なくとも近頃はまるで味わっていない感覚で。もう二年になるだろうか。それを〝最近〟と言えるか？

玄関にはこれまで同様、この家の居住者が元妻のリンドストレームとベリエルであることを告げる表札が出ていた。無精をしてそのままにしてあるのではない。ベリエルという名前しか書かれていなければ、もっとずっと絶望的な気持ちで玄関を通らなければならなくなると思ったからだ。だからそのままにしてあった——積極的選択として。

〝死の影の谷〟に足を踏み入れると、全身から水を滴らせて玄関ホールのマットの上に立った。顔から首から耳から雫《しずく》が滴った。まるで全身が泣いているかのように。

濡れた寒さが徐々に体の芯まで沁《し》み込んできた。服を脱いでバスタブの中に放り込んだ。下着まで濡れていたので、全裸で鏡のまえに立ってタオルで体を拭いた。

鏡に映った自分の姿が眼にはいった。そのとたん、彼の顔から笑みが消えた。家の静けさがいつになく強く意識された。うるさくて眠れない、などと隣人から文句を言われたこともあったのに。それはもう過去の話だ。

玄関ホールに置いたままの郵便物とリュックサックを取りに戻り、途中で下着もつかんで、もう一度鏡の中の自分を見た――避けては通れないことのように思えた。暗がりの中でもう一度自分の姿を見た。これからもつきあっていけるかもしれないという大らかな気持ちになれた。もっとも、それは思ったそばからいつも悔やむ妄想だったが。全身が映る鏡には、ぼさぼさの白髪まじりの茶色い髪に、これまた白いものが交じる無精ひげを生やした男が映っていた。幸いまだ禿《は》げてはいない。腹は太鼓腹かビール腹の一歩手前程度に出ていたが、背の高い四十まえのこの男の体に傷はなく、比較的きれいだった。たった一個所を除いて。かなり近づかなければ見えないが、左の二の腕にくぼみがあった。五センチほどの幅の傷痕に指で触れると、いつものようにそこの部分だけ感覚がなかった。彼の体の死んだ部分。触れることのできない部分だ。

沈んだ思いを追い払おうと、ベリエルは鏡に近づいた。かなり近づいたところで、傷痕のすぐ下から、火山を流れる溶岩のような赤い何かが滴っているのが見えた。一瞬ぎょっとしたが、すぐにそれが関節から出ている血であることに気づいた。右の拳の絆創膏《ばんそうこう》を剝がして、しつこく出血している関節の血を絆創膏のまだ白い部分で拭いた。そのまま左腕に沿って視線を下げた。左手首に革製バンドの一九五七年製ロレックス・オイスターパーペチュアル・デイトジャストが巻かれていた。十八金。

その腕時計をじっと見つめてから、手首からはずし、改めて時刻を見ようとしたが、読めなかった。濡れないように注意するのを忘れたのは今日これで二度目だ。

寝室にはいってベッドの脇にリュックサックを置くと、郵便物を机に置いてデスクランプをつけ、腕時計に光を向けた。ガラス面の内側が結露し、水滴さえ見えるような気がしたが、手に持っていた下着でガラスの表面を拭くと、それが錯覚だとわかった。水はガラスの表側についていただけだった。安堵《あんど》の吐息が洩れた。

ベリエルの机の特等席――鮮やかな青の背面が手前になっている写真立てのすぐ横――に長方形の木の箱が鎮座していた。箱の中はビロード張りで六つに区切られている。空いている区切りのひとつにロレックスを収め、五つの時計すべてを指で撫《な》でてから蓋を閉め、金箔《きんぱく》張りの留め具を掛けた。そこでやっとあの気持ちが戻った。浄化されたような、新たにやり直すチャンスをもらったような、あの気持ちだ。

気持ちが戻ったことにことさら合理的な理由はなかった。合理的に考えると、むしろその逆になって当然だった。アランに想定外の枷《かせ》を負わされ、セーデルマルム病院ではクリストフェル・エクマンに会っても明るい展望は開けなかったのだから。

下着を穿《は》いた。さきほど腕時計を拭いたので湿っていて不快だった。その不快感が彼を陰湿な病室に連れ戻した。包帯で何重にも巻かれた両腕が不自然な角度で突き出ていなければ、それがエクマンだとはわからなかっただろう。彼の顔には見覚えがなかったが――大勢の警察官の中のひとりでしかなかった――近くに寄ると、エクマンが眼を開け、不思議なほど明るいその緑の眼を思い出した。挨拶を交わし――口早に礼儀正しく、職務的に――そのあと見やると、傷は現場の家のポーチで見た記憶より腕の下のほう、どちらかといえば肘に近いところにあった。シーツの下の体の輪郭からエクマンの身長をざっと計算すると、百七十五センチ。それ以上はない。

入口を破壊して最初に突入する警察官は通常、武器を構えている。懐中電灯を持っているのはあとに続く者であって、先頭の者は持たない。突入のときには両手で拳銃を持ち、腕は若干曲げて左右どちらかに向けているものだ。ということは、ナイフはエクマンが構えた拳銃の上を飛んだことになる。それもすぐ上を。エクマンと自動操縦のようなやりとりを交わしながら、ベリエルは内心警察官の平均身長を思っていた。だいたい百八十五センチかそれより若干高いくらいだろう。つまり、平均身長の警察官が腕を曲げて銃を構えていたら、ナイフはその腕の下を通過していたことになる。

そのときだ、頭の中で何かの種が発芽したのは。その芽はベリエルが病院を出る頃にはもう根を張りはじめた。雨にそぼ濡れるセーデルマルムの裏道をわざとジグザグに歩いていると、その根は充分に水を吸い、栄養分を吸収しはじめた。そして今、こうしてプローグ通りにある自宅の寝室の机のそばに立ったところで花開いた。

自分がまちがっていたのか？

エクマンはベリエルの記憶に残ることばをひとつ発していた。やりとりの一番最後に——

ベリエルはそのときにはもう椅子から立ちかけていたのだが。

その明るい緑の眼でベリエルを見すえ、エクマンは囁くように言った。〝犯人は邪悪そのものです。絶対に捕まえてください〟。

決まり文句だ。しかし、真情があふれていた。決まり文句は案外そんなふうに口にされる。

振り出しに戻ってやり直しだ。

ベリエルはベッドまで行って横になった。枕を壁側に積み上げて坐り、上掛けを体に掛けてから上体を乗り出してリュックサックの中を探った。三冊の分厚いフォルダーを取り出すと、エレン・サヴィンエルと書かれたフォルダーを脇に置いて、ほかの二冊を太腿《ふともも》の上に置いた。左側のファイルにはヨンナ・エリクソン、右側のファイルにはユリア・アルムストレームと書かれていた。

最初からやり直しだ。新鮮な眼で見るんだ。まずは小さな不首尾。要求レヴェルに達しなかったお粗末な結果。

あの家に最初に踏み込んだのがベリエルと同じくらいの身長の男であれば、ナイフは腕の下を通過していたはずだ。それはつまりカス野郎はそこまでは考えていなかったということだ。細部へのこだわりと思えたものに突然ひびがはいった。

ベリエルは最初から犯人のことを〝カス野郎〟と呼んでいた。

もう一度初めからだ。彼は〈ヨンナ・エリクソン〉を脇にどけ、〈ユリア・アルムストレーム〉を開いた。最初の犠牲者。

そこで睡魔に襲われた。

どれくらいのあいだ眠っていたのか。〈ユリア・アルムストレーム〉が床に落ちて大きな音をたて、眼が覚めた。まだぐるぐると渦を巻く世界の中にいた。お洒落《しゃれ》な学校の建物は、ガチャガチャと音をたてる油まみれの鎖と回転する歯車のかたまりに巻き込まれて一体化し、エステルマルム地区のコメデルシュ通りに停《と》まっていたヴァンは汗だらけの男の上半身に変わり、そのまわりを十一歳くらいの双子の少年が智天使《ケルビム》のようにぐるぐるまわっていた。ふたつの別々の目撃証言をもとに描かれた似顔絵がいきなり生命を宿して、ゆっくりと口を開けはじめた。それはありえないほど大きく開かれ、ここ二週間のあいだほとんどいつも感じている恐怖とともに歯を剝《む》き出し、彼の二の腕に近づき、徐々にもうひとつの似顔絵と融合して、ふたつの似顔絵がひとつの顔になった。そのあと融合した歯が顔の周囲を食いちぎりはじめ、顔はどんどん歪んで髑髏《どくろ》と化し、鋭い歯が食い込んだ顔の肉が次第に消えて、いつのまにか悪臭を放つ尿と便が泡立ちながらあふれ出しているバケツに変わった。突然、見えているのは打ちっぱなしのコンクリート壁だけになり、茶色い染みが広がりながらどんどん赤くなって壁一面が真っ赤に染まった刹那、フォルダーが床に落ちてベリエルは眼を覚ましたのだった。

くだらない夢だ、と考えるだけの時間はあった。眼を開け、空《くう》を見つめた。いや、むしろ空をのぞき込んだ。

智天使《ケルビム》については相変わらず嫌な思いしかなかった。夢の中に出てくるべきではないものだ。これは仕事の夢であって、警察の捜査に関する典型的な夢だ。同じような流れの夢を長年頻繁に見てきた。それは自分の双子の息子が出てくるような夢では断じてない。

しかし、彼の心に引っかかったのはそのことではなかった。ベッドの端から身を乗り出して下を見た。ユリア・アルムストレームのファイルの中身が床の上に散らばっていた――ノートの写真、ポスト・イットのメモ、領収書、新聞の切り抜き。ベリエルが探そうと思ったものはその中にはなかった。リュックサックに手を伸ばし、中を漁《あさ》って小さなビニール袋を取り出した。捜査資料が裸足《はだし》の足の裏に貼りついても気にもせず、彼は机まで歩いた。

机の上に置かれた腕時計の箱は周囲にまったく溶け込んでいなかった。ただそれだけで見事なまでの存在感を示していた。金箔張りの留め具をはずして蓋を開け、五つの時計を見た。そして、ひとつだけ何もはいっていない仕切りに軽く指で触れた。眼の焦点はまだ完全に戻っておらず、すべてが夢の中のようにぼやけていた。ビロード張りの仕切り板を二枚つまんで引き上げた。時計ののった底板が丸ごとはずれ、その下から隠し部屋が現われた。その中にいくつか小さなビニール袋が収められており、そのひとつずつにラベルが貼ってあった。ベリエルは机の引き出しから小型ラベルのパックを取り出して〝エレン・サヴィンエル〟と震える手で書くと、その一枚を剝がしてさきほどリュックサックから取り出した小さなビニール袋に貼った。それを明かりにかざし、中にはいっている歯車を確かめた。直径一センチにも満たない小さな歯車だ。ほかのビニール袋の順番を直し――ヨンナ・エリクソンとユリア・アルムストレームの名前が見えた――新しい証拠品袋をその横に並べて置いた。

しばらくのあいだそこに立ったままでいた。姿を半ば現わしかけている考えが彼の頭の上をまわっていた。そのうちのひとつがいきなり急降下してきて、ベリエルを鷲《わし》づかみにした。急いでベッドまで駆け戻り、エレン・サヴィンエルと書かれたファイルを拾い上げて開いた。身を乗り出し、警察が撮影したマーシュタの家の中の写真を広げて眺めた。地下の小部屋、ひっくり返ったバケツ、記憶にあるほどには大きくはない血の跡。いろいろな角度から撮られてはいるが、充分とは言えない。写真を手のひらで叩き、彼は首を垂れた。そのときまた別の考えが浮かんだ。携帯電話を取り出してベッドのへりに腰をおろした。写真が表示されはじめた。

必ず最初に表示される双子の息子たちの写真は固定点だ。北極星――回転する世界の中で唯一静止している点だ。すべての物事の起点。めまぐるしく回転する世界に戻るときも、彼は必ずそこで止まる。自分のいる位置を確認するために。マルクスとオスカル。八歳のふたりがフキタンポポの咲く水路の中にいる。台風の目を支配するような奇妙な静けさが感じられた。おそらく子供たちのことを考えることで、無意識に時間を止めようとしているのだろう。不変の時間の回転を。

しかし、時間は厳然と存在する。カオスもまたしかり。北極星のその先に動きつづける世界がある。唯一無二の世界が。

　ベリエルは写真をスクロールした。最後のほうに、マーシュタの家のポーチから救急車や警察のヴァンや立入禁止を示すテープを写した写真が何枚かあった。その写真を見て、ふと自分が顔をしかめているのに気づいたが、すぐにまた地下室の写真に戻った。

　そんなに多くの写真を撮った記憶はなかったのだが、けっこうあった。科学捜査官が撮影した専門家の写真に比べると、明らかに照明が悪く、実際のところ、使いものになる写真はなかった。スクロールを繰り返し、行ったり来たりして、自分が写した写真を眺めた。血の染みが下のほうにある壁の写真に何度か眼がとまった。ディアに教えてもらったとおり、指を使って写真を拡大してみた。そしてまた固定点に戻った。マルクスとオスカル。パリ。ふたりの写真を素通りすることがどうしてもできない。まったく別のことを考えているときでさえ、素通りは絶対にできない。やがて彼は画面の上を指でスワイプし、家の中で撮った最初の写真を表示した。

　その写真はことさら眼を惹くような写真ではなかった。少なくとも三つの懐中電灯で照らされた壁の一部分の写真だ。下の隅のセメントの色が薄く見えた。縦横五十センチばかり。次に地下室の中の写真を表示した。壁にできた血の染みが画面の右下にほとんど隠れている写真を選び、コンクリートの壁をできるかぎりズームアップした。

　いつものように、携帯電話に表示されている時間は努めて見ないようにした。時間というのは時計や腕時計に刻まれるべきものだ。それが自然の掟《おきて》だ。ベリエルは時計の箱からロレックスを取り出した。三時半――狼《おおかみ》の刻《とき》。いつもの寝酒のウィスキーを飲まないで寝たのが結果的に幸いした。これで運転上のリスクは寝不足だけだ。あとは雨でタイヤがスリップするくらいか。

玄関ホールの戸棚は信じられないほど散らかっていたが、そこから道具箱を掘り出し、いくつか道具を選んでリュックサックに放り込み、ベリエルは自宅をあとにした。

7

十月二十六日　月曜日　三時三十二分

〝特別有責警部〟などという奇妙な役職に、ごくわずかながらもメリットがあるとすれば、それは自分専用の車が使えるという点だ。ただ、数多く存在するデメリットの中のひとつに、車はあっても車庫はないというのがある。ボンデ通りの脇道に駐車しておいた車にたどり着くと、少なくとも三枚の違反キップがぼろぼろになってボンネットのグリルにはさまっていた。

いつものことながら、車が走っていないストックホルムを運転するのは妙な気分だった。

こんなに早く北行きの高速道路に乗ることができたのは制服警官だった頃以来だ。ベリエルは猛スピードで運転する贅沢《ぜいたく》を思う存分に味わった。マーシュタで高速を降りて郊外まで走るうち、アップランドの樹海が徐々に近づいてきた。

念のため、本格的な田舎《いなか》風景が広がる手前にある最後の集合住宅のそばに車を停めた。片方の肩にリュックサックを掛け、傘もささず雨の中を歩いた――警察官は傘をささない。人気《ひとけ》はまったくなかった。しばらくすると、街灯の薄暗い光に照らされた廃屋同然の家が見えてきた。腐食した木の壁が穴だらけになっているのが、離れていても見えるような気がした。門には青と白のテープが張られていた。気を引き締め、金属製の門に手をかけた。思っていたより簡単に跳び越えられた。

玄関ポーチはほとんど見えなかった。ベリエルはまたあのときにいた――先を行く緊急対応班の背中が眼のまえに見え、すすり泣きに似たディアの奇妙な息づかいがすぐ背後に聞こえた。夜雨《よさめ》のカーテン越しに廃屋が次第に姿を現わしはじめた。ポーチにあがる階段の下まで行き、複雑に張りめぐらされた立入禁止のテープのあいだをくぐって歩いた。鍵をこじ開けていると、黒い雲の隙間から急に月が顔を出し、薄汚れた白いポーチが氷のように青白く浮かび上がった。

突然の光にベリエルは反射的に脇に飛びのき、開いたドアのすぐそばにしゃがみ込んだ。おのずとひとつの思いに襲われた。たったひとつの思いに――悲しみに。

三週間にもわたってこの家で繰り広げられたであろうことに対する悲しみに。それこそ虫も殺したことがないような十五歳の少女にとっては、三週間が三年にも思える恐怖だったことだろう。そのあと少女はさらにどことも知れない別の場所に連れ去られ、地獄にさらに近づけられたのだ。

悲しみはベリエルの懐中電灯の明かりのあとをついてきて、玄関ホールのナイフの仕掛けのあいだを抜け、居間にはいったときにはさらに大きくなっており、寝室に足を踏み入れると、ほとんど手に触れられそうなほど実体化した。そして、冷蔵庫とオーヴンのあいだにぽっかりあいた穴をふさぐように交錯している青と白のテープに近づいたときには、ベリエルの脳の中まではいり込んできた。

テープを取り除いて懐中電灯で穴の中を照らすと、辛うじて階段が見えた。穴の中にはいって、迷路の中を進んだ。懐中電灯の光が壁の表面で躍った。

破城槌で叩き壊して開けられた地下の小部屋の入口のまえにしゃがみ込んだ。入口の穴が昨日より大きくなっているのは、おそらくロビンが現場に来たことの結果だろう——彼はまちがいなく科研一の腕を持ち、科研一のふとっちょなのだ。前回より楽にはいることができて、ベリエルは場ちがいな笑みを浮かべた。穴を抜けると、過去からの埃が白く彼に降り注いだ。

前回と同じ思いに囚われた。が、今はしっかりハグしてくれるディアはいない。

無理やり目撃させられたことに壁が悲鳴をあげているような気がまたして、そんなよけいな想念を追い払おうと、彼は激しく頭を振った。あとには脳を侵食していた悲しみだけが残った。

定まらなかった懐中電灯の光の輪をどうにか落ち着かせ、奥の壁に残った血の染みを照らしながら、染みの両側の壁をよく見ようと近づいた。そのとき、壁から数メートル離れて立っている二本の朽ちかけた柱が眼にとまった。

エレン・サヴィンエルはまちがいなくここに坐っていた。透明な壁の檻《おり》に入れられて。その同じ場所で何度も尿を洩らしたことだろう。壁から離れて柱の近くまで行った。二本の柱と壁は二立方メートルにも満たない四角い透明な檻をつくり上げていた。ベリエルは柱の溝を指でなぞった。異なる高さに三本の溝があり、一番上の溝は見にくかったが、眼の高さにあった。血の染みのついた壁まで戻り、リュックサックから鑿《のみ》を取り出して明かりに照らされた壁にあてた。

彼らが壁を壊してはいり込んだ入口と同じだ。この部分だけコンクリートの色が明らかにちがっている。

こんな真夜中に――狼の刻に――やってきたのはこのためだ。

彼はハンマーを取り出し、作業を始めた。

二センチほど抉《えぐ》ったところであきらめかけた。実際のところ、岩盤をハンマーで叩いているのと変わらなかった。二回に一回は抉るかわりにただ激しく跳ね返された。それでもそのうち何かが姿を現わしはじめた。壁の奥深くに埋め込まれていたフックのような金属の塊だ。肩の痛みを努めて忘れ、彼はハンマーを打ちつづけた。

全体像が見えてくるまで三十分近くかかった。埋め込まれていたのは太い金属製の輪だった——係船環《けいせんかん》と呼ばれているもののように見えた。壁のさらに奥にネジでとめられていた。

ハンマーと鑿を下に置くと、その鉄の輪をつかんで思いっきり引っぱった。両足を壁に押しつけ、全力で押してもみた。びくともしなかった。

ハンマーで周囲を叩くと、セメントが剝がれ落ちた。係船環がネジどめされている深さ十センチのところで、壁の組成が変わっているのは明らかだった。これも見せかけの壁なのだろうか。

何回か両肩をまわして、首のすじも伸ばした。こきこきと大きな音がした。また作業を再開した。

どれくらい時間がかかったのかはわからない。汗だくになりながら係船環のまわりを削っていくと、ゆっくりとゆっくりと全部で六個の係船環が姿を現わした。何層にも重なって壁に染み込んだ血痕の左右に、それぞれ三つずつ係船環が埋め込まれていた。

ベリエルは作業の手を止めて、強《し》いられてきた過酷な労働に急に気づいた筋肉の言うことを聞いた。そして、二本の柱の近くまで行くと、朽ちかけた木の表面に刻まれた溝にもう一度指で触れた。三本の溝はそれぞれ三つの係船環と同じ高さにあった。

それが何を意味するのか。まるで理解できなかった。埋め込まれた係船環を隠すためだけに、カス野郎は壁全体に厚さ十センチのセメントを足したのか。手枷足枷を課され、拘束されたエレン・サヴィンエルをそこに坐らせながら、そんな重労働をするだろうか。しかし、彼女の血はまるで木の年輪のように壁に染み込んでいる。もし係船環に鎖でつながれていたのなら、彼女が囚われの身になった当初、壁は今より十センチほど奥まったところにあったはずだ。壁自体の厚みがまだ足されていなかったとすれば、どうやって彼女の血は毎日のように染み込んでいったのか。

ベリエルの頭はとても冴《さ》えわたっているとは言いがたかったが——寝不足と過酷な肉体労働のつけだ——明らかにこのことは矛盾している。ぐるぐると永遠に続く階段や、手の絵を描いている手の絵といったエッシャーの騙《だま》し絵さながら。

だからそうではないのだ。係船環がネジどめされているところは、セメントの色が周囲の色とちがっていた。要するに、カス野郎はおぞましい係船環を取り付けるのにより深く穴を開けたのだ。おそらくより頑丈な壁が奥にあることを知っていたのだろう。

係船環が隠されていたこと自体には大した意味はないのかもしれない。犯人からのささやかなプレゼントなのかもしれない。

そのプレゼントは包みの中に入れられていても、その包み自体がもっと大きな包みの中にはいっているというわけだ。

係船環がどのような目的で使われたにしろ、見つかることは想定されていた。カス野郎はここでも自己顕示欲を発揮している。自分がどんなに賢いか得意がっている。こいつはともかくにも称賛されたがっているのだ。しかし誰から?

疲れきった体に鞭打《むちう》ってベリエルは何枚か写真を撮った。最後にもう一度シナリオを考えてみようとしたが、できなかった。考えるそばから考えが頭からすり抜けてしまった。車で帰る途中タイヤを雨にすべらせ、病院送りにならないことを今から祈った。

窓もないこの地下室にどのくらいいたのか。腕時計を見るまえに、すでに夜が明けているのではないか心配になった。近所の住人が起きだしているかもしれない。

七時十分まえ。

もうすぐにもここを出ないと。

壁の穴をすり抜け、地下室の階段をあがり、玄関ポーチに出たところでひとつ深呼吸をした。秋がすでに深まっていたので、朝になっても空はまだ暗く、しつこい雨が依然として強く降りつづいており、早起きの人々もまだ家の中から出てきていなかった。

ポーチの上に立って門のほうを見た。一瞬、もっとまわりが明るいときの映像が瞼《まぶた》に浮かんだ——救急車、警察車両、非常線、野次馬。最後にもう一度深く息を吸って、湿った息を吐きながら、ポーチの手すりに置いた自分の手を見た。右手の拳の関節に眼がいった。

傷はほぼ癒えていた。

8

十月二十六日　月曜日　七時二十六分

いつも以上に朝が暗く感じられたのはその日が月曜日だったからだけではない。秋が暴力的なすさまじさで訪れたせいだ。そのため、デジレ・ローゼンクヴィスト警部が警察本部の入口でエントリーコードを入力したときにも、まだ真夜中のような暗さだった。それでも少なくとも雨はあがっていた。彼女が家を出て、保育園ではいつもながら罪悪感に苛《さいな》まれながらリッケに手を振って別れ、環境にやさしくないポンコツ車に乗ったときから、雨はもう降っていなかった。朝のラッシュが始まるまえにニナス通りに出た頃には、路面はほとんど乾いているように見えた。

にもかかわらず、ベリエルは濡れていた。

ディアはチームのみんなに軽く挨拶しながら、動きがプログラミングされたロボットのようにベリエルのいる一画に向かった。彼女の机もその一画にあった。

彼はまっすぐまえを見つめていた。ずぶ濡れの犬さながら。ろくに挨拶も交わさず、ディアはいつもどおりに彼に背を向けて坐ると、キーボードを叩きはじめた。ベリエルから見えないよう、パソコンの画面の角度をあからさまに変えたが、ベリエルは彼女のしていることなどまるで気にしていなかった。

ぼんやりと宙を見つめていた。誰にも気づかれずに居眠りをする彼の得意技だ。活力を回復するために仮眠しているのか、極度の集中状態にあるのか、そのちがいは誰にも見分けられないが、実際のところ、ベリエル本人もわかっているのかどうか。もっとも、年齢的に国民兵役を経験している彼としては、眠っていても起きているかのように見せかけるのはお手のものだったが。

ディアはそっぽを向いてぽつりと言った。「雨雲の動き」

ベリエルをトランス状態から引き戻すのにはそのひとことで充分だった。彼が振り向くと、ディアは続けた。「微気象学。学校で学ばなかった、サム？」

「おれたちは同じ学校の出身だろうが。何が言いたい？」

「このところ、秋の嵐がうんざりするほど長いこと上空に居座ってる。ただ、天気って気まぐれだから、今朝は少し気をゆるめてスウェーデン北部《ノールランド》のほうへ一時的に移動してる。この天気図を見て」

ベリエルはパソコン画面を見た。確かに時間の経過とともに大きな雷雲が北に移動していた。雲の動きは速かった。午前六時が近づくにつれ、雲の下に隠れていた地図があらわになり、ベリエルにはそこがどこなのかわかった。ディアはそこで雲の動きを止めると、地図を指差して言った。

「スコーゴス。わたしが住んでるところ」

雷雲はさらに北上し、見慣れたストックホルムの地図が現われた。中心部の全体がはっきり見えるようになると、彼女はまた画面を止めて指で示して言った。「あなたが住んでるのはここ。セーデルマルムの北側のプローグ通り。六時二十分には雨はあがってる」

雷雲はさらに北に移動した。時間表示が六時四十五分になったところで、ディアは三度《みたび》画面を止めた。

「ここまで、いい?」

ベリエルはうなずいた。意に反して感心していた。

厚い雲が動き、マーシュタという地名が見えてきた。

ディアはベリエルと向かい合い、彼の眼を見すえて言った。「そんなに濡れてるってことは、かなり北のほうに行ってたということよね、サム。それもついさっきまで」

「自分の仕事に戻ってくれ」

椅子をまわしてディアに背を向けると、ベリエルは苦笑して腕時計に眼を落とした。この二十四時間ですでに三度もロレックスを水から守ることを忘れていた。今回は本格的にガラスの内側に水が染み込んでしまったかもしれない。一九五七年以来初めて。まるで何かの凶兆のように針が向いている左半分が結露していた。

当分この時計は役に立たない。

引き出しからティッシュを取り出して机に広げ、その上にロレックスを置いた。それから文字盤に光があたるようにデスクランプの角度を調整した。もしかしたら電球の熱だけで事足りるかもしれない。

しかたなくベリエルは携帯電話で時間を見た。肩越しにディアを見ると、マーシュタの家で撮った写真に没頭していた。まるでベリエルのあとにぴたりとついてきているかのように。彼は首を振り、携帯電話の写真を表示した。まずマルクスとオスカルの写真。マルクス・バビノーとオスカル・バビノー。見るたび心の中の空虚感だけがふくらむ。ベリエルは写真をスクロールして、最初にマーシュタの家に行ったときの写真——家の中、地下室、玄関ポーチ——を素通りして、あとから撮った写真を見た。

そして、うしろを向いてディアの肩を軽く叩いた。まるで待ってましたとばかりに彼女はすぐさま振り向いた。

ベリエルは何も言わず彼女に携帯電話を渡した。ディアはまずベリエルを見てから電話を受け取ると、慣れた手つきで壁に取り付けられた係船環の写真をズームした。彼女の額に皺《しわ》が広がった。

写真を前後にスクロールしてから携帯をベリエルに返してディアは言った。「で、これはなんなの？」

「係船環だ。壁の中深くに埋め込まれていた」

「これも犯人の妙な仕掛けの一部？」

「わからない。もしかしたらそうなのかもしれない」

「ロビンに言わないと」

「もうこっちに向かってる。ここで八時半に会う約束だ」

ディアはうなずいた。「ということは今日は朝礼なしね」

「ほとんどが出払ってるし」とベリエルは手を横に広げて言った。「第一、報告できるようなこともないし」

「それは？」とディアは言って顎でベリエルの携帯電話を示した。

「まずはロビンに見てもらってからだ」

朝礼はいつも八時にすることになっていたが、今日はチームのほとんどが捜査で刑事部屋にいなかった。そのうち三人はマーシュタの住民の聞き取りをおこなっており、その三人の不平がここ警察本部にいても聞こえてきそうだった。シルヴィアは階下《した》のメディア室で過去のニュース映像を調べているはずだが、彼女も不平たらたらのことだろう。あとふたりはエレン・サヴィンエルの気の毒な両親を再度訪ねるまえに、目撃者に会って供述内容の確認をしていた。オフィスに残っていたのは、事務職を担当している民間人のマーヤと例の不動産屋を調べているサミールだけだった。

ベリエルはマーシュタに電話をかけた。現場にいる三人はそれぞれ聞き取りに制服警官を向かわせたところだった。前日からの戸別訪問は事件現場からより遠くへ、より寒いところへと範囲が広がっていた。

「あの家に関して何か変わったところはないか？」とベリエルは訊いた。ディアが皮肉な笑みを向けてきた。

若く見えすぎる顔をヒップスター風の長い顎ひげで隠しているサミールがやってきて、書類をめくりながら言った。「あの怪しい不動産屋ですが、借り手のメールアドレスがやっとわかったそうです」

「当てさせてくれ」とベリエルは言った。「ホットメールだろ？」

「そんなもの、まだあるんですか？」とサミールは言い、顎ひげに手をやりながら書類をベリエルに渡した。

ベリエルはそれをディアに渡し、彼女はプレゼント・リレー・ゲームさながらそれをマーヤの机まで持っていった。

「もっと調べてくれ」とベリエルはサミールに言った。「大した成果が得られそうになくても」

「熱意あふれるリーダーシップ。あなたがいなかったら、ぼくはいったいどうなっていたのか」とサミールは真面目《まじめ》くさった顔でそう言うと、自分の机に戻った。

三つ揃《ぞろ》いのスーツを着た、超肥満体の男が刑事部屋の入口に現われた。もしかしたらそこにしばらく立っていたのかもしれない。彼のスーツの色は特徴のない薄い紫色で、連れのふたりも無色の背景に溶け込んでいた。ベリエルは立ち上がって迎えにいくと、手を差し出して言った。

「ロビン。よかったね。見るかぎり、あの地下室の汚れはすっかり落とせたみたいで」

ロビンは握手をし、ベリエルの膝を指差した。「あんたのほうは汚れたままだね。現場に行ってからもう二十四時間も経ってるのに」

「鋭い観察眼だ。あんたが刑事志望だったとは知らなかったよ」とベリエルは顔をしかめて言い、廊下のほうを手で示し、歩きだした。

三人の訪問者はそのあとに続き、さらにそのあとにディアが続いた。全員殺風景な会議室にはいると、何も置かれていないテーブルについた。

「ヴィーラは知ってるよな」とロビンが連れてきた女性を指して言った。二十四歳を一日たりとも過ぎていないように見える女性だった。

ヴィーラは黙ってうなずいた。いかにも医師然と。その仕種《しぐさ》で一気に十歳は歳《とし》を取ったように見えた。

「つまり、フーグ医務官は助手を寄こしたということか」とベリエルは冷ややかに言った。

「それはこちらからは特段お話しすることがない、という単純明快な理由からです」とヴィーラがさらに冷ややかに応じて言った。「それでもわかったことを言うと、一番古い血液は十八日まえのもので、一番新しいものは四日まえのものです。血液自体の量としては全体で三十ミリリットルもありません。ただ、あの家の中からはふたつのタイプのDNAが見つかっています。大部分はエレン・サヴィンエルのDNAですが、少量のDNAはサム・ベリエルのものでした。傷の具合はいかが？」

ベリエルは右の拳の関節を見ながら言った。「毒物は？」

「はい？」

「DNAの鑑定までできてるなら、毒物検査ももう終わってるんじゃないのか？　血液に薬物が混入されていないかどうか。毒物にしろ薬物にしろ、もし何かが投与されていたとしたら、その時間経過も割り出せたんじゃないのか？」

ヴィーラは不意を突かれたような顔をした。

「悪いが、もう一度最初からやり直してくれ。きちんと検査してくれ」とベリエルは言った。

「で、もうひとりのお連れさんは、ロビン？」

「カーリ」とロビンは言った。「音響技術者だ。が、彼の話はあとにしよう。まだ乾ききってないあんたのその恰好《かっこう》から考えて、話の全容はまだ聞かせてもらえていないようだからな。科研の立場から詳しく説明しようと思ってたんだが、今はやめたほうがよさそうだ。あの地下室で夜を明かしたのか、サム？　眠りの中で真実を見つけようとでも思ったのか？　どこかの国のシャーマンみたいに。成仏できない霊と交信でもしようと思ったのか？」

ベリエルは携帯電話をロビンに差し出した。完璧な装いの科学捜査の専門家は電話を受け取ると鼻に皺を寄せた。

「くそ、なんてこった」

ロビンはめったに卑語を吐かない男だ。

「いいから気にするな」とベリエルはロビンの広い肩に手を置いて言った。「ご高名なる科学捜査の専門家にだってついてない日はあるさ」

ロビンにしても言い返そうと思えばいくらでもできただろうが、何も言わなかった。ベリエルはロビンのそういうところが好きだった。

「どうしてわかった？」ロビンはただそう訊いてきた。

「隠されていた入口と同じだ。色がちがってた」

「これはうまくないな」とロビンは言った。「もう一度最初からやり直すよ。きちんと」

「頼む」とベリエルはにこりともせずに言った。「後生だから、何か見つけてくれ」ロビンは大きな顔を同じくらい大きな両手で覆った。と言っても、それは嘆きのポーズではなかった——ロビンはそんな柄ではない——反射的なものだ。

「そうなると、木の柱に刻まれていた跡についての推測も変わってくるな」ややあってロビンは言った。「考え直さないといけない。当初の推定よりもっと新しいものかもしれない。意図的に古く見せかけた可能性が出てくる」

「ほかには？」

いっときベリエルを見てからロビンは言った。「床に引っ掻いた跡があった」

「引っ掻いた跡？」

「壁の近くに小さなものと、壁から一メートルばかり離れたところに少し大きめのものだ」

ロビンはそう言ってその場にいる者たちを見まわし、今のことばだけでみんなが理解するのを待った。

「まさかそんな――」とディアが眼を大きく見開いて言った。

「そのまさかだ」とロビンはさも感心したようにディアを見て言った。

「セメントの床に？　爪で？」

「残念ながらそのとおりだ。壁の近くの引っ掻いた跡は手の指の爪、離れたところは足の指の爪の跡だ。ただ、ケラチンは検出されていないが」

「ケラチン？」とベリエルは訊き返した。

「繊維状の構造タンパク質」ヴィーラがまたいかにも医者然とした様子でうなずきながら言った。「髪の毛、爪、角《つの》を形成する高硫黄タンパク質のことです」

「角？」とベリエルは大きな声を出した。「あの地下室は地獄だよ。悪魔の角が残っていても、悪魔が放り込まれた池の硫黄が残っていても不思議はない」

「犯人は掃除機を使ったようだ」とロビンは落ち着いた声で言った。「家のほかの部屋と同じように。それもかなり性能のいい掃除機だ」

「その掃除機の線から追えるか？」とベリエルは尋ねた。

「たぶん」とロビンは答えた。「高精度掃除機は何種類か販売されている。何かわかったら連絡するよ」

「頼む」とベリエルは言った。「ほかには？」

「あとは玄関ホールに設置されていたナイフを飛ばす仕掛けだが」とロビンは続けた。「さしずめ触発引き金式ダブルクロスボウだな。それも二本のナイフ用の複雑な構造の。ナイフを投げるには特別なバランスが必要だ。ナイフを投げると目標まで飛ぶあいだ普通は回転するからね。今回の場合のように数メートル先を狙ったとしても、二本のナイフがまっすぐに飛ぶようにするには、正確にバランスを取らなければならない。それが実によくできていた」

「そういうものをつくるには特別な知識が要る？」

ロビンは曖昧にうなずいて言った。

「おれの見るかぎりは」

「どうして矢を使わなかったの？」とディアが言った。「クロスボウ用のボルトとか、普通の矢はまっすぐに飛ぶようにつくられている。それなのに犯人はわざわざまっすぐに飛びにくいナイフを使った。どうしてそんなことをしたの？」

「それはナイフのほうが恐怖心をあおるからだ」とベリエルは言った。「ここでもまた犯人は自分の賢さを見せつけたがってるのさ」

「ナイフの刃についてだが、少々苦労している」とロビンが言った。「ナイフの特定がまだできてないんだ。これもわかり次第連絡する」

「排泄物のバケツについては？」とベリエルは訊いた。

「中身はやはり糞便と尿だった。血液と同様、わが国立科学捜査センターは——一月一日以来、われわれはそんなご大層な名前で呼ばれてること、知ってたか？——法医学チームと協力して分析してる。ヴィーラ？」

「水とパン」とヴィーラは応じて言った。

「それも専門用語か？　ケラチンみたいな？」とベリエルは皮肉っぽく言った。

「それにマーガリン」とヴィーラはベリエルのことばを無視して言った。「水、パン、それにマーガリン。パンは異なる種類がいくつか、白いパン以外にも全粒粉のものもありました。さらに肉や野菜、チーズはなし。水分は水以外になし。まだ分析中ですが」

「薬物、毒物の分析を最優先で頼む」とベリエルは念を押した。

ヴィーラは黙った。ロビンも何も言わなかった。

「カーリ？」とベリエルは促した。

「カーリはスウェーデンでも有数の音響技術者だ。見かけはおそろしくひかえめだが」とロビンが応じて言った。「声について新情報がある」

「リナ・ヴィクストレームのこと？」とディアが訊いた。「エレンがマーシュタにいると通報してきた女性のこと？」

「そうだ」とまたロビンが応じた。「カーリ？」

いるのかいないのかわからないようなその音響技術者は、咳払《せきばら》いをしてから口を開いた。

「想像しうるあらゆる角度から電話の音声を分析してみました。細かく分析するだけじゃなくて、実験的な方法も試してみました。でも、かなりたくさんのフィルターを通した声なので、人間の声なのかどうかさえ判断がむずかしいというのが、実のところ、現状です」

「で、結論は？」とベリエルが苛立たしげに尋ねた。

「分析結果からはやはり人間の音声だと言えます。ただ、もとの声を割り出すのはそう簡単ではありません。あと一日か二日は……」

「いや、待てない」とベリエルはカーリのことばをさえぎって言った。「今日やれることの手がかりをくれ。なんでもいい」

「そう言われても、今の時点では確かなことは……」

「なんでもいい。頼む」

「わかりました」とカーリは言うと、身を乗り出して続けた。「声の主の特定はまだできていません。音声の品質が悪すぎて、個人が特定できるような特徴を見つけられないんです。性別に関してはおおよその見当はついていますが、それ以外には……」

「男だろ？」とベリエルはまたさえぎって言った。「男が女のふりをして電話をかけてきたんだろ？」

「いいえ。声の主は女性です」とカーリはきっぱりと答えた。

ベリエルはそのことばに固まったようになった。部屋全体の温度が一気に下がったような気さえした。全員の眼がベリエルに集まった。ややあって彼は言った。「それはあくまできみの推測だな？」

「九十七・四パーセントの確率で女性の声です」とカーリは言った。

ベリエルはいきなり椅子から立ち上がると、何も言わず部屋を出ていった。

彼の戸惑いがほかの者にも感染するまで少し時間がかかった。やがてそれも過ぎると、ロビンが立ち上がり、ヴィーラとカーリを従えて会議室を出ていった。

ディアがひとり残された。が、彼女も深いため息をついてすぐに立ち上がった。

彼女が間仕切りのない刑事部屋に戻ると、ベリエルは自分の席についてまた宙を見つめていた。彼女は静かに近づくと、自分の椅子に坐ってからベリエルのほうに向きを変えた。それでも彼の視線をとらえることはできなかった。そのまましっときが過ぎ、ディアは簡単な質問をした。「犯人は女？」

　無表情な顔のままベリエルは彼女を見つめた。

「それとも、女の共犯者がいるということ？」とディアはさらに尋ねた。

　ベリエルは冬眠から目覚めた。いかにも不承不承。

「俳優なのかもしれない」と彼はぼそっと言った。「あるいは、道端でスカウトした女にとても断われないような条件を突きつけて頼んだか」

「どっちにしてもその女は犯人を見た」

　ベリエルは顔をしかめ、長すぎるくらいディアの眼を見た。

「犯人を見た……」

　ベリエルはそうつぶやくと、携帯電話を取り出した。携帯電話の中の写真。北極星。マルクスとオスカル。マーシュタの家で撮った写真。地獄のような地下室。そのすぐあとのことだ。玄関ポーチに出たときの不思議なほど澄んだ空気。並んで立ったベリエルとディア。ほとんど雨はやんでいる。そのとき彼は妙な違和感を覚えた。が、それはほんの束の間のことで、あとには空《むな》しさだけが残った。

　あの違和感はいったいなんだったのか。

　幻覚？

　そうだ、写真だ。ポーチから撮った写真。

ディアはベリエルをまだじっと見つめていた。彼は写真を何度もスクロールして指で器用にズームし、最後にはひどい近視にでもなったかのように画面を深くのぞき込んだ。そして、突然立ち上がると、しばらく立ち尽くしたあと、リュックサックをつかみ、思いつめたように出口に向かった。

「どこに行くの?」ほかにいいことばが見つからず、ディアは尋ねた。

「歯医者だ」振り向きながら、ベリエルは言った。「もしアランが来たら、歯医者に行ったと言ってくれ」

「冗談はやめて」

「歯医者」歩きながらベリエルは自分に言い聞かせるように言った。「そう、それだ。歯医者に行かなきゃ」

「午後には戻ってこられるの?」もう返事は返ってこないと思いながらも、ディアは尋ねた。が、姿が見えなくなる寸前、ベリエルは言った。「運がよければ午後には戻る。もっとずっとよく嚙《か》める歯になって!」

9

十月二十六日　月曜日　九時二十八分

職務に必要ということで車は使えても、そのマイナス面は車庫がないというだけではない。シートもだ。皮革に問題はない。人工皮革でもかまわない。ただ、その薄っぺらな速乾性素材の下にはきわめて吸水性にすぐれたクッションが詰まっている。だから一見、表面は乾いていて気持ちよさそうに見えても、その中はびしょ濡れということがある。せっかく乾いたのにベリエルの服はもとに戻ってしまった。濡れているのが本来の姿なのかと勘ちがいさせられるくらいに。

ただ、今はそれも些細《ささい》なことだ。ベリエルは市《まち》を突っ切って、プローグ通りにある自宅のまえの駐車スペースまで走った。エレヴェーターは一階で待っていたが、半年ぶりに四階まで階段を一段飛ばしで駆けあがった。それも驚くほどすばやく。玄関の〝リンドストレーム&ベリエル〟の表札を見るたびにいつも覚える心の痛みも、驚いたことに無視できた。アパートメントの中にはいると、開け放たれたバスルームのドアの奥を努めて見ないようにして——中にはずぶ濡れの服が放置されたままになっており、乾くか腐るかどちらかの選択を迫られた服がどちらを選択したかは明らかだったので——散らかった寝室に直行した。狼の刻の混沌《こんとん》。午前三時半に部屋を出たときのままだった。床にはユリア・アルムストレームのファイルの中身がばら撒《ま》かれ、大きすぎるベッドの使われていない半分にはヨンナ・エリクソンとエレン・サヴィンエルの資料がごちゃ混ぜになっていた。ベリエルは机の引き出しを開け、中から拡大鏡を取り出すと、資料を集めてベッドの端に並べた。そして、そのまえに身を屈めて携帯電話を手に持った。

マーシュタの家の玄関ポーチで撮った写真が出てくるまで、すばやく写真をスクロールした。ほとんど同じような写真が三枚あった。あのときベリエルたちは悪夢のような地下室から出てきた直後で、すべてが新鮮にまっさらに見えたのだろう。負傷したエクマンはすでに救急車で搬送されており、ポーチに流れた血もきれいに洗われていた。ディアがベリエルのすぐ隣りにいて、雨上がりの空気はとても清々《すがすが》しく、湿気によって深い土の中から放たれた胞子とオゾンが混じり合っていた。

そのときだ。あの違和感に襲われたのは。ほんの一瞬の感覚だったが。

なんの意味もないものだったのだろうか。ただの気のせい？

ベリエルは一枚目の写真を改めてよく見た。少しぶれているのは携帯を持つ右手から血が出ており、左手もゴム手袋をはずしたばかりで汗をかいていたからだろう。規制線のすぐ近くに警察のヴァンが二台停まっていた——手ぶれのせいで青いライトが不規則な波状に横に長く伸びている。警察車両のすぐ横にカメラマンや音響技術者やレポーターの集団に交じり、二十人ほどの見知らぬ野次馬がいる。二枚目の写真は一枚目よりずっとよく撮れている。青いライトも光る個別の点として写っており、少なくともレポーターのひとりはテレビでよく見かける顔だとわかる。写真を拡大しながら、ひとりずつ顔を見ていった。まずは見分けのつくマスコミの連中、次は興味津々の野次馬たち。ひとりひとりの顔が画面に現われるたび、自分の体がどういう反応を示すか意識した。あの違和感がまた戻ってくるかどうか。

五、六人の顔が次々に表示されたところで、少し薄まってはいるものの、まちがいなくあのときのあの感覚が戻ってきた。そう、この女だ。

ブロンドで歳は三十代半ば、たまたま肩越しに振り返りかけたところが写っており、顔半分は横を向いていたが、はっきりと写っていた――しし鼻をしている。顔だけが野次馬の一列目の背後で突き出した恰好で、ベージュのような明るい色のレインコートの襟以外、どんな服装をしているのかはわからない。

三枚目の写真、ポーチから撮影した最後の写真も拡大して見た。その写真ではベリエルが掲げた携帯電話をまっすぐに見ており、まえに立っていた男たちが少し動いたおかげで、もっとよく写っていた。コートの色はベージュというよりオフホワイトで、脚を開き、妙に斜めに立っているように見えた。さらにズームして、写真の粒子が個々のピクセルに分解されはじめたところで、ようやく彼女が自転車にまたがっているのがわかった。

ベリエルは頭を掻いた。自分の反応についてさらに考えた。

この女に何かを感じたのだ。それはもうまちがいない。ポーチに立ったときに感じた束の間の強い違和感の原因はこの女だ。そもそも携帯電話を取り出して写真を撮影したのもこの女のためだ。

ベリエルは携帯電話をベッドに並べた三冊のファイルの横に置いた。そのうちのふたつのファイルは同僚のシルヴィアに持ち出させたものだった。アランはこのファイルを知らない。真ん中のファイル――ヨンナ・エリクソン――を開いて、その中から画像を探した。冬の森を撮った写真がどこかにあるはずだ。見つかった。連続撮影された三枚の写真で、まず最初の報道写真。なんの面白みもなく、解像度も悪かった。ただ、青と白の立入禁止のテープのうしろにいる人混みははっきりと写っていた。

ベリエルは拡大鏡を手に持ち、その報道写真を拡大鏡越しに見た。解像度はやはりかなり低かった。それを見たような気がしたのはこの写真のせいではない。それは二枚目の写真に写っていた。拡大鏡のおかげで、自転車がもっとはっきり見えた。自転車に乗っている人物は頭にふかふかの毛皮の帽子をかぶり、顔の下半分には厚手のスカーフを巻いていた。しかし、少し赤みを帯びてスカーフの上に見える鼻はマーシュタの女の鼻と同じ角度で上を向いていた。

ベリエルはヨンナのファイルを横に放ると、次にユリア・アルムストレームのファイルを手に取った。混乱した現場を撮影した写真が何枚かあった。バイカー集団、規制線、野次馬。もう一度拡大鏡で確認した。あった。くそ!

どうしてこれまで気づかなかったのか。

いつのまにか脚が痺《しび》れていて、立ち上がると痛んだ。痛みを無視して写真の写真を撮り、三通のメールを送信したあと、二個所に電話をかけた。血流をよくするために寝室を歩きまわりながら。最初の電話ではこんなことを言った。

「シルヴィア？　まだメディア室にいるのか？　よかった。メールを送ったから見てくれ」

もう一本の電話は、はち切れそうになっているリュックサックを抱えてよろよろ階段を降りながらかけた。

「ディア？　午後の打ち合わせを十一時にまえ倒ししてくれ……あと一時間もない？　それでもできるだけ人を集めてくれ。ただしアランは抜きだ。それだけはまちがえないように」

あと一時間もない？　今が何時なのかベリエルにはすぐにはわからなかった。車に乗ろうとして手首を見て、腕時計をしていないことに気づいた。それはベリエルには通常ありえないことだった。


間仕切りのない刑事部屋にはいると、遠くからでも自分の腕時計が見えた。デスクランプの光の下で薄く光っていた。ディアがホワイトボードのまわりを片づけ、スペースをつくっていた。サミールはマーシュタから疲れ果てて戻ってきたメンバーのために椅子を並べていた。ベリエルはすべてのことを頭から閉め出した。静かな張りつめたまわりの動きを一切遮断し、ティッシュの上に置かれたロレックスをひたすら見つめた。結露はガラスの内側に大きく広がり、文字盤の半分が湿気でかすんでいた。まさかとは思うが……？　彼はリュックサックの中を漁って拡大鏡を取り出すと、次に机の引き出しから時計の蓋を開ける特殊な器具――ウォッチケース・オープナー――を取り出し、裏側の蓋を開け、拡大鏡で時計の内部を点検した。完璧なまでに調整された微小な歯車やピニオンの集合体を見ると、ベリエルの心拍数はいつも劇的に下がる。これこそ人類が今までにつくり上げることのできた永久機関の極致だ。自動巻き装置の果てしない魅力。時計が動きつづけるのに必要な力が、装着している人間の日常的な動きだけで生み出されるのだ。電子工学がどんなに急速に発達しようと、そんなこととは関係なくこれは完璧な装置でありつづける。人類の革新力でここまで命に肉薄したものはほかにない。

それでも時を刻むその音自体に意味はない。

その静かで完璧な時計の音に何かがはいり込んできた。見上げるまえからそれが誰の咳払いなのかわかった。その茶色い眼を見つめるまでもなく、ディアがすべての準備を終えたのだ。ベリエルは注意深く腕時計を裏返した。結露の範囲が大きくなって、位置も移動していた。ただ、文字盤の上方の三分の一はまだ無事だったので、時計の針が十一時を指しているのはわかった。十一時ぴたりを指していた。

ディアは午前十一時の午後の打ち合わせにほぼ全員を招集するという荒業《あらわざ》をやってのけていた。ベリエルは両肩をまわしてから蓋を取った時計をデスクランプの暖かな光の下に移した。拡大鏡とウォッチケース・オープナーはリュックサックにしまい、重いファイルを取り出してホワイトボードに向かった。

　そして、集まったチームのメンバーにねぎらいのことばをかけることもなく、いきなりホワイトボードに三枚の写真を貼り出した。

「エレン・サヴィンエルの誘拐はひとつの独立した事件だというのがわれわれの公式見解だ。でもって、それはアランが捜査からあらゆる憶測を排除することを選んだ結果だ。彼の考えはおれにも理解できる。しかし、ここにいる何人かはもう感づいているかもしれないが、おれはアランの選択に同調してはいない。というのも、今回のことはあまりに周到に実行されてるからだ。初めてにしては手口がプロすぎる。で、これまでに起きた同じような事件――跡形もなく人が消えた事件――を掘り返してみたら、二件見つかった。関連性を裏づける証拠は今のところ何もない。些細な状況証拠さえない。唯一の共通点はなんのまえぶれもなく姿を消したのが十五歳の少女だという点だけだ。その後、ヴェステロースのユリア・アルムストレームも、クリスティーネハムンのヨンナ・エリクソンもふたりともボーイフレンドと一緒に逃げる計画を立てていたということが明らかになった。いくつかの理由からふたりとも自ら消息を絶ちたがっていたこともわかった。いずれにしろ、それぞれ捜査は一ヵ月ほど続けられたが、結局のところ、ふたりは自らの意思で失踪したと見なされ、身元を偽ってすでに国外に出ているのではないかと結論づけられた。それでどちらの事件も捜査は打ち切られた」

「エレンの事件にはそういう類似点はありません」とサミールが言った。

「そのとおりだ。そう、何かがあったのさ」とベリエルは言った。「犯人の気を変えさせる何かが」

「今のはアランが一番嫌がるただの決めつけにしか聞こえないけど」とディアが横から口をはさんだ。「でも、あなたが今になってわたしたちにそんなことを言うのは、つまりこれまでひた隠しにしてきた秘密の捜査をついに公にしようというわけね？　何かを見つけたのね、でしょ？　よく嚙める鋭い歯になったおかげで」

彼女はそこで例の眼になった。

くそったれディア。ベリエルは内心ほくそ笑みながらホワイトボードの写真のひとつを指差して続けた。

「愛し《ディア》のディア。この写真はおれときみがマーシュタの呪われた家の玄関ポーチにいたときに撮った写真だ。家に踏み込んだ直後に。覚えてるか？」

「あのときあなたは写真を撮ったの？　でも、なぜ？」

「何かを感じたからだ。説明しろなんて言わないでくれ。〝直感とはこれまでの経験の濃縮にほかならない〟なんていうだろ？」

「まさに漫画の『ザ・ファントム』のおめでたい格言ね」とディアは抑揚のない口調で言った。

「まずはここから始めよう」とベリエルは言って、解像度のかなり粗い写真を指差した。何台ものバイクとバイカー・ジャケットを着た連中を写した写真だった。「この写真が撮られる一週間まえ、ヴェステロース市北東のマルマベリ在住の十五歳のユリア・アルムストレームが消息を絶った。今から一年半まえの三月十七日のことだ。朝になっていなくなっていることがわかり、夜のうちに失踪したと考えられた。もちろん家出をしようと思えばできた。おまけに若い男との秘密のメールのやりとりが徐々に明らかになった。メールの中でその男は、前科から逃れて〝太陽が光り輝きつづけるどこか〟に行きたいなどと書いていた。このことばを文字どおり受け取れば、それは地球上のどこでもいいことになる。太陽の光がなければ人間は生きていけない」

「その男の身元は判明したんですか？」と誰かが大声で訊いた。

「いや」とベリエルは答えた。「ただ、その男は刑務所から出所したばかりであることが考えられたので、最近出所した服役囚を調べたところ、少なくとも八人の居所がわからなくなっており、外国に出国したことが考えられた。珍しいことじゃない。今のご時世、偽造パスポートなど簡単に手にはいる。完璧な仮面など」

「仮面？」とディアが訊き返した。

「すばらしい」とベリエルは彼女を指差しながら言った。「今のきみの突っ込みこそまさに完璧な合いの手というものだな」

「いいから」とディアはまた抑揚なく言った。ベリエルのそういう物言いには慣れていた。

「完璧な仮面ってなんのことなの?」

「この男はただの仮面にすぎなかったということだ。実在しない〝ファントム〟だったということだ。メールのやりとりは全部偽物だ。要するに、駆け落ちというすじがきを書き上げるための偽装工作だったのさ。今にして思えば、昨日おれたちをマーシュタの家に呼び寄せた通報と似ている。リナ・ヴィクストレームなる人物からかかってきた電話と。でもって、ここに立っているのがそのリナ・ヴィクストレームだ」

ベリエルはバイカー・ギャングが写っている写真に赤いマーカーペンで太い円を描いた。振り返ると、全員が怪訝《けげん》な顔をしていた。ひとつの部屋の中でこれほどの数の眉間の皺を見るというのもそうそうあることではない。

「いったい――」口をあんぐりと開けていたディアがようやく声を発して言った。

「これはヴェステロースの地元バイカー・ギャングの手入れのときの写真だ」とベリエルは続けた。「ユリア・アルムストレームが失踪した一週間後だが、この時点ではメールのやりとりはまだ見つかっていない。そのときの写真だ。ギャング団が〝若い肉〟を売りに出しているという情報に基づく手入れだったんだが、このときの手入れでは想定以上の成果があった。大量のコカインの押収に未成年のウクライナ人少女の保護、それに合計三百万クローナ相当の雑多な盗難品。ユリア・アルムストレームはいなかったが、野次馬に交じってこの女がいる。ブロンド、しし鼻、三十代半ば。そして、自転車に乗っている」

　眉間の皺を解いた者はまだひとりもいなかったが、誰もが何かを感じて緊張しているのは明らかだった。ベリエルは次の写真を示して言った。

「それから約一年後の今年二月、今度はヴェルムランド県の深い森の中だ。クリスティーネハムンとカールスクーガのあいだの森だから、それほど深い森というわけではないが、いずれにしろ、クリスティーネハムン在住の十五歳、ヨンナ・エリクソンが行方不明になった。彼女のボーイフレンドのシモン・ルンドベリも同時にいなくなったことから、警察も捜査には及び腰だった。ヨンナもシモンも優等生というわけではなく、ふたりとも児童養護施設育ちで、施設から何度も逃げ出してはまたすごすごと帰ってくるという〝前科〟がともにあったからだ。そんなところへヴェルムランド県とエレブルー市のあいだの森に新しく掘られた墓があるという通報がはいった。それが新しくできたベルグスラーゲンの警察管轄区の境界線上だったものだから、通報から丸一日、それまでは別々だったふたつの警察が互いに責任を押しつけ合った。同じ管轄区域になってすでに一ヵ月以上経っていたのに。警察の捜査じゃよく見られる茶番だが、いずれにしろ、雪に覆われた森の墓から掘り出されたのは違法に殺された子供のヘラジカだった」

　ベリエルはここで一旦ことばを切ると、捜査チームのメンバーの顔を見まわしてから続けた。「そんなこともあって、この失踪事件は少なくともふたつの都市の地元メディアと野次馬の注目を浴びることになって、そのとき森にやってきた野次馬の写真が残っている。警察とメディア双方が撮った写真だ。それを見るかぎり、野次馬の数は昨日大雨の日曜日の朝にマーシュタ郊外に集まった野次馬よりはるかに多い。これがそうだ」

全員その写真を見ていた。が、ベリエルの話の行き着く先はまだ見えていなかった。

ベリエルは赤いマーカーペンでもうひとつ太い円を描いた。

「これは警察が撮影した写真だ。自転車に注目してくれ。大きな毛皮の帽子をかぶって、顔の下半分には厚手のスカーフを巻いている。おれがまちがっていたら言ってくれ。だけど、まちがいない。これは一枚目の野次馬の中にいたのと同じ女だ。その女が一年後、ヴェステロースから百六十キロも離れた真冬の森の中で自転車と一緒に写っている」

ベリエルが三枚目の写真を指す頃にはディアの眉間から皺は消えていた。ベリエルは言った。「昨日の手入れのときにマーシュタの家のポーチの上から撮った写真に戻ると、ここにもブロンドでしし鼻、自転車に乗った三十代半ばの女が写ってる」

彼は赤いペンでもうひとつ円を描いた。

そして、ペンを置くと首を振って言った。

「女という線はまったく考えてなかった。犯人は男だとおれは確信していた。社会に適応できず、異性とことさら距離を置いている孤独な男だと決めつけていた。先入観は一度全部取っ払ったほうがいい。そんな忠告がこの建物にいる年配の同僚から聞こえてきそうだ」

「その同僚はもうこの建物にはいないよ」廊下から野太い男の声がした。

ベリエルは眼を上げた。遠くからでも冷たさが感じられる眼と眼が合った。

「彼はヨーロッパにいる」とアランは続けた。「欧州刑事警察機構《ユーロポール》にな。その理由は神のみぞ知る、だ」

「アラン」とベリエルのほうも冷ややかに言った。「いいところに来てくれました」

「続けてくれ」とアランは言って柱に寄りかかった。「私の用件はあとでいい」

ベリエルはひとつ深く息を吸い、また話しはじめようとした。そのときディアが横から言った。「そんなに単純なの？　あまりに陳腐すぎない？　犯行現場に舞い戻るなんて」

「そうかもしれない」とベリエルは応じて柱のほうをちらっと見やった。「だけど、ここはアランを見習おう。〝急いで結論に飛びついちゃいけない〟」

「この自転車の女がスウェーデン初の女の連続殺人犯？」ベリエルが今言ったことを聞いていなかったのか、サミールが抑揚のない調子で言った。

「その女がどんな役割を担っているのかはまだわからないが」ベリエルはチームで一番ひげの濃い部下に鋭い視線を向けて言った。「いずれにしろ、その女を捕まえたい。さっきも言ったが、リナ・ヴィクストレームのふりをして電話してきたのはその女だ。つまりいいときにいい場所にいられるために。ほかのふたつの事件でもおそらく同じような方法で警察を誘導し、わざと現場で目撃されるように仕組んだんだろう。ただ、まえの二件では警察の眼が別に向くようにしている。ヴェステロースではバイカー・ギャングに、ヴェルムランドでは埋められた子鹿に。なのに今回は正しい方向に警察を誘導した。こっちが苛立たせられるほど。そうして好きなだけわれわれを愚弄しようとしている――あのナイフの珍しい仕掛けがいい例だ。ユリアとヨンナはおそらく生きてはいないだろう。しかし、エレンはまだ生きている。ただのおれの勘だが。犯人の中で何かが変わったんだ。それがなんなのかはわからないが」

「これからの捜査の進め方は？」とディアが尋ねた。

「どうします、ボス？」とベリエルはわざとアランにディアの質問の矛先を向けた。ほんとうに尋ねたわけではないことが明らかな横柄《おうへい》な態度で。

アランの身振りだけは寛大だったが、その表情はまったく正反対のことを語っていた。

「もうすでに動きはじめている」とベリエルは続けた。「写真はロビンにメールで送った。顔認証システムにかけられるように――顔の部分がはっきりと見えるようロビンのチームに処理してもらう。メディアが使っていない写真はほかにもあるかもしれない。ここはシルの出番だ」

きつい顔つきの四十代の女性が咳払いをしてから、顔つきに見合ったきつい口調で言った。

「シルヴィアと呼んでくれてもいいんだけど」

「ヘラでもガイアでもなんなら聖母マリアとでも呼んでやるよ。ちゃんと仕事をしてくれたら」

「ノルウェーの神話に出てくる女神の名前だったら、愛の女神フレイヤがいいんじゃない？」と横からディアが言った。

　ベリエルはディアを黙って見た。片眼の主神オーディンのような暗い眼をして。

「わたしが見つけたのはこれよ」とシルヴィアは落ち着いた声音《こわね》で言った。「三つの犯罪の現場にいた報道カメラマンの名前――無許可の狩猟も違法だから犯罪の現場でいいと思うけど。それに警察が撮った写真も全部そろってる。地元のふたつのテレビ局には、昨日撮影した映像の中で、放送に使わなかった部分も削除しないように依頼してある。あと、ヴェステロースのバイカー・ギャングの現場にもテレビ・クルーがいたという情報があるんだけれど、結果的には何も放送はされなかった。その件についてはまだ調べてないわ」

「いや、それでいい」とベリエルは言った。「その調子でがんばってくれ、シル。マーシュタで訊き込みをしているチームは女の写真を持って、各戸の訊き込みを続けてくれ。ロビンのチームは優秀だから、すぐにもっといい写真が届けられるはずだ」

「もちろん、メディアにも写真は公開するんでしょ？」ディアが尋ねた。

　ベリエルは彼女の顔を見て言った。「今のはこれまでおれが受けた中で一番デリケートな質問だな」そう言って、彼は眉間の皺をほぼ解いた面々を見渡した。「捜査の最優先目的はエレン・サヴィンエルをできるかぎり早く見つけることだ。おれたちがこうやって話しているあいだにもこの十五歳の少女は地獄を味わってる。おれたちの発することばのひとつひとつ、おれたちの一挙手一投足がなんの罪もないこの少女の痛みに直結したものでなければならない。一秒一秒が大事だ」

ベリエルはエレン・サヴィンエルの笑顔の写真を指差した。この三週間、捜査チームがほぼ毎日眼にしてきた笑顔だ。少しはにかんだようなその笑顔が無限の可能性を秘めた彼女の未来を示していた。

顔写真の横にはエレンが連れ去られたときに着ていた服の写真があった。上品な花柄のワンピースは季節はずれの夏物に見えた。

ベリエルは続けた。「自転車の女の写真がメディアで一斉に公開されれば、すぐにでも捜し出せるだろう。しかし、同時にそれはこちらの動きを女に知られてしまうことを意味する。マーシュタと同じようなリスクは冒したくない。現状では、女の知らないことをおれたちが知っているという点に関してはこっちに分がある。そういった状況はできるかぎり維持したい。少しでもこっちに有利な点があるあいだはそれを最大限生かしたい」

ベリエルはそこでことばを切ったが、まだ話が終わっていないことは明らかだった。目撃されたエリク・ヨハンソンの二枚のモンタージュ写真を指差してから、その隣りに自転者の女の顔の拡大写真を貼り付けて彼はさらに続けた。

「今のところ、女の顔が判別できる写真はこれが限界だ。この女とエリク・ヨハンソンとの関係もわからない。それでも女は確実に存在する。ヨハンソンの目撃通報のあるなしにかかわらず」

少し間を置いてさらに続けた。「今重要なのはひとつだけだ。とにもかくにもこの女を捕まえる。それだけだ」

ベリエルはまだ話しおえていなかった。捜査チームの面々は半分椅子から立ち上がりかけたまま彼の顔を見つめた。

廊下の柱に眼をやりながら、ベリエルはいくらか誇張した口調で言った。「みんな、大きな声じゃ言えないが、おれたちが追ってるのは連続殺人犯だ」

捜査会議の終了と同時に、迫力のある胴間声が轟《とどろ》いた。

「オフィスに来てくれ」ベリエルから視線をそらさなかったアランの声だ。

言うまでもない。

10

十月二十六日　月曜日　十一時三十四分

お偉方のオフィスというのはだいたい非人間的で個性を感じさせないものだが、アランのオフィスはその手の新記録をつくろうとでも思っているかのような部屋だった。本棚に本さえなく、あるのは黄ばんだラベルに軍隊的な略語が書かれた、なんの変哲もないファイルとフォルダーで、机の上には写真ひとつ置かれていなかった。部屋を飾ろうという意志がまるで感じられず、壁に掛かっているのも免状や賞状の類いだけだった。ゴルフクラブも釣竿《つりざお》もサッカーのピンバッジもなかった。芝刈り機の取扱い説明書すら。

「で？」とアランは言って、机の向こうから鋭い視線をベリエルに向けた。

「あなたに言われたとおり言っただけです。一字一句変えることなく。証拠が見つかるまでは何も言わなかった。三つの事件の現場すべてに自転車の女がいた。それが〝証拠〟になりえないのだとしたら、〝証拠〟という用語自体廃止しないと」

「それでも、私が言うなと命じたことを言ったことに変わりはない」

「チームには言いましたが、メディアには言ってません。チームのみんなもわかっています。あなたやおれ同様、公務員として機密保持の宣誓をしてるし」

「彼らが失うものはわれわれほど大きくはない」

「おれが失うものも大きいとは思えませんがね」とベリエルは言った。「〝特別有責警部〟などという立場の人間が失うものなど」

「失うおそれがあるのはきみの人生だ」とアランは言った。

「おれの人生？　こんな殺風景なオフィスを世界の中心みたいに使ってるわりには、ずいぶんと情熱的なことを言うんですね」

「きみのオフィスはどうなんだ？」

「飾りつけたくても飾りつける壁がない」

「それでも写真立てはあるじゃないか。私にはそれだけでもきみの席は居心地よさそうに見えるが。あれは凱旋門《がいせんもん》の写真か？」

「その話はやめてください」とベリエルは言った。

「しかし、凱旋門はもう過去のことだ。過ぎたことだ。今のきみの人生はここにある。ここだ。ほかのどこでもない。きみだってそれを失いたくはないはずだ」

「アラン、何が言いたいんです？」

「みんな知ってるように、私はもうすぐ引退する。私のあとはたぶんきみが引き継ぐことになるだろう。失うものは大きいと言ったのはそういうことだ、サム。〝連続殺人犯〟などということばは絶対に口にしてほしくなかった。しかし、もう言ってしまった以上、このことばを新聞で眼にするのも時間の問題になってしまった」

「十五歳の少女が三人も行方不明になってるんですよ！　最初のひとりはいなくなってもう一年以上も経ってるんですよ！　これは連続殺人事件だ。誓ってもいい。なんらかの理由で十五歳の少女に固執している連続殺人犯の仕業です」

　アランはまじまじとベリエルの顔を見つめてから視線をそらすと、そのことについてはもう触れることなく、机の上の書類の山から一枚抜き出して言った。

「ナイフだが」アランのジェスチャーからは何も読み取れなかった。「ロビンが言うには、ナイフも手づくりだそうだ。だから国立科学捜査センターは今、冶金《やきん》学的分析をおこなってる。これはきわめて珍しいことだよ。犯人は自宅かどこかで鉄を鍛造《たんぞう》したんだから。そのことから何か手がかりが見つかるかもしれない」

「鍛造技術そのものが手がかりになりますね」とベリエルは言った。「いったいまっすぐ飛ぶナイフなんて誰に鍛造できるんです？　これはまちがいなく専門家の仕業だ」

「それも科学捜査センターで調べてくれてる」とアランは言った。「それにしてもロビンは忙しそうだったな。やるべきリストの一番上に〝もう一度最初からまちがいなく〟などと書かれていたところを見ると。何か思いあたるか？」

「いいえ」とベリエルはそしらぬふりをして答えた。

「リストに書かれているのは、ナイフ、ナイフを飛ばす仕掛け、係船環、新しくつくられた壁、掃除機、迷路、だ」

「薬物分析は含まれていませんでしたか？」

「法医学班の分析まではまだ見てない。とりあえず、ロビンのリストをひとつずつ確認したいんだが、いいか？」

「ええ」とベリエルは答えてから訊き返した。「いや、今、迷路と言われましたよね？」

「そこに興味を惹かれたか？」とアランはどこか小馬鹿にしたように言った。「まあ、それはあとだ。リストの順番どおりに見ていこう。まずは〝ナイフを飛ばす仕掛け〟だが――」

その瞬間、運よくベリエルの携帯電話が鳴った。さらに運のいいことに無視できない電話だった。それでも慌てたそぶりなど見せることなく、上着のポケットから携帯電話を取り出すと、彼は串刺しにされた豚さながら鳴りつづける携帯を手に言った。「出ないと。いいですか？」

ヒステリックな呼び出し音が続く中、そう言ってベリエルはアランを見つめた。アランとしても認めないわけにはいかなかった。

電話に出ると、ベリエルは自分の名を名乗った。が、そのあとはひとことも発しなかった。そして、電話が終わると立ち上がり、携帯を上着の内ポケットにしまって言った。「この件はまたあとでお願いします」

どこまでも沈着冷静にベリエルはアランのオフィスを出ると、廊下をことさらゆっくりと歩き、アランのオフィスから見えなくなるなり、駆けだした。

階段を駆け降り、廊下を走り抜け、さらに何階分もの階段を降りて何本もの廊下を通り、なんの表示も出ていない部屋のまえにたどり着くと、いきなりドアを開けた。本棚に囲まれた狭い空間に何も置かれていない机がいくつも並んでいた。机には三人の男がついていた。ベリエルのいきなりの登場に三人そろって視線を上げたが、興味はまるで示さなかった。ベリエルは本棚の向こうにドアがいくつか並んでいるところまで走ると、左側のドアを勢いよく開けた。いかめしい顔つきの四十代の女性がおり、何台ものコンピューターからベリエルのほうに顔を向けた。その顔つきはいつもより幾分きつさが和らいでいた。すでに薄毛になっているねずみ色の髪が四方八方に突き出ていた。

「シル」とベリエルは息を切らして言った。

「サンボ」とシルヴィアは落ち着き払った声で応じた。

「話してくれ」

「ヴェステロース」一番近くの画面を指差して、シルヴィアは言った。「バイカー・ギャングのクラブハウス。思ったとおり、地元のテレビ局は現場に来ていた。でも、番組としてはスポーツ中継をやったんで、こっちは放送はされなかった。因《ちな》みに、実際に放送されたのはアイス・ホッケーだった。編集された映像はもう残ってなかったんだけれど、カメラマンが生の映像のはいったバックアップ用ディスクを見つけてくれた」

「で、おれに見せたいのは？」とベリエルはさきを促して言った。

先を急《せ》かされ、シルヴィアはしかめっつらでベリエルを見たものの、マウスをクリックした。画面に映像が現われた。手振れのひどい映像ながら、最初に現われたのは、革製のヴェストを着た肥《ふと》り気味の男たちで、警官に取り押さえられ、冬景色の中、地面に押さえつけられていた。少なくともふたりの警官がひとりのバイカーを押さえつけていた。なんとか識別できる五つの建物の真ん中の建物から、色白で痩せこけた少女が毛布にくるまれて連れ出されるところも映っていた。少女がカメラに近づいたところで、シルヴィアは言った。「オクサーナ・カヴァンスカ、十四歳。このあとわがスウェーデンに亡命者として認められ、新しい身分も与えられた。で、今はファールンで普通の高校生活を送ってる。それよりこれを見て」

被写体が規制線の外にいる野次馬から、マイクを手に近くにいる人々に話を聞こうとしている若者に変わった。その若者は指揮にあたっている警察官から話を聞こうとしたところ、マイクを顔に押し返されていた。それでも気を取り直して、野次馬にマイクを向けはじめた。そこでシルヴィアは映像を早送りにした。そのため、唾だらけになったマイクに何人かが意味のないコメントをしている部分の音声は聞こえなくなった。そのあとレンズの向きが変わり、自転車が映し出された。

自転車の車輪にカメラの焦点が合いはじめたところで、シルヴィアは早送りをやめて通常の速度に戻した。音がまた聞こえるようになった。いささか興奮したレポーターの声が聞こえた。

「あなたも事件を知って駆けつけたんですか？」カメラマンは自転車の車輪に焦点を合わせようとしていた。焦点が合うと、カメラは上にパンした。

まちがいない。自転車の女だ。思いがけず、彼女の顔の筋肉が動くのが見えた。まるで今この瞬間、その女が現実のものになったかのように。

顔の筋肉の動きの裏で多くのことが起きている。ベリエルはとっさにそう思った。彼女の顔の筋肉はすさまじく複雑な意思決定によって支配されている。そんなふうに思えたのだ。彼女自身は自転車を漕《こ》いでそのままその場を立ち去ろうとしていた。が、そう思えた瞬間、ボディランゲージが大きく変化した。思いがけず、彼女は口を開いた。「自転車で通りかかっただけです」

予想外に低い声だった。

「今回の事件をどう思いますか?」コメントを得られたその機を逃すまいとレポーターは畳みかけた。

「何についてどう思えばいいの?」

「バイカー・ギャングに対する警察の手入れについてです」

するとと彼女はレポーターの背後を指差して言った。「誘拐された人を解放することができたんですよね。だったら、いいことだったんじゃないの?」

そのときベリエルははっきりと思った。この女を尋問しなければならない。その思いは彼女自身驚くほど強かった。

「ありがとうございます」とレポーターは言った。その声からすると、嘘偽りない感謝のことばのようだった。「お名前は?」

ベリエルは固まったようになって、画面を凝視した。

女の顔の筋肉がまた動いた。さきほどと同じような動きだった。彼女は言った。「ナタリー・フレーデン。でも、わたしのたわごとなんか放送したりしないわよね？」

「止めてくれ！」とベリエルは叫んだ。

視界の隅でシルヴィアの顔が画面に近づくのが見えた。ベリエルも知らず知らず画面に顔を近づけていた。

「どう思う？」

「何を？」とシルヴィアは画面から眼をそらさず言った。

「今のはなんだったんだ？」

「何を言ってるのかわからないんだけど」

「いや、わかってるはずだ。今、女は何をした？」

シルヴィアはディアとはちがう。こういったときにはベリエルとしてもそのことを認めざるをえなかった。

保存された記録を探し出すことに関してはすぐれていても、シルヴィアの分析力はディアほどではない。もちろん、ベリエルも警察学校同期のシルヴィアを高く評価してはいた。今でもベリエルのことを〝サンボ〟などと呼ぶのは彼女だけだ。デジタル関係——たとえば検索して金鉱を掘りあてること——に関しては、シルヴィアは天才的な能力を発揮する。しかし、こと物事の見方となると、ディアとシルヴィアのあいだには大きな隔たりがある。

微気象学？　そんなことばを思い出して、ベリエルは思わずにやりとした。

シルヴィアは訝《いぶか》しげな眼を彼に向けた。

「彼女は『ナタリー・フレーデン。でも、わたしのたわごとなんか放送したりしないわよね？』と言ってる。なんなんだ、これは？」とベリエルは言った。

シルヴィアは何度かまばたきをした。「この〝ナタリー・フレーデン〟についてもう調べはついてるのかどうか知りたいの？」

「もちろん知りたい。でも、それはあとだ。まずはこれだ」

シルヴィアの首の筋肉が強《こわ》ばるのがベリエルには見えた。

「名前を言うまえに何かを考えてるように見えるわね」とシルヴィアは考え考え言った。

「話しはじめるまえにもじっくり考えてる」

「そう。そのあとで本名かどうかなんとも言えない名を口にしている」とベリエルは言った。

「そのあとは？」

「わかった」とシルヴィアはとりあえずベリエルにつきあう口調で言った。「彼女は名前を言ってからそのすぐあと、わたしが言ったことなどテレビで放送すべきじゃないと言ってる。少なくともそんな意味のことを」

「どうしてそんなことを言ったのか？」

「さあ。どうしてなの？」

「放送されないことを確認したかったんだろう」とベリエルは言った。「なのに自分の名前を伝えたがってる。誰に向けて？」

「ちょっとちょっと、興奮しないで」とシルヴィアは言った。「名乗った以上、キャプションとして名前がテレビで放送される可能性はゼロじゃない。たとえそれが画面の一番下であっても。ただ、実際にはこの事件のことは放送されず、かわりにホッケーの試合が中継された。彼女がそれを事前に知ることは不可能だった。でも、いずれにしろ、名前を知られたくないのなら、最初から名乗らなかったらいいんじゃないの？」

「そのとおりだ」と答えてからベリエルは考え考え続けた。「確かに名前が出るリスクは高かった。それでも彼女は意識的に名前を出した。なぜだ？」

「いい加減にしてよ、サンボ」とシルヴィアは語気を強めて言った。「もう一年半以上まえのことで、彼女はあなたに話しかけてるわけじゃないんだから」

そう言われて、おかしなことにベリエルは顔が赤くなった。

「ああ、おれもそんなことは思ってないよ。ただ、これはわれわれ警察に向けてのメッセージなんじゃないか？　いや、この件はあとでいい。というか、話を戻そう。〝ナタリー・フレーデン〟などというのは珍しい名前だ。身元はもう突き止められたんじゃないのか？」

「確かにスウェーデンにはあまり多くない名前ね。でも、場所はヴェステロースよ。そこを起点として外に向かう？　あるいは、彼女はそこの出身で活動範囲を広げてると考えるべき？」

「どうかな」とベリエルは言った。「ユリア・アルムストレームが第一の犠牲者かどうかも定かじゃないわけだからね。ヴェステロースにナタリー・フレーデンという人物はいるのか？」

「いいえ」シルヴィアは言った。「いるのはストックホルムだけ」

「ひとり？」

「三人。ひとりはファルスタの赤ん坊。もうひとりはオルヴィクの小学四年生。三人目は三十六歳でオーデンプラン広場の近くに住んでる」

「ほう。その三人目についてほかにわかったことは？」

「あまりない。まだわかったばかりだから。でも、それほどわからなくてもいいんじゃない？　住まいはヴィダル通りのアパートメント。そこがどこであれ。監視する？」

「今すぐ頼む。何かわかったらなんでもいいから教えてくれ。パスポートは？　運転免許証は？　生年月日とＩＤ番号は？」

「わかったら全部知らせるけど、今はまだわからない」

「もしかしたら捜査範囲をもっと拡大しないといけないかもしれないな」とベリエルは言って部屋を出ていった。

その一、二秒後、シルヴィアの小部屋のドアがまた開いた。ベリエルが顔をのぞかせて言った。「ありがとう」

11

十月二十六日　月曜日　十二時一分

時間はまた新たな段階に突入した。最初のうち、ありえないほど――ほとんど手に負えないほど――その速度が増した。ベリエルの捜査チームは大幅に増員され、その面々がホワイトボードの脇に立つ彼のもとに入れ替わり立ち替わり情報を持ってやってきた。彼はもたらされた情報を昔ながらのやり方でホワイトボードに貼りつけ、線や矢印でそれらを相互に結びつけた。

パスポートもない、運転免許証もない、すでに見つかっているもの以外の写真もない。しかし、ヴィダル通りのアパートメント情報からナタリーの生年月日とＩＤ番号は判明した。アパートメントの間取り図も。

「彼女、デジタルな生活とは無縁なようね」とディアが言った。「少なくとも本名ではフェイスブックもツイッターもインスタグラムもやってない。直接連絡が取れるメールアドレスもない。ブログもウェブサイトもない」

「それって今の世の中で可能なことか？」とベリエルは言った。

サミールがひげを掻きながらやってきて、数枚の書類を振りながら言った。「確定申告書です」

「すばらしい。職場がわかったのか？」

「いいえ。過去四年のあいだ最小限の収入しか申告していなくて、それ以前の申告はありません」

「最小限の収入？」

「仕事の内容はいろいろですが、九万クローナ（約百二十六万円）を超えたことはありません。雇用主の何人かに問い合わせましたが、それ以上の情報は今のところ得られていません」

「どんな仕事だ？」

「秘書のような仕事から清掃者の仕事まで。わかったのは彼女が登録していた人材派遣会社なんで、職種まではわからないんです」

「引きつづき調べて突き止めてくれ」ベリエルは確定申告書をホワイトボードに並べて貼り、そこに丁寧に書かれた署名をじっと見つめた。ナタリー・フレーデンという名前がはっきりと読めた。

「ヴィダル通りからの報告です」ベリエルのうしろで声がした。振り向くと、若い刑事が立っていたが、ベリエルにはすぐにはその刑事の名前が出てこなかった。

「なんだ?」

「現在、アパートメントには誰もいません」と若い刑事は言った。咽喉《のど》まで名前が出かかっているのだが……

「まさかどこかの馬鹿がチャイムを鳴らして確かめたんじゃないだろうな」

「監視カメラとそれ以外のものからわかったことです。出入りする人間の写真も撮っています」

「わかった」そう言って、刑事が立ち去りかけたところで思い出した。「わかった、レイモンド」

そう言って、ホワイトボードのほうを向くと、集中して同時にふたつのことを考えた。ひとつ目は〝それ以外のもの〟には何が含まれるのかということ。ふたつ目はヴィダル通りがどこにあるのかということ。やがて、真っ白な空白を見つめていることに気づくと、ホワイトボードから向き直って怒鳴った。

「くそ! もっとほかにも見つけられるはずだ。それもすぐに。働いていないなら、どうやってオーデンプラン広場の近くに住めるんだ? 銀行口座は? 三十になるまで、どうやったら無職のまま生きてこられる? どこかの保護施設に入居していたのか? それとももっと別の施設? あるいは刑務所か? なんでもいいから探し出せ!」

「犯罪歴はなし」どこからかディアの声がした。「でも、それはもうあなたも知ってたでしょ？」

気づくと、大柄でどっしりとしたマーヤがそばに立っていた。いつもの落ち着き払った声で彼女は言った。「ナタリー・フレーデン、未婚、三十六年まえにウメオ市で誕生、と記録されています。両親の名前はヨンとエリーカ、いずれもすでに死亡。ウメオのマリエヘム小学校までたどり着くことができました。小学校に保管されている記録は今すべて掻き集めてもらっています。クラス写真も。ただ、その学校には三年生までしか在籍していなかったようです」

「小学校三年のときの写真がなんの役に立つというんだ？」ベリエルは怒鳴った。

ディアがマーヤの隣りにやってきた。いつも以上に小柄に見えた。

「まるでアランそっくり」と彼女は言って、これ以上ないほど純真無垢《むく》な——言い換えれば、これ以上ないほど邪悪な——眼をベリエルに向けた。

ベリエルはディアを見つめ、二回ほど鼻から深く息を吸い込んだ。

「ヨガの呼吸法ね」

「わかった」とベリエルは言った。「その小学生がほんとうに彼女なのかどうか、それは確かめられるな」

「ナタリー・フレーデンの経歴には明らかな穴があります」とマーヤが冷静な声で続けた。

「同じ人物だということが確認できれば、それに越したことはありません。同時に、人ちがいだとわかれば、それ自体有効な情報になります」

「確かに」ベリエルはうなずいた。「すまなかった。引きつづき頼む」

マーヤは自分の机に戻った。

今度はサミールが戻ってきて、ディアの隣りに立った。ディアは彼がちゃんと順番を守ろうとしているのを見て取り、ベリエルに言った。「ひょっとしたらフェイスブックのアカウントを見つけられたかも。〝Nフレーデン〟という人のもので、特別な情報は何もなくて、書き込みもなくて、〝友達〟もいない。休眠状態なのは明らかなんだけど、アカウントが登録されたとき、携帯電話の番号とメールアドレスが登録されてたんで、その携帯の番号に電話したところ、使われてない番号だった」

「さらに調べてくれ」ベリエルは言った。「メールアドレスのほうは？」

「センターにまわした」

「わかった。その調子で続けてくれ。サミール？」

「四年まえにナタリー・フレーデンを雇った派遣会社と話ができました。彼女はまだ登録されていますが、彼女のことは誰も覚えていませんでした。ウルブスンダのレンタカー会社に派遣されたようですが、その会社はもう廃業しています」

「ううん。ナタリー・フレーデンの経歴の穴がはっきりしてきたな。その調子で頼む。レンタカー会社の元従業員も捜すんだ」

サミールも自分の席へ戻った。

急に空白の時間が生まれた。ベリエルはホワイトボードを見つめた。何も書かれていない空白をまた見つめた。

「スウェーデンにはほとんどいなかったというのが、一番納得できる理由かもね」とディアが言った。

ベリエルはディアがまだそこに立っていることを忘れていた。

「かもしれない」

「でも、携帯の電話番号はスウェーデンのものだし、実際、国内にいたという痕跡も残ってる。過去……」

「……四年間」とベリエルはディアのことばを引き取って言った。

「そのまえはいなかった」

「かもしれない」とベリエルも同意して言った。

マーヤがまたやってきて、黙ってコピーを一枚差し出した。色褪《いろあ》せた集合写真から一部だけ切り取った写真のコピーで、幼い少女が写っていた。

「ちょっとしし鼻ね」とディアが言った。

「それにブロンド」とマーヤは言った。「彼女かもしれません」

「三年生か」とベリエルは言った。「小学校三年生というと何歳だ？　九歳？　十歳？　思春期を境に人はどれくらい変わるものなのか。人によっては子供のころの面影がそのまま残ってる場合もあるし、まるで別人のように変わってしまう場合もある。ナタリー・フレーデンの場合はどうだ？」

ベリエルはそのクラス写真を現時点で一番鮮明に写っている自転車の女の顔写真二枚のあいだに貼りつけた。そして、ディアとマーヤと一緒にクラス写真を見つめた。

「可能性はあるわね」しばらくしてディアが言った。

「確かに」とベリエルは言った。「可能性はある、しかし、それだけのことだ。期待はしないほうがいい。正解でも不正解でもないということなんだから。九歳のナタリー・フレーデンがビアフラからの養女だったらわかりやすいんだがな」

「ビアフラからの養女？」

ベリエルは窓の外に眼をやった。今しばらく外を見ていなかった。雨がまた降りだしていた。大粒の雨が広い刑事部屋を取り囲む窓ガラスを激しく叩いていた。時間がまた別の段階にはいった。何もかもが緩慢になり、何をやっても先に進める気がしなくなった。ナタリー・フレーデンは人材派遣会社を通して雇われていたわけだが、スウェーデンでの雇用が始まったのはつい四年まえのことだ。それ以上詳細な情報はどの派遣会社からも得られそうになかった。登録している社員とはあまり個人的な接触をしないのが派遣会社というものなのだろう。Nフレーデンという人物のメールアドレスからも、廃業したウルブスンダのレンタカー会社からも、新たな手がかりは得られなかった。銀行口座も特定できなかった。ナタリー・フレーデンがこの地球上に生まれ落ちてからこの三十六年、彼女と遭遇した覚えのある人間はこの宇宙にはひとりもいないのか？　クラスメートも隣人も同僚も友達も誰ひとりとして存在しないのか？

ベリエルはじっとしていられなくなって、刑事部屋を出た。そこでディアのためらいがちな声がした。「歯医者？」

彼はホワイトボードのほうを身振りで示して言った。「それも悪くないな。もう歯が立たないんだから」

12

十月二十六日　月曜日　十八時四十七分

日はとっくに暮れていたが、雨はまだ降りつづいていた。

うっかりすると見落としてしまいそうな脇道に二本の街灯が立っていた。感電しそうな電線が道路の反対側から伸び、建物伝いにその街灯につながっていた。ちらちらと揺れる街灯の丸い明かりがその夜の雨の激しさを映し出していた。光の輪が及ばないところではそれを眼で見ることはできなかったが、音だけで事足りた。雨はさまざまな音色で路上駐車しているすべての車の屋根を叩きつけていた。中でも濃紺のボルボにはとりわけ強く叩きつけているように思われた。報復的なヘヴィメタルの曲が激しい雨音さえ掻き消していたのだ。言い換えれば、車の中にいるふたりにはドアをノックされる心の準備がまるでできていなかったということだ。

ふたりは上着のボタンをしっかりとめていた。ベリエルにはよくわかった――彼にも張り込みの経験などいくらもあったから。張り込みをして、骨の髄にまで浸透してくるものは何か。退屈でも疲労でも空腹感でも排尿の欲求でもない――寒さだ。

「もっと音量を下げろ」とベリエルは窓が開きはじめると言った。「歩道からでも聞こえてるぞ」

「サム」やや年配の男が抑えた声で言い、わざとゆっくりと音量を下げた。

「人の気配は？」とベリエルは尋ねた。

「おれが今見ているのは夢か幻か？」と男は言った。「傘をさした警官ほどまぬけなものもないぞ」

「人の気配は？」とベリエルは傘をたたもうともせず繰り返した。

「気配があれば報告してる」

「出はいりする全員の写真は？」

助手席に坐っている若い男がやたらと大きなカメラを持ち上げることで、その質問に答えた。

「人の出はいりは多いんだろうか？」

「いや、それほどでもない」と年上の男が答えた。「おれたちが引き継いでからは十人くらいだ」

「建物の中も見えます」年下の男が言って指差した。「階段の窓越しに」

ベリエルはうなずいた。「もし三十分以内に女が現われても報告は要らない。階段をのぼるのを確かめたらそれ以上は何もするな。緊急事態が起きたら別だが。いいかな？」

年上の警察官が左眉を吊《つ》り上げて言った。「それはつまりおたくが……？」

「いいかな？」

「了解」

ヴィダル通りを渡っている途中で傘が強風に煽《あお》られて壊れた。ベリエルは傘の残骸を歩道に投げ捨て、これといって特徴のない建物の入口まで歩くと、暗証番号を入力した。中にはいって階段をのぼると、まだ誰も手を触れていないドアのまえに立った。

何かが仕掛けられている可能性のあるアパートメントにはいってはいけない。それが彼の署のルールだった。アランが決めたルールだ。言うまでもない——警報器が取り付けられているかもしれない。あるいは、監視カメラが作動しているかもしれない。アパートメントの中を捜索すれば、ナタリー・フレーデンに気づかれて逃げられるかもしれない。これ以上いかなる証拠も残さず。そんなことになれば、今まで掻き集めたなけなしの証拠以外、手がかりがなくなる。

ベリエルは階段の石の床を見た。濡れた足跡がいくつかあった。自分の足のまわりにも小さな水たまりができていた。今すぐどうにかしなければならない証拠ではない。

すべてが中にはいるなと彼に訴えていた。

アランのルールにも一理ある。なんらかの理由でナタリー・フレーデンに気づかれたら、ベリエルはアランに馘《くび》にされかねない。

それでも、結局のところ、気づいたときにはベリエルはもうピッキング道具を手にしていた。

それを鍵穴に挿し込んだ。

そのあとドアとドア枠のあいだの隙間を慎重に調べた。何もない。髪の毛や紙切れを使った昔ながらの仕掛けもなく、中にはいることを思いとどまらせるようなものは何もなかった。

最後にもう一度動きを止めて、これ以上ないほど熟考した。

外から調べたかぎりありえなくても、ドアの向こうにエレン・サヴィンエルは絶対にいないと言いきることはできない。それでも、ベリエルはもはや自分を抑えられなかった。彼の存在のすべてが待つことに抗《あらが》っていた。

ピッキング道具を鍵穴に挿したまま、階段の窓から外を見た。張り込みの車がまっすぐに見下ろせた。ベリエルが片手を上げると、若い警察官がカメラを持ち上げて応じた。窓から少し離れた。薄暗い街灯の光が黒い雨粒を照らしていた。雨粒はどれがさきに舗道に落ちるかを競い合っているかのようだった。

気づくと、ベリエルはまた雨の中にいた。土砂降りの中、あの廃屋同然の家の裏に立っていた。背中にあたる板壁の木は腐っていて軟らかかった。警察官がひとり、またひとりと雨の中に姿を消し、曇ったスープの中に呑み込まれていった。彼自身もすすり泣きのように聞こえるディアの息づかいを背後に感じながら雨の中に出た。地獄の家は闇にまぎれてすぐには見えなかった。

同じような地獄がこの不愛想なドアの向こう側で待っている可能性もなくはない。地獄に対しては備えが要る。精神的にも肉体的にも警察官としても。そこでやっと自ら招いた状況が理解できた――おれはあまりに性急に行動している。

ピッキング道具を持っている自分の手を見た。その手はただ道具を持っているだけではなかった。すでに動いていた。自分の手とは思えないようなその手が震えていた――小さなネズミか、生まれたてのウサギのようにピンク色をして、餌食《えじき》になることを恐れるかのように。

右手の関節の傷口がいつのまにかまた開いていた。まるで生身の自分がさらされているような気がした。

　ほとんど真っ暗な窓に雨が叩きつけていた。

　タイマー設定がされていた照明が消えたとたん、階段の様相が一変した。それまでなんの変哲もなかった階段が新たな闇に包まれた。ベリエルは別の宇宙、闇が支配する真の宇宙にいた。すべての光は幻覚でしかなかった。この世界で生きつづけるためのもの、この世界でも我慢して大人になるためのもの、心強い味方になってくれるうわべだけのもの。そんなまやかし。それが光だ。ベリエルは今、まったく別の時代にいた。野蛮な未開の時代にいた。複雑に入り組んだキメラのような文明が訪れるまえの時代に。

　飾りのない生《なま》の世界に。

　そこから逃れることはできない。

　そんな闇の中、ほんの数メートルと離れていないところでスウィッチが赤く点灯しているのが見えた。ピッキング道具を鍵穴から引き抜いたら、そのスウィッチを押して明かりをつけ、ヴィダル通りにまた戻ればいいのだ。角を曲がれば、オーデンプラン広場の人工的な明かりの下、人々が行き来している。ここから一分とかからない距離のところで。

　なのになぜかそうは思えなかった。まるで宇宙の反対側にいるような気がした。何億光年も離れているような。

　おれはそんなところにいる。暗闇に閉じ込められている。暗闇に囚われている——そんな気がした。

気づいたときにはもう、ピッキングをして錠をはずしていた。その音が聞こえた。拳銃を抜き、懐中電灯を中に向け、ドアを開けた。

開けるときに少しだけ抵抗を感じた。アパートメント内の気圧が外よりかなり低かったからか。室内は真っ暗だった。

ベリエルはアパートメントの中の音に全神経を集中させた。物音ひとつしない。五感がまるで刺激されない。においもない。ブービートラップもない。奇妙なほどの空虚さ。ふたつの部屋とキッチン。バスルームをざっと見まわした。清潔で、あまりにも質素なバスルームだった。洗面台には汚れひとつない。が、歯ブラシもなかった。キッチンも同じように清潔だった。ただ、流し台にはコーヒーの飲み残しが底にこびりついたマグカップが置かれていた。食洗機の中は空っぽだった。寝室のベッドにシーツは掛かっていたが、ベッドカヴァーも羽毛布団もなかった。今のこの季節、羽毛布団は欠かせないはずだ。最後は居間。薄型テレビには塵《ちり》ひとつかかっておらず、リモコンはテレビ台の上にきちんと置かれていた。年季の入ったCDプレイヤー。CDプレイヤーが使われなくなったのはいつ頃からだったか。革製のソファは硬めで、ほとんど使われていないように見えた。ソファの上に置かれたクッションときれいにたたまれた毛布のにおいを嗅いでみた。家庭というよりは工場のにおいがした。本棚に並んでいる本はばかばかしいほどありふれたものばかりだった。紀行文や国際的なベストセラーといったものしかなく、個人的な趣向を示すものは一冊もなかった。

すべての部屋を簡単に調べおえると、懐中電灯で壁を照らした。探しているものはふたつ——警報器や監視カメラがどこかに隠されていないか、壁の色にわずかでも変化がないか。どちらもなかった。少なくとも、今手にしている懐中電灯の弱い光では見つけられなかった。何もかもが普通すぎた。ここに人が住んでいることを示唆するものは流し台に置かれたマグカップただひとつ。

それが逆にベリエルを不安にさせた。あまりに禁欲的な暮らしは日常生活そのものより何か別のものを重視し、それに強く執着していることを示唆する。何かを計画しながらそれが日常に表われないということはない。ということは、ここには暴かれなければならない暮らしがないということだ。そう、少なくともここには。

ベリエルはポケットから間取り図を取り出し、部屋のすべての壁を確認した。さして時間はかからなかった。ナタリー・フレーデンがこの建物にほかにも部屋を持っていないかぎり、ここには隠し部屋はない。迷路もない。

ゴム手袋をはめてバスルームに戻った。壁の下の幅木《はばき》に指を這わせると、埃が溜《た》まっていた。もう一度シャワーカーテンの中を見た。バスタブしかなかった。シャワーが固定されていた高さはベリエルなら胸を洗うのがせいぜいの高さだった。シャンプーもボディソープもなかった。歯ブラシはここにもなかった。

人が住んでいるのに歯ブラシがないということなどありえない。歯ブラシを持って別のところに出かけたのか、別のところ――普通は交際相手のところ――で一日の大半を過ごしているのか。

どう考えても別の場所がある……

交際相手がいる可能性もある……

もう充分だ。これ以上は何も見つからない。隠し場所や、表面から見えないところにひそんでいるものもない。少なくとも当の本人の助けなしでは見つからない。

ベリエルはキッチンのテーブルについて坐り、玄関ホールと玄関のドア、そして中庭に面した窓、その両方向を眺めた。葉のほとんど落ちたポプラの木の枝が強風に煽られて激しく揺れているのがかすかに見えた。何もかもが大きな雨音に呑み込まれていた。光がまっすぐに天井を照らすように懐中電灯を立て、テーブルの上に拳銃を置いた。手袋をしたままの指でつやのある木の表面を撫《な》でてからにおいを嗅いだ。やっとにおいに出会えた。が、それは自分のゴム手袋のにおいだった。それ以外は何もなかった。

天井に反射した懐中電灯の弱い明かりの笠《かさ》の下、ベリエルはそのまましばらく坐っていた。自分が何か考えているのか、単に時間だけが過ぎているのか、そんなことさえ判然としなかった。何度もロレックスを見ながら、それでいて時間の感覚を失っていた。実際、彼には時間が見られなかった――時計のガラスが結露で曇り、文字盤がほとんど見えないのだから。

そんな状態だったので、ベリエルは階段から聞こえてきた足音にもことさら反応しなかった。ナタリー・フレーデンであるはずがない。彼女は張りめぐらされた網からすでに逃げ出してしまった。すべてが無に帰してしまった……

泣きたくなった。

泣ければどんなにいいか。

十五歳のエレン・サヴィンエルは行方不明のままだ。

足音は玄関ドアのすぐ外まで来ていた。ベリエルの頭の中では、足音はこの部屋のまえを通り過ぎ、上の階へ向かうはずだった。希望の火が燃え上がったと同時に消えるように。すぐに忘れ去られ、あとには真空しか残らないはずだった。

思いもよらず、彼の頭の中で起きていることと現実は食いちがった。

鍵が鍵穴に差し込まれた。ベリエルは反応が遅れた。

玄関のドアが開くまえに懐中電灯を消すことぐらいしかできなかった。人影が中にはいってきた。数秒のあいだその人影は部屋の暗闇より黒かった。が、明かりのスウィッチに手が伸ばされると、アパートメントは痛いほどの明るさに満たされた。闇に慣れたベリエルの眼は一瞬何も見えなくなった。

女はオフホワイトのレインコートを羽織ったまま、眼に見えない何かを感じたのか、キッチンのほうを横眼で見た。そのあと頭を動かしたところで、しし鼻が見えた。

ベリエルは拳銃をつかんで怒鳴った。「ナタリー・フレーデン！　手を頭に置け！」

女は飛び上がった。もちろん実際に飛び上がったわけではないが。そういうとき人はどんな思いをするのだろう？

女は言われたとおり両手を頭の上に置いた。ベリエルは携帯電話を取り出して写真を撮った。なぜそんなことをしたのか自分でもわからないまま。

「誰？」と低い声で女は尋ねた。

「歯医者だ」とベリエルは答えた。

張り込んでいた警官が銃を構えて突入してきた。若いほうの警察官が彼女を床に押さえつけた。年上の警察官がすばやくボディチェックをした。

ベリエルは一連の動きを左右逆に見ていた。キッチンの窓に映る像として見ていた。すべての音が消えていた。玄関ホールでは警官たちが怒鳴っていたが、その声も聞こえなかった。かわりにざわざわという不思議な音が聞こえていた。それはほとんど葉が落ちた中庭のポプラの木から聞こえる音だった。残っている葉を見た。葉が揺れていた。暴風雨に激しく揺られ、ざわざわという歌をベリエルに聞かせていた……

別の時間から得体の知れない何かが侵入しようとしていた……

ベリエルは部屋の中に視線を戻した。暴風雨の中からそうして生還した。ひとつのことばが頭に浮かんでどうしても消えなかった。〝微気象学〟。ナタリー・フレーデンが床に押さえつけられたとき、彼女の澄んだ青い眼と眼が合った。そのとき彼はこんなことを言ったのだった。「きみは全然濡れてない」

13

ずいぶんと遠くまで彼らは走ってきた。まずはバス停から続く荒れた道を走り、そのあとはありえないほど高く伸びた草が茂る牧草地を走り、その草もだんだんとまばらになった今、遠くにきらきらと輝く水が見える。息が切れて苦しい。それでも、ブロンドの髪をなびかせて、彼のまえを走っている少年が速度をゆるめたので、あともう少しで追いつけそうになる。豊かに伸ばしたブロンドの髪がもとに戻ると同時に、少年が彼のほうを向く。その瞬間、まばゆいばかりの光が少年を照らし、巨大な暈《ハーロー》が彼を包み込む。それが少年の顔を尚《なお》一層輝かせる。

その顔を見るたび、彼は驚かずにはいられない。おそらくはこれからもずっと驚かずにはいられないだろう。

ふたりとも息を切らして喘ぎながら、眼と眼を合わせて向かい合い、短いハグを交わす。彼は両膝に両手を置いて前屈みになり、空気を肺いっぱいに吸い込もうとする。が、思うように息ができない。それでも彼はまだ十五歳。呼吸はすぐに正常に戻る。視界いっぱいに広がる緑の草から顔を起こすと、もうひとりの少年が岸の近くの雑木林の中に消えるのが見える。緑と茶色に塗られたボートハウスがそこにある。醜くてとても素敵なボートハウスが。よろめきながら、彼もそのボートハウスのほうに進む。遠くでカモメの鳴き声が聞こえ、海風が運ぶにおいと草のにおいが混ざり合う。海風はかすかに朽ち果てたにおいも運んでくる。

雑木林までたどり着き、次第に濃くなる下草を掻き分け進むと、大きなボートハウスが見えてくる。その一部は湖にせり出していて、そこにドアが見える。ブロンドの髪がそのドアの向こうに消える。彼はボートハウスの反対側に向かい、窓から中をのぞこうと、つるつるすべる岩を登る。ボートハウスは支柱の上に建っており、地面より少し高いところにある。窓も高い位置にある。

足場を見つけるのがむずかしい。苔《こけ》はすぐに剝がれ、足がすべる。それでもようやく足場を見つけ、じっと立つことができるようになる。

中は見づらい。ボートハウスの中は真っ暗で、窓ガラスもひどく汚れているからだ。まるで見えない。それでも、彼はあきらめない。汗だらけの手でガラスの汚れをほんの少し拭き取って、中をのぞき込む。

その瞬間、時間が止まる。

その瞬間、すべてが止まる。

二部

14

十月二十六日　月曜日　二十二時六分

ベリエルは部屋にはいった。彼のうしろでドアが閉まった。病室のように殺風景な部屋。クロスの壁紙もいかにも味気ない。何も置かれていないカバノキ合板のテーブル同様。サイドテーブルの上に正体不明の電子機器。部屋に窓はなく、椅子は二脚だけで、そのうちのひとつには誰も坐っていない。

もうひとつの椅子にはナタリー・フレーデンが坐っている。

彼女はヴィダル通りのアパートメントにいたときと同じシンプルでスポーティな服を着ていた。オフホワイトのレインコートは脱いでいたが。青く澄んだその眼でドアからもうひとつの椅子まで歩くベリエルを追った。彼は腰をおろすと、彼女を観察した。初めて顔を合わせてからまだ数時間と経っていない。その数時間のあいだに検察官が呼ばれ、彼女に関する予備調査がなされていた。

ベリエルは無言のままリュックサックから必要なものをいくつか取り出した。三冊の分厚いファイルにノートパソコンに携帯電話。ファイルのひとつを開くと、さまざまな内容のページをめくりながら言った。「きみには謎が多い。普通ならそれだけで興味をそそられただろう。しかし、今はきみには興味はない。一番大切なのはこれだ。これだけだ」

そう言って、ベリエルは彼女の眼のまえに写真を置いた。十五歳のエレン・サヴィンエルの写真だ。エレンは写真の中から将来へのかぎりない可能性を秘めた眼でふたりを見上げていた。

ベリエルはナタリー・フレーデンを観察した。写真を見ても彼女はまったく表情を変えなかった。現場映像では豊かに感情を表現したのに、眼のまえの彼女の今の顔はまったくの無表情だ。

「今、一番大切なのはこれだ」と彼は繰り返した。

彼女は黙ってただ写真を見つづけた。

「念のために確かめておくが」とベリエルは言った。「弁護士をつけるのを断わったというのはほんとうなんだね？」

「どうしてこんなところに連れてこられたのかわからない」とナタリーは暗い声でおもむろに言った。「どうして弁護士が必要なのかなんてなおさらわからない」

「断わったのは事実なんだね？」

「ええ」

ベリエルは深くため息をついてから、サイドテーブルに置かれた電子機器のほうを向くと、指差して言った。

「赤いランプが点灯しているときには録音と録画をしている。公的な記録として残すために。しかし、見てのとおり今は点灯していない。正式に尋問を始めるまえに言っておきたいことはないか？　このおれだけにでも」

「言いたいことと言えば、あなたの携帯電話にはもう録音されてるということくらいかしら」とナタリー・フレーデンは言った。

ベリエルの携帯電話はふたりがはさんで坐っているテーブルに画面を下にして置かれていた。光ってもいなければ、音も出ていない。ベリエルはかすかな笑みを浮かべただけで今の彼女のことばには答えず、サイドテーブルのほうに上体を倒して録音録画装置のボタンを押した。赤いランプが点灯した。

まず日付と場所を声に出し、そのあとその場にいる者の名を告げた。「ナタリー・フレーデン、あなたにはエレン・サヴィンエル――十五歳――の誘拐に関する情報を隠蔽《いんぺい》しているという嫌疑がかかっています。私は今、あなたにかけられている嫌疑について説明をしました。そのことは理解できましたか？」

「ええ。でも、わたしにはまったく関わりのないことよ」

ベリエルは彼女のまえに三枚の写真を並べた。そのうちの二枚はマーシュタの家のポーチで彼自身が撮影した携帯電話の写真をより鮮明にして拡大したものだった。三枚目の写真はシルヴィアが地元のテレビ局から入手したばかりのもので、ナタリー・フレーデンがこれまたより鮮明に写っていた。自転車のブランド名もはっきりと見えた。〈レックス〉だ。

「これはあなたですか？」とベリエルは訊いた。

「そのようね」とナタリーは落ち着いた声で答えた。

「これがどこかわかりますか？」

「いいえ。よくサイクリングに行くので。雨が降っているように見えるけど」

「よくサイクリングに行く？」

「ええ。サイクリングが好きなのよ」

「雨の中を三十キロも走ってマーシュタまで？」

「マーシュタ？　ああ、思い出したわ。警察がいたわね。マスコミの人たちも。これは報道写真？」

「あなたはそこで何をしてたんです？」

「言ったでしょ、サイクリングよ。日曜日だったんで街の北まで遠出しただけ」

「で、そのあとは？」

「パトカーの青いライトが見えたから、野次馬根性で見にいったのよ」

「以前にも同じようなことがありましたか？」

「はい？」

「パトカーの青いライトが見えたということで、野次馬根性で見にいったことは以前にも？」

「ええ、何回か。わたしくらい頻繁にサイクリングをやっていたら――」

「たとえばいつそんなことがありましたか？」

「そんなこと覚えてないわ。何回かあったのは確かだけど」

「たとえばこのときとか？」

ベリエルはさらに三枚の写真を並べた。どの写真にもナタリー・フレーデンと彼女の自転車が中央に写っていた。カールスクーガとクリスティーネハムンの中間にある冬の森で撮影された写真だった。

「冬みたいね」と彼女は落ち着き払った声で言った。

ベリエルは改めて彼女をとくと観察した。この取り調べが簡単にいくとは思っていなかったが、もし思っていたとしたら、そんな幻想はとっくに見事に吹き飛ばされていた。もっと深く掘り下げる必要がある。

ベリエルは彼女の青い眼をじっと見つめ、その眼の奥の人物像をとらえようとした。簡単に嘘をつく人間なのだろうか。言い逃れのストックを常に用意しているような人間なのだろうか。もしかしてありえないほど世間知らずな女なのか。どれもあてはまりそうで、どれもあてはまりそうになかった。

そこでベリエルはようやく気づいた。ずっと頭のどこかにあった考えが初めて明確な形を取った。テレビ局のレポーターに名前を言ったあのときから、彼女はここに来るための準備をしていたのだ。それが今ようやくわかった。彼女は自ら望んでこの場にいるのだ。だとしたら、どうして……？

こんな出会い方をしていなければ、ベリエルも彼女の美しさに気づいていたかもしれない。この取り調べがいかに困難なものになるか、目的を達成するにはいかに深く掘り下げなければならないか理解した今、彼は彼女のことをもっと知らなければならないということも理解した。彼女を知ることこそ事件解明の一番の鍵だと。

「そう」と彼は言った。「冬だね」

「どこなのかはわからない」と彼女は言った。「サイクリングをしていると、予期しないことによく出くわすから。それがサイクリングの愉《たの》しみのひとつでもあるわけだけど」

「自転車で遠出することの？」

「ええ。二週間出てることもある。スウェーデンじゅうを自転車で旅してるのよ」

「目的もなく？」

「だいたいはね。自由人でいたいのよ」

「自由人」

「そう。皮肉を込めて言ったつもりかもしれないけれど、ほんとうのところ、あなたはそうは思っていない」

「どうして？」

「眼を見ればわかるわ」

「きみは自分のことを自由人だと思ってる。そういうことかな？」

「わたしたちはみんないろんな法律や規則に従って生きている。自然の法則だけじゃなくて。完全に自由な人間なんていない。でも、自由を求めることは誰にでもできる。それはものごとをただ冷笑しているよりむずかしいことだけれど。シニシズムほど世の中に容易なものもないわ」

「いろんな法律や規則……その中には金銭的なことも含まれるんだろうか？」

「ええ、もちろん」

「きみにはこれといった収入がないようだが。きみ名義のスウェーデンの銀行の口座もない。自由人としての生活はどのように賄《まかな》ってるんだね？」

「自由人にはそれほどお金はかからない。お金がかかるようじゃ自由でなくなってしまう。自転車はまえにつきあってた人からもらったものよ」

「それでもオーデンプラン広場の近くのアパートメントの家賃は安くない」

「あそこは祖父から相続したのよ」

「お祖父《じい》さんの名前は？」

「アルヴィド・ハンマーシュトレーム」

「両親は？」

「ヨンとエリーカ・フレーデン」

「お母さんの旧姓がハンマーシュトレームなのかな？」

「そう、でも……」

「きみが生まれたのは？」

「ウメオ」

「小学校は？」

「マリエヘム小学校。そういう名前だったと思うけど。でも、どうしてそんなに細かくわたしのことを調べているの？　もっと大切なのはそれなんじゃないの？」

そう言って、彼女はエレン・サヴィンエルの写真を指差した。

その態度にベリエルはなぜか動揺した。その無頓着さに。その曖昧さに。彼は何秒か眼を閉じると、努めて心を落ち着かせた。腕時計が時を刻む音が大きくなった気がした。そればかりかまるで手首を火に焼かれているような気さえした。

努めて落ち着いた声音を装ってベリエルは言った。「彼女はそれなんかじゃない。彼女は眼のまえにこれからの人生が広がっている少女だ。マーシュタのあのクソみたいな家に三週間も閉じ込められていた少女だ。あのおぞましい地下室で、底なしの肥溜《こえだ》めの中に囚《とら》われていた少女だ。おれがその地下室から這《は》い上がってきたあと、きみは外に立っていた。八ヵ月まえのクリスティーネハムン、別の十五歳の少女が森の中に埋められているという通報で警察が駆けつけたときにも、きみは現場にいた。さらに二年近くまえのヴェステロースでもきみはバイカー・ギャングのクラブハウスの外にいた。そのときも別の十五歳の少女が生け贄《いにえ》の羊のようにギャングに囚われているという通報があった。三つの現場すべてにたまたま通りかかった？　そんなことあるわけがないだろうが！」

写真はもうすべて見せていた。手の内はほぼ明かしていた。ただ、あと一枚切り札が残っていた。その一枚にベリエルはすべてを賭けた。何かを引き出さなければならない。せめて反応だけでも。壁を突破するには。わずかなひび割れをつくるだけでもいい。

ベリエルは全神経を彼女に集中させた。彼女の表情は読みづらかったが、それでもなんらかの心の動きがその顔に表われていた。こうした反応は取調室ではめったに見られない。ただ、ベリエルはこれまでに何度かは見ており、その経験は人間の反応に関する彼の内部記憶に蓄積されていた。特別な領域に。ただ、その記憶の領域がどこにあるのか、それが思い出せない……

テレビカメラがヴェステロースで偶然にとらえた彼女のふたつの決断からは、すでに長い時間が経っている。あのとき彼女の顔にはさまざまな動きが見られた。ふたつの明確な決断。ひとつはローカル・テレビ局のカメラのまえでそもそも話すかどうか考えたとき、もうひとつは名前を名乗るかどうか……

二年近くまえテレビのインタヴューに応じていなければ、彼女は今ここにはいない。ふたりとも……

いや、さっきの反応はもっと小さかったが、まちがえようのないものだ。それは顔の筋肉の動きではない。額に表われたのでもない。眼の中に表われた。

彼女の額の肌は実にすべらかで皺《しわ》ひとつない。

「皺取り注射《ボトックス》？」気づいたときにはそんなことばがベリエルの口をついて出ていた。

ナタリー・フレーデンは彼を見たが、すばやい反応ではなかった。それ以外、知覚できるような反応はなかった。

「きみの顔」そう言って、ベリエルは人差し指で彼女の額に触れた。「ヴェステロースでは、もっと表情が豊かだった」

「ヴェステロース？」

「なんの話かはわかってるはずだ。ヴェステロースの地元テレビのインタヴューだ。きみは決断した――」

「なんの話なのか、まるでわからない」

「ああ、そうだろうとも」そう言って、ベリエルは椅子の背にもたれた。「でも、やっぱりボトックス注射をしたのか？　なんでそんなものが必要なんだ？　どうして表情の豊かさをなくさなきゃならない？」

彼女はただ首を横に振った。

ベリエルは待った。今この眼で見た反応はなんだったのか？　内部記憶をたどった。情報が多すぎた。これと同じ反応を見たのはいつだ？　いつ見た？

ようやく正確な記憶の領域にたどり着くことができた。彼の言ったことに対して彼女のほうも何かコメントをしたくなったのだ。そう、つまり今、彼女は無理やり口をつぐんでいる。しかし、それはコメントだったのか？　いや、コメントではない。訂正だ。そう、それだ。彼が言ったことを今、彼女は訂正したくなったのだ。ベリエルは今すぐに取調室を飛び出して、録画した取り調べ映像を確認したい衝動に駆られた。

ボトックスの話題はただ考えるための時間稼ぎでしかなかった。

なのに、彼女は食いついてきた。「ボトックスは皺取りのために開発されたものじゃないわ、もともとは」

「神経毒。ちがったかな？」とベリエルはただ相槌《あいづち》を打つだけのために言った。

「ボツリヌス毒素の希釈液」と彼女は言った。「われわれ人類がこれまでに知っている毒の中で最も強い毒のひとつ。一ミリリットルあれば、スウェーデンじゅうの人が殺せる」

「それを眼からたった数センチのところに注射するのか？」

「ボトックスはもともと脳の損傷に伴う痙攣《けいれん》性の発作治療に使われていた」

彼女はしゃべっていた。自分の意志で話していた。それは新しい反応だった。ベリエルはそのまま彼女にしゃべらせた。

「それに片頭痛の治療にも」

ベリエルは微妙に変わった彼女の顔を見つめた。「片頭痛の治療？　きみは片頭痛の治療のために額にボトックス注射をしたのか？」

「そう」と彼女は言った。

「なるほど。それほどひどい片頭痛だったのか？」

「そうね」

ベリエルは顔を上げ、天井の左隅に設置してあるビデオカメラを見やった。それだけでディアにはわかったはずだった。彼はまた視線を戻してナタリーの眼をまっすぐに見た。

「さっきおれは何をまちがえたんだ？」

「なんのこと？」

ベリエルはため息をついてさらに試した。この機を逃すわけにはいかない。「きみが偶然通りかかって三つの現場にいたということについて、おれはあれこれ推測を並べた。その中で何かまちがったことを言った。それはなんだったんだ？」

彼女は皺ひとつない額を彼に向けた。ベリエルは何枚かの写真をテーブルに叩きつけて言った。

「去年の三月、十五歳の少女がヴェステロースで行方不明になり、警察は捜索をおこなった

——ビンゴ！　きみはその現場にいた。今年の二月、十五歳の少女がクリスティーネハムンで行方不明になり、今度も警察は捜索をおこなった——ビンゴ！　きみはその現場にもいた。今度はエステルマルムで十五歳のエレンが行方不明になった。昨日の朝、警察は捜索をおこなった——ビンゴ！　きみはその捜索現場にもいた。どうしてそんなことをしたんだ？」

「ただの偶然よ」とナタリー・フレーデンは言った。「スウェーデンじゅうを自転車でまわってるんだから。それがわたしの人生なんだから。何ヵ月かあちこちで簡単な事務仕事をしなくちゃいけないこともあるけど、それ以外はずっと動きまわってる。だから事件に出くわすこともそりゃあるわよ。不思議なことでもなんでもないわ」

「きみは本気でこれが偶然だと言ってるのか？　とんでもなく奇妙なことだとは思わないのか？　きみにはなんらかの知覚障害があるのか？　どこかの施設にはいっていたことがあるのか？」

「まったく」と彼女は不快感もあらわに言って、写真を押しやった。

「真面目に訊いてるんだ」とベリエルは彼女の手首をつかんで言った。「きみに関する情報はどのデータベースにもない。きみは完全にこの社会の外で生きている。きみの社会的行動は犯罪者やホームレスや精神的に病んでる人間と変わらない。だけど、それは仮面にすぎない」

「はい？」

「仮面だよ。きみは精一杯他人になりすまそうとしている」

「あなたには理解できないことよ」そう言って、彼女はベリエルの手から自分の手を引き抜いた。「あなたの手には負えないだけ。わたしは自由人なだけで、それ以上に変わった人間じゃない。わたしはただ自転車で旅をしてるだけよ。自由気ままに。クレジットカードもないし、インターネットも使わないし、携帯電話も持ってない。携帯電話を買って、フェイスブックにも登録してみたことが一度あるけど。でも、すぐにやめた。それのどこがいけないの？」

ベリエルには彼女が言っていることが徐々にもっともらしく思えてきた。それに必死に抵抗する彼の意識にひとつの疑問がはいり込んだ。ひどい片頭痛、スウェーデンじゅうをめぐるサイクリング、おそらく精神科施設から直接得たであろう知識、相続したアパートメント、生活費に使う靴箱いっぱいの相続した現金。それから〝眼を見ればわかる〟という使い古された言いまわし。全体を通してみると、完全に社会の外にいる非社交的な人間。

つまり完璧な助手。

主人に仕える奴隷。

「そいつは誰なんだ？」立ち上がってベリエルはいきなり怒鳴った。「きみをねじ伏せて支配下に置いているそのカス野郎はどこのどいつなんだ？　きみは誰のために嘘をついてるんだ？　誰のために顔が青ざめるほどの嘘をついてるんだ？　きみのご主人さま、支配者は何者なんだ？　誰がきみをここに送り込んだんだ？」

ベリエルの背後でドアが開いた。ディアが部屋にはいってきて耳元でゆっくりと囁《ささや》いた。

「サム、電話よ。重要な電話」

ディアはふたつあるドアの一方からベリエルを連れ出し、ドアをしっかりとことさら注意深く閉めた。そして、完全防音の観察室にはいると、突然向き直ってコンピューターのまえにいるサミールに大声で指示した。「彼女の動きを一挙一動洩らさず観察していて。不審な動きがあったらすぐに部屋にはいって」

そう言うと、彼女は鋭い眼でベリエルを見すえてから首を振って脇にどいた。ディアのうしろにアランが立っていた。彼の長い眉毛がこう言っていた――〝うまくいきそうだったのにな〟。

ベリエルは爆発しかけた癇癪玉《かんしゃくだま》をどうにか抑え、慎重にことばを組み立てて言った。「進む方向性は見えていたはずです」

「ああ、もちろん」とアランは言った。「しかし、レールからはずれかけているようにも見える。少し休憩が必要だ」

「あの女は操り人形だ」とベリエルは言った。「カス野郎がどこかから彼女の壊れた精神を遠隔操作してるんです。それで彼女は別の人間の意志を貝殻みたいに包み込んでいる。彼女をここに送り込んだのには理由があるはずです。ここに来るまでに金属探知機は通りましたか？　腹に大量の爆薬を巻いているかもしれない。そうじゃないとしても、少なくとも送信機か録音機を身に着けているかもしれない」

「もちろん金属探知機は通ってる」とアランは言った。

「ディア、三つの決定的瞬間をその眼で見たか？」

「片頭痛治療のためのボトックス」とメモ帳を見ながらディアは言った。「今、調べてもらってる。そんなに一般的な治療じゃないし、その治療は二年近くまえのテレビ・デビューのあとのことだから、たぶん調べられるでしょう。あと、あなたが三つの現場のことを話したときの反応ね。反応した正確な瞬間を今マーヤとシルが調べてる。彼女はあなたの言ったことを訂正したがっていた」

「おれの教育の成果が出てきたな、ディア」とベリエルは言った。

「あなたに教育してもらった覚えはないけど。ねえ、三つって言った？　決定的瞬間の三つ目がどれかわからない。祖父のアルヴィド・ハンマーシュトレームの遺産を相続したこと？　もしそうならそれも調べてる。マリエヘム小学校にまちがいはなかった」

「いや」とベリエルは言った。「自転車のことだ。見つけたか？」

「まだわからない。〈レックス〉の女性用自転車があの地域に三台あることはわかったけど。でも、彼女の自転車には鍵が取り付けられていなかった。ところが、判明した自転車は三台とも鍵が取り付けられてた。今、指紋の採取と写真との照合をしてるところよ」

「よし」とベリエルは言った。「自転車は別れた男からもらったと彼女は言ってる。まえの男からもらった〈レックス《エックス》〉だと。運がよければ、その男が見つかるかもしれない。もっと運がよければ、その男がおれたちの捜している男だ」

「犯人ってこと？」ディアの声が大きくなった。

「自転車のフレーム番号を調べてくれ。どこでいつ買われたものかわかるだろう。誰が買ったのかも」

「いったいこれはなんなんだ？」とアランが率直な疑問を口にした。

今度はベリエルがアランを見つめた。アランは純粋に知りたがっているようだった。この老いた官僚主義者にも警察官としての本能が少しは甦《よみがえ》ったか。

「サミール」とベリエルは呼んだ。

画面から眼を離さずに若者は応じた。「はい？」

「今日の彼女の聴取で一番印象に残ったのはなんだ？」

サミールは顔を上げて言った。「最初からずっと見ていて、今も見ている感想を言えば――重い精神障害を持っているとすれば、もっと表面に出そうなもんじゃないですか？」

「表面に出ない障害もある」

「それはわかりますけど」サミールはそう言って画面を指差した。「でも、それらしい素振りがまったくないというのもね。問題を抱えた精神状態にはまるで見えないじゃないですか」

そこにいた全員がコンピューターの画面のまえに集まり、身を乗り出した。ナタリー・フレーデンは取調室のテーブルについてじっと動かず坐っていた。微動だにしない。まるで静止画さながら。

「おれが部屋に置いていったものにもなんの興味も示してないか？」とベリエルは尋ねた。

「全然」とサミールは答えた。「まるで動かないというところは確かに異常ですね」

「そのとおりだ。私にはそれこそ精神的に病んでいる証《あか》しに思えるが」とアランが言った。「ただの精神異常者が間に合わせの適応力でしのいでいる。われわれはそこを突き崩せばいいんじゃないのか？　この取り調べはそもそもそういうつもりで始めたんじゃないのか、サム？　きみがなぜか過剰に興奮するまでは。きみが彼女を壊そうがどうしようがかまわない。それが私の本音だ。一枚ずつ化けの皮を剝ぎ取って、中身は空だということがわかれば、それでもいい。実際、彼女には知的な障害があるんじゃないかと思わずにはいられない。あるいは、大がかりな警察の捜査のたびに、野次馬の中にまぎれ込む習性のある精神病質者なんじゃないかと。ひょっとして、警察無線を常に聞きながら国内を自転車で走りまわり、刺激的な現場に駆けつけては心臓の高鳴りを愉しんでるんじゃないのか？　実際のところ、彼女は何回くらい警察が撮影した写真に写っているか、それはもう調べたのか？」

ベリエルは姿勢を正して小部屋の天井を見つめた。

「何回……」そう言ったベリエルの声音はさっきまでとは異なっていた。

アランとサミールがともにそれぞれの世代を代表するような不審な眼を彼に向けた。そのときベリエルの携帯電話が鳴った。着信音が豚の鳴き声みたいに聞こえた。彼は電話に出た。

「もしもし」甲高《かんだか》い声がした。「シルヴィアだけど」

「シル。何か見つかったのか？」

「マーヤと一緒に聴取の録画映像を見てるんだけど、フレーデンがあなたの発言のどこを訂正したがってるのか、もしかしたらわかったかも」

「言ってくれ」

「あなたの長いスピーチの最後のところよ。あなたがこう始めたところ。『彼女はそれなんかじゃない。彼女は眼のまえにこれからの人生が広がっている少女だ』というところ。覚えてる？」

「ああ、おぼろげながら。続けてくれ」

「あなたは写真を全部並べて、ヴェステロースのことを話した」

「そのときじゃないのか？」

「そこがジレンマね」とシルヴィアは残念そうに言った。「わたしたちもそのときだと思った、あなたがヴェステロースのバイカー・ギャングのことを言ったときだって。その話をしたのはそのときが初めてだったから。でも、彼女が反応したのは〝生け贄の羊〟ということばを聞いたときなんじゃないかしら。そのフレーズも覚えてる?」

「なんとなく。そのときも彼女は反応した?」

「さっき言ったように、そう思ってた。でも、あなたは最後にこう言ったのよ。『三つの現場すべてにたまたま通りかかった? そんなことあるわけがないだろうが』って。彼女が反応したのはそっちよ」

「何回……」ベリエルはそう言って天井を見上げた。

「そう。四台のカメラの映像をじっくり見比べた結果、反応したのはそのときだと思う」

「もっと具体的に言ってくれ」

「あなたが〝三つの現場すべて〟と言ったときよ」

「どう解釈する?」

「あなたが〝三つ〟と言ったとき」

「三つ……じゃないということか?」ベリエルはそう訊き返した。知らず知らず拳を握りしめていた。

15

十月二十七日　火曜日　一時二十六分

無理やり取らされた休憩から戻り、ベリエルは取調室にはいるとドアを閉めた。ナタリー・フレーデンは彼を眼で追っていた。ベリエルは何も言わず、録音録画装置のスウィッチを入れた。赤いランプが点灯した。必要な告知事項を告げてから彼は言った。「答えてくれ。あの自転車は誰にもらったんだ？」

「もうずいぶんと昔の話よ。名前は確かチャールズだったと思う」

「まえの男《エックス》からだったんじゃないのか？　恋人だった男のフルネームも覚えていないのか？」

「今言ったけど、ずいぶん昔のことだから」

「あの〈レックス〉は四年以内に製造されたものだ」

「どうしてわたしの自転車についてそんなに訊きたいの？」

「おれが訊きたいのは、きみのレックス……支配者、王のことだ（〝レックス〟にはラテン語で〝王〟の意がある）。そいつについて訊きたい。とりあえず、別のところから始めてもいいが。それでもその話にはまた必ず戻るからな。海外に住んだことは？」

「海外？　いいえ」

「一度も？」

「ええ、一度も」

「ウメオのマリエヘム小学校に三年生までいたあと、どこに消えた？　当時の教師の話だと、きみの両親は海外に行くと言っていたそうだが」

「そんなこと、全然知らないわ」

「確かに実際に海外に行ったことを示すものは何もない。それでもきみの両親の住所はウメオ郊外の森の中で、その後の十五年も公的に変更されたことはなかったのに、きみは学校の記録から消えた。十歳以降、きみはどこにいたんだ？」

ナタリー・フレーデンは何も言わなかった。ベリエルと眼が合ったときの反応もそれまでとちがっていた。彼は十歳のナタリー・フレーデンの拡大写真をテーブルの向かい側に押しやりながら、どこがちがうのか探りを入れた。

「この写真を見て自分だとわかるかな？」

彼女は顔をそむけ、壁をじっと見つめた。

「この笑顔」とベリエルは続けた。「この子の眼のまえには明るい未来が広がっている、と誰もが思ったはずだ。不可能なことなど何もないと。そんなふうに見えたとは思わないか？ちゃんと写真を見てくれ。あの頃の自分を思い出してくれ。十歳の頃の自分を。この笑顔を見るんだ。きみは幸せだった。でも、ここに無限の可能性を秘めた将来が見えるか？」

「何が言いたいの？」

「おれはこの笑顔を見てるんだ、ナタリー。この大きすぎる前歯。十歳の子供はみんなそうだが。この歯はほかの体の部分に〝早く追いついて〟と言っている。だけど、おれだけじゃなく、きみにもこの笑顔のさきに無限の可能性は見いだせないはずだ。ここにあるのは別の何かだ、ちがうか、ナタリー？　何が見える？」

そのあとは沈黙が降りた。休憩まえの取り調べとは明らかに何かがちがっていた。ベリエルは続けた。「おれがこの部屋に戻ってくるまえ、マリエヘム小学校の事務員が電子化されるまえの資料の中からいくつかファイルを見つけてくれた。実際にヴェステルボッテン県まで出向いて、地下室の倉庫から探してくれたらしい。何が見つかったと思う、ナタリー？　きみは海外には行かなかった」

「いったいなんの話をしているのかわたしにはまるでわからない」

「ああ、そうだろうとも。だったらこう言おうか？――当時は学校にカウンセラーが常勤していた。常駐していたわけではないが、精神分析医がいたことさえあった」

ナタリー・フレーデンの様子がずいぶん変わっていた。まるでほんとうの自分の体に不時着でもしたかのようだった。これまで見せたこともないような眼でベリエルを見ていた。今やまったくの別人になっていた。もっとも、自分から口を利こうとしないところは相変わらずだったが。

ベリエルは書類を見ながら続けた。「きみは短い間隔で三回ほどそのカウンセラーと面談している。そのあとすぐ――最後の面談のほんの数日後に――学校の精神分析医の診察も受けている。学年が終わって夏休みにはいる四日まえの六月だ。そのあと新学期が始まる秋にはきみはもう学校に戻ってこなかった。担任の教師によれば、海外に引っ越したからだそうだが。このことで何か覚えていることはないかな？」

「裏切り」

あまりに急で、あまりに明白な答だった。彼女はベリエルの眼を射るようにまっすぐに見ていた。その彼女の視線をベリエルはしっかりと受け止めた。そのつもりだった。が、次第に逆に自分の視線を彼女が受け止めているような気がしてきて、気づいたときには、力のバランス——取調室における尋問者の圧倒的優位性——について考えていた。そして、最後には彼のほうから眼をそらした。あまつさえ腹立たしいことに、テーブルに置かれた書類を意味もなく動かしている自分がいた。

「誰に裏切られたんだ？」と彼は視線を避けたまま尋ねた。

彼女はやはり何も言わなかった。ベリエルは尋問の主導権を取り戻そうとして眼を上げた。待ち受けていたのは彼女の突き刺すような強烈な視線だった。そんな視線に合い、彼は自分の深部までほじくり返されたような気になった。しかし、彼女はどうしてこんな真似《まね》をするのか。皆目見当がつかなかった。いずれにしろ、この空気はまずい。彼は視線を壁のほうへ漂わせた。すると彼女が動いた。何かひらめいたかのように椅子の背に強くもたれると、わけのわからないハミングを始めた。

「誰に裏切られたんだ？」とベリエルは繰り返し、改めて彼女を見た。しかし、彼女のほうはもうベリエルを見ていなかった。その眼は彼女自身の内面に向けられていた。

ベリエルは一瞬、動きを止めた。今、彼女とつながった。それも強く。しかし、奇妙なつながり方だった。つながったと思ったときにはもう切れていた。それがなんだったのか、突き止める時間はなかった。ただ黙っているという選択肢も考えられなかった。それが何かわからなくても、何かしら突破口が開いたのだ。もう一度それを開かなくてはならない。

「学校の精神分析医だったハンス・オーヴェ・カールソンはもう亡くなったが、カウンセラーのほうはまだ生きている。彼女を捜すのにそう時間はかからないだろう。彼女からはどんな話が聞けるんだろうな、ナタリー」

ナタリーは深くため息をついたものの、やはり無言だった。

ベリエルは十歳の頃の拡大写真を彼女のまえに押し出し、その隣りに別の写真を並べて言った。

「クラス写真だ。きみの笑顔の写真はここから切り抜いた」

相変わらず反応なし。

「グループ写真というのはどんなものも興味深い」と彼は続けた。「クラス写真のような型どおりのものさえ。たとえばこの写真。この写真からもグループの中のなんらかの力関係がうかがえるかどうか。ほんとうの並び順は、今はしょぼくれたかつての野心家カメラマンに無理やり並ばされただけのものなのかどうか。それとも、この写真には実際の関係性が反映されているのかどうか」

依然としてなんの反応もなかった。それでも口元にごく薄い笑みが浮かんだように見えた。ベリエルを嘲笑《あざわら》うような。彼は続けた。「いずれにしろ、きみとほかの子供たちのあいだには微妙な溝がある。ほかのみんなは体が触れ合って立っているのに、きみには誰も触れたがってないように見える。そうは見えないかな、ナタリー？」

ナタリーは相変わらず焦点の定まらない眼をしていたが、そこにかすかに疑念の色が加わった。

「きみはクラスメートから嫌われていたのか、ナタリー？」とベリエルはむしろ彼女の気持ちを気づかうようにやさしく尋ねた。

彼女の眼の奥に何かが燃え上がった。ベリエルにはそれがゆっくりと自分のほうに向かってくるのが感じられ、その何かが的を射抜くまえに続けた。「ナタリー、きみは十歳だった。いったい何があって、どうしてみんなはきみを気色悪いと思うようになったんだ？」

半分閉じた彼女の瞼《まぶた》の隙間から鋭い光があふれた。その光が取調室の雰囲気を一変させた。

「何があったのか、あなたは知ってるはずよ」という彼女の声がした。

束の間、ベリエルの全身を何かが駆けめぐった。驚き？　そう、確かに今の彼女のことばには驚いた。が、駆けめぐったのはそれ以上の何かだった。戸惑い？　そう、確かに戸惑った。が、それだけではない。もっと逃れがたい何か。彼女のことばがまるで別次元から聞こえてきたような気がした。彼女が何者なのかも彼女が何をしているのかもまるで理解できなかった。初めての体験。何もかもがわからなくなるような……

それでもベリエルはすでに一本の道を進みはじめており、その先には十五歳のエレン・サヴィンエルがいて、彼女はまだ生きている。何があろうと、どんな体験をしようと、その道から逸《そ》れるつもりはベリエルにはなかった。

「ああ、知ってるような気がする」と彼はむしろやさしい声音で言った。「あの頃のことで覚えているのは〝裏切り〟だったと言ったね、ナタリー。それもきっぱりと。きみはきみを取り巻く世界から裏切られた。まわりのすべてから――親からも友達からも教師からもきみは裏切られた。しかし、あの当時、いじめはそんなに大きな問題にはならなかった。古い世代の大人たちは、子供の頃のいじめは子供が大人になるためのいい試練になるとさえ思っていた。それでも、きみはクラスメートから気色悪いなどと言われることには耐えられなかった。で、それが高じてカウンセラーのところに行くことになった。一度、二度、三度と。ところが、自分には荷が重すぎると判断したカウンセラーはきみを学校付きの精神分析医にまわした。すると、その医者はきみを個人クリニックに入院させた。そこはどんなところだったんだ、ナタリー、ナタリー？」

もはやナタリー・フレーデンはベリエルの手の届かないところにいた。彼女はただ黙って壁を見つめていた。

「当時きみはまだ十歳だったわけだが」とベリエルは続けた。「そのクリニックには二十年くらいいた。それが突然、知らない世界に放り出された。何もかもが知らないものばかりの世界に。きみは守られた世界、かぎられた世界で大人になり、外の世界とはなんのつながりも持たなかった。ひとつ訊くが、初めて外の世界に出たときにはどんな気持ちになった？」

ナタリーは視線をベリエルに向けたものの、その視線は何も語っていなかった。彼女自身、何も言わなかった。

ベリエルはさらに続けた。「入院していた二十年のあいだにきみの両親は亡くなった。きみが退院した頃には祖父が亡くなり、きみの祖父にはほかに相続人がいなかったので、きみはヴィダル通りのアパートメントとまとまった額の金を相続した」

「わたしには銀行口座がないって、あなた、さっき言わなかった？」

彼女のその反応はあまりに突然だった。ベリエルはその時点ではもう彼女からの反応をあきらめかけていたので、驚いた。さらに情報を引き出そうと、耳に手をやった。その件について調べていたディアの声が耳に届いた。「ヴィダル通りのアパートのキッチンの床下から、数百クローナの現金がはいった靴箱が見つかったわ」

「ああ、銀行口座はない」とベリエルは言った。「銀行を信用していないのか、それとも銀行のしくみを知らないだけなのか、おれにはわからないが。それでも嘘をついておれの判断ミスを誘おうとしているのには脱帽だ。一方、それはまだこのまま持ちこたえようとしているなによりの証拠だ」

「あなた、ほんとうにイヤフォンをしているの？　テレビや映画でよく見かけるけれど」とナタリー・フレーデンはベリエルの耳を指差して言った。

どうして耳に手をやってしまったのか――ベリエルは内心思った――どうしておれはそんなへまをしてしまったのか。これは自覚できていないだけで、彼女に取り込まれてしまっているのか。そう思いかけ、彼はほかのことと一緒にそんな考えを振り払った。

「しかし、その金も底をついてしまった。靴箱の中にはほとんど残っていないみたいだね。金が必要になったときはいつもどうしてるんだ？」

「働くわ。面白くもなんともない臨時の仕事よ。でも、その話はさっきしたけど」

「きみはもう一年以上も仕事をしていない。最後にした仕事の稼ぎだけでは一年などとても暮らせない」

「祖父が遺してくれたお金のおかげよ」

「いや、それはどうかな。きみの祖父が遺してくれたのはそれほど大きな遺産じゃなかった。金はどこから出てるんだ、ナタリー？　ひと月二千クローナもするあのアパートメントの管理費はどうやって払ってるんだ？　いつも現金で、この市《まち》のあちこちの銀行から払ってるよな。そもそもその金はきみの金なのか？　それとも誰か別の人間が払ってるのか？　そいつがきみに自転車をくれた男なのか？」

彼女はただ首を振った。

「退院したとき、誰がきみの助けになってくれた?」と彼は尋ねた。

彼女は答えなかった。

「それがチャールズなのか? そんなことがあって最後には恋人同士になったのか? そいつから自転車をもらったのか? あの〈レックス〉を?」

質問に対する答は何も得られなかった。そのかわりディアの声がイヤフォンから聞こえてきた。「四年まえに製造されたレックス社製の自転車が見つかった。指紋も一致した。写真とも一致する。フレーム番号も残っていた。でも、どこで誰が購入したのかはわからない」

ベリエルは気づくとうなずいていた。同時に狼狽《ろうばい》していた。どうして狼狽しなければならないのか。彼は自らを訝《いぶか》った。尋問は最後までやり遂げなければならない。なのに何かが心に引っかかっている。いや、すべてが彼を困惑させていた。彼女はことごとく的はずれなところで反応する。まるで別次元の世界に——真実の追求法がまったく異なる世界に——住んでいるかのように。

それとも、真実そのものが異なっているのか。まったくの別の世界では。たがはずれた世界では。

答を期待することなくベリエルは尋ねた。「今の〈レックス〉のまえには別の自転車に乗っていたのか?」

彼女の眼には今までとは異なる光が急に宿った。「サイクリングは昔からよくやってたわ」

ベリエルはその答にすがるようにして尋ねた。「クリニックに入院しているときも？」

「クリニック？　なんのことを言っているのかわからない」

「十歳のとき、きみは両親に裏切られてクリニックに入れられた。自転車はその頃から乗ってたのかな？」

「わからない……」

「そのクリニックで唯一よかったのがサイクリングができたことだった。ちがうかね？　よくサイクリングしたのもその頃じゃないのか？」

「サイクリングは昔からよくしてた」

「クリニックから退院したとき、最初の自転車はどうやって手に入れたんだ？　買ったのか？」

「ええ、祖父のお金で」

「その自転車は？」

「壊れるまで乗ったわ」

「そうしたらチャールズが現われて、別の自転車をくれた？」

「たぶんそうだと思う」

「そうだと思う？」

「覚えてないのよ。でも、そうだったような気がする」

「チャールズとはどうやって知り合いになったんだ？」

「それも覚えてないわ。でも、たぶんサイクリングしてたときだと思う」

「場所は？　街中？　ストックホルムだったんだろうか？」

「信号で止まってたら彼がわたしの隣りにやってきて、わたしの自転車がおんぼろだって言ったのよ」

「そうやって知り合った？」

「ええ」

「チャールズはずいぶんと親切な男なんだね？」

「自転車をくれたんだものね……」

「それ以外では？」

「わからない……」

「彼とはどんなことをしてたんだね？　サイクリング以外には？」

「一緒にサイクリングをしたことは一度もないわ」

「でも、彼に自転車をもらったんじゃないのか？　だから一緒に遠出なんかもしたんじゃないのか？」

「わからない……」

「セックスはしたのか？」

「わからない……」

「わからないわけがないだろうが、ナタリー。セックスはしたのか？」

「ええ……」

「どんなセックスだった？」

「わからない……かなり……激しい……」

「それはどういう意味だ？　彼に縛り上げられたのか？　殴られたのか？」

「少し……」

「少し？　退院したとき、きみは処女だったのか？」

返事はなかった。

かまわずベリエルは続けた。「つまりはこういうことなんだろうか？　きみはセックスがどういうことかも知らなかった。だから、チャールズとどんなセックスをしてもこういうものなんだろうと思うしかなかった。殴られるのもあたりまえだと思った。命令されるのも。そういうことなんじゃないのか？　彼はきみを支配していた」

やはり返事はなかった。接点を失ってしまったのだろうか。ベリエルは焦った。

「初めて彼に支配されたとき、何があった？」

「どういう意味？」

よし。反応があった。大きな変化だ。「彼はきみに何をさせようとしたんだ、ナタリー？」

「そういうことは話したくない」

「ナタリー、おれたちにはふたつの選択肢がある。ひとつ目の選択肢はベッドルームの中で何があったのか、その詳細を話してもらうことだ。それだと、きみにはすべて洗いざらい事細かに説明してもらわなきゃならなくなる。それがどんなに個人的で恥ずかしいことでも。ふたつ目の選択肢はベッドルームの外で彼から命令されたことを話してもらうことだ。どっちがいい？」

「ふたつ目」

「よし。最初に彼から命令されたのはどんなことだ？　セックス以外のことで」

「特定の場所に特定の時間に自転車で行くこと」

「その理由は聞かされたか？」

「わたしがその近くにいれば、捜しやすいからだと言っていた。そこに行ったら、青いライトが光ってるからそれを追えとも言われた」

「理由は言われなかったのか？」

「ええ」

　ベリエルは椅子の背にもたれた。

　絶妙なタイミングで耳の中に声が聞こえた。「今度こそ耳に触らないで、サム。今、ここにケアリーが来てる。何が問題になってるのかわかるように」

　ケアリー？　ベリエルは思った。何者だ？

「音響技術者です」男の声がした。「総合的な音声分析結果が出ました。マーシュタの家のことをナタリー・フレーデンがリナ・ヴィクストレームの名を騙《かた》って通報をしてきた確率は、九十八パーセントです」

　ベリエルはじっと坐ったまま、今までの尋問内容と今聞いた情報が自分の中に浸透するのを待った。そして、最後に心の中でつぶやいた――ディア、何が問題なのかわかったぞ。

　彼は言った。「ヴェステロースが最初じゃなかった。そういうことだね？」

　そう言って、フレーデンのまえにバイカー・ギャングのクラブハウスが写った写真を押し出した。彼女は写真に眼をやっただけで何も言わなかった。

　ベリエルは続けた。「これらの三件以外にももっとあった。そうなんだろ？　誘拐された十五歳の少女は三人以上いる。そういうことなんだろ？」

「誘拐された少女のことなんか、わたしは何も知らない」

「ああ、おれもそう思っていた。きみはご主人さまから遠隔操作されているだけの奴隷だと思っていたよ。でも、そうじゃない。いつから始まったんだ？」

「いつのこととか、わたしにはあまり時間の概念がないのよ」

「少なくともヴェステロース以前にも何かあった。ヴェステロースは二年近くまえの三月の事件だ。冬だ。きみはバイカー・ギャングのクラブハウスのそばでテレビのカメラで自分の名を名乗った。それは覚えてるよね？」

「ええ」

「しかし、そのヴェステロースが最初じゃなかった。チャールズがきみに田舎のほうまでサイクリングして、警察の規制線のまえに立つように指示したのは。いつが最初なんだ？」

「覚えてない。夏かな」

「夏。場所は？」

「覚えてない。もっとストックホルムに近かったかも」

「思い出してくれ。これは重要なことだ」

ナタリー・フレーデンは少し間《ま》を置いた。見るかぎり、真面目《まじめ》に思い出そうとしているようだった。今回の間はそんなふうに思えた。「ソレントゥナ」

ベリエルの耳の中でディアの声がした。「今、調べてる」

ベリエルは深く息を吸ってから言った。「そのとき何があったのか説明してくれないか？」

「チャールズにそこまでサイクリングするように言われた」

「彼がなんて言ったのか正確に覚えてるかな？」

「そこまでは覚えてない」

「いや、覚えてるはずだ。思い出してくれ。それが最初だったんだろ？　なんでそんなことを頼むのか、疑問に思わなかったのか？」

「思ったわ。でも、質問しちゃいけないことになっていた」

「チャールズの言ったとおりにしないといけなかった。そういうことか？」

「ええ。そういう約束だった」

「その場所に着いたら、きみは何をすることになっていたんだ？」

「ただそこにいて、見てろって言われた」

「その正確な場所は？　ソレントゥナのどこだったか覚えているかい？」

「大きな団地があった。棟がいくつも建っていた。その下のほうに駐車場があって、そこで青いライトが光っていて、警察の規制線が張られていた。わたしはそのそばにいたんだけど、結局、何も起こらなかった」

「大きな団地？　マルム通りか？　それともストゥプ通り？」

「通りの名前は知らない」

「どういうルートでそこに行ったのか覚えてるかな？　線路沿いにサイクリングしたのか？　それとも高速道路の下を行ったのか？」

「もう二年以上もまえのことよ」

「きみには時間の概念がないんじゃなかったのか？」

「言ったけど、そう、線路の脇、高速道路の下を通って丘をのぼったのよ。それから線路から離れた。環状交差点があったわね。そう、ふたつ。そこからはそんなに遠くなかった」

「だったらストゥプ通りだ」とベリエルは言った。「ヘレネルンド地区のショッピング・センター。団地の下に駐車場があるというのはそこだ」

「団地にあがる階段があった」

「それはいつのことだ？　ほかに覚えていることはないか？　夏だったということ以外に」

「覚えてないわ。でも、暑かったわね」

ベリエルはそこで言いかけたことばを呑《の》み込んだ。そこまでは順調に進んでいたが、ナタリー・フレーデンの眼の奥にあった輝きが消えてしまったように思えたのだ。そろそろ休憩が必要だ。彼はそう思った。あまり時間がない。「チャールズの苗字《みょうじ》は？」

「覚えてない。ただ、ありふれた名前だった」

「最後に〝ゾン〟がついていたか？　アンデルソンとか、ヨハンソンとか？」

「いいえ……そう、バーリストレームとか、そんな感じの名前だった……」

「バーリストレーム？　つまり、ルンドベリとかリンドストレーム、バーリルンド、サンドベリのような？」

「ええ、でも、それじゃない」

ベリエルの耳元でディアが有能な助手を演じて言った。「ショーベリ？　フォルスベリ？　オーケルルンド？」

そのどれでもなかった。

「リンドクヴィスト？　エングストレーム？　エクルンド？」

「そうだったかも」とフレーデンは言った。「それに近い感じ」

「どれに？」

「一番目」

「リンドクヴィスト？」

「やっぱり、ちょっとちがうわね……」

「ルンドクヴィスト？　リンドグレーン？」

「そう言えば、本人は最後に〝h〟がつくんだって言ってた」

「〝h〟？　ストロムバーリ？　リンドバーリ？」

「そう、それよ。リンドバーリ。最後に〝h〟のつくリンドバーリ」

ベリエルは深いため息をついて背もたれにもたれた。「チャールズ・リンドバーグ」英語の発音で言った。「そういうことか。〝ラッキー・リンディ〟。スピリット・オヴ・セントルイス号。ナタリー、きみの彼のものでチャールズ・リンドバーリという名前が書かれたものを見たことがあるかな？　運転免許証とか、パスポートとか」

「いいえ。でも、なぜか〝h〟が最後につくことにこだわっていた」

「そうだろうとも」とベリエルは言った。「チャールズ・リンドバーグは大西洋横断飛行に初めて成功したアメリカ人だ。一九二七年。きみのご主人さまは、実在の人物から名前を取ったのさ。きみがリナ・ヴィクストレームの名前を借りたように」

「え？」

「きみがマーシュタの家でエレン・サヴィンエルを目撃したと通報したことは、もうわかってるんだよ。きみは旅行で留守にしているリナ・ヴィクストレームのふりをして電話をかけた。きみは今ここで明かした以上のことを知っている。そうだろ、ナタリー？」

「何を言っているのか、さっぱりわからない」

「そうか。ああ、そうだろうとも」

そう言って、ベリエルは自分の携帯電話のボタンを押した。女の声が聞こえてきた。〝ねえ、絶対あの子よ。たった今見たの、あの女の子をこの窓から……まあ、断言はできないけど、でも、あれを首に掛けてた、ピンクの革のひもにくっつけて。ほら、なんて言ったかしら、ギリシャのおかしな形の十字架、正教会かどうかはわからないけど。でも、髪は本物のブロンドだから、ギリシャ系じゃないと思う〟。

もう一度ボタンを押すと、携帯電話は静かになった。

しばらくのあいだベリエルは坐ったまま、ナタリー・フレーデンと名乗っている女をただじっと見つめた。彼女は彼と視線を合わそうとはしなかった。ベリエルは全情報――取調室の中で話されたすべてと、それ以外から得られたものすべて――を頭の中で整理した。ひとつの完全な形になるように。しかし、それは不可能だった。まとまりようのないものがどうしてまとまる？

「この声がきみの声だということは科学的に証明された」とようやくベリエルは言った。

彼女はベリエルを見ようともしなかった。

彼は続けた。「しかし、それが事実でも警察に通報してきたその人物と今ここでおれが対面している人物とはまったくの別人だ。今のきみ自身すらきみが誰かを演じているだけだ。リナ・ヴィクストレームという役を演じたように。ほんとうのきみは今のきみでもリナ・ヴィクストレームでもない。まったく異なる人間だ」

彼女はまだ彼と眼を合わせようとはしなかった。

「おれを見るんだ、ナタリー」とベリエルは努めておだやかな声で言った。「おれの眼を見てくれ」

ナタリーはぴくりとも動かなかった。

「頼む。見てくれ」

彼女はゆっくりとベリエルに視線を向けた。ベリエルは彼女の青い眼をまっすぐに見すえた。人間の眼というものは隠しごとはできても嘘をつくことはできない。経験からそのことを知っているベリエルは自問した。今おれが見ているのはなんなんだ？　不確かで、平穏で、中立的で、そして手の届かない何か。眼のまえにいるこの女は今まで思い描いていたタイプとはことごとくちがっている。これまで信じ込んでいた人物像とはまったく異なる。

　まんまと騙《だま》されていたのだ。

「きみはマーシュタの家のことを警察に知らせるために電話した。しかし、そのときにはすでにチャールズ・リンドバーグ――もしくは警察内での呼び名はエリク・ヨハンソン――は四日まえにその家を捨てていた。きみはどうして四日も待ったんだ？　どうしてそいつは四日も待つようにきみに命じたんだ？」

「エリク・ヨハンソン？」

「どうしてきみは四日も待った？　どうして今回のマーシュタでは規制線の外に立つように指示されたんだ？」

　こういう質問にはやはり答えない。それでも、ボトックス注射さえしていなければ、額に苦悩の皺が浮かんだのではないかと思わせるような表情が垣間見《かいまみ》えた。

「通報したとき、すでに書かれているものをただ読み上げているだけじゃなかったとすれば、それはきみがあの家にエレンがいたことを知っていただけじゃなく、警察と犯人しか知りえない情報を知っていたことを意味する。ピンクの革ひもにくくりつけられていたのが正教会の十字架というのは、われわれ以外誰も知らないことだからだ。おれたち警察とカス野郎以外には誰も」

「〝カス野郎？〟」

「チャールズ・リンドバーグもエリク・ヨハンソンも単なる偽名だ。やつのほんとうの名はカス野郎だ。それはきみもよく知ってるはずだ。このカスがきみにやさしかったのは最初だけだった。さあ、話してくれ」

「話せって何を？」

「きみはマーシュタの家の中にはいったことがあるのか？　鎖につながれて床に坐らされているエレンが血を流しているのを見たことがあるのか？　氷のように冷たいセメントの床を必死に引っ搔いて手足の爪を剝がすのも見たのか？　彼女が拷問されるのを手伝ったのか？」

「まさか！　なんのことを言っているのか、ほんとうにわからない」

「いや、わかってる。おれの言っていることの一語一句きみにはわかっている。たわごとを言うのはもうやめろ。拷問を手伝ったのか？」

「やめて」

「やめて？　やめて、だと？」

「サム」彼の耳の中で冷静な声がした。

それだけで充分だった。ベリエルは黙った。時間が流れるのがほとんど触知できるほどはっきりと感じられた。鼓動が心臓を鋭く突き刺していた。鼓動のたびに死に近づいていた。

一鼓動のたびに。

「通報したときのことを話してくれ」とベリエルは気を落ち着かせて言った。

「通報なんかしていない」と彼女は言った。

「わかってないようだな、ナタリー。きみが電話したことはもうわかってるんだ。きみが役を演じていることも。そう、それがきみの天賦《てんぶ》の才と言っていいほど上手にね。だけど、とりあえずそれはいいから、電話のことだけ話してくれ」

彼女は黙ったまま坐っていた。彼女がどっちに転ぶのかベリエルには見きわめられなかった。だからベリエルもそのまま黙って待った。

やがて彼女が口を開いた。「電話なんかしていません」

ベリエルは深くため息をつくと、フォルダーから二枚の似顔絵を取り出し、それを彼女のまえに押しやった。一枚はエステルマルム地区でヴァンに乗っていた男のもので、もう一枚は、うさんくさい隣人がマーシュタの森のはずれにいるのを見かけたという目撃者証言に基づいて描かれたものだった。

「この二枚、チャールズに似ているかな？」

ナタリー・フレーデンは絵を眺めてから首を振りながら言った。

「あんまり」

「そうか」ベリエルはそう言って、絵を引っ込めた。「ここで少し休憩を取ることにしよう。ただ、おれが部屋を出たらすぐに警察の絵描きが来て、チャールズ・リンドバーグの似顔絵づくりをすることになる。進んで協力してくれ。それから、通報の電話のこともよく考えてくれ。彼のことで何か思い出したら、なんでもいいから話してくれ」

ベリエルは手首に眼をやった。

腕時計のガラスの内側に広がっていた結露の真ん中に穴ができて、文字盤の左上が三分の一ほど見えるようになっていたが、まだ時計の針は見えなかった。

時間は今もまだベリエルにつれなかった。

16

十月二十七日　火曜日　二時四十二分

取調室からできるだけ距離を置こうということで、全員が刑事部屋の一番奥にあるベリエルの机のまわりに集まった。ベリエルにディア、サミールにアラン。どうして何もかもが歪《ゆが》んでねじれているように思えるのか。ベリエルはひとりで考えたかった。が、そういうわけにもいかなかった。実際のところ、彼の尋問はそこそこ奏功していた。

暗がりの中、みんなの顔がコンピューター画面の光に照らされて浮かび上がって見えた。何枚もある窓ガラスを打ちつける雨は見えなかったが、その音はうるさいほどだった。すでに真夜中になっていた。

もうすぐ狼の刻だ。

取調室の録画をサミールが早送りして、プレー・ボタンを押しかけた。ベリエルは自分の手をサミールの手の上に置いた。まだ準備ができていないような気がした。

ベリエルのかわりにディアが言った。「いくつかわかったことがある。まずひとつ、薬物分析の結果が科学捜査センターからあがってきた。エレン・サヴィンエルの血中には、かなりの量の抗凝血剤が含まれていた。具体的な成分についてはまだ確認が取れてないんだけれど」

「きみにはもうひとつ宿題があったはずだが、ディア？」

「わかってる」とディアは言ってため息をついた。「どうして抗凝血剤をエレンに注入する必要があったのか。大量出血させるということ以外に理由が見つからない……」

「あるいは、時間を長引かせるためか」ベリエルは言った。「苦しめるためか。ほかにわかったことは？」

「あるわ。リストは長くなる一方よ。ボトックス注射で片頭痛を治療するのはむずかしいのに、驚くほど多くの人がその治療を受けている。それに、こんな夜中にもかかわらず、驚くほど多くの回答が得られた」

「どんな質問に対する回答なんだ？」

「該当する年齢の女性患者で、該当する期間にこの治療を受けた人の情報。夜間も診療している病院から回答が送られてきた。この時間が夜じゃない国に顧客サーヴィス窓口をアウトソースしたわけ」

「よし。ただ問題はその大量の情報をどう使うか、だ」

「それが今回の事件の最大の問題点だ」とアランが強調した。「われわれは必要以上に物事を複雑にしてはいないだろうか？」

「どれも捜査の一環です」とディアが答えた。「ナタリー・フレーデンが何者なのか、わたしたちは理解を深める必要があります。ボトックス注射もそのひとつです。片頭痛もその一部です」

「それでも大穴狙いであることに変わりはない」とアランはぼそっと言った。「われわれが直面しているものは何か。〝オッカムの剃刀《かみそり》〟（物事を説明するのに不必要な仮定を立ててはならないという考え方）だ。死肉はすべて切り取るんだ。一番単純な答が正しい答というのはよくあることだ」

「その単純なことが何ひとつ見当たらないのが本件の一番の問題だ」とベリエルは自分に言い聞かせるように言った。

「犯人はあの女だ。明白じゃないか！」とアランは怒鳴った。

「初めのうち彼女のことを精神異常者と呼んでたのは誰でしたっけ？」とベリエルは言った。

「それが実のところ、卓越した才能を持つ女優になった。そんな女優が精神異常者を演じていた。きみは彼女の仮面を剝がした。よくやったよ、サム。だけど、できればその調子でもっと攻めるべきだった。そうすればまちがいなく破壊できてた」

「破壊してしまったら、新たな情報は引き出せなかった」とベリエルは言った。「実際、最後のほうで彼女は壊れかかった。チャンスはまだある。ただしこのあとは万全の準備をして臨まないと」

アランは上体を起こすと、そのバリトンの声を轟《とどろ》かせた。「なあ、もういいだろうが。チャールズ・リンドバーグなどという男は実在しない。彼女の創作だ。あの女はあそこに坐って愉しんでるのさ。だけど、いいか、これは過去の犯罪じゃない。彼女は罪を犯したんじゃない。今も罪を犯しているんだ。通常はすでに起きた犯罪について容疑者を取り調べる。事後に。だが、今回はちがう。これは現在進行中の稀《まれ》なケースだ。犯罪は今なお現在進行形だ。彼女は今も罪を犯しつづけている。なのに、きみはただ坐ってのんびり彼女を取り調べてる。あのあばずれはわずかな情報を小出しにするたび性的な興奮でも味わってるんだろうよ。それは取りも直さず、エレン・サヴィンエルが苦痛を味わっているということだ。われわれの顔にあの女の唾が飛ぶだけではなく」

「つまり、今あの取調室にはスウェーデン史上初めての連続殺人犯がいると言われるんですね？」

「そう呼びたければ呼べばいい。屋根の上にあがって、クングスホルメン島を越えて市《まち》じゅうに聞こえるように『連続殺人犯！』と叫べばいい。私はそれでかまわない。サム、きみは軟弱すぎる」

「ちょっとまえには強引すぎると言われました。今度は軟弱すぎる、ですか。アラン、あなたの期待に沿うのはむずかしい」

「手洗いに行ってくる」アランは真っ赤な顔をしてそう言うと、みんなに背を向けた。

残った全員が闇にアランが呑み込まれるのを見送った。

「彼が言うことにも一理ある」とディアが言った。

「わかってる」とベリエルも認めて言った。「ほかにわかったことは？」

「自転車をどこから買ったのかわかったわ。シルが調べてくれたんだけど、シリアル番号の登録簿からわかった。ウィボル・サプライ社という会社だった。どんな会社なのかはわからないんだけど、三年まえの五月二十四日に姓名不詳の人物が購入している」

「新車を？」

「ええ。それ以来、そのシリアル番号の記録はない」

「何か思いあたるな。ウィボル？」

「デンマークの町の名じゃない？」とディアは言った。

気づくと、ベリエルは知らず知らず顔をしかめていた。「サミール、始めてくれ」

取り調べの録画が再生された。

「チャールズという名前が即座に出てきます」と画面を指差しながらサミールは言った。

「チャールズ・リンドバーグのさまざまな側面」そう言って、ベリエルはサミールに再生を止めるように言った。「彼女はまた自己顕示欲を満たそうとしている。それもわざとらしく。事実としては大西洋の横断飛行に初めて成功したこと。息子が誘拐されて殺されたこと。戦争が始まった頃はナチス支持者だったこと。そして、悪名高い女たらしだったこと。一番関連性のあるのは息子が誘拐されて殺された点だろうが……」

「どうかしら。わたしはあまり重要なことには思えないけど」とディアは言った。「続けて」

サミールは映像の再生を続けた。彼がひげを掻くと、得体の知れないものが何か落ちた。

「子供時代。そこのところで特殊な反応が見られます」

「どこだ？　具体的には？」とベリエルは尋ねた。

「ここです」とサミールは言った。「〝裏切り〟のところ」

「この表情」とディアが言った。「彼女、真剣にあなたのことを見つめてる。まるで〝裏切り〟ということばを強調したいみたい」

「あのときはなんだか場ちがいな感じがした」ベリエルは言った。「おれがいじめを前提に話したことに対する彼女の反応についてはどう思う？」

「興味を失った」とディアは言った。「とても熱かったものが急に冷めた。そんな感じね」

「なんとも妙だ」ベリエルはそれだけ言った。

言いたいことはもっとあるような気がしたのだが、彼にはそれをことばにすることができなかった。残念ながら。

「もうひとつあります」とサミールが言った。

「一番妙なことよ」とディアがつけ加えた。

録画映像はクラス写真のところまで進み、十歳のナタリーとほかの子供たちのあいだの溝について話したあと。ベリエルは言った――〝ナタリー、きみは十歳だった。いったい何があって、どうしてみんなはきみを気色悪いと思うようになったんだ？〟。

そのときナタリーはきっぱりと言い切った。〝何があったのか、あなたは知ってるはずよ〟。

サミールはそこで映像を止めた。

「この彼女のことばはなんなの？」とディアが素直な疑問を口にした。

「まるでその頃ウメオにあなたがいたみたいじゃないですか」とサミールが言った。

「何が言いたい？」とベリエルは訊き返した。

「いや、ただ……とても個人的なことのように聞こえたんで」とサミールは弁解した。

「それはおれも同感だ。ただ、ウメオなんてところにはおれは行ったこともない」

「なんだか腑《ふ》に落ちないわね。別の意味があるのかしら？」

「頭がおかしくなりそうだ」とベリエルは音を上げたように言った。

三人は静止した画像をしばらく見つめた。

やがてベリエルが言った。「もう一度見せてくれ」

ベリエルの質問――〝ナタリー、きみは十歳だった。いったい何があって、どうしてみんなはきみを気色悪いと思うようになったんだ？〟。それに続くフレーデンの鋭い反応。〝何があったのか、あなたは知ってるはずよ〟。

サミールは再生をもう一度止めた。

「くそ」ベリエルは深いため息をついた。「続けてくれ」

画面上のベリエルは、二十年間の入院生活から外の世界に戻ったときのことについて話していた。そのあと話は彼女が祖父から相続した遺産のことになった――〝わたしには銀行口座がないって、あなた、さっき言わなかった？〟。

「彼女が何かの役を演じているのだとしたら」とディアが言った。「ここで素《す》の彼女が出たんじゃない？」

映像はさらにさきに進んだ。

「早送りしてくれ」とベリエルは言った。

サミールが早送りのボタンを押すと、ディアがその手の上に自分の手を置いた。映像が通常の速さに戻り、ナタリー・フレーデンが言っていた――〝覚えてない。もっとストックホルムに近かったかも〟。

ベリエル――〝思い出してくれ。これは重要なことだ〟。

不自然なほどの間のあとナタリー・フレーデンは言った――〝ソレントゥナ〟。

「ソレントゥナに関してはどこまで調べられた？」録画映像の音声越しにベリエルは訊いた。

「まだ何も」とディアは答えた。「今シルが調べてるけど。そこでも十五歳の少女が行方不明になっていたりしたら、すぐわかるはずよ」

「もしそうだとしたら、おれが見逃したってことだな。何か別のことにまぎれて見えにくくなっていたのかもしれない。去年の夏よりまえにヘレネルンドで起きた犯罪も調べてくれ」

「それってかなり広い範囲ね。それよりわたしが不思議に思ったのは、あなたがソレントゥナにかなり詳しいってことなんだけど」

そう言って、ディアは画面を指差した。ちょうどベリエルが話しているところだった——〝だったらストゥプ通りだ。ヘレネルンド地区のショッピング・センター。団地の下に駐車場があるというのはそこだ〟。

ベリエルはうなずいた。「おれはそこで育ったんだ」

そこへアランが戻ってきた。煙草のにおいをさせて。ベリエルはそのときたまたま思っていた。アランがこれまでの人生で一度も煙草を吸ったことがないというのは奇跡に近い、と。煙草のにおいと一緒に濡れた服の生地のにおいもして、ベリエルはひそかに笑った。アランは最初からトイレになど行かず、警察本部の喫煙用バルコニーに行ったのだ。その証拠にずぶ濡れだった。

ぴかぴかに磨かれたアランの靴のまわりに小さな水たまりができた。そのときだ。ベリエルの中で何かがぴたりと収まった。

雨の中にいると人は濡れる。

彼は携帯電話を取り出し、最後に撮った写真を画面に出した。ナタリー・フレーデンがヴィダル通りのアパートメントの玄関をはいったところで、明かりをつけていた。ところが、彼女の足のまわりの床は少しも濡れていなかった。オフホワイトのレインコートにも雨粒ひとつついていない。まるっきり濡れていない。

微気象学。

「失礼」とベリエルは言って立ち上がった。「おれもトイレに行きたくなった」

刑事部屋を離れると、階段を駆け降り、誰もいない廊下を足早に歩いた。それからもう何階か階段を降りてさらに廊下を抜け、メディア室のまえまで来ると中にはいり、部屋の中のひとつのドアを開けた。

シルヴィアが驚いてコンピューターの画面から充血した眼を上げた。相変わらず薄くなった髪をツンツンさせていた。「サンボ？　ナタリーの聴取をしてるんじゃなかったの？」

「今は休憩だ」シルヴィアの横に置かれていた椅子は水平近くになるまで背もたれが倒され、その上にくまのプーさんの枕と羽毛布団がのっていて、ねずみ色の薄い髪の小さな頭が枕と布団のあいだからのぞいていた。その小さな頭の主の浅い呼吸がベリエルの興奮を静めてくれた。

「娘のモイラよ」今までベリエルに見せたことのないような笑顔になって、シルヴィアが言った。「連れてこざるをえなかったのよ。最近とんでもない残業続きだから」

「結婚してたとは知らなかった」とベリエルは声をひそめて言った。驚きを隠せなかった。

「結婚って義務なの？」裏表のない笑みが皮肉っぽい笑みに変わった。「あなたもフレイヤとは結婚してなかったんじゃなかった？」

小さな子供の安心しきった寝顔には誰をも微笑《ほほえ》ませる力がある。ベリエルも気づくと笑みを浮かべていた。その子供の父親が誰であるにしろ、その父親の遺伝子に勝ち目はなかった。モイラはシルヴィアと瓜《うり》ふたつだった。

「それにしてもだ、シル」とベリエルは言った。「で、何歳？」

「五歳。でも、アランには言わないで」

「おいおい、アラン相手に噂話《うわさばなし》なんかするようになったら、おれはもう脳卒中の一歩手前なんだって思ってくれ。可愛《かわい》い子だね。大事に育ててるんだね」

ベリエルを見たシルヴィアの顔に一瞬、同情のような表情が浮かんだ。と思ったときにはもう消えており、彼女は言った。「で、何か用、サンボ？」

「ああ、なんだったか……」モイラから眼を離せずベリエルは言った。「そうそう、ウィボル・サプライ社について何かわかったことはないかな？」

「マーヤが調べてるはずだけど、どこから自転車を買ったかなんて、大した……」

「ただ、ウィボルってことばに聞き覚えがあるような気がしたんだ。きみには何か思いあたることはないか？」

シルヴィアはゆっくりと首を振った。

「ハッキングして検索してくれるか？」とベリエルは言った。

シルヴィアはあからさまに嫌な顔をした。「ユリアとヨンナの捜査情報を探してあげたとき、どんな約束をしたか覚えてる？」

「おれのために不法な捜査をおこなうのはそれが最後だと。だけど、きみにはその能力があって、なによりその自らの能力を行使することを愉しんでる。ちがうかい？」

「リスクが大きすぎる……」

「頼むよ、やってくれ。責任はおれが取る」

最後にもう一度、すやすやと眠っているモイラの寝顔を見てから、ベリエルは部屋を出た。閑散とした警察の車庫まで行って自分の車を出すと、土砂降りの暗い市《まち》を走った。ヴィダル通りのナタリーのアパートメントに着くと、一番近くに駐車してあった車の脇に二重駐車した。なるべく濡れないように。

濡れずにすむわけがなかったが。

午前三時をちょっとまわったところで階段の下に着いた。明かりをつけて階段をのぼった。ドアには警察のテープが貼られて封鎖されていた。一瞬、そのテープを眺めた――破られた跡も触れられた跡もなかった。ベリエルはテープを破り、ピッキングして鍵を開け、中にはいった。そして、ドアの内側の闇の中に佇《たたず》んで息を整えた。

は断言できる。ナタリー以外の誰かがこの部屋にいたことはまちがいない。それそれは断言でき
ても、それだけでは不充分だ。

彼は懐中電灯をつけ、短い廊下の壁を照らした。探す対象がわかっている今、それは簡単に見つかった。昨日ここに来たときにはなかったものだ。

キッチンへと続くドアの上の直径一センチほどの穴から輝く闇とでもいうべき光が洩れていた。敷居の上には白い粉が落ちていた。しゃがみ込んで調べると、それは壁の漆喰《しっくい》だった。ストゥールを見つけてその上に乗り、壁にあいた穴に指を入れた。

まちがいない。そこにカメラが設置されていたのだ。超小型カメラが。

ベリエルはストゥールから降りると、キッチンの中にはいった。中庭のポプラの木の黄色い葉はもうほとんど残っていなかったが、それでも雨音を呑み込む程度には風に吹かれて騒いでいた。彼はキッチンのテーブルについて坐り、玄関ホールを見つめた。ここに来たのは昨日のことだ。まだたった数時間しか経っていない。なのにそれが遠い昔のことのような気がした。

さあ、考えるんだ、考えるんだ。ここなら誰にも邪魔されない。得がたいこの孤独に浸《ひた》って。

ドアからはいってきたとき、ナタリー・フレーデンは濡れていなかった。つまり外から帰ってきたわけではないということだ。この建物の中のどこかから来たのだ。この建物の中のどこかで待っていたのだ。警察がこのアパートメントにはいるのが隠しカメラに映るまでずっと。そのあとこのアパートメントに向かい、階段の窓のそばを通った。そのとき張り込んでいた警官に目撃された。その時点では彼女は単独で動いていたのだろうか。

しかし、カメラが撤去されているというのは、明らかに彼女は単独犯ではないことを示す事実だ。

彼女以外の何者かがカメラを取り去ったのだ。

彼女と一緒に別のアパートメントで待っていた何者かが。

そのアパートメントに第三の人間がいても不思議はない。

たとえばエレン・サヴィンエルとか。

それにしても、どうしてナタリー・フレーデンはまるで身売りをするかのように警察に身を委ねたのか。どうしてわざわざ自分から警察の網に飛び込んできたのか。

チャールズでもエリクでもカス野郎でもなんでもいい。そいつは自分の奴隷を生け贄《にえ》に捧《ささ》げたことをどう思っているのか。

それだけではない。彼女を生け贄に捧げるというのは二年以上もまえから計画されたものだったのか。

現実問題としてそんな計画などありうるだろうか。

ベリエルにはそれが一番の謎だった。

もしかして自分から眼をつぶってしまっているのだろうか。隅に自らはまり込んでしまい、角度を変えれば簡単に見えるものが見えなくなっているのだろうか。

彼は立ち上がると、懐中電灯の明かりを頼りに玄関のドアから外に出た。階段を降り、居住者の名前が書かれた表示板のまえで立ち止まって、名前をひととおり見た。が、特に注意を惹《ひ》くような名前はなかった。スウェーデンのありふれた十個の苗字。しかし、この中にカス野郎とナタリーが待機していた部屋があるのだ。ナタリーのアパートメントとほんの数メートル離れたところに。そして、ほんの数時間まえにはその部屋にカス野郎が……

おれがもっと有能だったら、今頃、カス野郎は箱詰めされていたかもしれないのだ。

文字どおり。

可能性はかなり低くとも、もしかしたらカス野郎はまだその部屋にいるかもしれない。ここから数メートルと離れていないところに。まさに、今、このときにも。いや、それはないか。それでもこの建物のアパートメントはどこもすべて家宅捜索する必要がある。それもすぐに。たとえカス野郎はとっくにいなくなっていても。あとに残っているのはカス野郎の高笑いの余韻だけとしても。

しかし、カス野郎はどうしてナタリー・フレーデンを警察という狼の群れに放り込んだのか。

ベリエルは表示板に携帯電話を近づけて写真を撮った。まるでタイミングを合わせたかのように携帯電話が鳴った。儀式の生け贄として殺される子豚の鳴き声さながら。

ディアからだろうと思い、すぐに呼び出し音を切った。彼がトイレに行ったわけではないことに気づいたのだろう。が、画面に表示されているのは〝0915〟で始まる見知らぬ番号だった。ドアを開けてヴィダル通りに出た。三時二十七分。狼の刻。雨はまだ容赦なく降りつづいていた。

「はい」とベリエルは上着の襟を立てながら言った。「サム・ベリエルです」

「こんな時間にほんとうにごめんなさい」年配の女性の声で北部訛《なま》りがあった。

「どなたですか？」とベリエルは訊き返した。

「緊急だと言われたものですから。それに朝の三時を過ぎると、どのみち寝られないんで」

「失礼ですが、お名前は？」

「あ、ごめんなさい」声が震えていた。「ブリット＝マリー・ベントソンです。バストゥトレスクからかけてます」

「そうですか」とベリエルは言ったものの、その声から苛立《いらだ》ちを消し去ることには成功していなかった。「誰に緊急だと言われたんです？」

「ウメオの警察ですよ。ゆうべからわたしと連絡を取ろうとしていたみたいで。で、そのウメオの警察がこのベリエル警部の電話番号を教えてくれたんです」

　ベリエルは小銭が何枚も次々にこぼれ落ちていくような不思議な感覚を覚えた。小銭などどこにもないのに。

「それでご用件は？」と彼はぶっきらぼうに言った。

「わたし、ウメオのマリエへム小学校でカウンセラーをしてました。八〇年代後半から九〇年代の前半にかけて」

「ああ」ようやく小銭が落ちる音が聞こえてきた。

「昔、わたしが担当したクライアントのことで何か訊きたがっておられるとか――」

「十歳の少女をクライアントと呼べるのなら」

「あら、じゃあ、お巡りさん《コンスタブル》、なんて呼べばいいのかしら。患者？　生徒？」

「なんでも結構です。〝コンスタブル〟以外なら。その称号は七〇年代前半になくなったんです」

「あら、歳《とし》がばれちゃうわね」とブリット＝マリー・ベントソンは決まり文句のように言った。

「ウメオの警察はあなたを見つけるのに苦労していたみたいですが」とベリエルは言った。

「再婚して、退職後はバストゥトレスクに引っ越したんです」

「わかりました。すでにおわかりと思いますが、これはナタリー・フレーデンの件です。一九八〇年代の終わり頃、彼女はマリエヘム小学校の三年だった」

「ええ、可哀《かわい》そうなナタリー。クラスでひどいいじめにあって、わたしのところに来たんです」

「ええ。それで、実際のところ、何があったんです？」

「誰に白羽の矢が立って被害者になるか、これは永遠の謎です。残念ながら。ただ、あの子の場合は自分からわたしのところにやってきたんです。ほんとうにつらそうでした。何度か会ったのですが、これまた残念ながら、わたしの助言は役に立たなかったようで、状況は悪くなる一方でした。それでハンス＝ウーヴェに引き継いだんです」

「学校付きの精神分析医ですね。ということは、そのハンス＝ウーヴェ医師が精神科クリニックを見つけて、ナタリーを入院させたということですね」

「ハンス＝ウーヴェが？」とブリット＝マリー・ベントソンはいきなり大きな声をあげた。

「ほんとうに？　知りませんでした。つまり、その、彼はこの国で一番繊細な精神科医というわけでもなかったけれど、それでも……」

「知らなかったんですか？」

「ええ。あのケースではどうしてあんなことになってしまったのか、わたしにはいまだに理解できません。今さらとやかく言うつもりはありませんけど。でも、要するに、あの子の母親は登記所に勤めていて、あの頃の記録は全部手書きでした。コンピューター以前の時代でした。少なくともコンピューターはまだそれほど普及はしていませんでした」

「ちょっと待ってください」ベリエルはそう言って、歩道で立ち止まった。雨が彼を激しく打ちつけた。

「はい、待ちます」とブリット＝マリー・ベントソンは言った。

「何があったんです？　あなたのことばで話してもらえますか？」

「いいですとも。でも、要するに実際にあったことと公の記録とは食いちがってるということです。すべては母親のためを思ってしたことです。ナタリーは外国にいる親戚と暮らすために海外に行ったということになっていますが」

「どういうことです？」

「ナタリー・フレーデンは亡くなりました。あの夏、ナタリーは自殺したんです」

17

十月二十七日　火曜日　三時五十八分

ディアは警察本部の正面玄関のまえでベリエルを待っていた。時刻はそろそろ午前四時。彼女の姿を見ただけでベリエルはほっとした。彼女は何も言わなかった。その茶色の眼は

——今は鹿《ディア》の眼とは似ても似つかない——いつにも増して鋭かった。ポケットの中からイヤフォンを取り出すと、過剰なまでに慎重にベリエルの耳に挿し込んで、ベリエルの眼をまっすぐに見すえてから彼の頬を軽く叩いた。なんとも場ちがいな行為だった。その次の瞬間には彼女はもうそこにはいなかった。ひとこともなかった。

ベリエルは観察室の同僚たちとは顔を合わせたくなかった。会いたいのはただひとり。しかし、その相手はもうこの世に存在していない。

なんの特徴もないドアをまえにして、ベリエルは薄暗い廊下にいっとき佇んだ。深呼吸をしてからカードリーダーにＩＤカードを通し、暗証番号を入力した。

ナタリー・フレーデンはひとりではなかった。警備のための警官が壁ぎわに立ち、机に置かれたノートパソコンのまえには女性警官が坐っていた。ベリエルが入室したことを確認すると、その女性警官はメールを送信してからパソコンを閉じ、立ち上がって小さくうなずき、部屋を出ていった。そのすぐあとに警備員も続いた。

ナタリーには画面が見えない位置に置かれていたベリエルの予備のパソコンから、ピーという音がした。坐るまえに彼は届いたばかりのメールを開いた。似顔絵が添付されていた。エリク・ヨハンソンの既存の似顔絵二枚を足して二で割ったような代物《しろもの》だった。サイドテーブルに置かれた録音録画装置に眼をやると、ランプはすでに赤くともっていた。ベリエルはパソコンの画面をナタリーのほうに向け、椅子に腰をおろした。

「これを見てもきみはまだこれがチャールズだと言い張るつもりかな？」

「簡単じゃなかった」とナタリー・フレーデンは言った。

「すべてが嘘ならそれはなおさらだろうな」

彼女はベリエルを見た。鋭い視線だった。が、感情はかけらもなかった。

「顔なんかよりずっとチャールズのイチモツばかり拝んでたってことか？」ベリエルはそう言ってパソコンを力任せに閉めた。

「なんですって？」とナタリー・フレーデンは言った。

「ショーは終わりだ」とベリエルは言った。「なかなかの演技だったよ。でも、もう終わりだ」

ナタリーはベリエルをじっと見つめた。ベリエルは自問していた。ほんの少しにしろ彼女のいんちきな純朴さをどうして信じてしまったのか。自分がとことん愚かに思えた。今彼を見つめている彼女の眼つきには明らかに変化があった。

「アパートメントにはいってきたとき、きみは少しも濡れてなかった。どうしてだ？　外は大雨だったのに」

「わたし、濡れてなかった？」

「ああ、むしろ干からびてた。その演技同様。ヴィダル通りのきみと同じアパートメントハウスの住人は朝早くから警察に叩き起こされて、さぞ迷惑してることだろうよ——今こうして話しているあいだにも、きみが隠れていたアパートメントを特定しようとしてるんでね。だけど、おれがほんとうに知りたいのは、どのアパートメントだったのかではなく、きみはひとりだったのか、それとも誰かと一緒だったのかということだ」

彼女はベリエルから視線をそらそうとしなかった。ベリエルはその彼女の眼つきが気に入らなかった。

「それについて言いたいことはないのか？」

「なんのことなのかほんとうにわからない。わたしは家に帰ってきただけよ。そしたらあなたがキッチンの椅子に坐ってた。そのあとすぐに男がふたりはいってきて、わたしは取り押さえられた」

「でも、きみは部屋にはいってきたとき濡れてなかった。なぜなら同じ建物の別の部屋から来たからだ。いったい誰と一緒にいたんだ？　玄関ホールに取り付けた隠しカメラの映像を誰と一緒に見てたんだ？」

「なんですって？　玄関ホールに取り付けた隠しカメラ？　それはわたしのアパートメントのこと？」

「今はもうそこにはない。チャールズが持ち去った。だろ？　そのあとエレンを監禁したところに戻ってまた拷問してるんじゃないのか？」

「わたしのアパートメントに隠しカメラが仕掛けられていたのに、あなたたち警察は気づかなかったってこと?」

彼女の左の口角が歪んだ。それはひそかな笑みのようでもあった。ベリエルはそれを見逃さなかった。

その直後、ベリエルの頭の中がまるで停電してしまったように真っ暗になった。そういうことが彼には時々あった。心の奥底から何かがいきなり浮かび上がってきたと思ったら突然そうなるのだ。対処法はすでに学んでいたが、それには完全な静寂が必要だった。彼の場合、それは十まで数えることで事足りたが。実際のところ、まだ若かった頃、眼が覚めると拳を痛めていたり、歯がぐらついていたりすることが彼にはあった。上腕二頭筋を半分食いちぎられていたことも一度あった。

このクソ女は最初からずっとおれを弄《もてあそ》んでいたのだ。彼は胸につぶやいた——叩きのめしてやる。それも徹底的に。この世から消し去ってやる。

そうするかわりにベリエルは闇に沈み込んで、静かな場所を見つけた。回転する世界の静止点に戻った。眼のまえにマルクスとオスカルがいるのを見ると、自分がどういう人間だったか思い出せた。もう一度その自分に戻りたい。彼は強くそう思った。自らの心の奥底にあるものを自らの力の源としたい……

気づくと、また時間が経っていた。ベリエルには、うつむいている自分の頭に彼女の視線がまるでドリルで穴をあけるように注がれているのがわかった。顔を起こすと、努めて声を落ち着かせて言った。「四半世紀も昔の話だ。美しく晴れたある日、少女は両親と住んでいた農場の干し草置き場に行った。そして、干し草用のピッチフォークの尖《とが》った先端が上を向くように床板のあいだにはさんで立てた。そのあとゆっくりと一歩一歩急な梯子《はしご》をのぼって、干し草置き場の二階にあがると、笑いながら干し草の上に飛び降りるかわりに、ピッチフォークめがけてまっすぐに飛び降りた。検視官の所見によれば、そのあと三十分くらいは生きていたということだ」

ナタリーの視線は少しも揺らがなかった。顔にもどんな感情も表われていなかった。

ベリエルは続けた。「ウメオ郊外の農場での出来事だ。少女の年齢は十歳、名前はナタリー・フレーデン。少女はただそれ以上生きていたくなかったんだろう」

ベリエルはまた下を向いた。床がとんでもなく深いところにあるように思えた。心の中では怒りがたぎっていた。真っ赤に熱く。真っ白に熱く。いきなり立ち上がった。つかんだパソコンが指のあいだで軋《きし》んだ。右手の関節にできたかさぶたが裂けるのがわかった。テーブルの上に身を乗り出すと、彼は自分自身ここ何年も耳にしたことがないような声で吠えた。

「きみはいったい何者なんだ⁉」

彼女はもう彼を見ていなかった。視線は相変わらず揺るぎなかったが、その向かう先が変わっていた。ベリエルの耳元でディアの落ち着いた声が聞こえた。ベリエルはイヤフォンを引き抜くと、床に叩きつけた。

ベリエルにもナタリーが何を見ていたのかわかったのだ。点灯している録音録画装置の赤いランプだ。ふたりの視線が一瞬合った。ふたりのあいだに一気に毒気が充満した。

ベリエルは右手をすばやくスウィッチのほうに突き出した。その拍子にかさぶたから染み出ていた血が壁に飛んだ。小さな赤いランプが消えた。

ナタリー・フレーデンはベリエルのほうに身を乗り出すと、歯を剝《む》き出して言った。「いいから信じて。わたしは何者なのか。知らないほうがあなたの身のためよ」

観察室とつながっているドアが開き、ディアとアランが駆け込んできた。ベリエルはパソコンをつかむと、壁に向かって投げつけた。キーボードのかけらが部屋じゅうに飛び散った。

「このクソ女を独房に連れ戻せ！」とベリエルは怒鳴った。「完全に隔離して誰にも会わせるな。今すぐ連れ出せ！」

そう言って、ベリエルは部屋から飛び出すと、自分の席に戻り、どっかと椅子に坐り、薄暗い宙を見つめた。

ほどなくやさしく肩に手が触れた。ベリエルはその手にさえ苛立った。それでも、その手が彼の心に届き、彼の心を包み込むと、次第に気持ちが静まった。

「あなたが思ってるとおりよ、サム」とディアは言った。「彼女は相当の曲者《くせもの》よ」

「腹が立つほど抜け目がない」とベリエルは吐き捨てるように言った。「あの女はプロだ。そこがこれまで見落としていた点だ」

　ベリエルはそこでいきなり立ち上がった。あることにやっと気づいたのだ。

「ここで待っててくれ」そう言うと、刑事部屋を出た。そして、何本もの廊下を通り、何階も階段を降りた。メディア室を駆け抜けたときには息切れがした。シルヴィアの小部屋のドアを開けると、五歳のモイラがさきほどと変わらず、すやすやと寝ていた——オフィス用の椅子の背もたれを倒してつくったベッドの中で、少しも動いていないように見えた。一方、母親のほうの様子はまるでちがった。顔面蒼白《そうはく》になっており、薄い髪がからみ合って垂れていた。明らかにベリエルが来るのを待ちわびていた。

「まったく」と彼女は言った。

「ウィボル・サプライ社」とベリエルは言った。「いったいなんの会社だった？」

「いい知らせ……とは言えないわね」

「どこかで聞いたことのある名前だというのは最初からわかっていた。もしかして公安警察の隠れ蓑《みの》なんじゃないのか？」

「そのものずばりかどうかはわからない。でも、公安の工作員が装備を調達するところであることだけはまちがいなさそうね。なんでもそろってる。文字どおりなんでも」

「〈レックス〉のような二流ブランドの自転車まで。クソ公安の雌豚だったのか！　あの女は。くそ！」

　シルヴィアはうなずいた。彼女も見るからに動揺していた。「裏口《バックドア》を見つけてはいり込んだら、異様なものが次から次へと見つかった。たぶん今年の一月に公安が警察本部から分離したことに原因があるんじゃないかな。情報に系統がないのよ。個々の情報がでたらめに転がってる感じなのよ。ネットワークのセキュリティも弱い。だからわたしもバックドアからはいり込めたわけだけど」

「異様なものというと？」

「まずはなんと言ってもリストね」シルヴィアは声を低くして言った。「あとほんの数クリック繰り返してたら、それでたぶんわたしのキャリアは終わっていたわね。あるいはもっとひどいことにも……」

「なんのリストなんだ、シル？」

「工作員の身元のリストよ。〝内部要員〟と〝外部要員〟に分類されてた」

「なんだって？」ベリエルは大声をあげた。「工作員のリストだと？　公安はいつからそんな素人《しろうと》集団になったんだ？」

「まったくそのとおりよ……アクセスしたのがこのコンピューターだってことは特定できないように充分気をつけたけど」シルヴィアはうめくように言って、ありありと恐怖の浮かぶ眼を眠っているわが子に向けた。「偽装は充分できたと思う。何も証拠は残してないわ。絶対に」

ベリエルは大きく息を吐いてまわりを見まわした。何も見えない。背もたれを倒した椅子の上で眠っているモイラさえ。だから当然、モイラが眼を覚まして悪夢に出てきた怪物を見るような眼で彼のことを見ているのにも気づかなかった。

「わかった。シル、まずはお互い落ち着こう。深呼吸をして気持ちを落ち着けよう。この情報は最大限利用しないと。ボトックスのリストはあるかい？」

「ええ？　何をしようというの？」

「片頭痛の治療でボトックス注射を受けた患者のリストだ。これぱかりは偽装できない。彼女の額には皺がない。それも偽装できない」

「ええ、リストはあるけど。どうするの？」

「ボトックス注射のリストと工作員のリストを照合する」

「わかった」シルヴィアは言った。顔色に血の気が戻ってきた。すばやく入力するとキーボードから手を離して言った。

「これってどういうこと、サンボ？　ナタリー・フレーデンは公安警察の人間なの？　工作員なの？」

「わからない」とベリエルは言った。「おれにもさっぱりわからない」

ふたりはいっとき顔を見合わせた。そのときコンピューターから電子音が鳴った。シルヴィアは画面のほうを向くと、何かを打ち込んでぼそっと言った。

「名前が見つかった。〃内部要員〃のひとりが慢性片頭痛の治療で〈エリクスバリ・クリニック〉というところでボトックス注射を受けている。十八ヵ月まえの四月に。性別は女性、年齢は三十七歳」

「〝内部要員〟というのはどういう意味だ？　正式に雇われてるということか？」

「ええ。〝外部要員〟は傭兵《ようへい》から掏摸《すり》までなんでもありの人員。〝内部要員〟の主な任務は潜入捜査ね。でも、彼女の場合はさらに〝内部〟の仕事をしてる」

「さらに内部？」

「〝さらに内部〟の仕事。つまり内部捜査よ」

ベリエルは奈落に落ちていくような感覚を覚えた。この身を守ってくれるものは何もなく、落下を終わらせる地面もどこにも見あたらない。閉塞的な小さな部屋がぐるぐるとまわりはじめた。揺れる幻影のへりに録音録画装置の小さな赤いランプをじっと見つめるナタリー・フレーデンの眼が現われた。さらに彼女が彼のほうに身を乗り出して怒鳴る声が聞こえた――〝わたしは何者なのか。知らないほうがあなたの身のためよ〟。

一気にすべての辻褄《つじつま》が合った。ほとんどすべての。

「なるほど」と彼は答えた。「で、彼女の名前は？」

「モリー・ブローム。元女優」

「元女優？　現住所は？」

「サム……」

「住所は？」

「エステルマルムのスティエンボク通り四番地」

ベリエルは人のにおいが充満しているシルヴィアの狭い部屋を歩きまわった。深呼吸をして、冷静に考えようとした。なのに思うように考えることができない。彼は言った。「シル、アクセスした痕跡はすべて消去するんだ。絶対に嗅ぎつけられないように。きみはこの件には無関係だ。おれもきみの手を借りたことは誰にも言わない。全部消去して、通常の仕事に戻ってくれ。あとは何もなかったようにしてくれ」

「いったいこれはなんなの？」と言ったシルヴィアの声は悲鳴のようにも聞こえた。

「これはおれの問題だ」ベリエルはそう言って部屋を出た。

部屋を出るとき、にわかづくりのベッドから不思議そうに彼を見つめている五歳のモイラの眼が見えた。その眼はいつまでもやまない雨のストックホルムを移動するあいだもついてきた。夜明けの気配はどこにも見られない。外の暗さは信じられないほど長いこの奇妙な夜が始まったときと少しも変わらなかった。

ベリエルが運転する車が道路の水を撥《は》ね、こんな時間にもかかわらず歩いていた数少ない歩行者がその水の被害にあった。彼は前方を見るよりバックミラーを気にしていた。今のところ何も見えなかったが。

しかし、そこにいるのはわかっていた。

18

十月二十七日　火曜日　四時四十七分

エンゲルブレクツ通りとエリクスバリ通りにはさまれたスティエンボク通りは、誰からも忘れ去られたような脇道で、フムレ公園に面していた。ベリエルは四番地から数ブロック離れたところに車を停めた。四番地の建物はすぐに見つかった。正面に出窓のある、レンガ造りの堂々とした建物だった。玄関は道路から少し低くなったところにあり、中にはいるのはさしてむずかしくなかった。ピッキング道具をポケットに入れ、雨の降りつづく暗い脇道を見まわした。

眼を惹くものは何もない。

時間はかぎられている。

答。要るのは答だ。質問はもうただのひとつさえひねり出せそうになかった。答は見ればわかる。答がわかればおのずと質問も浮かび上がる。そうやって川の流れを逆流させることができる。今、彼の人生はまったく別なものになろうとしていた。それは彼にもなぜかわかった。

しかし、どうしてそうなるのか？　それがわからなかった。

玄関の表示板にブロームという名前を見つけると、ベリエルは階段をのぼり、残り数段となったところでピッキング道具を取り出した。うしろを振り返ると、歩いたあとに大きな水たまりができていた。

それが何かのささやかな証しのように見えなくもない。ピッキング道具を弄びながら、彼はそんなことを思った。

目的のアパートメントに住んでいるのは普通の市民ではない。ドアの錠前をピッキングするだけで、そのことはすぐにわかった。とてつもなくむずかしい錠前が取り付けてあった。しかも上下に重ねて三つも。三番目の錠前は特に手強《てごわ》かった。警官になって初めて開けられない錠前に出くわしたかとあきらめかけた次の瞬間、音をたててドアが開いた。中にはいってドアを閉め、確実に鍵がかかったことを確かめてからしばらくそこに佇んだ。足元に落ちていた郵便と新聞を見た。二日分の新聞しかないところを見ると、モリー・ブロームは二日まえには帰宅したのだろう。郵便は窓付き封筒が二通。個人的な手紙はなかった。

部屋の内装はヴィダル通りのアパートメントとそう大差はなかったが、雰囲気はまるでちがった。ヴィダル通りがどことなく見捨てられた場所という印象があったのに対し、スティエンボク通りのこの家は、明らかに人が住んでいることを思わせる居心地のよさそうな場所だった。こういうところに住める人はきっと幸せだろうと思えるような。もっとも、それは幸せを感じられる場所がそもそもその居住者にあればの話だが。

ベリエルは気づくとそんなことを思っていた。思った理由はわからなかったが、そう思ったことだけは記憶にとどめた。第六感や第一印象というのはけっこう役に立つものだ。このあとまちがいなく待ち受けている不快な日々への備えとしても。有効な武器弾薬にさえなるかもしれない。

キッチンは金をかけて最近改装したようで、手術室のように清潔そのものだった。冷蔵庫を開けてみた。さまざまな種類のプロテイン飲料とラップにくるまれたカット・フルーツ。中にはいっていたのはそれだけだった。

見てまわった印象は——秩序、清潔、上品、完全なる制御。

居間には真っ白なソファ。すべらかで見るからに高価そうなその生地を撫でてみた。白いソファを置こうなどと考える者は表面が汚れないよう細心の注意を払うものだ。客を呼ぶこともめったにないだろう。呼んだとしても、自分と同じくらい清潔できれい好きな客だけにするだろう。恋人がいた場合、その恋人もきっと同類だろう。

バスルームはほぼ無菌状態に見えた。いかにも高そうなスプレー・シャワーがあり、洗練された香りが漂っていた。これまた清潔そのものの広々とした寝室に置かれた箪笥《たんす》の上には、写真立てがいくつか。ベリエルはひとつずつ写真を手に取って見た。まず同じ縞《しま》模様の水着を着た三人の写真。一目で上流中産階級とわかる笑顔の両親にはさまれて、十歳くらいの痩せっぽちの少女が立っていた。偽物ではないナタリー・フレーデンが自殺した年恰好《かっこう》。外見はウメオのマリエヘム小学校のクラス写真に写っていた少女と似ていた。しし鼻も含めて。ほかの三枚の写真は、大人になったモリー・ブロームがスポーツをしていることがわかる写真だった。どれもひとりで写っており、一枚の写真は走っているところを撮ったものだった。おそらくマラソンか。あとの二枚の写真は登山をしているときの写真で、そのうちの一枚には切り立った崖からロープでぶら下がり、カメラに向かって愉しそうに手を振っている彼女が写っていた。

取調室では彼女は一度も笑顔を見せなかった。今になってベリエルは彼女が美人であることにやっと気づいた。

崖の写真を入れた写真立てを彼はわざと音をたてて置いた。寝室に自分の写真を並べるやつらの気が知れない。

それでも、居間に戻ったときにはモリー・ブロームの人物像がより鮮明になったような気がした。要は公安警察のくそったれということだ。公安については噂ながら聞いたことがある。悪徳警官に対しても国際マフィアに対するのと同じ態度で臨む、半官半民と言ってもいいようなエリート集団。真に必要になったときだけ登場と相成る部隊。

そんな彼らが今必要とされたわけだ。

よりによってこのおれ、サム・ベリエルに対して。

居間は出窓のある部分が出っ張っていて、そこに机が置かれていた。室内全体同様、机の上もきれいに整頓されていた。パソコンの類いはなかった。数本のペン、色とりどりのポスト・イットが六束。ベリエルは時間をかけて机の上のものを調べると、振り返り、部屋全体を眺めた。

白いソファのうしろの壁に幅が二メートルもある写真が飾られていた。登山者の一行が雪を戴《いただ》く山の頂上をめざして歩いているところを撮ったもので、なかなか迫力のある写真だった。雪上にさまざまな色の反射が見られる見事な夕陽《ゆうひ》を背景に浮かび上がる登山者の黒いシルエット。実に美しい写真だったが、それ以上にベリエルの眼を惹いたのは写真の厚みだった――壁から十センチ近くせり出していた。

重くて引っ越し屋はさぞ苦労したことだろう。そんなことを思ったそのときだ。道路に面したドアの向こうからくぐもった音が聞こえてきた。まるで誰かが音をたてないように動きまわっているかのような物音。ベリエルはひとつ息を吐くと、何か手がかりになるものはないかともう一度部屋全体を見まわした。どんなものでもいい。

ソファの横――写真の下の床に――くしゃくしゃになったポスト・イットが落ちていた。ピンクのポスト・イット。駆け寄ってつまみ上げると、手書きで何か書かれていた。それを読んで数秒考えた。それ以上、時間の猶予はなかった。

それでも拳を強く握りすぎて傷口がまた開くには充分な時間だった。

階段をのぼってくる足音が聞こえた。

男がふたり。それ以上はいない。

ベリエルはポケットから小さなビニール袋——証拠用の一番小さな袋——を取り出してピンクのポスト・イットを中に入れると、ジーンズをおろして、ある程度の力を込めてその袋を直腸の中に押し込んだ。玄関の鍵がひとつずつ開錠される音が聞こえたかと思うなり、男たちが中に突入してきた。ベリエルはぎりぎりのところでジーンズを引き上げて穿《は》いた。

そして、傷口の開いた右拳の血をわざと白いソファに撒《ま》いて、さらに血だらけの手をソファで拭いた。そこで男たちに襲いかかられ、ひとりにみぞおちを殴られ、体をくの字に折り——息ができなかった——そのまま相手の腹に頭突きをかました。男はうめき声をあげながらうしろに吹き飛び、ドア枠に背中を打ちつけた。ベリエルは上体を起こしてどうにか息を吸った。その刹那、もうひとりの男に背後からやられた。腎臓を思いきり殴られた。ベリエルは反射的に足をうしろに蹴り上げた。が、空振りに終わり、バランスを崩して床に倒れた。倒れても足でふたり目の男を蹴って、うしろによろめかせた。ドアのところに倒れていた最初の男が立ち上がって突進し、ベリエルの顔を踏みつけるという華麗な技を披露した。ベリエルは体を回転させてその攻撃を逃れると、男が持ち上げた足をつかんで向こう脛《ずね》を殴りつけた。男はバランスを崩してうしろによろめいた。ベリエルは立ち上がってふたり目の男に飛びかかり、伝統的なアームロックをかけた。部屋じゅうに苦痛の叫びが響いた。その叫び声の中には「ロイ！」ということばも含まれていた。

もっとも、ただの叫び声のほうがはるかに勝《まさ》っていたが。

安物の大きなダイヴァーズ・ウォッチをはめた腕が眼のまえをよぎった。その腕の先に注射器があった。次の瞬間、首にちくっという感覚を覚えた。奇妙に視野が狭まった。意識を失う寸前、ベリエルの眼に映ったのは美しい白いソファを彩る赤い血の模様だった。

19

十月二十七日　火曜日　十四時三十七分

眼を開けるまえからそこが取調室だということはわかった。

視覚は人間にとってなにより本能的な感覚だ。だから目覚めると、人はすぐに眼を開けようとする。本能的な反応として。だからほとんどの場合、目覚めたばかりの意識には本能的な反応に抗《あらが》うだけの鋭敏さはないものだ。

が、このときのベリエルはちがっていた。

意識はすでに何分かまえに回復していたが、わざと眼を開けず、可能なかぎり多くの情報を集めようとした。体じゅうが痛かった。が、そんなことはどうでもよかった。

まず自分は坐らされている。意識のないままこの固い椅子に坐らされたのだろう。腕は金属製の肘掛けのようなものの上にのっている。それだけではなく、革製のベルトで手首を肘掛けに縛りつけられているのに気づくには、少し時間がかかった。椅子はびくともしない。床に固定されているのだろう。どことなく地下室を思わせるにおいが漂っている。

そして、何もかもがぐるぐるとまわっている。世界がぐるぐると……

ベリエルの脳は、神経細胞をつなぐシナプスの興奮状態が収まる直前までカス野郎に捕まったのではないかという恐怖に支配されていた。

どこかの地下室に閉じ込められ、想像を絶する拷問が待ち受けているのではないか。眼のまえの壁には、ばらばらにされたエレン・サヴィンエルの死体が釘《くぎ》で打ちつけられているのではないか。

そこで思い出した。

眼を開けることを決めるまえにベリエルにわかったのは、部屋の中にはほかに人がいて、その人間は彼のことを注意深く観察しているということだった。

「モリー・ブローム」彼はそう言い、三秒だけ待って眼を開けた。

確かに彼女は彼の眼のまえに坐っていた。同じブロンドの髪、同じしし鼻、同じ青い眼。しかし、その表情は以前とは似ても似つかなかった。

「サム・ベリエル」彼をじっと見つめたまま彼女も応じた。

ベリエルに尋問されていたナタリー・フレーデンと名乗った女が今、様子の異なる別の取調室で彼の眼のまえに坐っていた。ここは警察本部の中なのか。

「おれの首に注射をした?」と彼は言った。「信じられない」

「それはあなたが暴れたからよ。何度も刑務所に戻ってくる常習犯みたいに」モリー・ブロームは静かな声で言った。「それに、わたしの家をめちゃくちゃにしようとしてたんじゃないの? どうすればよかったの? やさしく小言を言えばよかったの?」

「どうすればよかったの、だと? おれからも訊こう。おれは連続殺人事件の捜査に巧妙に仕込まれた囮《おとり》の効果を堪能《たんのう》すればよかったのか?」

「あなた、切り返しが上手ね」とモリー・ブロームは冷ややかに誉《ほ》めた。

「きみがこの事件によけいな囮など持ち込まなければ、おれは一刻が勝負という貴重な時間をエレン・サヴィンエルを救い出すのに使えたんだ。ちがうか?」

「わたしたちはどうして囮を仕込んだんだと思う?」とモリー・ブロームは尋ねた。

そのとき部屋が彼女から切り離された。それまでベリエルは彼女しか見ていなかった。視野の中には彼女しか映っていなかった。が、いくらか冷静になると、周囲が見えてきた。ふたりがいるのは殺風景な部屋で、なんの特徴もなかった。地下室のようなにおい以外に場所を示唆するものもなかった。ベリエルの署の取調室にあるのと同じようなサイドテーブルがあり、その上の録音録画装置と赤いランプもそっくりだった。

赤いランプは点灯していた。

眼を手首に向けると、革製のベルトで固定されていた。だからテーブルに手は届かず、触ることもできない。テーブルの上には彼の腕時計のほかにノートパソコン、いくつかのファイル、さまざまな書類やメモが置かれていた。ほかには裏面を彼のほうに向けた写真立てがふたつ――そのうちひとつは鮮やかな青色――そして、箱があった。長方形の木の箱で、金《きん》箔《ぱく》張りの留め具がついていた。

腕時計を収納するための箱だ。

冷ややかな笑みを浮かべて彼は言った。「眼には眼を、か?」

彼女はにこりともせず、何も言いもしなかった。

ベリエルは続けた。「おれはきみの家に令状なしではいった。だから、きみも同じことをしたのか?」

「あなたはわたしのソファを血で汚した。どうしてそんなことをしたの?」

「それは胸くそ悪くなるほど白かったからだ。ちょっとは汚さないと。そう思っただけだ」

「ふうん」

「きみはあのソファとは似ても似つかない。罪悪そのものみたいに真っ黒だ。公安警察の非公式〝内部要員〟? 大したもんだ。そういうおエラい人が真面目な警官の家に押し入ってこそこそ嗅ぎまわるとはな」

「でも、わたしは家の中を汚しも荒らしもしなかった。誰かとちがって」

ベリエルは心のどこかでまだ彼女のことをナタリー・フレーデンと思っていた。そろそろ切り替えないと。外見は変わらなくても、ナタリー・フレーデンとモリー・ブロームとでは雲泥の差だ。なにより力関係が完全に逆転してしまっている。

「きみはおれのキャリアをめちゃめちゃにした。それはソファを血まみれにするよりはるかにひどいことなんじゃないのか?」

「でも、十五歳の少女が血まみれになってめちゃくちゃにされるよりはひどくない」とモリー・ブロームは言った。

「どういう意味だ?」

「それがすべてじゃないの。言うまでもないわ。それがこの事件のすべてよ。でも、サム・ベリエル、あなたとしてはそこからは始めたくない、ちがう? どこか別のところがいい?

『とりあえず、別のところから始めてもいいが。それでもその話にはまた必ず戻るからな』だったかしら?」

「秘密工作員というのは人の言ったことを真似したがる。それはアイデンティティを持っていない秘密工作員の大いなる特徴だな。現に今、きみはおれという人間の個性を借りられることを証明した。賢いもんだ。だけど、きみ自身のアイデンティティはどこにあるんだ、ナタリー・フレーデン?」

「何分かまえまで意識を失っていたわりにはとても元気そうね」とモリー・ブロームは言った。「賢いわ。でも、気をつけたほうがいいわよ。いつめまいにおそわれるかわからないんだから。それに、あなたのまぶたは薄いの」

「なんだって？」

「〝なんだって？〟も賢いわね。〝なんだって？〟と言うだけで、考えるための時間稼ぎができるものね。わたしの答が長くなると思っていたならなおさらね。どう、これでいいかしら、今のだけでも考える時間は充分だった、サム？」

「いや、もっと長くしてくれ」

「あなたのまぶたは薄いだけじゃないの。いろんなことを教えてくれるのよ。あなたはすでに三分八秒意識を取り戻している。その時間でここがどこなのか探りあてることはできた？」

「ああ」とベリエルは答えた。「暗黒街のど真ん中だ」

「ある意味、そのとおりかもしれない」とモリー・ブロームは言った。「もはや何も公的なことじゃなくなってるんだから。ここは別の場所よ。別の時間。でも、そのことは眼を開けるまえからあなたにはわかってた」

「たとえそうだとしても今頃はみんなが──警察組織そのものが──おれの行方を心配してるはずだ」

「〝心配〟とはずいぶん大げさな言い方ね、サム。アラン・グズムンドソンとデジレ・ローゼンクヴィストがあなたのことを心配している。そう断言する自信はある?」

「アランはともかく、ディアはまちがいなく心配してるよ」

「あなたは一貫して彼女のことを過小評価してる。なのにあの警部が心配する? あの雌鹿のような眼であなたのことを恋しがってるとでも言いたいの?」

「もういい。たくさんだ」ベリエルは手首のベルトを引っぱりながら言った。「愉しかったよ。きみのいたずらには脱帽だ。だけど、おれたちには捕まえなければならない連続殺人犯がいる。だからもう行かせてくれ」

「ふうん。もうあなたを行かせないと駄目なの? わたしのいたずらはもう終わりなの?」

彼女の眼がそれまでより暗くなった。

ベリエルはあえて何も言わなかった。ことばを探すよりそのほうが簡単だった。

「ええ、そのとおり」ややあって彼女は言った。「わたしたちは本気で連続殺人犯を捕まえなくちゃならない。一刻も早く。で、その一番の近道があなたを通して捜査することなのよ、サム。あなたがこっそりとユリア・アルムストレームとヨンナ・エリクソンの事件の捜査に乗り出したときから、わたしたちはあなたのことをこっそり観察してきたのよ」

「それはほんの数週間まえのことだろうが!」とベリエルは大声をあげた。「きみはあのクソ自転車に乗って、ソレントゥナ以来ずっと犯罪現場をうろついてたんじゃないのか? 二年以上もまえから」

「ソレントゥナになんかわたしは行ってない」とブロームは言った。「行ったとあなたに話しただけよ」

「どうしてそんな嘘をついた？」

「それはすべてがそこから始まったから。あなたがそのことをどれだけ知っているか知りたかったからよ、サム・ベリエル。あなたの反応を分析するために」

「おれは何も知らないんだぜ！」

「ヘレネルンド地区のストゥプ通りにあるショッピング・センター。あなたは即答した。まるで最初から知っていたかのように」

「ヘレネルンドのことはよく知ってる。その近くで育ったんだから」

「そこが今回の件のきわめて興味深い点のひとつね」とブロームは言って書類のページをめくった。

「そこで何があったんだ？」とベリエルは訊いた。「二年まえの夏に？」

「その年の四月、イラク反乱軍の一団が内戦に参加しようとしてシリアの国境を渡った。その一団はその頃から自分たちのことを〈イラクとシリアのイスラミック・ステート〉と呼びはじめた」

「イスラム国？」とベリエルは驚いて言った。

「あるいは、最近よく呼ばれているＩＳ。ダーシと呼ばれることもある。本人たちはそう呼ばれるのを嫌がっているけど。いずれにしろ、イスラム教スンニ派の若者たちの多くがシリアの独裁者バッシャール・アル＝アサドに対抗して戦うために、すでにその地をめざしていた。わたしたちは当初、彼らのことは未熟な自由の闘士としか見なしていなかった。でも、ISの出現で、そこをめざしている若者たちがジハードの戦士だということが明らかになった。そのとき初めて、わたしたちはISがスウェーデンで戦士の募集をしている兆候があるという報告を受けたのよ。その場所としてひとつわかったのがヘレネルンド地区で、具体的にはパチャチという家族だった。二十一歳のヤズィード・パチャチ——イスラム教スンニ派のイラク人の両親のあいだにスウェーデンで生まれた——がISとのつながりが最初に確認された人間のひとりだった。そのヤズィードの十五歳の妹、アイシャも兄と一緒に出国したものと思われていた。ところが、パチャチ家の近所に潜入してわかったのよ。アイシャはスウェーデン国内で行方不明になっていることが。その兄妹の両親は、息子ヤズィードがそんな過激思想に染まって国外に出てしまったことに、すっかり気が動転してしまい、アイシャがいなくなったことは息子出国の陰に隠れてしまった。まあ、ある程度それはしかたのないことだったのかもしれない。それでも、すべての証拠に基づいて考えると、二年以上まえの六月七日の金曜日、学年最後の日に彼女は姿を消した。学年末の記念行事には出たのだけれど、そのあと彼女は帰宅しなかった」

「手遅れになるまできみたちもそのことに気づかなかった？」

「ええ、気づくのがあまりにも遅すぎた。初めの何週間かは、彼女がＩＳの化けものの幼な妻としてシリアで暮らしているものと考えていたから。そのあとは、家名を汚《けが》した者が裁かれる名誉殺人の線に時間をかけすぎてしまった。でも、今となってはアイシャ・パチャチがこの連続殺人犯の最初の犠牲者だとわたしは確信している」

「じゃあ、どうしてそれをおれたちに知らせなかった？　犯罪捜査のプロのおれたちに？」

「それは次の犠牲者もイスラム教徒の少女だったからよ」

「なんてこった……」

「エレブルー市ヴィヴァラ地区のベルワリというクルド人家族。同じ年の十一月、十五歳の娘ネフェル・ベルワリが突然姿を消したの。でも、両親は警察に届けを出さなかった。それどころか、その事実を隠そうとさえした。名誉のためだったんでしょう。で、自分たちで解決しようとした。その頃、ヴィヴァラ地区はすでにスウェーデンの中でも有数のイスラム教徒地区になっていて、ネフェル・ベルワリの失踪が明るみに出たのもエレブルー市に秘密工作員が潜入していた成果よ。そのとき初めて、ヘレネルンドのアイシャ・パチャチの件も見直すことになって、もしかしたらこれは同一犯の仕業ではないのかという疑いが出てきたわけよ。連続誘拐犯か連続殺人犯。あるいはその両方の仕業ではないのかと」

「いずれの場合も……」

「人種差別主義者かイスラム教徒か。どちらにしろ、内部的な問題。とりあえずそう考えられた。家族の名誉の問題とか、宗派がらみとか、極右関連とか。ジョン・アウソニウス（レーザー光線銃を使って移民十一人を死傷させたスウェーデンの殺人犯、銀行強盗犯）のような頭のおかしな単独犯の仕業なのか、それとももっと組織的な犯行なのか。いずれにしろ、公安警察が捜査を秘密裏にしなければならない理由は充分すぎるほどあった」

「アイシャとネフェルのあいだに五ヵ月」とベリエルは言った。「その四ヵ月後にヴェステロースでユリア・アルムストレーム。速くなってる——加速している。なのに、そのあとのクリスティーネハムンのヨンナ・エリクソンまでは約一年の空白がある。今回のエレン・サヴィンエルまでは八ヵ月。連続殺人犯というのは、やっていることに味をしめると、犯行の間隔は狭まるものだ。ちがうか？」

「犠牲者を見落としてなければね」とモリー・ブロームは言った。

ベリエルは話すのをやめ、できるだけ背もたれに背中を押しつけて坐り直した。そして、テーブルの向かい側に坐っている女を見た。彼女は服を着替えていた。ぴっちりしたスポーティな白いTシャツにスウェットパンツのような黒いズボン、明るいピンクの前開きのスウエットシャツ。

まったくの別人だ。

今のほうがアパートメントにあった登山者の写真と似ていた。

ベリエルはそのことには触れないことにして尋ねた。「きみはそう思うのか？　ほかにも

「犠牲者がいると？」

「ええ。だから、あなたは今ここに坐ってるのよ、サム・ベリエル」

ベリエルは思わず噴き出した。「これは優秀な警察官同士の生産的なやりとりなんだと、そんなふうに思いかけてたおれが馬鹿だったよ。そんなことが実際にあるわけが……」

「今のところ、あなたは〝優秀な警察官同士の生産的なやりとり〟に少しも貢献していない。でも、そろそろ路線変更のときね。仮定の話として、今ここで初めてアイシャ・パチャチとネフェル・ベルワリのことを聞いたのだとしたら、あなたはどんな結論を導き出す、サム・ベリエル？」

ベリエルはモリー・ブロームの眼の奥までのぞき込むと、しばらく考えてから言った。

「エレン・サヴィンエルまでは少女たちの失踪がひた隠しにされていた。だから、ほかに犠牲者がいても不思議はない。きみたちはまったくの偶然からネフェル・ベルワリの失踪を知って、そこから連続犯の可能性を考えはじめた。おれはそのふたりの少女のことは知らなかった――その点は仮定でもなんでもない。事実だ――それでも、おれたちの相手は連続殺人犯ではないのかということはずっと考えていた。ただ、きみの想定――五人の犠牲者――をもとに考えると、犯行はふたつに分類できると思う。エレンまでは犯罪を隠さなければならなかった。なんらかの理由で、カス野郎は十五歳のイスラム教徒の少女ばかりを狙って殺しはじめた。その理由はまだわからない。古くさい文化背景――家父長制に基づく名誉といったようなものだ――が犯人にある可能性も考えられるが、それより犯罪を隠蔽する手段に利用しているように思う。犯罪を成功させる一番の方法は犯罪がおこなわれたことを誰にも気づかれないことだ。可哀そうなことだが、アイシャ・パチャチとネフェル・ベルワリはカス野郎にとってただの練習台だった可能性もある。しかし、次の段階はもっと厄介だ。このカス野郎は移民家族の少女が失踪してもマスコミが大騒ぎしないことに気づいた。たとえ失踪したとしても、それは〝家父長制に基づく名誉〟に関連しているなどと決めつけられ、偏見の眼で見られ、タブロイド紙でさえ手を出さない。だけど、十五歳のブロンドのスウェーデン人の少女が失踪したとなれば、大騒ぎになることは明らかだ。そういう事件も闇に葬り去られるなどというのは、期待するほうがまちがっている。だったら、十五歳のスウェーデン人の少女が失踪したという事実はどうすれば隠すことができる？　家出をしたように見せかければいい。ユリア・アルムストレームの場合がまさにそれだ。彼女とメールのやりとりをしていたという若い男は捜し出せたのか？　刑務所を出所して国外に出たがっていた男はどうなった？」

「どうもしない」とモリー・ブロームは言った。「そもそもそんな男は存在していないんだから」

「アイシャとネフェルのあいだは約五ヵ月か。次のユリアまでは四ヵ月弱、少しペースが上がっている。その次は？」

「ヨンナ・エリクソンまでほぼ一年。わかってる。辻褄が合わない。そのあいだに何があったの？」

「おれが知るわけがないだろうが。おれはユリアとヨンナの事件をたまたま知った。ただそれだけのことだ。今にして思うと、ユリアとヴェステロースのバイカー・ギャングが転換点になっている。それは公安警察の側に変化があったからだ。きみたちがそれまでの戦略を変えた。つまり、それが引き金になって事件は新たな段階にはいった。犯人は戦法を変えた。それにはきみたちも気づいたのか？　どうしてあのときみは自転車で現場に現われた？そもそもどうして自転車なんだ？　それに、そう、どうしてテレビの取材に応じたんだ？どうして奇妙な別人格、ナタリー・フレーデンの名を明かしたんだ？　きみが躊躇《ちゅうちょ》しているのは映像を見てわかったよ。今のようにすべらかじゃないその額にはっきりと皺が寄っていたからな」

　ベリエルは彼女の額に眼をやった。今の彼女の額には皺一本なく、どんな表情も浮かんでいなかった。かわりに顔のほかの部分にははっきりとした動きがあった。まるで彼女の感情表現のすべてが顔の下半分に移動したかのように。

　ややあって彼女は言った。「あなたにとって状況はまだ混乱したままなのはわかるわ、サム。わたしのアパートメントに押し入って、部下に殴られてからまだそれほど時間は経っていないものね。それでもよ。あなたはまだテーブルのこちら側に坐っているつもりになってる。今、あなたはわたしに質問をした。全部で五つだったかしら？」

「少なくともひとつは答えてくれ」とベリエルは言った。

「ナタリー・フレーデンというのはわたしとしても念入りにつくった仮面よ。だから潜入捜査のときによく使っていた。でも、あなたのせいで明るみに出てしまい、今はもう使えなくなった」

「永遠に使えないことを祈るよ」

「まあ、明るみに出たと言っても、それはあくまでも警察内の話だから、アラン・グズムンドソンもデジレ・ローゼンクヴィストも、何に忠誠を誓うべきかぐらいよくわかってるはずよ。ふたりとも警察権力に忠実な警察官だから。でも、サム、あなたはちがう」

「ヴェステロースのテレビのインタヴューではどうしてナタリーの名を明かしたんだ？」

「犯人はバイカー・ギャングというまちがった方向にわたしたちを導こうとした。だから、殺人犯が現場に来る可能性を考えて、まえの仕事で押収した自転車を車に載せてヴェステロースまで行って、できるだけ警察官らしく見えない恰好をして、見張っていようと思ったわけよ。そうしたら、テレビのレポーターがやってきて、あのときは急な決断を迫られた。わたしがテレビに映ることは犯人を利することになるのか、逆に犯人の興味を惹くことはわれわれのプラスになるのか。あそこでまた別の偽名を使ってしまったら、せっかくつくり上げた別名を台なしにしてしまいかねない。そういう危険を冒すべきかどうか。決して簡単な決断じゃなかった。でも、不利益よりも得られる利益のほうが大きいと思ったわけよ」

「それで結果的に面倒を背負《しょ》い込むことになった。ちがうか？」

モリー・ブロームは笑った。

「わたしはあなたとちがうのよ、サム。一緒にしないで」

「一緒にはしてない」

「それ以上にわたしを見くびらないで」

モリー・ブロームに鋭い視線を向けられ、ベリエルは彼女によけいな軽口を叩くのは二度とすまいと内心思った。

「おれがここにいることをディアは知ってるのか？」

彼を見る彼女の視線が変わった。いくらかは人間的な眼になった。〝人間的〟というのはあまり適切なことばではないかもしれないが。

「わたしはここにいる。ちがう？」とモリー・ブロームは言った。

「ああ、つまりきみは釈放されたわけだ。それはわかってる。だけど、おれが訊いたのはディアはおれがここにいることを知ってるのかということだ。そもそも、ここ、はどこなんだ？警察本部の中なのか？　それにこの拘束ベルト……グァンタナモ米軍基地の猿真似か？」

「熱くならないで」モリーはそう言って、ベリエルの眼をのぞき込んだ。

不思議なことにベリエルはいくらか心が落ち着いてきた。多少なりとも冷静さを取り戻せた。気づくと、怒りより好奇心のほうが勝《まさ》っていた。これまでの人生でこんなに好奇心に駆られたのはこれが初めてではないかと思えるほど。

ここはどこなんだ？

この女は何者なんだ？

いったい何が起きてるんだ？

「これだけは教えてくれ。きみがやってることは法に則《のっと》ったことなのかどうか。きみはスウェーデンの警察官なのかどうか」

「すべて許可を得てやっていることよ。安心して。それより『それでもその話にはまた必ず戻る』って言ったのは覚えてる？」

「おれは刑事でね。なんでも覚えるのが仕事でね」

「じゃあ、あなたはなんて言った？」

「おれはこう言った──『きみはおれのキャリアをめちゃめちゃにした。それはソファを血まみれにするよりはるかにひどいことなんじゃないのか？』と。それに対してきみは『十五歳の少女が血まみれになってめちゃくちゃにされるよりはひどくない』と言った。公安はおれの何を疑ってるんだ？　具体的に言ってくれ」

モリー・ブロームは眉をひそめたが、額には皺一本刻まれなかった。

「タイミングよ」と彼女は言った。

「タイミング？」

「ユリア・アルムストレームとヨンナ・エリクソンのファイルを地元警察から入手した正確な日時は？」

ベリエルは押し黙って考えた。考えてもことばにはならなかった。それでもとにかく考えようと努めた。

「あなたが覚えていないのなら、わたしが教えてあげるわ」とモリー・ブロームは続けた。「エレン・サヴィンエルは十月七日にエステルマルムの学校から連れ去られた。今から三週間近くまえのことよ。なのにあなたは十月三日にファイルの提供を要請してる。まるで新たな誘拐が起こることを――エレンが誘拐されることを――まえもって知っていたみたいに」

ベリエルはさらに押し黙った。

たたみかけるようにブロームは続けた。「そこのところが一番わたしにはわからない。サム、あなたはどうしてエレン・サヴィンエルが誘拐されることを事前に知ってたの？」

ベリエルはなおも押し黙った。モリー・ブロームはじっと彼を見つめた。

眼つきがそれまでと変わっていた。ベリエルにはどうにも腑に落ちなかった。非常手段を使ってまで身柄を確保しておきながら、むしろ多くの情報を提供してくれている。また、彼女の表情は憎しみに満ちたものでもなんでもない。それより彼に何かを問いかけようとしている。

不可解きわまりない。

「きみが元女優というのはほんとうなのか？」とベリエルは尋ねた。

ブロームは見るからに落胆したような顔をした。

そのあとひとつ深く息を吸ってから言った。「エレン・サヴィンエルが誘拐される四日まえにあなたは二個所の地方警察――中部地区とベルグスラーゲン地区――からユリア・アルムストレームとヨンナ・エリクソンに関する捜査ファイルを非公式に入手した。それは事件現場に自転車で駆けつけるよりずっと疑わしい行為じゃない？　そうは思わない？」

「それはちがう」と彼は言った。

部屋がぐるぐるとまわりはじめた。注射された鎮静剤がまだ体内に残っているのか、それとも現実――拘束されてここに坐らされている事実――がようやく理解できたからなのか。越権行為をしたから咎《とが》められているわけではない。

何かもっとひどいことが関連している。

「それはちがう？」とモリー・ブロームは訊き返した。

「組織の改編」とベリエルは言った。世界はまだぐるぐるとまわっていた。

「なんの話？」

「今年の初めの警察の混乱状態のことだ」とベリエルは続けた。世界はまわり続けている。

彼は吐き気を覚えた。

「公安警察は独立した組織になって、それ以外はすべて警察庁に集約された。だから？」

「水はもらえるか？」

「いいえ」とブロームは抑揚のない声で言った。「続けて」

「ユリア・アルムストレームの捜査を担当したのは中部地区警察じゃない。確かに、ヴェステロースのバイカー・ギャングは中部地区警察の担当だった。ただしそれは組織改編まえの話だ。この事件を当初担当したのは地元のヴェストマンランド警察だった。が、組織改編の一、二ヵ月後に新設されたベルグスラーゲン地区警察がユリア・アルムストレーム失踪事件を引き継いだ」

「部屋全体がぐるぐるとまわっているのに、あなたにはそれだけの台詞《せりふ》が言えたってことね」

「なんできみにそんなことがわかるんだ？」

「あなたを見ていれば誰でもわかるわ」とモリー・ブロームは落ち着き払って言った。「何が言いたいの？」

「十月の初旬なら痕跡を残さず比較的簡単に情報を入手できたということだ。組織改編のせいでどこもかしこも混乱していたから」

「でも、あなたは痕跡を残した。しかもそのことにはあなた以外にも関わった人がいる」

「いや、おれひとりだ」とベリエルはすぐさま訂正した。思いのほか語気が鋭くなっていた。

「いいわ。この件はまたあとにしましょう」ブロームはそう言ってベリエルに厳しい視線を向けた。「いずれにしろ、痕跡が見つかった。しかも捜査に関連したファイルに不正アクセスがあったのは、エレン・サヴィンエルが行方不明になる四日まえだった」

「いや」とベリエルは否定した。部屋の回転は止まる気配がなかった。「おれは痕跡など残してない。少なくとも日付はわからないはずだ。混乱に乗じてやっただけだ。簡単だった。もし痕跡が残っていたとしたら、それは偽装されたものだ」

「偽装？」

「ああ、そうだ。おれは痕跡を残さなかった。おれがファイルにアクセスしたのはエレンがいなくなった五日後の十月十二日、月曜日のことだ。その週末はずっと同じような事件を探していた。十五歳の少女が失踪した事件を」

「その週末ずっと？」とブロームは皮肉たっぷりな口調で言った。「まるまる二日も？」

「おれにはその二日しかなかったからね。それでもその二日だけで、新たにふたりの犠牲者が見つかった。もしもっと時間があったら、アイシャ・パチャチやネフェル・ベルワリにもたどり着けていたかもしれない。きみたちがいくら隠そうとしていたとしても。それにほかにも犠牲者がいることを教えてくれたのはきみだ、ナタリー・フレーデン。おれが〝三つの現場〟と言ったときのきみの反応はあまりにあからさまだった」

「そんなのは嘘としか思えないけど、でも、今はいいわ。それより、あなたが地方警察の記録に侵入した痕跡がエレン失踪以前の日付に改竄《かいざん》された――あなたはそう主張するわけね？　警察のすべての情報にアクセスできる者――つまり誰か警察官――が改竄したって。そんな馬鹿げた話を誰が信じると思うの？　ただの言いわけにすぎない。誰だってそう思うでしょうよ。でも、そんなことは今、重要なことじゃない。重要なのは――あなた自身、よくわかっていると思うけど、サム――これよ」

そう言って、彼女はベリエルの時計の箱の上に手を置くと、金箔張りの小さな留め具をゆっくりと横にスライドさせ、蓋を開けた。ビロード張りの間仕切りがあらわになった。

「ここには少なくとも四つの腕時計がはいっている。ジャガー・ルクルト、ロレックス、IWCのいずれも五〇年代から六〇年代のものね。五つ目の時計はあなたの手首にはめられていた。それだと拘束ベルトがつけられなかったので、今はあなたの眼のまえにある」

ベリエルは、取調室のテーブルの上に置かれたロレックス・オイスターパーペチュアル・デイトジャストに眼をやった。ガラスの内側についた結露の位置が動き、文字盤の中心部分と別々の方向を指している二本の針しか見えなかった。どれくらい意識を失っていたのか。その時計からはわからなかった。

モリー・ブロームは続けた。「通常の内部捜査なら、ここにある時計の総額が五十万クローナを超えることにわたしはもっと関心を持ったでしょうね」

「それは相続したものだ」とベリエルは言った。「祖父《じい》さんから。因《ちな》みに言っておくと、おれの祖父の名前はアルヴィド・ハンマーシュトレームだ」

「まだユーモアのセンスはなくしていないみたいで安心したわ」とブロームは感情のこもらない口調で言った。「次のセッションまでまだエネルギーは残ってそうね。言っておくけど、次のセッションは今回とはかなりちがうわよ。さっきも言ったように、あなたのそのとんでもなく高価な時計が問題になるのは、これが一般的な内部捜査だったらの場合よ。これは一般的な内部捜査じゃない。言うまでもないと思うけど」

「おれは時計に詳しい」とベリエルはほとんど動かせない手で金属製の肘掛けをつかんで言った。

「時計に詳しい?」

「壊れた時計を買って修理してる」

「そんな哀れなオタクの趣味にわたしが興味を持つと思ったの? そういうことに興味があるから時計のことを訊いたんだと?」

「きみは何を言おうとしてるのかまるでわからない」

「いいえ、わかってるはずよ」とブロームは言って、ビロード張りの仕切り板を二枚つまんで底板を引き上げた。

底板の下の隙間にビニール袋がいくつか収められていた。ブロームはその中の小さな袋をひとつつまみ上げると、そこに貼られたラベルを読んだ。「〝エレン・サヴィンエル〟。さあ、いったいこれはどういう意味なの？」

ベリエルは答えなかった。その息づかいだけがやけに大きく聞こえた。

「マーシュタの家で発見した。でも、証拠としては提出しなかった。これが一番無邪気な説明かしら？　これはいったいなんなのか、見てみる？」

彼女は袋の口を開き、テーブルの上のふたつの写真立てのあいだに袋の中身を出した。中から出てきたのは直径一センチもない小さな歯車だった。

「これはどこで見つけたの？」

ベリエルは答えなかった。久しくなかったほどの勢いで脳が高速回転していた。

「まあ、いいわ」しばらく待ってから、ブロームは言った。「この件については、己惚《うぬぼ》れ刑事の思い上がりとして片づけることもできなくはないから。『ほかの誰も見つけられなかった証拠をおれは見つけた。公の捜査よりずっと早く事件を解決してみせる』なんてね。不正行為ではあっても最悪なケースというほどでもない。問題はこっちよ」

彼女はビニール袋をもうふたつ取り出した。ボールペンで小さな文字が書かれたラベルも含め、外から見るかぎり同じもののように見えた。

モリー・ブロームは三つの袋を並べて置いた。エレン・サヴィンエルと書かれた袋は一番右側、そのまえに歯車が置かれた。そうして真ん中の袋をつまみ上げると、袋の口を開けながら言った。「ヨンナ・エリクソン」

袋を傾け、同じような小型の歯車を取り出した。何も言わずに最後の袋――ユリア・アルムストレームと書かれた袋――にも同じことをした。まえのふたつよりいくらか大きめの歯車が転がり出た。

「最初の歯車はマーシュタの家から盗んだものよね。だったらほかのふたつはどこで見つけたの？」

ベリエルの沈黙が重く部屋に垂れ込めた。鳴りやまない車の盗難防止警報器さながらやかましく。

ブロームは続けた。「エレン・サヴィンエル以前の事件では、死体も出てこなかったし犯行現場も特定されなかった。警察は二度ユリアとヨンナの捜索に失敗した――ヴェステロースのバイカー・ギャングのクラブハウスと、鹿が埋められていたクリスティーネハムンよ。でも、そのふたつの現場ともふたりの失踪との関連性はなかった。もう一度訊くわ。歯車はどこで見つけたの？」

ベリエルの沈黙は新たな段階にはいった。おそらく最終段階に。それを察して、ブロームは続けた。「これで終わりじゃないのよ。まだ続きがある。覚悟はいい、サム・ベリエル？」

ブロームはテーブルの上からロレックスを取り上げ、ほかの腕時計と並べて箱の中に入れた。そして、それに鋭い視線を向けながら言った。

「仕切られた場所は六つあるのに時計は五つだけ。空っぽのこの部分、なんだか淋《さび》しそうに見えるけど」

　彼女は身を屈《かが》めてバッグから古い紙の束を取り出してテーブルに置いた。「こういう高級時計には保証書があるものよ。その保証書を数えてみましょう。一、二、三、四、五……六。あら、おかしいわね。時計は五つしかないのに。もう一度数えてみましょう。一、二、三、四、五、六」

「もういい」とベリエルは言った。

「ロレックスがふたつ」紙の端が折れている保証書を見ながら、ブロームは冷ややかに言った。「IWCがふたつ。ジャガー・ルクルトがひとつ。あとはパテックフィリップがひとつあるはずよね。パテックフィリップはどうしたの、サム？」

「盗まれた」

「それって王冠の正面にある宝石のような存在の時計よね、サム。ええっと――正確な名前は――パテックフィリップ2508カラトラバ。腕時計の時計職人としてはスウェーデンで一、二を争う専門家からさっき連絡がはいったんだけれど、その型の時計の査定なんて畏《おそ》れ多くてできないんだそうよ。値段がつけられないほど高価な時計なんですってね？」

　ブロームは話すのをやめてベリエルを見た。いかにも無防備に見えた。

「そんなに高価な時計が盗まれたのに、警察に届けも出さなかったなんて。本気で言ってるの？」

「そういうものには特別な保険が要る」とベリエルは低い声で言った。「そんな余裕はなかった。それに、盗難届が警察でどんな扱いをされるかはよくわかってる。たいていの場合、ただ放っておかれる」

「いつどこで盗まれたの？」

「二年まえ、ジムで」

「二年半まえじゃない？　一昨年《おととし》の六月じゃない？」

「そんなところだ、たぶん」

ブロームは何度かうなずいてから言った。

「さっき言った時計職人は、あなたがなくしたパテックフィリップ２５０８カラトラバの値段をつけることは拒んだけれど、面白いことをいろいろ教えてくれたわ。まず三つの歯車についてて調べてくれた。その名匠によると、三つともパテックフィリップ２５０８カラトラバの歯車である可能性が高いそうよ」

20

十月二十七日　火曜日　十六時二十四分

モリー・ブロームは部屋にはいった。その部屋では男ふたりがコンピューター画面に見入っていた。すべて順調で心配無用と言わんばかりにふたりとも黙って彼女にうなずいた。

「一時間ほど抜けるけど」と彼女は言った。「長くても一時間半ね」

壁側の男が安物の大きなダイヴァーズ・ウォッチに眼をやってから言った。「ベリエルはどうします？」

「少し休ませましょう」とブロームは答えた。「独房に連れていってくれる、ロイ？」

彼女は小さな部屋のもうひとつのドアを開けると、特徴のない廊下に出た。ベージュの壁に溶け込んで見えるエレヴェーターのまえまで廊下を歩いてエレヴェーターに乗ると、カードリーダーにカードを通し、六桁の暗証番号を入力した。そこでようやくエレヴェーターは上に動きはじめた。

モリー・ブロームはエレヴェーター内の汚れた鏡に映った自分の顔を見つめた。これまで多くの潜入捜査に加わってさまざまな役を演じてきた。それと比べれば、今回はかなり楽な役の部類にはいる。鏡に顔を近づけ、自分の眼の中をのぞき込んだ。その青い眼の奥に表とは異なる面が垣間見えたような気がした。その異なる面は、思いがけず今回がこれまでの中で一番むずかしい役だと告げていた。

エレヴェーターが一階に着き、一階を示す〝G〟のボタンが点灯した。それより下の階を示すボタンはどこにもない。

彼女はエレヴェーターを降りると、ごく普通の階段の吹き抜けに出た。ガラスドアの向こうに雨のカーテンが降りたベリィ通りが見えた。彼女はその通りとは反対側の十台ほどの車が駐車している中庭へ向かい、キーホルダーのボタンを押した。黒いヴァン——メルセデス・ヴィトー——のライトが光った。車に乗り込み、助手席側の座席を持ち上げた。座席の下の空間にショルダー・バッグが収められていて、そのバッグから茶色い封筒と携帯電話を取り出した。携帯電話の電源を入れ、タイマーを一時間にセットした。ヴァンは大型だったが、運転は慣れたもので、狭い中庭をぐるりとまわると、ゲートが完全に開ききるまえに外に出た。そして、まずノール・メーラルストランド通りのほうに向かい、次にリンドハーゲンスプランの忌まわしい環状交差点を通ってトランネベリ橋を渡り、そのままブロンマプランの方角にベリスローグ通りを進んだ。そのあとは、あまり情緒が感じられないヴィンスタの工場地帯のほうに曲がり、なんの特徴もない、一見荒れ果てて見える建物のまえに駐車スペースを見つけてヴァンを停めた。その建物がウィボル・サプライ社の社屋であることを示す、煤《すす》けた看板が建物の正面に掛かっていた。

それほどずぶ濡れになることもなく、彼女は受付と思《おぼ》しいエリアに駆け込んだ。ガラスケースが置かれ、その中にいくつかのサンプルが展示されていたが、何に使うのかわからないパイプ類が法外な値札をつけたまま埃《ほこり》をかぶっていた。その受付エリアはそもそも人を寄せつけない雰囲気を醸していたが、受付嬢も見るからに不機嫌そうで、あまつさえメタノールのにおいまで発散させていた。ブロームに気がつくと、親指を突き立てて背後にあるドアを示した。と同時に、そのドアの錠前が音をたてた。モリー・ブロームは中にはいった。

受付エリアが醸し出している雰囲気をそのまま受け継いでいるような、倉庫と作業場が一緒になったような、どこか工場を思わせるその部屋には四人の男がいて、全員コンピューターのまえに坐っていた。どのコンピューターも九〇年代の遅くて古いデスクトップを思わせたが、見る者が見ればそうでないことは容易にわかっただろう。ひとりが立ち上がり、彼女のほうにやってきた。

「準備はできてる？」と彼女は尋ねた。

男の歳は四十代、青いオーヴァーオールを着ており、同じように青く澄んだ眼がほかの外見とはずいぶん異なって見えた。男はうなずいて言った。「一部支払いずみ、出荷可能。領収書はなし？」

「ええ、今回のは領収書は要らない」

どんなことにも驚かないとでもいった風情《ふぜい》で、男は鷹揚《おうよう》にうなずくと、また自分の机に戻り、引き出しから包みを取り出して彼女に渡した。彼女のほうは茶封筒を手渡した。男は受け取ると、同じ引き出しにしまった。

「ありがとう、オッレ」と彼女が言ったときにはもう男はコンピューター画面に向かっていた。

モリー・ブロームは来た道を引き返した。ただ、リンドハーゲンスプランの環状交差点ではそのままドロットニングホルム通りを直進し、クングスホルメン島を横断してバーンフス橋を渡った。そのあとテグネル通りをそのまま進み、エンゲルブレクツ通りとエリクスバリ通りをつなぐ細い道にはいった。

その細い道に二重駐車すると、スティエンボク通り四番地の建物に向かい、たった数歩で階段をのぼり、鍵を開けて中にはいると、部屋の空気を肺いっぱいに吸い込んだ。汚れた空気を。争いの微粒子が空中にまだ漂っているかのようだった。彼女は居間にはいり、ついこのあいだまで輝くような白さを誇っていたソファを見た。

六つあるクッションのうちの四つは使いものにならないくらい汚されていた。肘掛けの片方も同様だった。ベリエルの右拳の傷口からの血だ。これほどの血はよほどのことをしないかぎり出ない。

ベリエルは相当きつく拳を握っていたのだろう。

モリー・ブロームは首を振った。このソファは交換可能だろうか。このソファがあるかぎりここにはいられない。

キッチンにはいり、冷蔵庫を開けてプロテイン飲料を二本取り出すと、二本とも一気に飲み干し、半分に切ってラップにくるんであったリンゴを食べた。

アパートメント全体をざっと点検した。もっと入念に調べたかったが、観察室の部下にはなんと言って出てきたか。〝一時間ほど抜けるけど。長くても一時間半ね〟。そう言った以上、それまでに帰らなければ。すべて完璧にやりたい。それが彼女のやり方だった。このところは特に。

キッチンに変わったところはなかった。冷蔵庫の中も、食器戸棚の中も、キッチンカウンターの上も、ゴミ入れの中も。ベリエルはかなり慌てていたのだろう。血で汚すというのはたまたまそのとき思いついたのだろう。ケントとロイと取っ組み合いになったときに偶然思いついたことも考えられる。ただ、彼女はこう思った——ベリエルはストレスが極限状態にあるところへもって激怒し、思わず傷口が開くほど拳を強く握りしめたのだろう。自分の拳と真っ白なソファを見比べ、衝動を抑えきれなくなったのだろう。たぶん。彼は高級志向ではない。だから白いソファを見るなり、反射的に反応したのだろう。白いものを見て、反射的に汚さずにはいられなくなったのだろう。

ざっと見たところ、寝室は簞笥《たんす》の上の写真立てが動かされていた。登山をしている彼女の写真の位置がちがっていた。持ち上げたか動かしたか。そのとき彼は何を思ったのだろう？　それまでは彼女のことを心の壊れた人間——ナタリー・フレーデン——と信じていた。それがまったく異なる人格と相対することになった。登山家の人格と。自分を制御できない人間の対極にある人格と。

ベリエルはそう思ったことだろう。相手にしている人間が抑制力のない人格から、突如としてそれとは正反対の人格に変わったのだ。彼の場合とは真逆に。それまでは自分を完全に制御できていたのに、彼のほうは突然その制御能力を失った。容疑者に対して彼が仮定していたことのすべてがまちがっていたことがわかったのだから、そうなってもことさら不思議はない。

一方、尋問されながら、逆に多くの情報が提供されたことには驚いているはずだ。アイシャ・パチャチとネフェル・ベルワリのことは、どうしてもベリエルに知っておいてもらわなければならなかった。

そうしなければなんの意味もなくなる。その情報だけはこちらから与えなければならなかった。そうしないと、彼としても結論を導き出すことができない。そんなベリエルにはなんの意味もない。

ベリエルという人間が彼女にはどうしても必要だった。

彼女の身元をどうやって割り出したのか、その詳細は謎だ。しかし、それは取りも直さずベリエルに見込みがある証拠だ。彼は自分が何をしているのかちゃんとわかっている男だが、このアパートメントの中を大胆に嗅ぎまわっているあいだもそうだったのだろうか。それともそのときにはさすがにパニックを起こしていたのだろうか。

彼はなにより重要な証拠を探していた。なにより重要なことを見つけ出そうと必死になっていた。まさに咽喉元《のどもと》にナイフを突きつけられるような気分で考えたはずだ。

こっちが立てた作戦どおり。

切り立った崖からロープでぶら下がっている彼女の写真をもとに戻すと——その写真が一番大きく移動しているところを見ると、やはり手に取ったのだろう——彼は居間に戻り、出窓の近くに置かれた机のそばまで行った。そこで何を見たのか。

色とりどりのポスト・イットが六束。これらからほんとうに結論を導き出すことができたのだろうか。できたのなら、彼は頭がきわめてよく切れる男ということになる。

彼女は振り返り、雪をかぶった山を登る登山者たちが写っている巨大な写真をじっと見た。鮮やかな夕陽を背景に黒いシルエットが浮かび上がっている写真。彼もこうしてここに立ったのだろうか。出窓のほうに歩いてそこで立ち止まり、振り返ったのだろうか。

派手で鋭い着信音が静けさを破った。モリー・ブロームは一瞬びくっとし、バッグから携帯電話を取り出した。ちょうど一時間が経っていた。もう一個所寄らなくてはならないところがある。

道路は夕方のラッシュアワーの渋滞が始まりつつあった。それでもなんとかクングスホルメンに戻ってくることができた。中庭の定位置に車を停め、ウィボルン・サプライ社から持ち帰った小包を開けた。中にはいっていたのは普通の白いスマートフォンのように見えたが、電源を入れると画面が通常とは異なることがすぐにわかる。彼女はひとりうなずくと、そのままベリィ通りに出て、警察本部に向かった。そして、ポルヘム通りに面した正面玄関からはいると、暗証番号を入力していくつかのドアを通り、ようやく公安警察の一画にたどり着いた。そのあと、さらに何度か暗証番号を入力したりカードを読み込ませたり、指紋認証を経たりして、部門本部にたどり着いた。情報部長——ドアプレートには〝ステーン〟と書かれている——のオフィスにたどり着いた。ノックをすると、適度な短い時間が過ぎ、ドアが開錠されたことを示すブーンという鈍い音が聞こえた。

モリー・ブロームは中にはいった。机の向こう側に六十代のわりには若々しく見える鉄灰《てっかい》色《しょく》の髪をした男が坐っていた。老眼鏡を額に押し上げ、男は彼女を見て言った。

「これはこれは、ミス・ブローム。調子はどうだね？」

「お約束どおり、報告はしてますけど」とモリー・ブロームは答えた。声音が固かった。

「聴取は予定どおりに進んでいます」

「ベリエルは関与を認めたのか？」

「いいえ。でも、徐々にはっきりとしてきています」

「われわれが思っていたとおりだったか？」

「おおむねそうです」

「あんな昔に蒔《ま》いた種が今頃になって実を結ぶとはな」とステーンは言った。「これは一考に値するな」

「いろいろあるにしろ、ベリエルは警察官です」とブロームは言った。「だから、ことさら念には念を入れる必要があります」

「取り決めどおり」とステーンは言った。「確信できるまでは検察には何も明かさない」

「アウグスト、ひとつ忘れておられます」

「私が？」

「エレン・サヴィンエルの件です」

アウグスト・ステーンは驚き顔で言った。「なんだって？」

「エレン・サヴィンエルの件です」とモリー・ブロームは毅然《きぜん》と繰り返した。

「何が言いたいのか、よくわからんが」とステーンは言った。

「行方不明の十五歳の少女です」とブロームはおだやかな声ながらはっきりと言った。

「ああ。そうだ、もちろん。しかし、イスラム関連は捜査が進展していないんじゃないのか？」

「そのとおりです。でも、エレンは生きています」

「彼女は少なくとも五人目の被害者だ」とアウグスト・ステーンは言った。「当然もう生きてはいまい」

「そう結論づけるのは早急です。むしろ、緊急を要する状況だと考えるべきです」

「しかし、それは刑事警察の仕事だ。ジハードの線が消滅して内部捜査に切り替わるなり、われわれはただの傭兵《ようへい》と変わらなくなった。任務はひとつになった。ベリエルの関与に関する捜査だ」

「ですが、わたしたちはこれまで刑事警察に情報を隠していました。そのため彼らは誤った仮定のもとで捜査をしてしまった」

「イスラムの線は冷えきったとしても」とステーンは言った。「内部捜査のほうは真っ赤に燃え盛っている。傭兵に成り下がったといえども、ここはわれわれの腕の見せどころだ。サム・ベリエル本人から関与の自白が得られれば、われわれは今回の捜査に大いに貢献したことになる。それでこれまでの情報の隠蔽など不問に付されるだろう。むしろわれわれは英雄扱いされるだろうよ。特にきみは、モリー」

「エレン・サヴィンエルの件は？」

「もう死んでるよ」とステーンは言った。「それでも彼女は最後の犠牲者だ」

「それはまだわかりません」

「きみがこの件にことのほか真剣に取り組んでいることはよく知っているよ、モリー」とステーンはそれまでとはまた異なる口調で言った。「三番目の殺人以来、きみはこれまで執念を燃やして犯人を追ってきた。自転車を使ったこの作戦がきみにとって重要なものだったことは重々承知している。確かに巧妙な作戦だった。しかし、あえて言うが、犯人の注意を惹くには悠長というか、現実離れしていたと言えなくもない。もちろん、すばらしい作戦だったことは結果的に証明されたわけだが。向こうからきみを見つけたんだからな。よくやったよ、モリー。蒔いた種がようやく実を結んだわけだ。残念ながら、内部要員のきみが公に栄光を浴びることはないにしろ、公安警察内ではまちがいなくきみはヒーローだ。とはいえ、ベリエルというのは、スウェーデンの民主制度にとっても、市民の自由と権利にとっても、安全保障にとっても、脅威とは言えない」

「でしたら、このプロジェクトはできるかぎり早急に終わらせる許可をいただきたいと思います」

「わかった。直接報告をありがとう。変化が著しいこの時代、きみには今後ほかの案件——スウェーデンの民主制度にとって真に脅威となるような案件——に従事してもらいたい」

上司のオフィスを出て廊下を歩きながら、モリー・ブロームにはいささか心に引っかかるものがあった。ステーンの口ぶりが気になったのだ。彼はエレン・サヴィンエルの命にはまるで関心がない。確かに彼は公安警察のプロ意識を背負って歩いているような男だ。しかし、エレン・サヴィンエルの件についてはそのせいばかりとは思えない。

エレヴェーターまで歩くと、どことなく見覚えのある男がエレヴェーターを待っていた。ふたりは互いに軽く会釈した。エレヴェーターがやってきて、ふたりで乗り込むと、男は問いかけるように〝G〟のボタンを指差した。彼女はうなずき、男はGボタンを押した。エレヴェーターは警察本部の建物の中を降下した。ふたりとも一階で降り、男は出口へ向かった。エレ
彼女は靴ひもを結び直して時間を稼ぎ、男が見えなくなるまで待った。そして、男の姿が視

界から消えると、またエレヴェーターに戻り、カードリーダーにカードを通して六桁の暗証番号を入力した。エレヴェーターはさらに降下しはじめた。

エレヴェーターを降りると、ベージュ色の廊下を通り、壁とほとんど一体化して隠れているドアを抜けて中にはいった。今はふたりのがっしりした男たちもコンピューター画面をのぞき込んではいなかった。ひとりはバナナを食べ、もうひとりは居眠りをしていた。

彼女はバナナを食べている男にうなずいてから、鋭い声をあげた、「起きて、ロイ」

コンピューターのまえで寝ていた男は跳ね起きた。その拍子にダイヴァーズ・ウォッチが壁にあたった。

「連れてきて」とモリーは言った。

ふたりは部屋から出ていった。

モリー・ブロームは観察室の椅子に坐ると、白いスマートフォンをバッグから取り出してしばらく眺めた。そして、目盛りを調整すると立ち上がり、深く息を吸い込んで胸につぶやいた——さあ、時間よ。

ついにそのときがやってきた。

21

時間が止まる。ほんとうに止まる。

すべりやすい岩の上で足をすべらせながらもバランスを取り、彼は汗ばむ手でゆっくりと丹念に窓ガラスをこする。それでのぞき穴ができる。

ドアがすべるように開く。真っ暗なボートハウスに一条の光が射し込む。光が内部を照らし、さらに奥へとはいり込む。その光はボートのエンジンや救命胴衣の上をすべり、廃棄されたブイや錆《さ》びた錨《いかり》を照らし、係船環の穴を抜け、ロープや帆の上を渡っていく。そして、鎖と歯車とケーブルを浮かび上がらせる。もともとは古いボートハウスの中に散乱していたものだ。それが今は連結している。

もちろん、そんなことは重要ではない。細い光線が照らしているものがなんなのかわかったとき、ほかのすべてが消滅する。光が照らしているのは顔だ。

少女の顔。

彼女は春の強い光のすじのせいで眼がくらんだような表情になり、顔を左右に振り、光から顔をそむける。しばらくは何も見えていない。が、やがて眼を開ける。少女の視線がドアのほうに向けられる。その瞬間、もうひとりの少年が光の中に足を踏み出す。少年の金色の前髪が太陽の光を浴びて発光し、頭全体が輝いて見える。少年が横を向くと、光が横顔を照らす。その光の角度のせいで、少年の顔がいつもよりさらにいびつに、さらに歪んで見える。少年は手を伸ばして、ドアを閉めようとする。

彼はボートハウスの外の岩の上から、徐々に狭まる光に照らされている少女の眼を見る。その眼には彼には理解できない何かが満ちている。幸福感？　欲望？　それとも……恐怖？

そのとき少女が首をめぐらせる。そして、窓からのぞき見ている彼を見つける。ふたりの眼が合う。何かがつながったような不思議な一瞬が過ぎる。少女の眼つきが変わる。が、どう変わったのか彼にはわからない。それを理解するには彼はまだ幼く未熟すぎる。それでも少女の眼は大きく見開かれており、そこで初めて彼は少女の口にガムテープが貼られているのに気づく。少女がそのテープを舌で押している。少女の額から何かが垂れる。その雫《しずく》は少女の左眼まで垂れ、ようやく彼はそれが彼女の髪の中から垂れている血であることに気づく。少女の左眼が真っ赤になる。テープ越しにも胸を引き裂くような悲鳴が聞こえる。その拍子に彼は足を踏みはずす。もうひとりの少年はドアを閉める。ボートハウスの中に完全な暗闇が戻ると同時に、彼は岩から転げ落ちる。

立ち上がっても、悲痛な悲鳴はまだこだましている。彼は転んだときに頭を打ち、足首をひねった。それでもその場から走り去る。

走りつづける。全速力で。

胸の高さまである草を掻《か》き分け、さらにスピードを上げたところで、悲鳴が突然ぴたりとやむ。

22

十月二十七日　火曜日　十八時十分

固い簡易ベッドの上に横になって眠っていたのだろう。乱暴に上体を引き起こされ、ベッドに坐らされたときにはどうして眼が覚めたのかベリエルにはすぐにはわからなかった。これは夢なのか、記憶なのか、無意識の底からのメッセージなのか。いや、現実だ。彼は監房の中でふたりの男に両腕をつかまれていた。そのあとふたりに無理やり立たされても、ベリエルの眼には夢の世界がまだ焼きついており、薄暗い廊下を引きずられながらもまわりがよく見えなかった。取調室の金属製の椅子に坐らされたときにも、モリー・ブロームに眼の焦点を合わすことがなかなかできなかった。彼女は同じ椅子に坐り、両肘をテーブルについて彼の眼をのぞき込んだ。彼はテーブルを見ながら、眼の焦点を合わせるだけではなく、前回と何か変わったところはないか確かめた。ロレックスに眼がいった。ガラスの内側の結露はほとんどなくなり、時計の針がそろそろ六時十五分だと告げていた。ただ、午前なのか午後なのかはわからなかったが。テーブルに置かれている書類フォルダーの下から、見たことのない白いスマートフォンの一部がのぞいていた。そのスマートフォンのことを訊こうかと思ったところで、ブロームがふたつの写真立てを彼のほうに向けた。いかにも愉しそうに笑う十歳の少年がふたり写り、そのうしろには凱旋門がそびえ立っていた。

パリ。

「マルクスとオスカル」とモリー・ブロームは言った。

「どうしてこんなものがここに――?」とベリエルは困惑して訊き返した。

「警察本部のあなたの机から持ってきたの」とブロームはベリエルのことばをさえぎって言った。「あなたの双子の息子たち、マルクスとオスカル。最後に会ったのはいつ?」

「そんな質問にどうしておれが答えなきゃならない?」

「あなたがわたしにした質問と比べたら、こんなものは数のうちにもはいらないんじゃない?」

「おれはきみに質問したんじゃない。ナタリー・フレーデンにしたんだ。でも、きみはナタリー・フレーデンじゃなかった。それにおれの質問にはちゃんとした目的があった」

「わたしの質問にはちゃんとした目的がないって言いたいの?」とブロームは言った。

「ああ、よりによってこのおれに濡《ぬ》れ衣《ぎぬ》を着せようなどとは、いったい何を考えてる? いいか、このおれに、だぞ。誰より必死にカス野郎を追ってきた人間に、だぞ」

「あなたは考えちがいをしてる。それに言ったでしょ、この取り調べは普通の取り調べとはちがうのって。どっちみちわたしの言うとおりになるから、サム。それを邪魔しても無駄よ。あなたはもうこの闘いに負けてるの。わかる？」

「それはふたりの〝外部要員〟を観察室に控えさせているからか？　あのふたりはおれたちと同じ法律に従わなくてもいいからか？　あいつらに何をさせる気だ？　ＣＩＡが捕虜にやったような水責めか？　ロイだっけ？　それは本名なのか？」

ブロームはいかにも失望したようにベリエルをしばらく見つめると、首を振って言った。

「最初から始めたいんだけど。最後にマルクスとオスカルに会ったのはいつ？」

「意味のない質問はやめてくれ」

「いつ？」

「地獄に堕《お》ちろ」

「この子たちがこれぐらいの歳のとき？」

ブロームはプリントアウトした写真を彼のまえに押し出した。ベリエルの携帯電話に収められている写真だった。すべての物事の起点となる写真。固定点であり、北極星であり、回転する世界の中で唯一静止している点だった。

「公安警察の技術専門家によれば、あなたの携帯電話の中で一番頻繁に表示されているのがこれだそうよ。あなたはことあるごとにこの写真に戻ってる」

「いい加減にしてくれ」とベリエルは言った。

もはや憤る気力さえ残っていなかった。身も心もぼろぼろだった。晒《さら》し者にされた気分だった。それと同時に彼の中で何かが起こっていた。何かが進行していた。ピンクのポスト・イットに関連した何かが。

「これは冬服ね」とブロームはベリエルのそうした心の変化に気づいた様子もなく言った。「服は冬物だけど、水路にはフキタンポポがこんなに咲いているから、どちらかというと春に近そうね。田舎のこんな言い伝えを知ってる？　〝春は汗ばんで始まり、秋は寒さに震えて始まる〟。ということは四月の後半？　これを撮ったのは何年の四月？」

ベリエルは何も言わなかった。

ブロームは拳をテーブルに叩きつけ、怒りに燃える眼でベリエルを見すえて怒鳴った。

「駄々っ子みたいにそこに黙って坐ってるなんてことはあなたには許されないの！　この哀れな名ばかりのお巡《まわ》りが！　エレン・サヴィンエルの時間は刻一刻と過ぎてるのがわからないの！」

「おれが犯人なら」驚いてベリエルは言った。「そんなこと気にすると思うのか？」

「質問に答えなさい。それだけでいい。今すぐ質問に答えなさい。ほかのことは何も言わなくていいから」

ベリエルは思った――これまで何度ほんとうのモリー・ブロームが初めて顔をのぞかせた

と思ったことか。

「おれに訊くまでもないだろうが」と彼はぼそっと言った。「携帯電話を見れば、何年何月何日何時何分何秒までわかるんだから」

ベリエルはそう言って顔を上げた。彼女と眼が合った。彼女の眼差《まなざ》しに変化はなかった。

「もし本気でエレンを救いたいのなら」と彼は彼女の無表情な視線から逃げることなく言った。「謎めいたナタリー・フレーデンなんていうくだらない茶番にどうしてあんなに時間をかけた？　おれが知ってることを訊き出すためか？　そんな手間なんかかけずに今のこのやり方で訊けばよかったんじゃないのか。お抱えの〝外部要員〟を使って、標準仕様の拷問をすればよかったんじゃないのか？　そのほうがよっぽど早かったんじゃないのか？　いや、そうじゃない。きみは〝内部要員〟の中でも誰より鋭利な道具だ。公安の道化たちが手に入れた一番切れ味のいいナイフだ。それにきみはおれのために茶番を演じたんじゃない。おれが犯人だなどとはほんとうは夢にも思ってない。つまり今のこれも茶番ということだ。なあ、何をしようとしてるんだ？　教えてくれ」

ブロームは怒りに眼を燃え上がらせた。拳をきつく握ると、天井に取り付けられた小さなカメラを見上げた。二秒後、ロイと呼ばれていた男がドアを勢いよく開け、鼻孔をふくらませてブロームを見やった。が、彼女は首を小さく振った。見るからにがっかりした様子で、ロイはまた観察室に戻った。

「次はロイのしたいようにさせる」とブロームは努めて落ち着いた声で言った。「わたしの質問に対してちゃんと答える気になった?」

ベリエルは彼女の眼をのぞき込んだ。今までとは明らかにちがっていた。いったいどういうことなのか。ただ、今ここで起きていることに対して自分がまったくの無力であることだけはわかったが。彼女の眼の変化はロイと無関係だということも。彼は黙ってうなずいた。

「双子の息子たちと最後に会ったのはいつ?」とブロームは改めて質問した。

「きみが言ったとおり、写真は二年まえの四月に撮った。今から二年半まえだ。その一ヵ月後、あのカス女が息子たちを学校から連れ去った。学期が終わる三週間まえに。二年生のときだ。ふたりともまだ八歳だった。今は十一歳だ」

「今のあなたの答にどれだけの情報が含まれているか、もちろんわかってるわよね、サム?」

ベリエルは不快げに首を振っただけで何も言わなかった。

ブロームは続けた。「あなたは元妻のことを〝カス女〟って呼ぶの? 誘拐犯を〝カス野郎〟って呼んでるのと同じように?」

「カスはカスだ。ほかになんと呼べばいい?」とベリエルは言った。「それにおれたちはそもそも結婚なんかしてなかった。幸いなことに」

「まあ、淫売なんて呼び方よりは新鮮だけど」とブロームは言った。「いずれにしろ、カス女のかわりにあなたはデジレ・ローゼンクヴィストを自分のマドンナに仕立て上げた。あなたの可愛い〝鹿《ディア》〟に」

ブロームはベリエルが反論するまえにもうひとつの写真立てを彼のほうに向けた。明るいブルーの写真立てにはベリエルのかつての人生のパートナーの写真が入れられていた。フロリダのフォート・ローダデールで撮られた写真だった。ベリエルはまだその写真をまともに見られずにいた。だから自宅の机の上には裏と表を反対にして置いていた。今は眼をそらすのが遅すぎた。

「これがあなたの言うカス・ナンバー2ね」とモリー・ブロームは言った。「本名はフレイヤ・リンドストレーム。あなたたちは十一年一緒に暮らした。そのあいだにオスカルとマルクスが生まれた。フレイヤはあなたと十一年も暮らしたのに結婚しなかった。なのに、フランス人実業家のジャンと出会ったら、たった半年後に結婚した。一家は今パリに住んでいる。フレイヤの今の名前はフレイヤ・バビノー。あなたの息子たちはマルクス・バビノーとオスカル・バビノー。二年まえから、息子たちに会っていないというのはほんとうなの？　彼女が子供たちを連れて逃げてから一度も会ってないの？」

ベリエルは閉じていた眼を開けて言った。

「逃げた？」

「アーランダ空港での警察調書がある」とブロームは言った。「警備担当者とサムエル・ベリエルという人物とのあいだのトラブルの報告書よ。取っ組み合いの喧嘩《けんか》になったと書いてある。でも、フレイヤ・リンドストレーム、マルクス・リンドストレーム、オスカル・リンドストレームの三名は次の便でパリに出発してる。その一ヵ月後には三人はもうフレイヤ・ババノー、マルクス・ババノー、オスカル・ババノーになってる。だから、そう、〝逃げた〟というのは正しいことばだと思うけど」

「それはちがう」とベリエルは静かな声で言った。「彼女に去られておれはもうぼろぼろだった。手に負えない八歳児の面倒をみられるような状態じゃなかった。それで親権は彼女に譲った。だけど、息子たちを海外に連れていくとわかってたら、絶対に譲ったりしなかっただろう。アーランダ空港に行ったのはスウェーデンにとどまるよう説得するためだ」

「で、説得するかわりに保安検査の職員に暴行した？」

「暴行じゃない……」

ベリエルはまた眼を閉じた。思わず急に涙が出かかったのだ。が、両手を拘束されていてはごまかすことはできなかった。涙を拭うこともできなかった。

ブロームは容赦なく続けた。「女に対するあなたの憎悪は、二年まえの五月にあなたのパートナーが双子を連れて家を出たときから始まったわけじゃない。それは明らかね。フレイヤがしばらく憎悪の対象だったのは想像するまでもないと思うけど。でも、そのあとあなたは次の段階に移った。その年の五月、フレイヤに合法的にマルクスとオスカルを学校から連れ出された上に、パリにまで連れていかれて、女に対するあなたの憎悪は一気に増幅した。

アーランダ空港での一件以来、あなたはフレイヤのことを〝カス女〟と呼ぶようになって、あなた自身、完全にアブない人間になった。その結果、それから一ヵ月も経たない六月七日に、あなたが育ったソレントゥナのヘレネルンドで、十五歳のアイシャ・パチャチが行方不明になった。そして、それは学校の学期最後の日だった。あなたがもう出席することのない、学校のお祝いの最中《さなか》だった。学年末の祝賀行事にあなたが参加できたのはたった一度だけだった。息子たちが一年生のときだけだった、でしょ、サム？　あなたの中の怒りはどんどん燃え上がった」

ベリエルは黙ったままテーブルを見つめた。ブロームはベリエルから視線をそらすことなく続けた。「その夏、あなたは壊れてしまい、女性という性別全体に対して復讐《ふくしゅう》を始めた。十五歳の少女たちが平気で人を裏切る大人の女に成長するのをどうしても阻止したくなった。未来の邪悪な女どもが男から彼らの息子を奪ったりしないようにするための聖戦を始めた。世の男たちを傷つけるまえに少女たちを拉致することに決めた。あなたは怒りを少女たちに向けた。でもって、エレン・サヴィンエルを誘拐したときには、それを公にし、根まわしをして自分がその捜査の責任者になるようにした。それまでの誘拐は表に出ることがなかったのに、突然世間が知ることになったのはそのためよ。そして、あなたの双子の子供の母親と同じ蔑称――〝カス野郎〟――を犯人に提供した。でも、それは実のところ、あなた自身のことだった。今回の事件のそこが一番倒錯的なところで興味深いところよ」

重い沈黙のあと、ベリエルは彼女を見上げた。涙がとめどなく流れていた。「おれは息子たちを愛している。帰ってきてほしい」

「もちろん連続殺人犯の父親のところにだって喜んで帰ってくるでしょうよ。なんといっても実の父親なんだから」とブロームは残酷に言い放った。

涙が拭ければ少しは自らを抑制することもできただろう。しかし、今はそれができなかった。涙はとめどなく流れつづけた。それこそ幼い少女の頬を濡らすように。あるいは精神を病んだ者の頬を。

同時にそれは顕現でもあった。自分という人間がこれほど澄んだ光に最後に照らされたのはいつだったか。ベリエルには思い出せなかった。

あまりにも多くの意味でモリー・ブロームの言ったことは正しかった。

すべてにおいて……いや、なにより重要な点だけがちがっている。

そして、そのことは彼女自身わかっているのではないか。ベリエルはそう思った。彼女はむしろもっと別のことでおれを罰しようとしているのではないか。たとえばおれがおれ自身であることとか。

「おれが犯人なんかじゃないことはきみもよくわかってる」と彼は言った。

「だったら、どうしてユリア・アルムストレームとヨンナ・エリクソンの捜査ファイルをエレン・サヴィンエルが誘拐される四日まえに要求したの？」

「それはちがう……」

「だったらわたしが教えてあげる」とブロームは冷ややかに言った。「あなたは見せつけたかったのよ。自分のことを現実の自分より賢く見せたかったのよ。なんのリスクも冒すことなくわたしたちをユリアとヨンナの事件に誘導できる。あなたはそう思った。それで、デジレ・ローゼンクヴィストやほかの人たちの称賛が得られる。正体を隠したまま自分の手柄を見せびらかすことができる。あなたは最初の犠牲者――アイシャ・パチャチとネフェル・ベルワリ――については無視した。実際のところ、このふたつがユリアとヨンナの件に結びつく証拠はとっくになくなっていた。でも、すべてなくなっていたわけじゃなかった」

そう言って、彼女はテーブルの上の小さな歯車を指差した。それぞれひとつひとつが小さなビニール袋の横に置かれていた。

「ユリアとヨンナに関しては犯行現場と言えるものは存在しない」とモリー・ブロームは続けた。「なのに、パテックフィリップ2508カラトラバの歯車がふたつの現場から回収された。ユリア・アルムストレームとヨンナ・エリクソンはどこに監禁されていたのか、どこで殺害されたのか。それは誰にもわからない。犯人以外には誰にも。いい、サム？　この歯車は手がかりなんかじゃない。これはトロフィーなのよ。この歯車はほとんどの連続殺人者――心に病んだ闇を抱えてる連続殺人犯――がよく集める戦利品なのよ。今回の場合はあなたの。あなたは少女が女に成長するのをなんとしても阻止したかった。カス野郎なんてよく言えたわね。自分がカス野郎のくせして」

モリー・ブロームはそこで黙り、サム・ベリエルを凝視した。彼女の勝ちだった。

ベリエルはおもむろにうなずいて言った。

「ああ。極悪非道とはまさにこのことだ」

「あなたは一番いい時計を犠牲にした。一番高価な時計を分解して、少女たちを殺害した場所にひとつずつ歯車を置いた。もしひとつでも歯車がほんとうになくなったら、この世で一番お気に入りのものを生け贄に捧げたことになる。だから、この歯車はあなたにとってはリスクを冒してでも愉しみたい儀式の必需品だったのよ。ひとつの歯車も、ひとつの犯行現場も、ひとりの少女の遺体も、警察に見つけさせるわけにはいかなかった。あなたはばらばらにしたパテックフィリップ２５０８カラトラバを自分の手でまた集めてる。それで時間はまた動きはじめるでしょうよ。あなたとしても満足できる数の少女を殺したそのときに」

ベリエルはどうしても荒くなる息を整えることができず、しばらく待ってから可能なかぎり声を抑えて言った。「歯車の話はまたあとでしよう。待たせはしない。ただ、そのまえにひとつ答えてくれ」

「わたしがあなたに答える？　あなたにはなんの権利もないのよ。あなたはそういうカス野郎なのよ。何を考えてるの？」

「しかし、どうにも辻褄が合わない。リナ・ヴィクストレームのことだ」

「ええ？」

「きみはマーシュタのリナ・ヴィクストレームを騙《かた》って警察に通報した」とベリエルは言った。「公安警察のお家芸で音声を変えて。非の打ちどころのないお手並みだった。近所の廃屋同然の家の窓の中にエレン・サヴィンエルがいるのを見た、というのがきみの通報だった。首にはピンクの革のひもが掛かっていて、その先に正教会の十字架がついていた。きみはそう言った。公安警察は地元警察の捜査資料を見ることができる。公安にしてみれば簡単なことだ。だからピンクのひものことはさほど不思議とは思わない。だけど、不思議なのはエレンがどこに囚《とら》われているか、きみが知っていたことだ。おれたちは三週間のあいだずっと彼女の行方を追っていた。最優先事項だった。なのになんで公安警察のほうがおれたちよりさきに彼女を見つけられたんだ？　それにどうして公安が踏み込まなかったんだ？　どうしてマーシュタの家までおれたちをおびき寄せたんだ？」

　ブロームはベリエルを見つめた。

「あなたは意図的に捜査方針を隠していた」と彼女は言った。

「はあ？　なんのことだ？　そんなことはしてない」

「ええ、そうでしょうとも」と彼女は冷ややかに言った。「あなたはレンタカーを調べた。半径二百キロの範囲にあるすべてのレンタカー会社を」

「その捜査には三人の警察官を充てた」とベリエルは言った。「だけど、いくつかの可能性は考えられても、期待できそうな情報は何も得られなかった。ストックホルム地域のレンタカーの五台に一台は偽の書類で貸し出されている。だから突き止めるのは容易じゃない」

「そんなのはあくまで弁解よ」とブロームは言った。「言わせてもらえば。いずれにしろ、あなたの部下よりマーシュタの警察のほうが早かった。アスタ・グランストレームという年配の女性が朝、犬を散歩しているときに廃屋同然の家のそばにヴァンが隠されているのを見つけた。そのヴァンは今年の春にイェヴレ市のスタトイル社から貸し出されたものだった」

「だぼらもいいところだ」とベリエルは言った。「それが事実なら、おれたちもその婆《ばあ》さんを見つけていたはずだ」

「あなたたちが見つけるまえに彼女は死んでしまった」とブロームは言った。「あなたが殺したのよ。わたしの仮説ではそういうことになる。あなたはマーシュタにいた。ヴァンを借りたのはあなたよ、サム・ベリエル。日中は捜査を指揮して、夜はマーシュタでエレンを拷問していた。さらに、あなたは目撃者の老女を殺して、彼女が通報した内容がマーシュタ警察より上には行かないようにした。だからその報告は捜査チームにまでは届かなかった」

「それは公安警察が邪魔したからだ」とベリエルは怒鳴った。「リナ・ヴィクストレームを介して、間接的に情報をおれたちに流す。それがきみたちの策略だった。しかし、公安はどうやってマーシュタ警察を黙らせたんだ？　まさかきみたちがその婆さんを殺したとも思えない。そもそもどうしてこっちの捜査にはその婆さんが出てこないんだ？」

「それはあなたが殺したからよ」とブロームは言った。「そうして事実をうやむやにした」

「きみが誰のことを話しているのか、モリー、おれにはさっぱりわからない。その婆さんは何者なんだ？　ほんとうのところ、どうやって死んだんだ？」

「モリーなんて呼ばないで、このカス野郎が。あなたがわたしの名前を口にすることすら耐えられない。さあ、もういい加減あなたの大切な時計の歯車について話して。釈明できるのなら」

世界が途方もないスピードでぐるぐるまわっている。ベリエルにはそれがはっきりと感じられた。体じゅうの細胞が燃えるように痛かった。

「歯車か」と彼は喘《あえ》ぐように言った。「ああ、くそ。ユリア・アルムストレームとヨンナ・エリクソンの捜査ファイルを手に入れたとき――エレンが失踪した五日後だ、四日まえじゃない――あの時期、警察の大再編成であらゆる部署が混乱していたせいもあったんだろう、おれは地元警察がユリアとヨンナの自宅の家宅捜索をちゃんとやってないことに気づいた。ヴェストマンランドの警察はまもなく廃止になるからユリアの捜査はおざなりになっていて、新しく統合されたばかりのベルグスラーゲン警察はヨンナの捜査に関してはまったくの役立たずだった。だから自分で彼女たちの家に出向いたんだ。ヴェステロース北東のマルマベリに住むアルムストレーム一家は善良な家族で、全員が悲しみに暮れていて、ユリアの部屋は彼女がいなくなったときのままになっていた。そこに――箪笥の横の幅木《はばき》に押し込まれた状態で――最初の歯車があったんだ。それだ」

ベリエルは取調室のテーブルの上に置かれた一番大きな歯車を指差した。

「幅木に押し込まれていた？」とブロームは皮肉たっぷりに訊き返した。

「次のヨンナ・エリクソンは」とベリエルは続けた。「彼女はクリスティーネハムン在住のあまり評判のよくない一家の里子だった。で、おれが行ったときにはもう新しい里子が彼女の部屋に住んでいたんだが、その部屋からも見つかった。本棚の裏側に歯車が隠されていた。その歯車だ。エレンの歯車は地下室の柱の近くで見つけた。柱の下に押し込まれていた」

「つまりユリアとヨンナの歯車をさきに見つけたのね？　エレンのを見つけるまえに？」

「そうだ」

「でも、歯車を見つけなくちゃならないなんてどうしてあなたにわかったの？」

ベリエルは椅子の背にもたれてしばらく眼を閉じてから言った。「それはやつがおれのことを知ってるからだ」

ベリエルがそう言うなり、ブロームは突然立ち上がってテーブルを拳で叩くと、彼のことばが掻き消されるほどの大声で怒鳴った。「黙りなさい！　それ以上嘘をつくのはやめてよく考えなさい！」

ベリエルは彼女を凝視した。

ブロームは続けた。「いいわ。あなたがほんとうのことを言う気になるまで、ここに腰を据えて睨《にら》み合うことになりそうね。あなたってほんとうに情けないクズね。どれだけかかろうとかまいやしない」

そう言うと、彼女は椅子に腰を据え、彼を睨みつけた。ベリエルも彼女を睨み返した。いったいこれはなんなのか、まるでわからないまま。それでも、今は何も言わないことだ。そう決めた。

時間がまた過ぎた。ふたりとも微動だにしなかった。五秒が過ぎ、十秒が過ぎ、十五秒が過ぎたところで、ブロームがファイルのひとつの下に手を入れ、その下に隠れていた新しい白いスマートフォンに触れた。ベリエルは頭を動かさずにサイドテーブルの上に置かれた録音録画装置を見やった。赤いランプがいっとき点滅し、そのあとはついたままになった。

身を乗り出し、ブロームが静かに言った。「二十秒きっかり経ったわね。黙って聞いて。これは携帯電話じゃない。最後の二十秒をループ再生させるためのリモコンよ。でも、数分しか使えない。それ以上引き延ばすと観察室にいる連中が異状に気づいてしまう。今話している内容は録音も録画もされてない。でも、あまり時間がない。誰が犯人なのかあなたは知ってるの？」

ベリエルは眼に力を込めて彼女を二秒見た。それがふたりに許された時間だった。

「ああ」と彼は言った。「おれが子供の頃一緒に育ったやつだ」

「歯車は？」

「理由はいろいろある。そいつは時計がそもそも好きだった。時計に夢中になっていた。それも時計塔にあるようなでかい時計に。その時計を使って少女たちを拷問してるんだろう、たぶん。気ままに操ることのできない完璧なメカニズムを利用して」

「拷問に使うにはパテックフィリップの歯車は小さすぎるんじゃない？」

「もしかしたら、あいつは今回のことが時計に関係していることを世界に知らせたがっているのかもしれない。それがひとつ。もうひとつはおれの関与を仄《ほの》めかしたがっているのかもしれない。最初の歯車を見つけたときに気づいたんだ。おれの時計を盗み出したのがあいつだということに。要するに、あいつはおれに罪を着せるために歯車をばら撒《ま》いてるのさ。だから、おれは捜査がまちがった方向に行かないように歯車を回収したんだ。あいつはこんな真似をすることでおれに復讐してるんだよ」

「その証拠は？」

「きみはいくつかの手がかりを残してくれた」とベリエルは言った。「おれがきみを尋問したとき、きみは重要な意味を持つことばをふたこと言った。ひとつは『裏切り』だ。きみはきっぱりとそう言った。もうひとつはそのあとに言った『何があったのか、あなたは知ってるはずよ』。その二個所だけナタリー・フレーデンという役の中からほんとうのきみが顔を見せた。そのあとおれはそのことをずっと考えていた。裏切ったのはおれなのか？　だったら、いつどこでどうやっておれは裏切ったんだ？　おれはきみを知らないのに」

「とぼけるのはやめて、サム・ベリエル。何があったのか、あなたにはよくわかってるはずよ」

　ベリエルは彼女を見つめた。その瞬間、ポプラの葉のざわめきに呑み込まれた。顔が一気に青ざめたのが自分でもわかった。

「嘘だろ……」

「わたしは正義をおこなうために警察官になった」と彼女は言った。「わたしに起きたことはほかの誰の身にも起きてほしくない。特に女性には。特に少女には」

「きみはあそこにいたのか？　ヘレネルンドの学校にいたのか？　おれは全然記憶にないが」

「わたしはあなたの一学年下だった」と彼女は言った。「ある日のことよ。わたしはあなたの頭のおかしな友達に拉致されて、あのおぞましい時計の仕掛けに縛りつけられた。あなたはそれをただ見ていた。窓の外からわたしを見てたのよ、このろくでなし！　あなたはただ逃げた。この救いようのない臆病者！」

　ベリエルはただ黙って聞いた。何もことばが出てこなかった。

「あのときのあなたの裏切り」とモリー・ブロームは言った。「考えただけでわたしは今でもことばをなくす。あのときからわたしにはこの世界の誰も信じられなくなった」

「………」

「もう時間がない」とブロームは続けた。「観察室の彼らももう何か変だと気づきはじめているかもしれない」

ベリエルの耳の中ではまだポプラの葉のざわめきが聞こえていた。耳を聾《ろう》するほどに。それでも彼にはもうひとつ訊かなければならないことがあった。「おれが捜査資料を要求したのはエレン・サヴィンエルが行方不明になった五日後だ。それなのになんで四日まえだなんて言う？」

「わたしにはあなたを攻撃するチャンスを得る必要があった。ここに今こうしていられるようになるために」

「それで日付を改竄したのか？」

「そう。そうすれば公安警察としても正式に内部捜査をおこなわなければならなくなる。わたしにはあなたに会うチャンスが要った。それも適切な条件のもとで。それもあなたに充分な罰を与えたあとで」

「それも適切な条件のもとで？　どうしてだ？　それはきみも殺人犯を知っているからか？」

「しばらくまえから疑っていた」とブロームは言って首を左右に振った。「彼の名前はヴィリアム・ラーション」

「ああ、そうだ」とベリエルは言った。「ヴィリアム・ラーション。九年生のとき、あいつはおれのクラスに転入してきた。あいつには気の毒な特徴があった。顔が変形して歪んでた。

珍しい病気で、はっきりとはわからないが、確か遺伝性の変異から来るプロテウス症候群という病気だった。母親はシングルマザーで、母子ふたりでストックホルムじゅうを転々としていた。どこに行っても息子がいじめられるからだ。それはヘレネルンドの学校でも変わらなかった。彼に対しては女の子がことさら残酷だった」

「そう、十五歳の少女たちね」とブロームは言った。「わたしもその中にいた」

「やつを見つけ出せていたら、おれも当然報告を上げていた」とベリエルは言った。「それで当然、あいつは捜査対象になっていただろう。ところが、あいつはもうどこにも存在しないんだ。ヴィリアム・ラーションという人間は跡形もなくこの世からは消滅したんだよ。だからおれとしてはひそかに自分で探すしかなかった」

「わたしもよ」とブロームは言った。「この件はかなりまえから調べてた。それはたぶんあなたより長いはずよ。どんなことをしても彼を見つけ出したかった。でも、彼は九年生のとき以来、その存在を消した。あの日、わたしは体が引きちぎられるまえになんとかあの時計の仕掛けから抜け出すことができた。それはもう奇跡としか言いようがない。でも、そのことについては誰にも一切話さなかった。誰にもひとことも。あまりにもつらい経験だったからよ。恥ずかしさと恐怖。このふたつでわたしの心はもう破裂しそうになっていた。そんな矢先に彼は突然消えた。必死になって探したけど、影も形もなくなっていた。そう、まるでチャールズ・リンドバーグみたいに」

「きみはほんとうにヴィリアム・ラーションの仕業だと思ってるんだな?」とベリエルは確かめた。「しかし、現実問題としてこんな芸当が彼にできるものだろうか?」

「ええ、もちろん。おそらく海外で整形手術を受けたんじゃないかしら。で、また戻ってきたのよ。外見は修復されていても、内面はどこまでも歪んだまま。おそらく顔を見ただけでは誰にもわからないでしょう」

「きみがおれを罰したいと思う気持ちはよくわかる」とベリエルは言った。「これまでの人生の中で、あのとき逃げ出したことほど後悔していることはない。きみをボートハウスに置き去りにして逃げたあのときほど」

ブロームは彼をじっと見た。「あなた、わたしの部屋から何か持ち出した」

ベリエルはきつく眼をつぶった。それから口を開け、上の前歯と右頬のあいだの隙間の奥から、丸く巻かれた紙を取り出した。尻の穴に押し込んだあと口の中に隠したピンクの湿った紙切れ。

ポスト・イットのメモ。

「床に落ちてた」と彼は言った。「ソファの横に」

ブロームは身を乗り出して声に出して読んだ。「WL、整形、サウジ?」

「これを見て、きみに関する疑問が湧いた」とベリエルは言った。「WLはヴィリアム・ラーションだろう。そのあとの〝整形〟と〝サウジ?〟は? サウジアラビアで整形手術を受けた？　だろ？」

「ええ。サウジは整形手術のレヴェルが高いでしょ？　イスラム教のワッハーブ派はきわめて厳格な宗派よ。だからそのことを考えるとおかしな話だけれど。女は運転さえ許されない社会なんだから。同時に、ヴェールの下は謎が多いということよ。でも、それって非公認のことだから追跡は困難ね。それで疑問符をつけたわけ」

「きみはそれ以上のことを突き止めた。でなけりゃ、わざわざポスト・イットに書き込んだりしない」

「どこから始まったか考えてみて。でも、もう時間切れよ。どう考えても観察室が疑いはじめている」

「で、これからどうなるんだ？」ベリエルは訊いた。

「正直に言って、わたしにもわからない」とブロームは言った。「あなたがヴィリアム・ラーションの共犯者だという可能性も拭いきれないんだから。あの頃、あなたたちはとても親しかった。だから、もしかしたらあなたは今もご主人さまに遠隔操作されてるのかもしれない。彼にとってあなたはただひとりの友達だった。いずれにしろ、この聴取はもう終えないと。じっとしていて」

　彼女はまたファイルの下に手を入れた。

　彼女が白いリモコンを操作するまえにサム・ベリエルは言った。「おれが警察官になったのは良心の呵責《かしゃく》からだ」

ブロームは冷ややかな笑みを浮かべた。赤いランプの光がまた点灯した。モリー・ブロームは大きな声できっぱりと言った。「これ以上続けても無駄なようね。休憩にしましょう」

23

十月二十七日　火曜日　十八時四十三分

モリー・ブロームは彼が連れていかれるのをただ見送った。ロイとケントがサム・ベリエルを部屋から引きずり出すのを。そして、彼らとともに何が消えてしまったのか考えた。自分のキャリア？

ブロームは偽物のスマートフォンをファイルの下から抜き出してバッグに入れ、その偽スマホがちゃんと仕事を果たしてくれていることを祈った。ウィボル・サプライ社から調達したものはいつもちゃんと機能してくれるが。

彼女は本物の携帯電話を見た。今日はめちゃくちゃな一日だった。もうすぐ夜の七時になろうとしていた。今晩は眠ることはできないだろう。そんな予感がした。もちろんそういうことにはもう慣れっこになっていたが。むしろそうしたことを前提に日々の暮らしを組み立てていた。不規則な仕事に対しては極度に規律正しい私生活をすることでバランスを取っていた。

今必要なのはコントロールだ。秩序とその組み立て。今日はベリエルのためにすべてをテーブルの上に並べてみせた。が、彼にはほとんど何も説明できなかった。それは彼には隠していることがあるからだが、拘束されていたことも大きかっただろう。今やすべてはわたし次第——ブロームはそう思った。

いや、ちがう。そうではない。そういう落とし穴に落ちてはいけない。少なくとも次の一歩が決まるまでは気をゆるめてはいけない。

それはすでに落ちたことのある穴ではないか。言うまでもない。

命。それを懸命に抑え込もうとしてきたのが彼女の人生だった。彼女は何もかも抑え込んで生きてきた。そして、すべてが正常だというふりをしてきた。自分の過去は平凡そのものだと。それはかなりうまくいっていた。学年が修了して九年生になると、ヴィリアム・ラーションはいなくなり、魅力的だったサムエル・ベリエルもいなくなった。裏切りの化身のサムエル・ベリエルも。すべてが順調だった。いい成績、いい友達、いい両親。普通ではないものなどひとつもなかった。

あの当時、ヴィリアムもサムもどこに行ったのか、彼女は知らなかった。彼らは彼女の世界から突然姿を消した。

彼女は警察本部の建物の奥深く、極秘の廊下のはずれにある取調室の椅子にしばらく坐っていた。ノートパソコンを開いて画面を見つめた。この事件に関する公式な情報も非公式な情報も改めて見直したが、すでに記憶していることばかりだった。

容赦のない力で過去が戻ってきた。

彼女はベリエルに真実を話した。彼がボートハウスから卑怯《ひきょう》にも逃げ出したあの瞬間、彼女には信用できる人間がこの広い世界にひとりもいなくなった。それはまぎれもない事実だ。信頼できるのはただひとり。自分だけだ。すべてが自分にかかっている。人生で成功する手助けをしてくれる人間は自分以外ひとりもいない。頼れるものなど何もない。

自分のほかには。

その思いが彼女の人生を制御と自制心の奇跡に変え、彼女が演じてきた人生はまさに成功者のそれで、そのことは彼女としても思いがけない成果だった。また、それがあまりにうまくいったせいだろう、彼女は自分に生まれながらの演技力があることに気づいた。実際、九年生のときに演劇を始めたのだが、それはほんとうの自分を遠ざけるためだったと言ってもいい。高校を出ると、王立ドラマ劇場の専門学校にダメもとで応募した。すると、設立以来最年少の学生として受け入れられた。その後は短篇映画や学生主催の舞台に出演し、最後の学期には『ハムレット』のオフィーリアや『三人姉妹』のマーシャなど、主役級の大役を演じるようにもなった。誰もがそんな彼女の輝かしい将来を予測した。彼女自身、演じることに無上の喜びを感じていた。と同時に、次第に別の思いも強くなった。役を演じるだけでは物足りなくなったのだ。演技で得られる喜びも〝正義〟を為《な》したことから得られる喜びにはとうてい及ばない。正義こそ――肌にひりひりと感じられるほど確かな正義こそ――彼女の求めるものだった。それがわかると、何をしたいのか、自分にもはっきりと見えてきた。警察官になりたい。それが自分の一番の望みであることがわかってきた。想像しうるあらゆる類いのヴィリアム・ラーションからこの世を守りたかった。同時にサム・ベリエルのような人間からも。

そう、不正義からも。

そんな思いで警察学校にはいったものの、警察学校というところが彼女の望むものを提供してくれるところではないことがわかるのには、さして時間はかからなかった。学校ではきわめて実践的なもの――容疑者を逮捕して悪党を捕まえる能力――だけは身についたが、モラルの迷路についてはほとんどどんな道しるべも得られなかった。

ただ、ボートハウスの一件以来初めて彼女はどんな役も演じていなかった。全身警察官で、卒業後は警察訓練生を経て正規の警察官になった。その後もさまざまな研修を受けて専門性を獲得し、警部にもなった。そんな中、演劇経験者という彼女の背景に公安警察が興味を持っているという話を聞かされた。実際、その後すぐにアウグスト・ステーンに引き抜かれ、それが完璧な潜入捜査官に仕立て上げられた。その仕事ももうすでに十年近く続けており、それが日々彼女には大きな負担になっていた。

ひとり取調室のテーブルについて坐っているうちに時間が過ぎた。もう長いこと寝ていなかった。その間ずっとナタリー・フレーデンを演じてきた。身も心も使い果たした気分だった。時間に追いつかれ、羽交い締めにされたかのように、彼女はコンピューターのキーボードに顔を突っ伏して眠り込んだ。

かなりの時間が経ってから眼を覚ました。眠っているあいだに彼女の顔が綴《つづ》った膨大な文書を見て、それはもしかしたら無意識の奥から湧き出てきたものだろうかと一瞬思った。どれくらい眠っていたのか考えていると、携帯電話が突然大きな音をたてた。寝ぼけた頭で、アラームを設定した記憶などないのに、と思った。

実際、アラームなど設定していなかった。

呼び出し音だ。発信者不明の番号。毎度のことだ。

重要な電話ほど不明の番号からかかってくる。それが彼女の人生だ。

眠気はすぐに飛んだ。いつにも増して。

「どんな調子だ？」その声はどこにいてもすぐにわかる。彼女の人生を貫く糸のような声。それでも、こんな真夜中に公安警察情報部長から電話がかかってきたことには、彼女としてもいささか不安にならざるをえなかった。いや、そもそも今は真夜中なのか？

「正しい方向に進んでいます、アウグスト」とためらいがちに彼女は言った。

「それが聞けてなによりだ」とアウグスト・ステーンは言った。「いずれにしろ、ちょっとオフィスに来てくれるか、モリー？」

「まだ本部にいらっしゃるのですか？」とブロームは驚きを隠せずに言った。

「今日は他方面でもいろいろと動きがあってな」とステーンは言った。「心配しているなら、きみのせいで残っているんじゃない。簡単に状況をきみから直接聞きたいだけだ」

「すぐ伺います」そう言って立ち上がり、彼女は思った——こういうときには眉間に皺を寄せることができればいいのにと。そこでいっとき考えてから、テーブルの上にあるものをすべてバッグに入れかけた。その手が止まった。偽のスマートフォンに指先が触れたのだ。それを取り出してしばらく眺めてから、黒いスウェットパンツのうしろのポケットに入れた。それからバッグを肩に掛け、廊下に出るのに観察室を抜けた。ケントが取り調べの録画映像に没頭していた。

「ロイは？」と彼女は尋ねた。

「トイレに行きました」映像を停止させてケントは言った。「あなたを起こしちゃいけないと思ったんで」

「ありがとう。二時間休憩にしましょう。あなたも相当疲れているみたいだし」

ケントはただうなずいただけでまた録画映像に視線を戻した。

ブロームは彼のその眼つきがなぜか気になった。廊下を左に曲がるかわりに右に曲がって別のエレヴェーターに乗り、エレヴェーターが停止するまえに、スウェットパンツのうしろのポケットからスマートフォンを取り出し、エレヴェーターの天井パネルの一枚を押し上げ、偽のスマートフォンをその上に置いた。パネルをもとどおりに戻したところで、エレヴェーターは警察本部の公共エリアに上昇して停止した。そのあとはいつものように暗証番号を何度か入力して、権力の中枢にはいった。

最後の廊下にたどり着くまで幹部のオフィスがあるエリアに人の気配は感じられなかった。ただ、人影がトイレにはいるのが見えた。ドアが閉まる寸前、かろうじて手首にはめられた大きなダイヴァーズ・ウォッチが見えた。

見るなり、すべての辻褄が合った。それも一気に。潜入捜査官として即座の判断には慣れている。即座に策略を立てることにも。ステーンの名前と役職が刻まれたドアを叩いたときには、準備はもうほとんど整っていた。ドアが開錠されたことを示すブーンという冷たい音がした。

アウグスト・ステーンはコンピューター画面から眼を上げると、無表情のままマウスをクリックし、老眼鏡を額に押し上げて彼女を見た。

モリー・ブロームは言った。「他方面でもいろいろと動きがあるにしては廊下はかなり静かですね。アウグスト、口の端に歯磨き粉がついてますよ」

ステーンは反射的に口の左側を手でこすった。

「右側です」と彼女は言った。

彼は鼻に皺を寄せて彼女を睨んでから口の右側を拭いた。

ほんとうは歯磨き粉などついていなかった。

「家から急いで本部に駆けつけられたんですね？　何かあったんですか？」

「きみと話す必要があると思ったからだ」とアウグスト・ステーンは言った。

「何について？」

「最後の取り調べについてだ。きみはずいぶんと激しくベリエルを追及した」

「そうすべきだと思ったからです」

「『もちろん連続殺人犯の父親のところにだって喜んで帰ってくるでしょうよ』。ちょっとやりすぎなんじゃないのか？」

「わたしの聴取の稚拙さを指摘するためにこんな時間にわざわざエッペルビケンのご自宅から駆けつけられたわけじゃないでしょうね、アウグスト？」

「ああ、ちがう」とステーンは言って、彼女をじっと見すえた。「私が慌ててやってきたのは録音録画装置に不具合が生じたからだ。私はそういったことにはどうしても神経質にならざるをえない性質《たち》でね。不安以上のものを覚える。いいか、われわれは公安警察だ。だから、何者かがわれわれの装置に不具合を生じさせたのだとしたら、それは取りも直さずわが国の安全が脅かされたということだ」

「何をおっしゃりたいんです？」

「最後の長い睨み合いはなかなかどうして巧みなものだった。あの沈黙は。きみはあそこでなんと言ったんだったか――『あなたがほんとうのことを言う気になるまで、ここに腰を据えて睨み合うことになりそうね。あなたってほんとうに情けないクズね。どれだけかかろうとかまいやしない』だったか？　実際、きみたちはそこに坐ったまま十分以上黙り込んで睨み合った。そのあときみはこう言って、睨み合いを終わらせた――『これ以上続けても無駄なようね。休憩にしましょう』。それでわれわれの忍耐にはかぎりがないことが彼には充分に伝わった」

「そうおっしゃるあなたの声音に若干の皮肉が込められているように感じられるのは、どうしてなんでしょう？」

「それはこのせいだ」ステーンはそう言って、パソコン画面をブロームに向けてマウスをクリックした。そうして画面の光に照らされた彼女の顔に鋭い視線を向けた。

画面には彼女とベリエルが互いに睨み合っている長い映像が映し出されていた。一分半ほど経ったところで映像が急に飛んだ。ベリエルとブロームの動きが変わっていた。より活発になっていた。パソコンから声がした。

モリー・ブロームが言っていた――〝……で、また戻ってきたのよ。外見は修復されていても、内面はどこまでも歪んだまま。おそらく顔を見ただけでは誰にもわからないでしょう〟。

それに対してベリエルはこう言っていた——〝きみがおれを罰したいと思う気持ちはよくわかる。これまでの人生の中で、あのとき逃げ出したことほど後悔していることはない。きみをボートハウスに置き去りにして逃げたあのときほど〟。

そこで映像は突然途切れ、ベリエルとブロームはまたじっと睨み合う場面に戻った。

アウグストは画面の向きを戻すと、感情の読み取りにくい顔でブロームを見て言った。

「このやりとりについては私なりになんとか理解しようとした。が、どうにもわからない。説明してくれるか、モリー？」

ブロームは短い映像の中に含まれている情報の量をとっさに見積もり、少なくとも自分にとってこれは不利なことでもなんでもないと判断した。

「変ですね」

「私も同感だ。ケントとロイも疑問に思ったからこそ私に電話してきた。そのとき私は美容と健康のための深い眠りに就いていた。そのことは伝えておいたほうがいいかな？」

「ええ」

「私は美容と健康のための深い眠りに就いていた」

「それは申しわけありませんでした。でも、思い返してみると、確かにベリエルは一度沈黙を破りました。でも、彼が話したのはあれより長かった気がします。ほかの部分は残ってないんですか？」

「そのようだ」とステーンは手の内をさらすように両手を広げて言った。

ブロームはうなずくと、眉をひそめて言った。

「ベリエルは疲労困憊《こんぱい》していました。やはり厳しく追及しすぎたのかもしれません。そのせいか、彼がなんの脈絡もなく唐突に話しはじめたことがありました。元パートナーのフレイヤがこっそりスウェーデンに戻ってきているんじゃないか。そんなことを言いだしたんです。しかも整形手術をして新しい顔になって。で、なぜかわたしが彼女とグルになって、彼のことを罰したがっている。そんなことを言いだしたんです。ほかにはこんな話もしていました。双子の息子たちのサッカーの試合のときに、ひとりだけ試合の会場から逃げ出したことがあるそうで、人生の中でそのことを一番後悔しているとも言っていました。でも、ほかの部分はほんとうに録画されてないんですか？ 映像が残っていて、誰かの助けがあれば、もっとちゃんと彼の話を解釈できると思いますが。彼は精神崩壊の寸前にいたんでしょうか？ それとも、陽動作戦に出て即興の話をしたのか。装置に異常があるようなら、今すぐ念入りな検査が必要ですね。わたしの聴取が時間の無駄だったとは言わないでくださいよね」

「上級技師のアンデシュ・カールベリが録音録画装置を今回収したところだ」ステーンは言った。「彼もきみと同じ意見だ。まあ、それはいつものことだが。きみたちは今でもつきあってるのか？」

「装置のことについては彼はどう言ってました？」

「技術的になんらかの問題が起きたということで、妨害工作があったと断定はできないそうだ」

「そうですか」とブロームは言った。「でも、映像の一部が失われたことはまちがいありません。疲労困憊した容疑者が洩らしたたわごとが大部分にしろ、そこに重要なことが何か含まれていた可能性も否定できません」

「ああ、私もそう思う」とステーンは横眼でちらっと彼女を見ながら言った。「それまでの彼の言動に異常なところは見えなかったが」

「わたしが厳しく追及しすぎて崩壊してしまったのかもしれません」

ステーンは顔をしかめてうなずくと、指先で机を軽く叩いて言った。

「ううん。何か引っかかるが」

「それはわたしも同じです」とブロームは言った。

「なんのまえぶれもなくベリエルの人格が崩壊し、そのあとまたそれまでの睨み合いに戻るというのはね。そのあときみが『これ以上続けても無駄なようね』などと聴取を切り上げるというのも」

「彼は人格が崩壊したというわけでもないような……」

「この男が精神的に不安定だとはとても思えない」とステーンは言った。「それにはっきり言おう、モリー、きみの説明にも納得がいかない」

「でも、わたしは実際に起きたことしか言っていません」とブロームはできるだけ冷静な声で言った。「録音録画装置の不具合はわたしのせいではありません」

ややあって、ステーンは櫛《くし》できれいに整えられたグレーの髪を手で撫でつけながら言った。

「よし。この録音録画データについては詳細な分析をおこなおう。カールベリの話だと、彼のところの技術者たちならほかの部分も修復できるかもしれないそうだ。さっそくケントとロイを技術班に向かわせる。どうやら徹夜仕事になりそうだな」

「わたしも一緒に行きます」そう言って、ブロームはドアに向かいかけた。

「駄目だ」ステーンは手を上げて制止した。

「駄目？」

「モリー、それは賢明じゃない。きみは今すぐ家に帰って寝たほうがいい。明朝九時にここに来てくれ」

これ以上の屈辱はないというような表情を取り繕って、ブロームはステーンを見すえて言った。

「ふざけないでください！　そんなに疲れているように見えますか？　わたしがこの程度のことでへこたれるとほんとうに思ってるんですか？」

「わかってる」とステーンは落ち着いた声音で応じた。「だけど、もうこれは決めたことだ。話し合ってる暇はない。まっすぐ家に帰るんだ、モリー。帰ったら、すぐに寝ろ。明日の朝、九時きっかりに来るんだ。いいね？」

彼女は適度に憤慨したふうを装って部屋を出ると、適度に肩を落として廊下を歩き、エレヴェーターに乗るなり、肩も表情ももとに戻した。

さて。まず頭を冷やさないと。アウグスト・ステーンは敵にまわしていい相手ではない。そんなことは初めからわかっている。そんな彼からまさに受動的攻撃行動のような脅しを受けたのだ。ステーンはもう少しで彼女のバッグの中身を調べかねなかった。彼女には彼のそんな気持ちがはっきりと感じられた。

エレヴェーターの天井のハッチをずらすと、偽のスマートフォンを回収し、鏡のほうを向いて自分の眼の奥をのぞき込んだ。これですべて終わり？　わたしのキャリアはこれで終わってしまった？　上司に隠れてこそこそする捜査官など誰が要る？

彼女は偽のスマートフォンをまじまじと見た。でも、この忌々《いまいま》しい機械がちゃんと作動しなかったのはなぜなの？

エレヴェーターが停まった。彼女はエレヴェーターを降りると、またわざと肩を落として歩いた。そして、ベリエルの監房のまえを通り、取調室を通り過ぎて廊下の角を曲がり、観察室のドアのまえに立った。

大きく息を吸い込んだ。自分にはもう何もできない。彼女はドアを開けた。

思ったとおり、ケントとロイはいなかった。誰も監視カメラの映像をもう確認していなかった。彼らは技術的な装置類もすべて運び去っていた。ここを引き払っていた。それは同時に、ほんのわずかにしろ彼女の過激な計画が成功する可能性が出てきたということでもある。

ブロームは部屋の隅に置かれたままになっているベリエルのリュックサックをつかむと、今歩いてきた経路を戻って、ベリエルが入れられている監房まで行った。そして、深くため息をつき、セキュリティ・カードを握った手をカードリーダーに近づけた。

ドアの反対側からはベリエルの荒い鼻息が聞こえてきた。

悪夢にうなされているかのような息づかいだった。

24

十月二十八日　水曜日　零時五分

ベリエルは狭い独房の固いベッドの上に横たわっていた。そこにいるのは彼ひとりではなかった。まわりにかなりの人だかりができていた。水門が開け放たれたかのように記憶が流れ込んでいた。そのすべてが霞《かす》んでいた。同時にきわめて鮮明だった。もう何十年も思い浮かべたことのなかった顔がはっきりと見えた。幼稚園の先生の髪型が見えた。曾祖母の肝斑《かんぱん》が見えた。十二歳以下のサッカー・チームの友達が全員見えた。大工仕事の作業台のそばに立っている父親も、レンジのそばに立っている母親もいた。ふたりとも彼が子供の頃に馴染《なじ》んでいた、昔ながらの性別役割を具現化したような恰好で立っていた。独房の壁の中からは、学年ごとのそれぞれのクラスメート、海外に移住したか、死んでしまった親戚、ゲレンデの外の雪で真っ白になった友達、彼の上腕二頭筋に咬《か》みつこうとして迫ってくる剝き出しの歯、タイのパンガン島で同じ日に抱いた娘たち、会ったことがどうしても思い出せないバルセロナのバーの黒髪の娘が現われた。これまで出会った女たちが無表情のまま束の間現われてはまた去っていった。女嫌い？　このおれが？　彼は現われた女を愛していた。少なくとも会ったときには全員。彼女たちのとらえどころのない眼を追いながら彼は思った。このおれが女嫌いであるわけがないだろうが。次に、出会った頃のフレイヤが現われた。フレイヤ・リンドストレーム――堅苦しいビジネスマンのボーイフレンドと一緒にパーティに突然顔を出した彼女――と彼は一瞬にして恋に落ちたのだった。ちょっとしたことに対する同じ笑いのつぼ、まったく同じユーモアのセンス。そういう類似点が十一年後、逆にふたりの関係を破綻させたのだろうか。独房の中を歩く彼女にそのことを訊いてみたかった。何度もそう思った。無限ループのように。彼女は彼の姿が視界にはいるたびに肩越しに振り返って怯《おび》えたように彼を見た。それはアーランダ空港で保安検査に向かう彼女だった。あのとき以来、彼女には会っていない。彼は保安検査のゲートで制止され、警備員が呼ばれたのだ。フレイヤは子供たちにやさしく話しかけながら、体を盾にして彼らを守った。彼には幼い笑い声しか聞こえなかった。あの最後のとき、息子たちにはベリエルが見えなかった。ベリエルのほうもふたりの姿をちらっと見ただけだった。だから、この独房でもアーランダ空港でフレイヤとつないでいた小さな手しか見えなかった。と思ったその次の瞬間には、子供たちはもうフレイヤと手を放していた。どんどん大きくなり、最後には加速しながら点滅する幻影の中に姿を現わした。子供たちを授かったと確信できるあのときのセックス。オーガズムに体を揺らすフレイヤの奥深くに精子を噴射したときの震えるような熱さ。双子用のベビーカーに坐る息子たち。父親のベリエルだけがふたりを見分けることができた——フレイヤでさえときどき名前をまちがえることがあったのに、ベリエルは絶対にまちがえなかった。アドリア海で腕に浮き輪をつけて泳いだ子供たち。ハルムスタッド沖でのタラ釣り。ビデオゲームで遊んでいるふりをして宿題の質問をし合っていたふたり。真夜中のマラソンの子供レースに出場したとき、コースを走っているあいだはずっとお互いのペースに合わせ、そろってゴールしたあのときの息子たち。プローグ通りの隣人が住宅協会に正式な抗議文を提出するほど、家の中で大声で歌っていたふたり。春なのに冬服を着て、水路の中でフキタンポポの花を摘んでいたふたり。アーランダ空港では怯えた眼で肩越しに彼を見る母親と手を握っていたふたり。気がつくと、これまで出会った女たち全員がフレイヤを取り囲むように集まっていた。そんな彼女たちの眼はもう無表情でもとらえどころのない眼でもなかった。ベリエルは恐る恐る彼女たちと眼を合わせようとした。すると、女たちは風船のようにふくらみはじめ、次々に音もたてずに破裂して消えた。そのうちディアも現われ、やはり膨張して破裂して消えた。フレイヤもそのうちふくらんで破裂して消えた。

最後にただひとりあの女が残された。

丈が胸の高さまである草の中をベリエルは走っていた。草の上に金色に輝いて見える髪を追っていた。その髪が緑の海に浮かぶ暈《ハーロー》のように見えた。息が切れた。それでもなんとか追いつくことができた。なびいていた金色の長い髪も今は下に垂れ、ヴィリアム・ラーションはサム・ベリエルのほうを向いていた。ベリエルはキュービズムの作品のように盛り上がった多数のこぶに覆われた友達の歪んだ顔を見るたび、どうしても驚かずにはいられなかった。それはこれからも変わらないだろう。ふたりは眼と眼を合わせて向かい合い、息を切らしながら短いハグを交わした。ヴィリアムがまた走りだした。ベリエルはもうあとを追わなかった。かわりに岩のほうに行った。岩の表面はつるつるとすべりやすかったが、なんとか足を踏んばって岩の上に立つと、汚れたガラスを拭いてのぞき穴をつくった。

ポプラの葉のざわめきがさらに大きくなった。十五歳の少女と眼が合った。ふたりの視線はしばらくからみ合ったまま離れなかった。血がひとしずく額から流れて眼にはいり、少女の片眼が真っ赤に染まった。彼は少女から眼をそらし、廃棄されたブイや錆びた錨《いかり》、係船環やロープや帆以外のものも見た。それは永遠に時を刻みつづける仕掛けだった。彼はこれまでにも何度となくその仕掛けを眺めては感銘を受け、魅了されていた。完璧に組み立てられた歯車とピニオンとバネ、軸に留め針、はずみ車に心棒、振り子に爪に重りに。見えたのはそれだけではなかった。

少女はそんな仕掛けの真ん中に立っていた。鎖に縛られて。巨大な時計は容赦なく時を刻み、ゆっくりとゆっくりと少女を引き裂こうとしていた。

それからほぼ二十年、ベリエルはそのときの少女の眼を忘れたことがない。訴えかけるようなモリー・ブロームのその眼がまた迫ってきた。そこで眼が覚めた。

実際、眼のまえにモリー・ブロームの眼があった。が、彼女のその眼は今は訴えかけてはいなかった。

彼女は簡易ベッドの横にしゃがんで言った。「起きて。時間がない」

彼女に引き起こされた。脚がふらついた。

「時間がない？」と彼は朦朧《もうろう》とした意識のまま訊き返した。

「手をうしろにまわして」

彼は言われたとおりにした。彼女はベリエルの両手を結束バンドで縛ると、ショルダーホルスターに拳銃があることをはっきりと見せてから、彼をドアの外へ押し出した。ふたりは無言で陰気な廊下を歩いた。すでに見慣れた取調室のドアのまえまで来た。が、そのまま通り過ぎた。角を曲がってもうひとつのドア——観察室——のまえも通り過ぎた。

「どこに行くんだ？」とベリエルは小声で尋ねた。天井に埋め込まれた監視カメラの数からすると、どこに隠しマイクがあっても不思議ではない。

　彼女は答えず、彼をまえへまえへと押しやった。かなり長く歩いた。気づくと、ほとんど壁と見分けがつかないエレヴェーターのまえまで来ていた。彼女はボタンを押し、カードリーダーにカードを通し、六桁の暗証番号を入力した。

　ずっと無言のまま。

　エレヴェーターの中の汚れた鏡にふたりが映っていた。ベリエルはモリー・ブロームと並んで立っている自分を初めて見た。囚人と看守。悪党と警官。サムとモリー。ベリエルとブローム。何もかもが歪んでいるように感じられた。

「おれの部署に連れていくのか？」とベリエルは言った。「おれに裏切られ、おれに失望している同僚たちのまえで晒し者にしたいのか？」

「デジレ・ローゼンクヴィストもさすがにこんな時間まで残ってるとは思えない」とブロームが言ったのと同時にエレヴェーターのドアが開いた。外は真っ暗だった。赤く光るボタンを彼女が押すと、容赦ない蛍光灯の光がなんの変哲もない階段を照らした。ドアの小窓越しに街灯がともっているのがかろうじて見えた。

「ここはストックホルムなのか？」とベリエルは訊いた。

　彼女は無言のまま彼を自分のうしろに引っぱってドアから離れ、別のドアを開けた。そこは広い中庭で、車が何台か停まっていた。その中の一台が黒いメルセデス・ヴィトーのヴァンで、雨の中、そのライトが光ると同時に、車の鍵が開いた音がした。ブロームはベリエルを運転席側から車に押し込んだ。シフトレヴァーとハンドブレーキを越え、助手席に坐りながら、ベリエルは肩越しにヴァンの後部座席を見た。アルミ製のスーツケースがふたつ置かれていた。彼女はそこに自分のショルダー・バッグと、ベリエルのリュックサックを加えた。リュックサックの中には彼のノートパソコンと腕時計の箱、ファイル、写真立てがはいっていた――開いた口から携帯電話もちらりと見えた。正面に向き直り、彼が何か言いかけたところで、ブロームはロレックス・オイスターパーペチュアル・デイトジャストを彼のまえに差し出した。結露はきれいになくなっていた。乾ききったのだろう。時計の針が十二時十八分を指しているのがベリエルにもはっきりと見えた。

「腕時計が好きなの？」彼の腕時計を彼の眼のまえで揺らしながら彼女は言った。「それとも掛け時計のほうが好きなの？」

「時計のことはすべてヴィリアムから教わった」と彼は言った。

「だからあなたが必要なのよ」彼女はそう言って、腕時計をベリエルの上着のポケットに押し込み、巨大な結束バンドを二本使って彼を助手席に縛りつけた。ベリエルはそれで完全に動きを封じられた。

彼女はヴァンのエンジンをかけ、狭い駐車スペースからヴァンを出して言った。「あなたはわたしにとって必要な人材なのよ。でも、問題は信用できるかどうかね」

細いアーチ形の出入口のゲートが開き、ヴァンは誰もいないベリィ通りにすべり出た。頭上にまるで中世の要塞《ようさい》のようにストックホルムの警察本部庁舎がそびえ立っていた。

「ここはストックホルムなのか」とベリエルは言った。

彼女はスピードを上げた。ベリエルは別に気にならなかった。

「ロイとロジャーはどうした（ロイとロジャーという名の兄弟が主人公の人気テレビドラマがある）？」

彼女はただ首を振った。

沈黙が続き、テグネルルンデン公園に差しかかった。照明に浮かび上がった巨大なストリンドベリの銅像が岩の台座の上から彼らを見おろしていた。ドロットニング通りの歩道を歩いていた夜行性の泥酔カップルが、交通ルールを無視してテグネル通りを渡ろうとした。モリー・ブロームはクラクションを鳴らし、カップルを自転車用道路へ追いやった。ヴァンはスヴェア通りを横切り、ビルエル・ヤール通りにはいった。沈黙はまだ続いていた。

ベリエルは、ブロームがハンドブレーキを引き、乱暴にサイドターンしてエリクスバリ通りに進入しても何も言わなかった。そのあとしばらくして、窓の外を顎で示しながらこう言った。「〈エリクスバリ・クリニック〉」

彼女はベリエルを一瞥《いちべつ》し、次の角はもっと荒っぽく曲がった。

「ボトックスのことだ」と彼は続けた。「別にきみから言う必要はなかった。なのにどうして話した？」

「あなたのことをもっと賢い人だと思ってたからよ」とモリー・ブロームは言った。

「片頭痛のことはほんとうなのか？」

「わたしが皺ひとつないすべらかな額を欲しがったなんて本気で思ってるの？　確かに皺を取るには効果があるけど」

ベリエルは怪訝《けげん》な顔をした。が、それ以上は何も言わなかった。スティエンボク通りにはいり、四番地のまえに二重駐車したときも無言だった。彼女はヴァンをまわり込んで助手席のドアを開けると、がんじがらめに縛りつけたベリエルを見た。彼女の手にはナイフが握られていた。「わたしはこのことを一生後悔しつづけることになるのかしら」

「もちろん」と彼は言った。「おれを刺し殺す気なら」

彼女はため息をついて二本の巨大な結束バンドを切った。ベリエルは歩道に降り立った。両手はうしろで縛られたまま。

ベリエルをまえに押しながら階段をあがり、鍵を開けながらブロームは言った。「この鍵を全部ピッキングできたなんて大したものよ。それだけは認めてあげる」

「それはどうも」と彼は言った。「長年の鍛錬の賜物《たまもの》だ」

家の中にはいると、彼女は明かりをつけた。部屋じゅうにやさしい癒しの光が広がった。かつては汚れひとつなかった居間の真っ白なソファが今では染みだらけだった。汚らしい赤《あか》錆色《さび》の染みがあちこちについていた。それを見ると、ベリエルもさすがに悪い気がした。汚れたソファが自分そのもののような気がした。彼女は出窓のほうに彼を連れていくと、机に軽く腰かけ、ソファを見ながら言った。

「あなたはここに立った」そう言って、ポスト・イットの束をいくつか手に取った。「で、これを見た。もしかしたらもうその時点でケントとロイが玄関に来ているのが聞こえたの？　そのあとどうしたの？」

ベリエルはため息をついた。ソファのうしろの壁には登山者の大きな写真が掛かっていた。

「やけに分厚い写真だと思った」と彼はうなずきながら言った。「引っ越し屋はさぞ重かったことだろう、なんてことを思ったよ。そのときだ。床に紙切れが落ちてるのが見えて、ポスト・イットが六色あることについて考えた。そのポスト・イットを拾って、書かれていることを読んでから、一番小さな証拠品袋に入れて尻の穴に突っ込んだ」

「すばらしい」とブロームは言った。「あのソファがいくらしたか知ってる？」

ふたりは写真のほうに歩いた。ベリエルが言った。「たぶん。だからこそ汚したくなったんだろう」

「ふうん」

ソファのすぐそばまで行くと、ベリエルは床を指差した。

「ポスト・イットが落ちていたのはそこだ」

ブロームはまだ湿り気のある丸まったピンクのポスト・イットをポケットから出すと、平らに伸ばして言った。「これは元の場所に戻したほうがよさそうね」

　巨大な写真の裏に彼女は手を差し入れた。カチッという音とともに、雪に覆われた山にそれまでは見えていなかったひびがはいった。彼女はソファの上に身を乗り出し、それまで折りたたまれていた写真の両端を開いた。写真は二倍の幅――端から端まで四メートルほど――に広がり、その中から見事で詳細な警察捜査の証拠品が現われた。写真、メモ、レシート、伝票、公的登録簿からの抜粋、証明書のコピー、航空券。そんな中でなにより大きな存在感を示しているのがあらゆる色のポスト・イットだった。

　ブロームは欠けていたピンクのポスト・イットをマグネットを使って貼りつけると言った。

「これが今までどこにあったかは極力考えないことにするわね」

　計り知れないまだら模様にベリエルは見入った。眼が皿のように大きくなっているのが自分でもわかった。

「たまげたな。きみも相当いかれてる」

「これでもこの人間のクズを誰より一生懸命に追っているのは自分だって思う？」とブロームはいくつかのメモの場所を直しながら言った。

　ベリエルはもっと近くに寄って見た。左のほうに九年生になったばかりの頃の自分の写真があった。自分でも一番驚いたのはその眼の無邪気さだった。この写真は、朽ちかけたボートハウスの中で、頭のおかしな友人が少女を拷問するのをまだ見るまえのものだ。尻尾《しっぽ》を巻いてこそこそと逃げ出すまえの写真だ。見たことをすべて見なかったことにするまえの。

「自分の写真で寝室をいっぱいにするのはどんな人間か。危険なスポーツをしている自分の写真だけを飾るのは？　ボトックス注射を打たないかぎり治らないようなひどい片頭痛持ちというのは？　冷蔵庫の中にプロテイン飲料とラップに包んだ果物しか入れてないのはどんな輩《やから》だ？　教えてやるよ。すべてを自分で統制しないと気がすまない偏執狂だ」

「それはちがう」とブロームは冷静な声で言い、ホワイトボードの真ん中に貼られている写真を指差した。演壇の上に立っている制服姿のモリー・ブロームの写真だ。「わたしは偏執狂じゃない。ただ覚悟を決めてるだけよ。わたしはあなたより一学年下だったけれど、あなたより二年早く警察官になった。その時点ではすでに俳優としてのキャリアもあった。その間、あなたのほうは東南アジアで遊び呆《ほう》けて、大学で無意味な講義を受けていた。確か哲学だったわよね？」

「ああ、人生のあらゆる謎に答を出してくれる学問だと思ったんだ」とベリエルは正直に答えた。が、その眼は十五歳のヴィリアム・ラーションの写真を見ていた。彼の歪んだ顔を。

「九学年を終えると、そのあと彼は煙みたいに消えてしまった」とブロームは自分に言い聞かせるように言った。

「いったいおれたちはここで何をしてるんだ？」とベリエルは尋ねた。

「これには欠落している部分があるのよ」とブロームは言ってホワイトボードを指差した。

「それを埋めるのをあなたに手伝ってほしい」

「きみはすでにきみの茶番にずいぶん時間を無駄にしてる。エレンにはかぎられた時間しか残されてないいんだぞ！」

そのことばが引き金となった。独房から彼を連れ出したときから彼女の顔に表われていた緊張が一気に怒りに変わった。ブロームは彼を壁に叩きつけて怒鳴った。

「よく聞くのよ、このカス野郎！　わたしたちは今、互いに告白したの。公式に許可されていない捜査をお互いずっと並行しておこなってきたことを。誰が犯人なのか知っていることも。わたしたちの過去が犯人の過去とからみ合っていることも。わたしたちふたりとも取り返しがつかない状況にあるのがわからないの？　そのことをよく頭に叩き込んでおくことね。あなたはそもそも警官の皮をかぶってるカス野郎なんだから！」

ベリエルはただ彼女を見つめ返すしかなかった。それでも、ブロームの剣幕に気圧《けお》されながらも言った。

「きみの偽のスマートフォンが録画も録音も阻止してくれるんじゃなかったのか？」

「よくわからないけど、不具合が生じたみたい。聞かれてはまずい話の一部が洩れてしまったのはそのせいよ。今頃、彼らは残りの部分も探り出そうとしているはずよ。それが何を意味するかわかる？」

「よくないことを意味してることだけはわかるよ」と彼は言った。

しばらくふたりは口を閉じて見つめ合っていた。

ベリエルがさきに口を開いた。「まあ、おれのほうは大してちがいはないな。これ以上状況が悪くなることはないだろうよ。連続殺人事件の容疑者なんだから。どちらかと言えば、きみのほうがまずい状況だ」

ブロームはベリエルをソファに押し倒すと、部屋の中を歩きまわった。彼女の頭の中でさまざまな考えが錯綜《さくそう》しているのがベリエルには手に取るようにわかった。ブロームは考えることのメリットとデメリットを天秤《てんびん》にかけていた。これからの自分の人生を左右する決断をくだそうとしていた。

「きみはなんの権限もなくおれを独房から連れ出して、ここに連れてきて、秘密の捜査内容を明かした。それはもう決断してるということなんじゃないのか？　いずれにしろ、おれよりはるかに多くの法を犯してる」

ブロームは深々と息を吐いてベリエルをじっと見つめた。まるで彼が彼女の人生をめちゃめちゃにしたかのように。そうかもしれない、とベリエルは思った。が、そこでふと思いついた。そう思うなり、さらに重い何かに打たれた。彼の顔から一気に血の気が失《う》せた。

彼女はそれを見て取り、一瞬、躊躇《ちゅうちょ》した。

ベリエルはうなだれ、両手をうしろ手に縛られたままソファに沈み込み、顔を膝に押しつけた。

何かつぶやいているのが聞こえ、ブロームは聞き取ろうとしゃがみ込んだ。

「なんてことだ」とベリエルは喘ぐように言った。「いったい犠牲者は何人いるんだ?」

「わかっているだけで五人。たぶん七人はいると思う」

「十五歳の少女が七人か。おれがあんな臆病者じゃなければ、誰も傷つくことはなかった。おれがきみを救い出していれば、ヴィリアム・ラーションは捕まっていた。だから、こっちに戻ってきて連続殺人犯になるようなこともなかった。哀れな腰抜けのおれが——このサム・ベリエルがあいつを創《つく》ってしまったんだ」

「そんなことはもちろんあなたには最初からわかっていた。ちがうの?」

ベリエルはさらにうなだれた。ブロームは意志の力を総動員して、彼の肩に手を置いた。そのままふたりはしばらく動かなかった。

ややあって彼女が言った。「わたしも同じような気持ちよ。わたしも臆病だった。あのときはなんとか逃げ出したけど、そのことを誰にも言わなかった。ひとことも誰にも言わなかった。自分の胸にしまい込んでずっと生きてきた」

彼は鼻を鳴らして言った。「それもこれもおれのせいだ」

「そうよ」と彼女は言った。「でも、わたしにも彼を止めることはできた」

「くそっ」とベリエルは言った。「時間がない」

「取調室の録画映像の分析がどこまで進んだかはわからない。わたしのボスのアウグスト・

ステーンは今はもうわたしのことを信じていない。本気で疑ってる。ケントとロイはもうこの階段をのぼってきているかもしれない」

「またか」と彼は言って立ち上がった。「勘弁してくれ」

彼女は立ち上がると、ひとつ伸びをして言った。「ひとつだけはっきりしていることがある。この捜査資料はここに残しておくわけにはいかない」

「おいおい、一トンはあるんじゃないのか？」

「重そうに見えるだけよ」

ベリエルはブロームを見た。彼女も彼を見た。ふたりは眼と眼を合わせた。

「わかった」しばらくしてベリエルは言った。「ヴィリアム・ラーションは自分が犯した罪をおれになすりつけようと、あちこちに手がかりをばら撒いてる。でも、きみにも追われてることまでは知らない。ちがうか？」

「ええ、たぶん知らないと思う」

「いや、待て。もしかしたら知ってるのかもしれない」

「ええ？」

「きみの身長は？」

彼女はすぐには答えなかった。ただ彼を見つめた。

「一メートル六十九」ややあってそう言った。

「ああ」と彼は言った。「あのブービートラップ」

「ええ？」

「マーシュタの家の飛び出すナイフ。普通の身長の警官を標的にしたものじゃなかった。といって、負傷した警官ほど背の低い標的を狙ったものでもなかった。普通より少し背の高い女性を狙ったものだった。あるいは、モリー、きみ個人を。名前で呼んでもいいかな……？」

眉間に皺を寄せることができていたら、彼女はそうしていただろう。

「わかった」いっとき考えてから、彼女はうなずきながらそう言い、ナイフをまた取り出した。頭の中の考えと格闘していた。それは明らかだった。

それでもひとつため息をつくと、うしろ手に縛った彼の手の結束バンドを切った。

ふたりはまた眼と眼を合わせた。ベリエルは写真を入れた額のほうを身振りで指した。

「ほんとうに？」

「ええ」と彼女は言った。「ここに引っ越してきたとき、わたしともうひとりだけで運んだんだから」

彼はうなずき、染みだらけのソファを動かしはじめた。そして、〝WL、整形、サウジ？〟と書かれたピンクのポスト・イットを指差した。「まさかこれもわざと床に落としておいたなんて言わないでくれよな？」

彼女は写真の額の反対側に行った。「それは一生謎のままね」

そう言って、彼女の側に開いている額を折りたたんで閉じた。ベリエルも同じように反対側をたたんだ。両端を閉じると、どう見ても雪山の頂上をめざして歩く登山隊の大きな写真が壁にかかっているとしか思えなくなった。ふたりで力を合わせ、慎重に額を壁からおろした。確かにそれほど重くはなかった。むしろポリスチレンか軽量のバルサ材程度の軽さだった。とりあえず玄関ホールまで運び、ブロームが階段に出るドアを開け、秋の闇の中に踏み出した。真夜中に階段で大声を出すわけにはいかなかったので、ブロームがドアの鍵を閉めるあいだ、ベリエルは押し黙った。ふたりでなんとか写真の額を階段の下まで運び、雨に濡れないようすばやくヴァンの荷台にのせ、自分たちも乗り込んだ。

そのあと座席に坐ったまましばらく過ごした。街灯のか細い光がフロントガラスに模様を描いていた。その模様が広がったり、狭まったり、消えかかってはまた浮かび上がったりしているように見えた。

深く息を吸い込み、ベリエルのほうがさきにブロームを見た。彼女もフロントガラスの光のいたずらから眼をそらし、彼と視線を合わせた。

「おれたちはそれぞれの取調室でお互いをぶっ壊そうとした」とベリエルは言った。「おまけにおれたちはこれまでのキャリアがあまりにかけ離れてる。互いにペアが組めるような相手じゃない。それでも一緒に捜査をしようと本気で言ってるのか？」

ベリエルは、彼女がなんの演技もなしに彼と眼を合わせたのはこれが初めてのような気がした。それでも、最後にはブロームのほうから眼をそらし、フロントガラスを見てもどかしそうに言った。

「これが残された最後のチャンスよ」

「ボスにすべて説明するわけにはいかないのか？　それはどうしても無理なのか？　正式な捜査として続けるのは？」

彼女はいっとき間を置いてから言った。「上司に対する背信行為。これはわたしもあなたも同じよ。それがわかれば、ただちに身分証明書と銃器を返却するように言われるでしょう。よくて停職よ。そんなことになったら、この事件を他人事《ひとごと》のように思ってる捜査官が捜査を引き継ぐことになる。それじゃ、とうていエレン・サヴィンエルは救えない」

「アランのことを言ってるのか？」

「アランもそうだし、アウグストも同じよ。アランとアウグスト。アウグストはこの事件についてはなんの興味もない。彼にとっての公安警察はこの王国の保安のためだけに存在してる。事件に対するアランの思いはあなたのほうがよく知ってるわね。彼は〝スウェーデンには連続殺人者は存在しないし、知的な殺人者もほとんどいない〟という古色蒼然《そうぜん》とした社会民主主義国家の格言をそのまま信じてる。だから、アランがスウェーデン流の無邪気なその考えを捨てないかぎり、ヴィリアムは精神になんらかの障害を持つ不器用な誘拐犯と見なされ、今回のような事件も初めて起こしたことにされてしまう。あなたはわたしみたいに手ひどく解雇はされないかもしれないけれど、やり甲斐《がい》のある仕事はもう一生任せてもらえなくなるでしょう。記録保管所とか？　そう、警察の記録保管所の下級職員がいいところね」

「要するに……ふたりだけでやろうと言ってるのか？」

「残された最善の道はそれしかないと思わない？」とモリー・ブロームは言って微笑んだ。それはベリエルが初めて見た彼女の笑みでもなければ、底意のない笑みでもなかったが、少なくとも直接彼に向けられた笑みではあった。彼も微笑み返した。彼の笑みにも底意はないわけではなかった。

「わかった。ひょっとして公安警察ならではの洒落《しゃれ》た隠れ家があるんじゃないのか？　都合よく網の目をすり抜けられるＣＩＡばりの隠れ家が？」

「残念ながら、そういうところは細心の注意を払って管理されてる」

「じゃあ、行くあてもなく逃げながらの捜査になるのか？　おれのことをもっと賢い人間だと思ってたなんて言ってたのは誰だったっけ？」

「ここまで来るだけだって大変だったのがあなたにはわかってない」と彼女はむっとして言った。「モーテルに行けばいい」

眼が合い、ふたりはしばらく見つめ合った。ともに同じことを考えていた。その同じこととを相手に言わせたがっているところまで同じだった。奇妙なことに。

ベリエルは額をこすり、やはり自分が言うべきだと思いながらもその場しのぎに言った。「ああ、そうだな。モーテルにしよう。それでいい、もちろん」

ブロームはただ彼を見つめた。

彼はうなるように言った。「あるいは、ヴィリアムを探して……」

彼女の眼つきに変化はなかった。どうしても彼に言わせたがっていた。

「……直接ボートハウスに行くとか」と彼は言った。

それでも彼女はベリエルを見つめたままだった。

彼は続けた。「マーシュタの一件以降、状況は変わった。あいつはおれたちが追ってることをもう知っている。おれたちが知ってることを総合すると、エレンはあのボートハウスにいると思わないか？」

モリー・ブロームはようやく視線を彼からそらすと、スティエンボク通りよりはるか先を眺めながら言った。

「あそこにはもう二度と戻る気はないわ」

ベリエルは少しだけ待ってから言った。「おれたちはふたりともしばらくまえからヴィリアム・ラーションのことを疑っていた。その疑いが直接つながっている場所をおれたちは知っている。これまでにきみがそこに行ってないとは言わせない」

彼女は遠くを見つめたまま何も言わなかった。

「少なくともおれは行ったよ。死んだように静かだった。どれくらい放置されていたのか、それは神のみぞ知る、だ」

彼女はゆっくりとうなずき、しぶしぶ言った。「わたしも行った。空っぽだった」

「あそこのことは何か知ってるのか？」

「まだあそこにある。エッビケン湖の畔《ほとり》に。垣根がめぐらされていて、昔のまま保存されていた。あそこの所有権を主張しているふたつの会社のあいだで訴訟問題が長期化しているらしい」

ベリエルは彼女を見やって言った。「しかし、すべてが始まった場所にヴィリアムが戻るというのはいかにも歪んだ考えだが、同時にいかにもあの男が考えそうなことじゃないか？　あいつはおれたちふたりをあそこに招待してるんじゃないだろうか？　昔、きみがくくりつけられたあの時計の仕掛けにエレンを縛りつけて、そのそばに坐っておれたちを待ってるんじゃないだろうか？」

ブロームの全身を感情の嵐が駆けめぐったのがベリエルには見て取れた。表情の表われないすべらかな額以外の全身を。

「とにかく」と彼は続けた。「ボートハウスに行ってみよう。あいつを拾いに」

彼女は長すぎるくらい彼を見つめてから、ようやくエンジンをかけた。フロントガラスのワイパーが動きはじめた。スティエンボク通りを走り、エンゲルブレクツ通りにはいると、真っ暗なフムレ公園の脇を取り過ぎた。そして、ビルエル・ヤール通りの交差点の手前で片輪を歩道に乗り上げ、彼女はヴァンを停めた。ストゥーレプラン広場を取り囲む道路を走っているのは数台のタクシーだけだった。ベリエルは交差点を指差した。

「これぞ岐路に立つヘラクレスだな」

ブロームは顔をしかめた。

かまわず、彼は続けた。「左に行けば、クングスホルメン島の警察本部だ。仕事を続けるために勝ち目のない戦いをするのは——上司をなんとか説得して真実に向き合わせるのは——至難の業だ。右へ行けばソレントゥナのボートハウス。ヴィリアム・ラーションとエレン・サヴィンエルに続いている。おぞましい自由への道だ」

彼女はフロントガラス越しに前方を見すえた。ワイパーが熱に浮かされたかのように、フロントガラスを行ったり来たりしていた。ワイパーの動きに合わせて視界がすっきりしたりぼやけたりした。それでもどっちを選ぶか、彼女にもう迷いはなかった。

触知できるほど明確な人生の選択。

「左か？　それとも右か？」とベリエルは訊いた。「最後のチャンスだ。安全な道か……暗黒の荒野か？」

彼女はヴァンのギアをファースト・ギアに入れると、歩道から離れた。

そして右に曲がり、ビルエル・ヤール通りを加速しながら北上した。
荒野に向かって。

三部

25

サム・ベリエルは教科書を掻《か》き集めると、リュクサックの中に放り込み、部屋一面に敷き詰められたカーペットから埃《ほこり》が舞い上がるほど勢いよく家から飛び出した。キッチンで仲よくテレビのまえに坐っている両親の背中が見えた。テレビは、ビル・クリントンという人物がアメリカの大統領選挙に勝利したニュースをがなり立てていた。行ってきますと早口で言うと、両親がテレビのほうを向いたまま手を上げているのが、裏口のドアを勢いよく閉めるまえに見えた。この冬初めての雪が自転車の上にも積もっていた。あと八分しかない。ため息をつき、自転車の雪をできるだけ払って庭の小径《こみち》を走りだした。サドルに積もった雪が尻の下で解けていくのがわかった。学校に着いたら馬鹿にされるだろう。道路はおそろしくすべりやすく、動けなくなった車が道路のあちこちに置き去りにされていた。鉄道橋の下を通ると、頭の上を電車がすさまじい音をたてて走り去った。ヤバい——完全に遅刻だ。ソレントゥナ通りに出てから歩道沿いに走り、学校の構内にはいると、まっすぐに自転車置き場に向かい、急いで鍵をかけた。誰もいないホールを駆け抜け、階段を二段飛ばしで駆けのぼっているところで始業ベルが聞こえた。閉まりかけた化学室のドアの隙間に寒さでかじかんだ指を差し込んだ。そこで、彼のほうに背を向けて窓の向こうの隣りの建物を眺めている人影が数メートル先に見えた。化学室にはいる直前、金色の長い髪も見えた。ベリエルはピアの隣りの席に坐った。彼女は彼に笑みを向けた。遅刻はしても今日はいい日になりそうだ。

ベリエルのクラス担任でもある若い化学の教師が咳払《せきばら》いをして言った。「今日からこのクラスに新しい仲間が転入します。みんな仲よくするように」一番うしろの列のアントンが大きな声で言った。「おれたち、いつだって仲いいですけど。先生、いったいどうしちゃったの？」そう言って、アントンは彼独特の笑みを教師に向けた。

化学の教師は顔をしかめて言った。「それは……いつも以上に仲よくしてほしいからです。それはつまり……彼には……変形という障害が……」

教師はそこまで言って、ドアを開けたまま教室から出た。それでクラスは一気に騒がしくなった。先生、何言ってるの？　変形？　障害？　どうなってるんだよ？　そこへ教師が戻ってきた。金色の髪の少年を連れていた。

「ヴィリアムくんです」と大きな声で教師は言った。

クラスじゅうが静まり返った。あまりに静かになりすぎ、壁に掛けられた時計の音が教会の鐘の音ほどにも大きく聞こえた。

「こんにちは」とヴィリアムは言った。

休み時間。彼女は休み時間が好きではなかった。一部の部外者を除いて、女子はおおむねふたつのグループに分かれた。モリーとしては喫煙コーナーで時間をつぶしたかった。が、家に帰ったときに少しでも煙草臭かったら、彼女の母親は怒り狂う。それが眼に見えていた。もう二度とあんな目にあいたくない。といって、自分から部外者――ガリ勉やのけ者や、学校の中の社交ゲームに煩《わずら》わされたくない勇気ある少数派――になるほどには彼女の心は強くなかった。しかたなく学校の入口のすぐ外のベンチに屯《たむろ》しているいつものグループのところへ向かった。この冬初めての雪が降ったにもかかわらず、みんなコートも着ないで外に出ていた。彼女たちの体は頭より賢く、一日を乗り切るには充分な酸素が必要だということが本能的にわかっているかのように。それと興奮状態を静めるためもあったのかもしれない。意味もなく騒いだり、ふざけて喧嘩《けんか》したりするのが彼女たちの日常だった。ただ、そのときは裕福な家庭のリンダが父親に買ってもらった携帯電話をみんなで見ていた。

「ノキアの1011よ。しかもGSM」とリンダは得意げだった。彼女の言っている意味を理解している者は誰もいなかったが、みんなが濃いグレーのこの極上の機械に触りたがった。まずアルマからレイラに渡り、レイラからエーヴァ、エーヴァからサルマ、そして突然モリーに渡った。彼女としてはとっさに何かジョークを言わなければならなかった。何も言えず黙ったままただ突っ立っているわけにはいかなかった。彼女は携帯電話を耳にあてると言った。「もしもし、わたし、リンダ・ベリティン。ジゴロをひとりよろしく」

全員が噴き出し、マリアが大声で言った。「まったく、モリーったら！」

リンダは携帯電話をひったくるようにして取り戻すと叫んだ。「ああ、やだ。一日じゅうセックスに飢えたあんたの息のにおいが消えないじゃないの！」

　また全員が爆笑した。そのときだ。アルマが突然笑うのをやめ、眼を大きく見開いた。

「うわっ」唇が動いただけのようにしか見えない押し殺した声でアルマは言った。

　彼女たちは笑うのをやめ、ひとりずつドアのほうに顔を向けた。金色の長い髪の少年が立ち止まって彼女たちのほうを見ていた。顔全体が歪《ゆが》んでいた。顎が曲がっていた。右の頬は隆起し、左の頬は陥没していた。少年は向きを変えて歩き去った。

「嘘でしょ」思わず携帯電話を落としたリンダが言った。

　生徒たちは朝早く学校の大ホールに集まった。ませた生徒の中にはまだ酒のにおいをさせている者もいた。なにしろ前夜は聖ルチア祭（十二月十三日におこなわれるキリスト教の祭）の長い夜だったのだ。サム・ベリエルはちがった。招待されてはいたのだが、行く気になれなかったのだ。最近はほとんど何もする気が起きなかった。サッカーもギターの練習もやめ、パソコンの勉強ももうあきらめていた。学校も含めた何もかもが退屈でたまらなかった。隣りに坐っているピアのことを見ながら、女の子に対しても興味がなくなっていることに気づいた。もうすぐクリスマスになろうとしていたが、クリスマスもどうでもよかった。両親と祖父母と弟で幸せな家族を演じてクリスマスを祝うことにも、もう飽き飽きしていた。九年生はホールの一番まえに坐っていた。全員が聖ルチア祭の行列を待っていた。ろうそくと歌の退屈なルチアの行進を。ベリエルはひたすら眠りたかった。ステージのうしろのカーテンが揺れた。またいつもの意味のないスピーチをする校長がしゃしゃり出てくるのだ。ところが、今朝はちがった。ステージに現われたのはベリエルのクラスメートのアントンだった。彼がマイクを握るのと同時に、数列離れたところに坐っていた化学の教師が弾《はじ》かれたように立ち上がった。

アントンはいつものとびきりのにやけ顔で、ホールじゅうに響く声で言った。「聖ルチア祭の行進をお待ちの田舎もんのみなさん、さあ、本物の聖ルチアの登場です！」アントンの友達のミッケとフレダンがカーテンの奥からルチアを引きずり出した。そのルチアはフリルのついた白いドレスを着て、頭の上には火のついたろうそくを何本も立てた冠をかぶせられ、丁寧に梳《す》いた金色の髪で頭全体が覆われていた。化学の教師は大慌てでステージに向かって走った。アントンはげらげら笑いながら、ルチアの顔から髪を払いのけた。口をガムテープでふさがれたルチアの顔はひどく歪んでいた。腕もガムテープで縛られていた。

笑いながら、アントンがマイクに向かって言った。「さあ、歌えよ。恥ずかしがるなよ。さあ早く」

化学の教師はまだステージによじ登ろうとしていた。その隙にフレダンがルチアの顔からガムテープを剝がし、アントンがマイクをルチアの口元に向けた。すすり泣く声が大ホールにこだました。化学の教師はステージにあがると、アントンとミッケとフレダンを押しのけ、火のともった王冠をルチアからはずそうとした。が、冠はルチアの金色の髪に糊《のり》づけされていた。化学の教師はろうそくの火を吹き消し、なんとか冠を取り除こうとした。が、やっていることはただ髪を引っぱっているだけのことだった。そのあいだにも溶けたロウがヴィリアムの顔を伝った。マイク越しにヴィリアムの悲鳴が大ホールにこだました。アントンとミッケとフレダンは通路を走ってホールを出た。ベリエルは反吐《へど》が出そうなほどの不快感を覚えながらそのうしろ姿を見送った。

クリスマスも終わり、ベリエルは校庭のはずれのベンチに坐って、クリスマスにもらった小型ラジオを取り出すと、新しい局を探した。ほんとうはソニーのディスクマンが欲しかったのだが――CDを持って外出できればどれほどよかったか――両親からのプレゼントはラジオだった。がっかりしてふてくされているふりはしてみたものの、実のところ、ラジオを聞くのは大好きだった。が、そのときはダイヤルをまわしてもなかなかちゃんと局を合わせられなかった。ベンチの隣りに誰かが坐ったのに気づかなかったのはそのせいだった。咳払いが聞こえて初めてベリエルは振り向いた。すでに二ヵ月は経っていた。それでも彼にはすぐにことばが出てこなかった。どうしても驚かないわけにはいかなかった。それはこれからも変わらないだろう。あまつさえ、これほど近くでヴィリアムのごつごつとした顔を見るのはこのときが初めてだった。

「ラジオ？」とヴィリアムは訊いてきた。

「P４局が今日から放送を始めるんだけど」ベリエルはどうにか声を出すことができた。

「周波数がわからなくて」

「きみはそういうことに興味があるんだね」そう言って彼は何かを差し出した。

それは直径十センチほどの円盤で、無数の歯車とピニオンがその中でさまざまな動きをしていた。ベリエルはラジオを雪の積もったベンチに置くと、身を乗り出してのぞき込んだ。そして、無数の小さな歯車が異なる速さでまわっているのを見て、まるで魔法にかかったような気分になった。

「これは何？」

「二十世紀の初めの頃の懐中時計」とヴィリアムは言った。「時計の裏側を剝がしたんだ。触ってみたい？」

サムはうなずいた。

ヴィリアムは時計を慎重にサムの凍える手の上にのせた。「アメリカ製だ。〈エルジン〉という会社の時計。でも、最高の時計をつくってるのはだいたいスイスの会社だ」

サムはひたすら見つづけた。

ヴィリアムは言った。「ぼく、こういうのをいっぱい持ってるんだ」

「どうしたらそんなにいっぱい持てるの？」

「壊れたのを買って、修理するんだよ。どうやって動くか理解すればできるようになる」

「すごいね」とベリエルは言った。「でも、どうしてぼくに?」

「きみがテクノロジーとかエレクトロニクスとかに興味があるって聞いたから」

「それはもうあきらめた」とベリエルはいささかふてくされたように言った。

「これはエレクトロニクス技術がなかった頃のものだよ。この時計はネジを巻かないと駄目だけど、自動巻き時計もある」見ているだけで催眠術にかかりそうな歯車から視線を上げると、ベリエルはごつごつしたヴィリアムの顔の中にある眼を初めて直視した。

「ほんとはね」とヴィリアムは言った。「これをきみに見せたのはそれだけが理由じゃないんだ」

「そうなの?　だったらなんなの?」

「きみは意地悪をしないから」

　ベリエルはしばらく動けなかった。が、次の瞬間、何かが起きた。何が起きたのか、ベリエルにはすぐにはわからなかった。気づくと、時計が彼の手から飛んでいて、かわりに手のひらには雪片がのっていた。くすくす笑う声が聞こえた。雪の上をいくつかの小さな歯車が転がり、やがて見えなくなった。見上げると、女子の一団が逃げていくのが見えた。一番先頭にいる子が雪玉を投げたようだった。その子は八年生の中でよくめだつ子だった。名前は確かリンダ。逃げていなくなる直前、彼女が叫んだ。「そんなことしてるよりそのできそこないのナニでも舐《な》めてやれば？」ベリエルは苛立《いらだ》たしげに首を振った。ヴィリアムを見ると、膝をついて雪の中に消えた歯車を探していた。眼と眼が合った。これほどまで憎悪に満ちた眼をベリエルは初めて見た。ふたりは雪の中を一緒に探した。

モリーはただひとりドアの近くのベンチに坐り、地理の教科書を見ていた。テストがあることをすっかり忘れていて、わかりにくい西サハラの南にあるアフリカ西海岸に関することを頭に詰め込もうとしていた。国の順番は、モーリタニア、セネガル、ガンビアはセネガルの中に押し込まれている——に続いて、ギニア・ビサウ、ギニア、シエラリオネ、リベリアでいいんだっけ？　その南は象牙《ぞうげ》海岸で、次はガーナ……次の瞬間、雪玉がアフリカの東海岸にあたって解け、そのページが汚れて濡れた。見上げると、リンダが次の雪玉をつくろうとしていた。モリーは教科書をバッグの中にしまうと、できるだけ早く雪玉をつくって投げた。が、彼女の雪玉はリンダをはずし、リンダのうしろにいたマリアにあたった。マリアは悲鳴をあげ、モリーの顔を雪でこすろうと走ってきた。モリーはレイラと一緒にベンチを盾にして隠れた。今度はアルマがマリアを襲い、リンダはサルマに向かって雪玉を投げはじめた。が、一向にあたる気配はなく、最後には全員で爆笑した。

そこでいきなりサルマが体を強《こわ》ばらせて指差した。「ねえ、ちょっと見てよ。あれ、九年生のサムじゃない？　セクシー・サムじゃないの」彼女たちの声が次々に重なり、言っている内容もエスカレートした。なんてこと、隣りにいるのはあのできそこないじゃないの？ あのふたり、いったい何をしてるの？ あんなに顔を近づけちゃって。気持ち悪い。あの顔に触るなんて想像もできない。ああ、わたし、吐きそう！ 彼らに近づいたときには少女たちの一団は七人になっていた。モリーもついていった。うしろのほうに。とても気持ちは進まなかったが、仲間はずれにされるのが怖かった。サム・ベリエルとヴィリアムはまるで気づいていなかった。彼らは顔を近づけて、嚙《か》み煙草《たばこ》を入れる小さな容器のようなものをのぞき込んでいた。初めての嚙み煙草を試しているの？ 少女たちの一団はそのときにはもう雪玉が投げられる距離まで近づいていた。みんながリンダのほうを見た。彼女たちの非公式のリーダーを。リンダは慎重にゆっくりと雪玉をつくった。ほかの女の子たちがくすくす笑いを押し殺しているのがわかった。こういうとき自分はどういう立場になるのだろう？ モリー自身にはわからなかった。リンダの投げた雪玉が命中し、明らかに嚙み煙草ではないものが容器から転がり落ちた。それをヴィリアムとサム・ベリエルが必死になって探しはじめるのを眼にするなり、モリーの脳裏に聖ルチア祭の光景が甦《よみがえ》った。化学の教師がヴィリアムをステージの下に連れていき、ほかの教師と一緒に糊づけされた冠を取り除こうとしていたことが。糊が固まってしまっていて、しまいにはヴィリアムの長い金色の髪を切らなければならなかった。いびつな頭からヴィリアムの自慢であり、誇りでもある髪をごっそり切り取らなければならなかったのだ。彼女はほかの少女たちの誰より早くその場から駆け出した。

ほかの子とちがって笑う気にはまったくなれなかった。

季節は冬から春に移り変わろうとしていた。ベリエルは学校ではヴィリアムを避けていたが、誰にも見られていないときには、彼の家によく遊びにいった。その頃にはヴィリアムの髪もようやく伸びはじめていた。ヴィリアムの住んでいたアパートメントはヘレネルンドの中心部にあり、ふたりはそのアパートメントの彼の部屋によく閉じこもった。ヴィリアムとそのアパートメントにふたりで住んでいる彼の母親はいつも甘いにおいがしたが、いつもストレスを抱えているようなところがあった。ヴィリアムのドアには凹《へこ》みが四個所にあり、それを見たときには、ベリエルも驚いた。拳で殴った跡のように見えたのだ。もちろんヴィリアムに確かめたりはしなかったが。部屋にはいると、ヴィリアムはいつも時計を取り出した。それがいつもなぜか三つずつに分けられているので、ベリエルはその理由を訊いたことがあった。「ラーマ人は何事も三つ一組にしないと気がすまないのさ」それが彼の答だった。なんでもラーマ人というのはアーサー・C・クラークのSF小説『宇宙のランデヴー』に出てくる宇宙人らしかった。彼のコレクションは大きな壁掛け時計から小さな指輪時計までそろっていたが、ベリエルが一番気に入ったのが指輪時計だった。女性の指にちょうどはまるくらいの指輪に取り付けた小さな時計だ。ヴィリアムはそれとは正反対のものの写真や構造も見せてくれた——塔になっているような巨大な時計とそれを構成する大きな鎖や重そうな歯車、大きなピニオンやバネ、軸や留め針、はずみ車や心棒、振り子や爪や重り。イタリアのクレモナにある時計塔——世界最大の中世の時計——の内部の写真を見せるヴィリアムの眼は文字どおり光り輝いていた。それはたぶんベリエルの眼も変わらなかっただろう。

ある日、ヴィリアムが言った。「雪が解けたね」なんの話をしているのか、ベリエルは不思議そうな顔をした。ヴィリアムは続けた。「ぼくがつくったもの、見たい？」

ベリエルはヴィリアムと一緒のところを見られたくなかったので躊躇《ちゅうちょ》した。

「少し離れてついてくればいいよ」とヴィリアムはベリエルの心の中を読んだかのように言った。

ふたりは自転車で出発した。馬鹿げているほどハンドルの高い安っぽい自転車に乗ったヴィリアムが先を走り、サムは二百メートルほど離れてクレセント社のまじめくさった、大嫌いだった自転車に乗ってそのあとを追った。目的地に着くと、忘れ去られたようなバス停に自転車を置いて、丈のある草が雨に薙《な》ぎ倒された牧草地へ駆けだした。水しぶきをあげながらポプラの木の下をしばらく走ると、木々に囲まれて、水辺に建つ小さな建物が見えてきた。緑がかった茶色の醜くて、そしてとても素敵なボートハウスだった。

ヴィリアムはそのボートハウスのそばまで行くと言った。「今はもう使われてないんだ」

「ほんとうに？」とベリエルは訊いた。

ヴィリアムはうなずいて水辺に近いドアに近寄り、階段を二段あがると、南京《ナンキン》錠の鍵を開けて中にはいった。錆《さ》びたボートのエンジンや劣化して固くなった救命胴衣、古びたブイや錆びた錨《いかり》など、旧式のボートの備品があちこちに散らばっており、その先にかなり新しそうに見えるものがあった——鎖、歯車、ピニオン、バネ、軸、留め針、はずみ車、心棒、振り子、爪、重り、機械油。それらが何かの仕掛けのように、ボートハウスの床から天井まで届く二本の頑丈な柱に固定されていた。複雑な構造の真ん中に時計の文字盤が取り付けられており、近寄ると、分針がゆっくりと時計まわりに動いているのがわかった。針は三時二分まえを指していた。

ヴィリアムは言った。「待って」

ベリエルは待った。ずいぶん長いこと待たされた気がしたが、実際にはたったの二分だった。時計の鐘が鳴ると、かなりの重さの重りが上から落ちてきて、床に丸いくぼみができた。

モリーは進学試験のことを考えていた。眼を細めて春の強い陽射《ひざ》しを見上げ、あとまだ一年残っていると思った。子供でいられるのはあと一年、それで終わりだ。この大きな校庭でそれが終わる。三月に十五歳になったばかりながら、人生はいい方向に向かっていた。そして、大人への道のりの中で学校にいる男子への興味はすっかり失《う》せた。そのことを少し考えてから——正直言えばかなり考えてから——自分は男という性別になんの興味も抱いていないという結論に達した。もちろん、学校にもほんの数人ながら気になる男子もいたが——ミッケとかアレックスとかサムとかスヴァンテとか――それでも、彼女の関心は男子より自らの将来に向けられていた。もっとほかのことに魅力を感じていた。政治に興味があるとは言いたくなかったが、それでも社会問題には興味があった。そういった性向のせいだろう、最近になってあることに気がついた――人は人それぞれということであり、あまつさえそれはどうでもいいことだということだ。差異それ自体がいいことなのだ。差異を知ることで人は人として成長することができる。ヒトの遺伝子について大がかりな調査が世界のどこかでおこなわれていると聞いたことがある。果たしてヒトは人類全体として語られるべきなのかどうか――人種差別がずっとそうであったように――さまざまな人種があるという前提で語られるべきものなのかどうか。そこのところはなんとも言えない。実際の話、今も何かが進行していて、科学調査によってわたしたちはみんな――五十億人全員――色や文化に多少のちがいはあっても、まったく同じひとつの人類に属していることが証明されようとしているのかもしれない。一方、これまでに絶滅した人類がいたというのも興味深い。なんていったっけ？　ネアンデルタール人？　ジャワ原人？　彼らはアフリカから移ってきて独自の文明、文明とまではいかなくても独自の部族社会を築き上げ、その果てに消えたのだ。ただ絶滅したのだ。骨以外はなんの痕跡も残さず。それでも重要なのはたとえちがいはあっても、残されたわたしたちはみなつながっているということだ。八年生の彼女は八年生の少女らしくそんなことを考えていた。そもそも人のいなかった広い校庭はさらに閑散としてきた。そんなところに人影が現われた。その人影は、彼女が夢の中で思い浮かべていた人類の集合体にかろうじて属しているような存在だった。ヴィリアムが彼女の隣りのベンチに坐り、話しかけてきたのはそんなときだった。彼女はなんとか笑みを浮かべた。すると彼は言った。「やあ。ぼくが見つけたものを見にいきたくない?」

砂だらけの荒れたサッカー場の夏の初めというのは奇妙なまでに無慈悲だ。風もないのに砂にまみれた空気を通して降り注ぐ太陽の光は尖《とが》っていて、ちくちくと痛い。サム・ベリエルはサッカー場の反対側のゴール近くに人だかりがあることに気づく。集まっているのは女子、それもかなりの人数だ。彼女たちの甲高い声が聞こえてくる。それでも何を言っているかまではわからない。砂地の上に広がる何もない空間が言語というものすべてを濾過《ろか》してしまうかのように。ベリエルはまったく別の人間になってしまっている。時間が彼を変えた。ここ数週間だけで何歳も歳を取ってしまったような気がする。最近はあのような人だかりを自然と避けている。自分が一匹狼になったような気がしている。それでもよく聞き取れない叫び声がなぜかやけに気になる。意に反して彼は声のする方向に引き寄せられる。少女たちひとりひとりの背中が徐々に見えてくる。彼女たちが着ているのはいかにも夏らしいワンピースやスカートで、容赦のない日光を浴びて彼女たちの長い髪があらゆる色に輝いている。彼女たちが動くたびに砂埃が舞い上がり、少女たち以外にも誰かがいるのが見える。彼女たちの向こうにひときわ高い頭が現われる。アントンの頭だ。少女たちのカーテンの裏に隠れたかと思うとまた現われ、また動く。カーテンが少し開くと、ゴールポストに縛りつけられた人影が見える。人影の顔を覆うカーテンのように、長い金色の髪が垂れている。ズボンを引きおろされ、下半身が露出している。ベリエルは急いで向きを変え、ヴィリアムに気づかれるまえに立ち去る。興奮しているベリエルにはひとつのことしか考えられない――もうすぐ夏休みだ。夏休みになれば、こんな馬鹿げたことも終わるだろう。

26

十月二十八日　水曜日　一時五十三分

土砂降りにもかかわらず、ポプラの葉鳴りが聞こえた。丈のある草はところどころ雨に押しつぶされていたが、だいたいのところまだ大人の頭の高さまであった。二本の懐中電灯がぎくしゃくした動きで草を照らしていた。この光景を上空から眺めている者がいたら、未知の深海に遊ぶ二匹のチョウチンアンコウに見えたかもしれない。

上から誰が見ているわけでもなかったが。

草の上に手が見えた。身を屈《かが》めながらベリエルはその方向に進んだ。ブロームが一本のポプラの木を指差していた。大きな監視カメラが設置されているのがベリエルにも見えた。

「かなり古そうだ」と彼は小声で言った。

「そう？」とブロームも小声で返し、防弾チョッキの装着具合を確かめながらベリエルに鋭い視線を向けた。彼の心の中を読み取ろうとするような視線だった。そのあと、見るからに不承不承、彼に何かを差し出した。

ベリエルはそれを受け取ろうと手を伸ばした。が、そこでブロームはいったん差し出したものを引っ込めた。そこで初めてそれが拳銃であることが彼にもわかった。

「あなたはまだヴィリアムの仲間かもしれない」ブロームは声をひそめてそう言い、拳銃を彼に向けた。「もう一度あのおぞましい仕掛けにわたしをくりつけるためにここに来るように仕向けたのかもしれない」

「本気でそう思ってるのか？」

ブロームは鼻に皺《しわ》を寄せてから彼に銃を手渡した。ベリエルは手に取って重さを確かめ、うなずいた。彼女の顔もブロンドの髪も雨で濡れていた――その眼はとても澄んでいた。懐中電灯と拳銃を手に彼女は歩きはじめた。そのうち懐中電灯の明かりが緑の迷路を進みながらちらちらと揺れる光の点になった。ベリエルはその光を追った。

見失いそうになると、そのたび緑の草の隙間からその光は現われた。とらえどころのない水銀の玉のように。

暗闇の中、ポプラの木々が浮かび上がり、海水を含んだ湖のにおいがかすかに感じられ、木々の先に緑がかった茶色の建物がぼんやりと見えた。

ボートハウス。

見えるはずなどないのに。そんなことを考えていると、ベリエルはブロームにぶつかった。彼女は懐中電灯を消して草の陰にしゃがみ込んでいた。

「消して」

ベリエルは言われたとおり、懐中電灯を消した。

「明かり」木のほうを指差して彼女は言った。

ボートハウスのおぼろげな輪郭が見えたが、見えているものがなんなのかはっきりとはわからなかった。

「どこからの明かりだ？」と彼は訊いた。

「わからない。でも、本来ならまだ見えないはず。真っ暗なはずよ」

「明かりはあのボートハウスの中から射してるんだろうか？」

彼女はただ首を振り、じっと眼を凝らした。

ふたりはボートハウスから五十メートルの距離まで近づいていた。このあと丈のある草はもう生えていない。あと数メートルで草はなくなり、岩場になり、その先は森になる。ベリエルはブロームを見た。ブロームのほうがこういった現場に慣れているはずだ。

「危険性がないとは言いきれないけど」と彼女は判断をくだし、小声で言った。

ベリエルはかすかに浮かんで見えるボートハウスを凝視しながらうなずいた。何かがひそんでいる気がした。生か、それとも死が。その死は自分たちふたりの死かもしれない。体が震えた。

「二手に分かれましょう」とブロームが言った。「わたしはこっちに行く。あなたは湖のほうにまわり込んで」

「ブービートラップに気をつけるんだ」とベリエルは言った。「やつが仕掛け好きなのは知ってるだろ？」

「片時も忘れたことがないわ」と彼女は暗い声で言って姿を消した。

彼もその場を離れた。何かに呑《の》み込まれたような感覚があった。

懐中電灯を消したままベリエルは湖を背にして森の中にはいった。ボートハウスを支える短い支柱が見えた。岩が見えた。つるつるとすべりやすい岩だ。その岩の上に窓があった。二十二年まえにこすられた跡がまだそこに残っているような気さえした。ベリエルは感情を抑えた。

すべてが始まったこの場所に戻ってきたのだとしたら、ヴィリアム・ラーションは真っ暗闇の中で待っているはずだ。すでにかなりまえからふたりが近づいてくるのには気づいているかもしれない。

もしかしたら今このときにも――とベリエルは思った――おれを見ているかもしれない。今このときまでベリエルは凍りついたような気分になっていた。途方もないこの二十四時間のせいで自分が現実から切り離されているような気分になっていた。まるで悪夢の中をもがいているような。それが子供時代のボートハウスのそばの森に身を置いた今、ようやく現実が追いついてきた。彼は目覚めた。凍りついていた心臓が溶けはじめた。実際、鼓動が速くなっていた。体が震えていた。そこで突然、彼の存在のすべてが、体のすべてが理解した。奇妙に照らされたボートハウスの中に何が隠れているのか。

それは地獄そのものかもしれない。

どんなに手が震えようと、すべてはおれにかかっている。ベリエルは自分にそう言い聞かせた――近道はない。集中して眼の焦点を合わせるんだ。視界をはっきりさせるんだ。邪悪なものと向き合う力を持つんだ。震えが止まった。

石だらけの岸に降りた。黒い湖面から冷気が漂っていた。懐中電灯の光で地面を照らし、すべりやすい石をよけながら進んだ。ドアの小窓が見えた。が、ほかにはまだ何も見えなかった。建物から湖へ伸びている桟橋にあがる階段は表面が歪んでいた。

ボートハウスまであと少し。左手の懐中電灯はまっすぐに地面を照らしていた。右手の銃はまだ構えてはいなかった。

階段まで行くと、桟橋の上からがたがたという音が聞こえた。その音はいっとき夜気を貫いたが、またすぐに静けさが戻った。拳銃の安全装置をはずし、懐中電灯で階段を照らしながら音をたてずにゆっくりとのぼった。体をボートハウスの壁に押しつけるようにして立ち止まり、すばやく建物の角からのぞき込んだ。

何もなかった。桟橋の上には船の備品らしきがらくたが積まれていただけだった。建物の反対側に階段はなく、あるのは五十センチの高さの柵だけで、水辺の岩までの落差は二メートルほどあった。

誰も飛び降りたりしていない。それなら水の音が聞こえただろう。あとはドアしかない。ドアは閉まっていた。ますます速まる自分の鼓動が時計のチクタクという音のように聞こえた。それも巨大な時計の音に。音の大きな大時計の音に。

忍び足で角を曲がり、桟橋の板の上を注意しながら歩いた。板はしっかりとしていて軋《きし》まなかった。ドアに向かって数歩進み、立ち止まって耳をすました。

雨の音以外、何も聞こえない。

ドアの菱形《ひしがた》の小窓はドアそのものより黒く見えた。

そのときまたがたがたという音が聞こえてきた。今度はボートハウスの中から聞こえた。今がそのときだ。もうあと戻りはできない。

がたがたという音はドアの中からというより、ドアの横から聞こえていた。そして、そこには穴があいていた。まず眼に飛び込んできたのは異様な光を帯びた点々だった。ベリエルはこれまでの経験から自分の知っている武器をすべて思い浮かべた。どれもあてはまらなかった。時を経て混沌《こんとん》に向かう玄関口……

次に眼に飛び込んできたのは歯、剝き出しにされた鋭い歯だった。と同時に、奇妙で激しい息づかい……

そのあと〝針〟が見えた。

穴の中からハリネズミが出てきた。針を立てていた。また奇妙な息づかいをしたと思ったら、ごそごそと音をたててボートハウスの中に戻った。中からなにやら甲高い音がした。人間の声ではなかった。

ベリエルはドアに手を伸ばし、ドアノブをつかんだ。鍵がかかっていた。柵のほうに少しさがって、ドアを蹴破ろうと足を上げた。その瞬間、ドアが開いた。

それまで下に向けて持っていた拳銃が持ち上げられたのが視野の隅に見えた。暗闇の中、闇より明るい黒の銃の輪郭が馬鹿げた連続写真のように続いて現われ、最後には胸の高さに構えたがっしりとしたグロック社製の拳銃が見えた。自分の素手が見えたのはそのあとだ。

ベリエルは反射的に構えた銃をまた下に向けた。ブロームのほうは手を下げなかった。かわりに、ついてくるようにその手でベリエルを促した。彼はボートハウスの中にはいった。タールのにおいがした。ボートハウスの隅までベリエルは彼女の懐中電灯の光を追った。四匹の小さなハリネズミの子供がいた。その近くで興奮したハリネズミの親が激しい息づかいでがたがたと音をたてて動きまわっていた。

意思に反して、ベリエルは笑い声をあげた。

「誰もいない」とモリー・ブロームは言った。

ふたりは懐中電灯でボートハウスの内部を隈《くま》なく照らした。放置されたボートのエンジンやブイ、さまざまな年代のビールの缶のほか、ふたつの大工仕事用の作業台とふたつのテーブル、くしゃくしゃになった防水シート、それぞれ濃さのちがう緑色のケーブルやロープが散乱していた。

が、なにより眼を惹《ひ》いたのは、壁から少し離れたところに立って天井を支えている二本の支柱だった。桟橋に一番近い壁には垂直の二本の柱にそれぞれ三つの係船環が取り付けられていた。壁のその二本の垂直な柱と壁から離れた二本の支柱とで立方体ができていた。

ブロームの懐中電灯がいきなり揺れて、光の輪が下に動いた。

「なんてこと」ブロームの声がした。

ベリエルは二本の支柱のあいだに立って壁に背を向けた。七メートルほど離れた反対側の壁の窓が見えた。油で汚れた窓ガラスに古い跡があった。深い後悔の波が一気に押し寄せ、それはすぐ苦痛に変わった。ベリエルは打ち砕かれた良心に追い打ちをかけるような痛みを覚えた。

ベリエルに近寄ったブロームの手には何かが握られていた。ひとすじの髪の毛。長いブロンドの髪。

「最悪なのは」とモリー・ブロームは言った。「これがヴィリアムの髪なのか、わたしの髪なのか、わからないことよ」

ふたりはボートハウスの床に腰をおろし、ハリネズミがたてる音を聞いた。時間の流れ方が新たな段階にはいっていた。木々の音はたえまない。別の時間から誰かがこの時間にはいり込もうとしている……

「あの明かり」とベリエルは言った。「なんで照明があたっているように感じたんだろう」

「結局は関係なかったわね」とブロームは言った。

「それでも不思議なことに変わりない」

「蛍光塗料じゃないかしら、昔塗られた。たぶん、二十二年まえにヴィリアム自身が塗ったんじゃないかな」

「でも、どうして？」

「彼はこの見捨てられたボートハウスを見つけた。で、自分のものにした。夜でも簡単に見つけられるようにしたのよ。あの時代にも蛍光塗料は簡単に手にはいった」

「それが今でも光るか？」

部屋の隅にいるハリネズミのほうからいきなり大きな音がした。ベリエルはびくっとして息を吐くと、防弾チョッキを脱いで立ち上がった。そして、蜘蛛《くも》の巣をかぶった明かりのスウィッチのところまで行って押してみた。すると、桟橋側のドアに明かりがついた。

「これは驚いた」とベリエルは言った。「電気が来てる」

ブロームはそれまで別の時代にいたような顔で言った。「おそらく訴訟中の会社のどちらかが気づかずに払ってるんでしょう」

彼女も防弾チョッキを脱ぎ捨てると続けて言った。「そろそろここを引き上げないと」

ベリエルはうなずき、さらにしばらくうなずいてから言った。「ここにいてまずいことは？」

ブロームは動きを止めて彼を見つめた。

「今夜おれたちには行くところがない」とベリエルは言った。「時間ばかりが過ぎている。やみくもに動くんじゃなくて、腰を据えて考えるべきなんじゃないか？」

「何が言いたいの？　昔拷問された場所に腰を落ち着けろって言ってるの？　あなたが卑怯《ひきょう》にも非情にもわたしを裏切ったこの場所に？」

「たぶんそうだ、おれが言いたいのは」

ボートハウスにある程度の秩序を創り出すだけで数時間かかった。まず掃除をして、そのあと整理整頓をして、ものを吊《つ》るしたり直したりしているうちに、電気を消せるほど外は明るくなっていた。そのあと軍用の緑の硬い防水布に包んだ荷物を持ち込み、二本の支柱に立て掛け、雨に濡れた防水布を折りたたんだ。そのときには疲労困憊《こんぱい》していたが、雪山をめざして進む登山者の一行を写した美しい写真がふたりのまえにゆっくりと姿を現わした。支柱に何本か釘《くぎ》を打ち、写真を吊り下げた。折りたたまれていた写真の両端を開くと、額の幅は二倍になった。その表面はポスト・イットとメモ用紙に覆われていた。奇跡的にあまり濡れていなかった。

ブロームは大工仕事用の作業台のところまで行くと、どうにか許せる程度にはきれいになった椅子に腰をおろした。作業台の上にはプロテイン飲料。彼女は自分のスーツケースの中のものを取り出すと、パソコンと各種装置をケーブルでつなぎはじめた。

「それは公安警察のスーツケースか？」とベリエルは尋ねた。

「潜入捜査のときの救命装置」とブロームは言った。「いつもヴァンに乗せてあるの」

「盗聴器は仕掛けられてない？　追跡できないようになってるのか？」

「あなたの携帯電話のＳＩＭカードは抜いておいたから大丈夫なはずよ」と彼女は言った。

「わたしのこの装置は追跡不可能。第四世代移動通信も完璧よ」

「それでも警察のデータベースや内部ネットワークにはアクセスできないんだろ？」

「いいえ、それができるの。どんな辺鄙《へんぴ》な場所にいようと、警察のネットワークにアクセスできるのがこの装置の一番の利点よ。しかも匿名で。潜入捜査官の数少ない特権ね」

ベリエルはうなずき、ボートハウスの内部を見渡した。とてもではないが、きれいとは言えなかった。〝禁欲的〟以外にはどんなことばも思い浮かばなかったが、それでもなんとか使えそうだった。

「あとは基本的な衣食住か。水道、寝床、トイレ、冷蔵庫、調理道具、食料？」

「水道？」とブロームは言った。「ドアのすぐ外に湖があるのに？」

「あれは海だ。塩水だ」

「そうか。じゃあ、飲料水は確保しましょう。あとは小型の冷蔵庫と電子レンジ。寝袋と食料品。でも、そういうことはあとで考えることにして、今は細かいことにはこだわらないことにしましょう」

「金のことは細かいこととは言えないが」とベリエルは言った。「銀行のカードはとっくに止められてるだろう」

モリー・ブロームはスーツケースの上に身を屈めると、分厚い五百クローナ紙幣の束を取り出した。

「潜入捜査用の現金よ。さあ、早くプロテインを飲んで。泣きごとはそれぐらいにして働いて」

27

十月二十八日　水曜日　十二時十四分

ヴァンの助手席からベリエルはブロームの脚を見て言った。

「ミリタリー・パンツ？　おれたち、これから兵役に就くのか？」

彼女は顔をしかめただけで運転に集中した。

「いや、真面目な話、いつそんなのを買ったんだ？」

「あなたの買いもののしかたってまるで女ね」とブロームは言った。「わたしのほうがよっぽど男の買い方よ。下着一枚選ぶのにどれだけ時間をかけるの？」

「身に着けるものの中では一番繊細なものだろうが」とベリエルは反論した。

ノーロスリアダン通りには大粒の雨が降っていた。彼らはウルナ湖の北で欧州高速道路E18号線の下を通り、郊外に向かった。

「ナンバー・プレートを交換しただけで充分だったかな？」とベリエルは言った。

「GPSの逆追跡を実験的に試しているという噂は聞いたことがある」とブロームは言った。

「でも、今回はそこまではしないんじゃないかと思う。わたしたちはこの国の民主制度を脅かす存在でもないし、国民の自由と権利、それに国家の安全保障の脅威でもないんだから」

「そうなのか？」とベリエルは言った。「それはがっかりだ」

ふたりともしばらく黙り込んだ。ややあってベリエルが話題を変えて言った。

「学校からいなくなったあと、ヴィリアムはどうしたんだと思う？　煙になってこの地球上から消えた？」

「わたしたちの仮説は正しいと思う」とブロームは言った。「誰かに助けてもらったのよ」

「小学校にはいったときからあいつには頼れる相手がいなかった」とベリエルは言った。

「いじめから逃げるのに、母親とふたりでストックホルムの郊外を転々としていた。子供のいないきみにはわからないかもしれないが、親にとって自分の子供がいじめられるというのは想像を絶するほど辛《つら》いことだ。子供の世界というのは残酷なものだよ。それはどこに行っても変わらない。それでも一個所にとどまってはいられない。だからあちこち逃げまわるしかない。どこへ行こうと同じ地獄が繰り返されるのに」

「彼の母親について何か覚えてる？」とブロームは訊いた。

「ほとんど何も」とベリエルは答えた。「ただ、いつもぴりぴりしてる人だった」

「ぴりぴり？」

「神経質な人で、いつも何かしていた。じっとしてられないようだった。それになんか変なにおいがした」

「変な？」

「きみはおれの精神分析医か？」

「集中して。変なってどんなにおい？　嫌なにおい？」

「いや、全然。どちらかと言うといいにおいだ。甘いにおいと言ってもいいな」

「アルコール？」

ベリエルは少し間を置いてからゆっくりとうなずいた。

「あの頃はまだ知らなかった。でも、おそらくそうだったんだろう」

「母親は十二年まえにキスタのリハビリ施設で死んでる」

ベリエルはまたうなずいて言った。

「そう聞いても驚かないよ」

「彼女がどんな外見だったか覚えてる？　パスポートの写真しか見たことがないのよ。彼女もブロンドだったの？」

「いや」とベリエルは答えた。「北欧人の場合、ほんとうのブロンドは幼い頃にしか見られない。大人になると、だいたい茶色に落ち着く。おれも小さい頃はブロンドだった。きみもそうだったんじゃないか？」

「それ、どういう意味？」とブロームは言った。「わたしは今もブロンドですけど！」

「まあ、そうだな。根元の数ミリ以外は」

ブロームは左に急ハンドルを切った。彼女のかわりにタイヤが金切り声をあげた。幻のように姿を現わしたオーケシュヴァーリアの町はすぐに消え、田舎道がまた続いた。

「彼の父親については？」と彼女は言った。「何も覚えてない？」

「きみはこの件を二年捜査してたんだろ？　おれはまだたったの数時間だ。捜査の進展などないに等しい。ヴィリアムは父親のことは話さなかった」

「ヴィリアムの出生時から、スティナ・ラーションはシングルマザーとして登録されている。父親の記録はなし。兄弟もなし」

「ということは、父親がブロンドだったんだろうか。今思い返すと、あいつの母親は典型的なブルネットだった」

エステルローケル刑務所の荒涼とした赤い塀が巨人のアコーディオンのように遠くに見えはじめた。

「ここで何をしようとしているのか、まだ話してもらえないのかね？」とベリエルは言った。

「これは賭けよ」とブロームは横眼でベリエルをちらりと見て言った。

「何をきょろきょろしてる？」

「監視カメラ。このあたりに停めたほうがよさそうね」

「カメラに映らないところにエンジンをかけたまま車を停めて、おれはひとり待たされるのか？」

「そういうこと」そう言って、ブロームは車を路肩に寄せた。「だって、これ、逃走車だもの」

どこの取調室もそうであるように、エステルローケル刑務所の取調室も殺風景な部屋だった——テーブルに監視カメラに椅子。以上。テーブルの向かい側に坐っている灰色の囚人服を着た男も部屋に負けず劣らず殺風景な男だった。歳《とし》は四十代前半。刑期がもたらす痕跡が顔に残っていなければ、透明人間といってもいいかもしれない。

「あなたのその顔の傷は体のほかの部分にもあるんでしょうね」とモリー・ブロームは言った。

「小児性愛者はな、どうしたって刑務所の人気者というわけにはいかない」とその囚人は一番新しい眼のまわりの黒い痣《あざ》に触れて言った。

「ただ、アクセル・ヤンソン、あなたは単なる小児性愛者じゃなくて殺人者でもある」

「そういうおまえは何さまだ、エーヴァ・リンドクヴィスト、くだらねえ質問しかできねえくそデカが。判決文を読んでもいねえのかよ？　おまえ、ほんといかれてるよ」

「まあ、これはあなたの弁護士の戦略だったんでしょうけど、児童に対する性的虐待については すべて認めておきながら、あなたは殺人に関して一貫して否定した。殺人の有罪判決を免れたい一心で。子供を殺した犯人にはここではさらに特別な待遇があるんでしょ？」

「おれは暴力的な人間じゃねえよ」

「もちろんそうでしょうとも、アクセル。タイ人のスニーサ・フェトウィセットはまだ十五歳なのに、アルバニアのマフィアの性奴隷だった。そこには暴力なんて介在するわけがない」

「あんなのは小児性愛でもなんでもねえよ」アクセル・ヤンソンは言った。「あの子は法定年齢に達してた」

「確認できたほかのケースの少女たちは八歳、十一歳、四歳、十二歳だった。四歳？」

「あのときはな。ちっとばかし気がゆるんだんだよ。だがよ、暴力は振るってねえよ」

「もちろん、そうでしょうとも、アクセル。スニーサ・フェトウィセットとの夜のことを話して」

「クソ報告書は全部読んだんじゃねえのかよ。おれが話したことは全部そこに書いてある。あのとき言ったことは全部ほんとのことだ」

「タイの少女はアルバニア人に連れられてあなたの家に行った。あなたはセックスをした。彼女はその夜の十一時十五分にあなたの家を出た」

「チップははずんでやったよ」

「問題はあなたの家と階段と車のトランクから血痕が見つかったことよ。それに皮膚の断片と血液があなたの爪の中から見つかった。そのいずれからもスニーサ・フェトウィセットの

DNAが検出された」

「死体はなかったじゃねえか」とアクセル・ヤンソンは怒りもあらわに言った。「警察は川の底から流域からしらみつぶしに捜したのにな。死体がなけりゃ殺人もない。これは捜査のイロハだろうが」

「そんなに単純なわけでもない」

「なあ、エーヴァ・リンドクヴィストさんよ、こんなところで何してるんだ？　だいたいおまえは何者なんだ？」

「そんなに興奮しないで、アクセル。今わたしが追ってるのはまったく別の事件なのよ。あなたとはなんの関係もない。わたしと話したところであなたにはなんの危険も及ばないから」

「デカと話すときにはおれはいつだって命を危険にさらされてるんだよ」

モリー・ブロームは少し間をおいてからテーブルの上に身を乗り出して小声で言った。「あなた、まだわかってないみたいね。そのみじめったらしい人生においてあなたに与えられた最高のチャンスがこのわたしだってことが」

アクセル・ヤンソンは驚き顔で身を引くと、ややあってから尋ねた。「いったいなんの話をしてるんだ？」

「殺人犯は別にいるかもしれないってことよ。尋問されたとき、あなたには何か言わなかったことがあるんじゃない?」

「いや。話したとおりだ。一発やって、金を払って、女は帰った。それだけだ。別の殺人犯だって?」

「家の中の血痕と爪の中の血液は?」

「爪の血はそんなに不思議じゃない。白状したよりちとばかし荒っぽいナンだったからな」

「家の中の血痕は?」

「さっぱりわからない。女の尻にかすり傷ができた程度だったんだから。なのに家から全部で何デシリットルかの血が見つかったんだよ」

「わたしだって何も好き好んでこんなところに坐ってあなたと囁《ささや》き声でおしゃべりしてるわけじゃないのよ、アクセル。もうすぐ邪魔がはいる。そのまえにもっと情報が欲しいだけ。どうしてあなたの部屋にそんなに血があったの? 警察が来るまでずっと家にいたの?」

「いや。警察が来たのは二日経ってからだ」

彼女は吐き気を覚えて背を反らせた。そして、深く息を吸い込んでから立ち上がった。努めてうしろを振り向かないようにした。監房に戻ると、ほかの受刑者からまた小児性愛者として扱われるのだろう。それを心してか、アクセル・ヤンソンの体が縮こまったように見えた。

係員に誘導されて金属探知機と重厚な門を抜け、ようやく自由の身に戻り、ブロームはロスラーゲンの金属的な灰色の空を見上げた。雨粒が顔にあたるに任せた。そのままの姿勢でしばらく立っていた。顔についた汚れを雨が洗い流してくれていた。

不承不承アクセル・ヤンソンのことを考えた。あれほど歪んだ性癖を持ってこの世に生まれたことのいかに不幸なことか。彼の刑期を短縮することはできるだろうか。いや、どうしても四歳の幼女のことが頭に浮かんだ。この件はやはりじっくり考え直す必要がある。ヴァンに戻ると、すぐに逃げられるよう――〝逃亡車〟らしく――車の向きが変わっていた。ベリエルはエンジンをかけたまま運転席に坐っていた。

彼女は助手席に乗り込んだ。「犠牲者がもうひとり見つかったと思う」

ベリエルはヴァンを出して言った。「これからも一緒にやっていくなら、もうこれ以上隠しごとはなしだ」

ブロームはぼんやりとうなずいて言った。「去年の十月九日、ユリア・アルムストレームの失踪とヨンナ・エリクソンの失踪とのあいだに起きたことよ。十五歳のスニーサ・フェトウィセットが行方不明になった。で、小児性愛者のアクセル・ヤンソンが彼女の殺害容疑で有罪になった。しかし、この一件についてだけは彼は無実だと思う。ほんとうの犯人が自分の犯行を隠すために、彼に濡《ぬ》れ衣《ぎぬ》を着せたんじゃないかな。そう、わたしはこれもヴィリアムの犯行だと思う」

「それが今朝わかったのか？」

「ユリアとヨンナとのあいだの犠牲者についてはこれまでも捜していたけど、これほど真剣に捜したのは初めてよ。別の殺人事件を利用して自らの犯行を隠そうとした可能性については考えてなかったから。でも、このあとはヨンナとエレンのあいだの空白を埋めなくちゃいけない。まだわかっていない犠牲者がいるはずよ。とりあえず街中に戻って。あなたのほうは今朝何かにたどり着いた？」

「伯母《おば》を見つけた」とベリエルは答えて、E18号線にはいった。「それより悪いんだが、時計の仕掛けにくりつけられたときのことを話してくれないか？　どういう仕組みなのか、知りたい」

何かが彼女の顔をかすめ、その何かがすべらかな額の上をすべった。

「文字盤からチクタクという音が聞こえた。それで時間が経つのがわかった。三十分経つたび、新たな恐怖に襲われた」

「三十分間隔で何が起きるんだ？」

「少しずつ引っぱられるのよ。立ってはいても台の上にのせられたみたいな感じで。それもすべて彼の意のままなわけ」

アーニンゲ地区を通り過ぎたところでベリエルは尋ねた。「あのときやつは本気できみを殺そうとしてたと思うか？」

「なんとも可愛い質問をしてくれるのね」

しばらく沈黙が続いた。ベリエルは彼女をちらっと見た。暗く思いつめたような顔をしていた。

「どうやって逃げ出したんだ？」

「まずなんとか左手を手錠から抜くことができたのよ。そのあとは右手と両足の拘束が解けた」

「立ったまま鎖で両足と両腕を引っぱられたのか？」

「ちがう」と眼を閉じてブロームは言った。「足は引っぱられてなかった。引っぱられてたのは腕だけ。立って、両脚は縛られて床に固定されていた。腕が両側に引っぱられて、皮膚が切れて血が出た。八時間縛られたまま立っていたわけだけど、あのままあと一時間過ぎていたら、皮膚が裂けていたと思う。エレン・サヴィンエルはいなくなってからもう三週間も経過してる。エレンはいったいどんな目にあわされているのか」

「どういうわけか、やつは獲物を休ませている」とベリエルは言った。「床に爪の跡が残っていたことを考えると、坐らせてたようだ。マーシュタの家には手と足の爪の跡が残ってたんだ」

「床に？」

「ああ」とベリエルは言った。「セメントの床に」

ブロームは顔をゆがめ、助手席の窓の外を見つめた。

ヴェステルブロプラン広場の交差点に着くまで、彼らはひとことも話さなかった。着いたときには雨もほとんどやんでいた。ベリエルはブロームの指示に従って車を停めた。男が駐車場の横でふたりを待っていた。歳は四十代前半だろうか、眼の下の隈がやけにめだって見えた。

「バッティル・ブラントだ」と男は手を差し出して名乗った。

「エーヴァ・リンドクヴィストです」とモリー・ブロームは言った。

そう言って、期待を込めた眼でベリエルを見やった。ベリエルは言った。「チャールズ・リンドバーグ」

言ったそばから、名乗ったことを後悔した。

彼らはヴェステル橋を歩いて渡った。ほとんど会話はなかった。橋の一番高いところまで来ると、立ち止まって荒涼とした灰色の光に包まれたストックホルムを見渡した。

「今にもまた雨が降りそうだ」とブラントが言った。

「そうね」

彼らはそのまましばらく市《まち》を眺めた。不吉な闇がストックホルムを覆っていた。

「あの夜も雨が降っていた」しばらくしてベリエルが言った。

「そのことは知ってるの、バッティル？」

「ああ、あの夜のことは全部わかってる」

「あのフェンスを切り裂いてまでやった人はなかなかいない……」

バッティル・ブラントは弱々しく笑った。強ばった笑みだった。彼もこのさき生きていくことはできるかもしれない。が、二度ともとの自分には戻れないだろう。

「三年まえにフェンスが立てられた。市《まち》が見える東側にだけ。おかしいかもしれないが、なんでなのかわかる気がする」

「どうしてなのか、教えてくれる？」とブロームは言った。

「ここに来る人間は自殺への憧れが強すぎて、視野が狭くなっている。で、そういう人間はこの橋の西側にロマンを感じる——人生で溜め込んだゴミを全部残して、足元に広がる美しいストックホルムに向かって飛ぶ。しかし、そこに二メートルもあるフェンスがあれば、恋い焦がれる気持ちも一気に冷める。しかたなくフェンスのない西側に行くには、中央の柵を乗り越えて、夜でも交通量のある道路を渡らなくちゃならない。そうするうちに死への憧れも消えて、狭くなっていた視野も広がる。現実が夢に追いついて、なんだかばかばかしく思えてきて、ほんとうの光を浴びた自分が見えてくる。光り輝いていたはずの計画が貧弱で陳腐なものに思えてくる。それでも実行に移すのはとことん覚悟を決めている人間だけだ」

「今は西側にもフェンスがあるけど」

「ああ、それでも効果はある。乗り越える人間はまだいるが、数は少ない。あんたの言ったとおり、フェンスを切り裂くような人間はさらに少ない」

「でも、エンマはそうした」とブロームは言った。「彼女は頑丈なボルト・カッターを持っていた。彼女の指紋だらけのカッターが橋に置き去りにされていた」

「ああ」バッティル・ブラントは言った。「彼女は念入りに計画を立てていた」

「でも、実際に飛び降りたところを目撃した人はいないんでしょ？」

「遺体も見つかってない。そのまま海まで流されたんだろう。私の娘は海が好きだった」

「目撃者はひとりもいないのね？」

「飛び降りるのを見た目撃者はね。あれは明るい夏至《げし》祭の夜で、まわりには誰もいなかった。市《まち》に残っていた人たちもみんな、夏至祭の前夜祭で疲れた体を休めてたんだろう。それでもボルト・カッターを持って橋を渡る娘を見たという目撃者はふたりいた。それに監視カメラがひとつあった」

「監視カメラ？」

「ああ、橋のたもとのホーンストゥルに。娘はそっちから渡った。ボルト・カッターがはっきりと映っていた。娘の顔も」

「どんな顔をしてた？」

「どんな顔？」

「ええ。あの夜のことは全部わかっている。あなた、さっきそう言ったわ」

ブラントはどこまでも淋《さび》しげな笑い声をあげ、首を振りながら言った。「あんたほど無神経な警官に会ったのはこれが初めてだ」

「無神経なだけじゃなくて、たぶん今一番時間に追われてる警官かもしれない」

「そんなことはエンマには関係ないことだ。私にも」

「あなたが思っている以上に今はほんとうに時間が――」

「緊張してた。とことん緊張していた」

「その緊張が顔に表われていた？」

「監視カメラの解像度はそれほど高くない。それでも、顔色が真っ白で、とても緊張しているのはわかった。おれの可愛いエンマは……」

声が先細りになった。ブロームは待った。胸に熱いものが込み上げたが、無視した。

二十二年まえのある夜、彼女もヴェステル橋を渡った。その頃はまだフェンスはなく、あったのは一メートルの高さの手すりだけで、東側を歩いている途中で立ち止まって市《まち》を眺めた。そのときふと思ったのだ。ヴィリアム・ラーションに奪われてしまった人生にも何か意味を見い出せるかもしれないと。そのときだけでなく。

「苦悩」とブラントは言った。「無力であることに対する苦悩」

「無力だから自殺しようと思った？」

「私たちは仲のいい親子だった。でも、娘はこの手をすり抜けていってしまった。見てるのが辛かった。エンマの母親が死んで、私には娘しかいなかった。あの子にも私しかいなかった」

「なのにどうして……？」

「どうしてなのか。私にはどうしてもわからなかった。たぶん学校で何かあったんだろうが、あの子は何も話してくれなかった。ただ、自分の殻に閉じ込もってしまった」

「無力というのはそのこと？」

「ああ」と彼は言った。「いじめという悪夢に対する無力さだ」


数分後には車は南に向けて走っていた。ベリエルがハンドルを握っていた。リング通りを運転しながら彼は言った。「想像できない。娘に自殺されるなんて。それもあれほど固い決意で」

「でも、止められた」とブロームは言った。「飛び降りる寸前に止められた」

「エンマ・ブラントがヴィリアムの六番目の犠牲者だと？」

「今年の夏至祭の夜」とブロームは言った。「ちょうどヨンナ・エリクソンとエレン・サヴィンエルとのあいだになる。ええ、わたしはそう思ってる。ヴェステル橋から投身自殺をした人は遅かれ早かれ遺体が見つかる。でも、エンマ・ブラントの死体は今も見つかっていない。今もまだ。もう四ヵ月もまえになるのに」

「これで七人の犠牲者が全部わかった？」

「ええ」ふたりはスカンストゥル高架橋を渡っていた。オルスタヴィク湾を眺めながらブロームは続けた。「今一番考えられるのはその七人よ」

「しかし、ヴィリアム自身いじめの犠牲者だった。そのヴィリアムが同じようにいじめの犠牲者だったエンマ・ブラントに復讐《ふくしゅう》するというのは腑《ふ》に落ちない」

「それに彼はどうやって彼女のことを見つけたのかしら。彼女が自殺しようとしているのをどうやって知ったのかしら。答を見つけようとしてるんじゃないのよ。でも、一番可能性があることは探りたい。ヴィリアムはほかの事件でもなぜか情報に通じていた。アイシャ・パチャチが拉致されたのは、学年末の試験が終わった日だったし、エレン・サヴィンエルは学校を出たところを誘拐された。スニーサ・フェトウィセットの事件では偽の証拠をあちこちに置いて、ユリア・アルムストレームはヴェステロースの自宅から夜中に連れ去られた。どの誘拐も事前に念入りに調べているとしか思えない」

「しかも確固たる証拠はほとんど残っていない」とベリエルは言った。彼らはニナス通りから環状交差点をまわり、ティレソ通りにはいった。

「どこに行くの？」とブロームが尋ねた。

「すぐわかる」とベリエルは答えた。

28

十月二十八日　水曜日　十五時十三分

ベリエルはティレソ通りからはずれると、ヴェンデルセのグドブロリアデン通りに出た。グドブロリアデン通りとヴェンデルセ・ゴード通りを斜めに結ぶルピンスティーゲン通りは、ドレッビケン湖に続いている。ベリエルは道なりにルピンスティーゲン通りを走り、認知症患者の居住施設〈ヴェンデルソーゴーデン・ケアホーム〉のまえに車を停めた。ブロームは鼻に皺を寄せたものの、何も言わなかった。黙ってベリエルのあとに続いて最上階まであがった。最上階の部屋のドアにはなんの表示も出ていなかった。ベリエルがノックしてもなんの応答もなかった。

やがてどこからともなく現われた女性の介護人に声をかけられた。「アリシアを捜してるんですか？」

ベリエルは介護士の胸の名札に眼をやった。「やあ、ミア。アリシア・アンイエルに会いたいんだけど、中にいるんだろうか？」

「いるはずですよ」とミア・アルヴィドソンは言ってドアの鍵を開けた。「ほかに行くあてはどこにもないんだもの」

開けられるまえにドアに手を置いてベリエルは言った。「簡単に彼女の今の状況を教えてもらえるとありがたい」

「警察の方ですか？」とミアは言って薄い笑みを浮かべた。「がんばってください」

「がんばる？　そんなに悪いのかい？」

「そうですねえ。意識がはっきりするまでちょっと辛抱が必要だと思います」そう言って、ミア・アルヴィドソンはドアを大きく開いた。「急にそうなるんで、まえもって心の準備をしておいてくださいね」

老婦人は揺り椅子に坐っていた。きわめて高齢というほどではないが、まさに心ここにあらずといった風情《ふぜい》だった。ベリエルとブロームはともに架空の名を名乗り、ベリエルは老婦人のまえの肘掛け椅子に腰をおろし、ブロームは胸のまえで腕を組み、壁ぎわに立ったまま疑わしそうな眼をふたりに向けた。

障壁がなくなると、言語というものはどれほど創造的な可能性を秘めたものか。気づくと、ベリエルはそんなことを考えていた。老婦人が話していることばそのものは理解できたが、文脈はさっぱりだった。しかも悲劇は彼女がまだ六十六歳だということだ。名前はアリシア・アンイエル、ヴィリアム・ラーションの母親の姉で、重度のアルツハイマー病を患っていた。

ベリエルはあきらめず繰り返した。「あなたの妹、スティナとは、彼女が妊娠していたときにも連絡を取り合ってたんですか？」

「ふたつ目の息はいつも小さなアデリアのための灰色の真実のかけらを打ち負かしてしまうの。ひげの生えた可愛い妹は言ってたわ、公文書保管人はアリの卵を食べるって。十五分ごとに。あなたもでしょ、グンダーセン？　あなたは特にそう」

「グンダーセン？」

「あなたもよ。ヴァルキュリヤ（北欧神話。戦場で生きる者と死ぬ者を定める女性、およびその軍団のこと）の脚を持つあなた。それであなたは空を飛んで、戦場じゃ勇敢だったけど、普通の暮らしではまるっきりだったわね。アンイエルと同じね」

「アンイエル、あなたの夫ですね？」

「あの人は逃げたのよ。わたしから逃げたの。でも、わたしはわざと名前は変えずにアンイエルで通した。あの人はそのことを死ぬほど嫌がってたはずよ」

突然、文章がつながりはじめた。意識がはっきりしてくる過程なのだろうか。

「妹さんのスティナのお腹《なか》が大きかったときのことは覚えてますか？」

「わたしたちの家族に子供はいないけれど」

ベリエルは少し黙って、今のことばの裏に隠れているニュアンスを探ってから続けた。

「ヴィリアムは例外だった、でしょ？」

「可哀そうなヴィリアム」アリシア・アンイエルはそう言うと、一九七〇年代後半という時代にしっかり根をおろしたかのように揺り椅子の動きを止めた。「ヴィリアムはラーション家が子供を持ってはいけないことの証《あか》しだった。あの子を見たとたん、あなたは逃げ出した……」

「逃げ出した？」

「わかっているくせに。あなたは彼を見るまえから逃げた」

「私は自分の息子を見てもいない？」ベリエルは賭けに出た。

「もし見てたら、あなたは死んでたかもしれない。あの子の顔を見たら……」

「あなたが私に最後に会ったのはいつです？」

「おかしなことを訊くのね。わたしたちはこれまで会ったこともないのに」

「でも、私のことはスティナから聞いたんですね？」

「いや、聞かされたんじゃないわ。吐き出されたのよ。ぶちまけられたのよ」

「何をぶちまけられたんです？　戦場では勇敢だったけれど、普通の暮らしではまるっきりだったと？」

「そんなことはぶちまけられなくてもわかったわ。このカス野郎が」

〝カス野郎〟。そのことばを聞いて、ベリエルは心臓がひとつ大きな鼓動をたてたのがわかった。

「アリシア、〝戦場〟というのはどういう意味です？」

「あなたは戦士だった。戦士には自分の身分を隠すことがある。そんなふうに言うわね」

「私はどこの戦士だったんです？」

「お金のためよ、このカス野郎」

「戦地は？　場所はどこだったんです、アリシア？」

「知らないわ。どこか真っ赤なアラブの国だとは思うけど」

「七〇年代の中頃。レバノン？」

「黙れ、このろくでなし」

「私の名前の残りの部分はなんていうんです？　グンダーセン以外の部分は——？」

「そんなこともわからないの、ニルス？　少しでもお酒がはいると、妹はその忌々《いまいま》しい名前をしつこく呼んでた。素面《しらふ》のときにはもちろん、忘れようとしてたけど」

「私の髪はあの頃もっとブロンドだった。そうですよね、アリシア？」

「白に近いブロンドだった。なのにある日突然、あなたは出ていった。よくもまあそんな真似《まね》ができたものよ」

「私は戦いに行ってまた戻ってきたんですか？」

「最初のヴァルキュリヤの歌が一番いいわね。オーディンの角《つの》に蜂蜜酒を注いだスコグル。フリスト、ミスト、ヒルデ、ゴンデュル。見事な戦いっぷりの女たち。さて、セニョール・

コルタード、〝赤の乙女《インゲン・ルーア》〟のことを聞いたことはない？」

「いえ」ベリエルとしてはそう答えるしかなかった。

「十世紀にヴァイキングの船団をアイルランドに導いたインゲン・ルーア。ひげの女には内緒よ。わたしがそのインゲンなの。赤の乙女なのよ」

「ヴィリアムは父親に会ったことがあるんですか？」

「雄鶏《おんどり》も時々は鳴いたわ、ニルス。そのたびにあなたは肝を冷やした」

赤の乙女――アリシア・アンイエル――の部屋のドアをベリエルは閉めた。すると、揺り椅子がまた動きはじめたようだった。ベリエルはブロームと眼を合わせた。ふたりはその場に突っ立ってことばを探した。ふたりともすぐにはどんなことばも思いつけなかった。

しばらくしてベリエルが言った。「どう思う？」

「なんとも言えないわね」とブロームは答えた。「認知症の無意味なことばかもしれない。でも、ニルス・グンダーセンという名前のブロンドの傭兵《ようへい》は実在するのかどうか、それは調べてみる価値があると思う。どうやって彼女を見つけたの？」

「彼女はきみのホワイトボードにあったヴィリアムの家系図の一番端にいた。彼女を見つけたのはきみだよ」

ブロームは顔をしかめて階段に向かった。ベリエルはそこに立ったまま彼女のうしろ姿を眺めた。妙に元気な足取りに見えた。そんな彼女が階段の踊り場に差しかかったところで急に立ち止まった。踊り場には窓があったのだが、彼女はその窓からあとずさると、ベリエルを見上げ、すぐ降りてくるように合図した。

そして、道路に面した大きな窓越しに、ルピンスティーゲン通りのほうを指差した。〈ヴェンデルソーゴーデン・ケアホーム〉にはいるとき、ベリエルは駐車してある車をすべて暗記していた。その車に変化が見られた。道路の反対側に濃いグレーのボルボが停まっていた。雨がまた激しく降りだしていたので、前部座席に坐っているのがひとりなのかふたりなのか、眼を凝らしてもわからなかった。ケアホームの正面玄関のまえには彼らの車、メルセデス・ヴィトーが停まっていた。ボルボとは十メートルと離れていない。ボルボに誰が乗っているにしろ、そいつに見られることなくヴィトーに近づくのは無理だ。

彼らは姿を見られないように窓から身を引くと、もっと確実な証拠が得られるのを待った。数分後、ボルボの運転席の窓が開き、ガムか何かが捨てられた。錯覚かもしれない。ベリエルとしても自信はなかったが、手が見えなくなる寸前、安物のダイヴァーズ・ウォッチが手首にはめられているのが見えたような気がした。

ベリエルが深いため息をついて振り返ると、ブロームはすでに歩きかけていた。ふたりは建物の裏側にある通用口を見つけ、隣接するアパートの似かよった庭をいくつか横切ってヴェンデルセ・ゴード通りに出た。土砂降りの中を西に走り、ルピンスティーゲン通りから離れて駐車場にたどり着いた。防犯カメラを探したが、見あたらなかった。ベリエルはちょうどいい旧式の車を見つけ、昔取った杵柄《きねづか》でドアロックをはずした。ふたりともその車の中にはいって様子を見た。近所の住人が現われることもなく、どんな動きもなかった。ベリエルは身を屈めてケーブルを抜き出し、二本のケーブルの先端を接触させた。古い車のエンジンがかかった。

「わたしのヴィトー、とっても気に入ってたのに」ブロームはため息をついた。

ベリエルは湖に向けてヴェンデルセ・ゴード通りを左折して、一時停止した。そのとき右のほうに雨に濡れた人影が見えた。

ロイの相棒のケントだ。どうやらそれまでそこに隠れていたらしい。

振り向きざま、ケントがルピンスティーゲン通りに向かって大きな身振りで必死になにやら訴えるのが見えた。ベリエルは深くため息をついてアクセルを踏んだ。

「よりによってこんなポンコツを選ぶなんて」とブロームは言った。

「新しい車種のロックをきみが解除できるんだったら、喜んでそっちを選んでたよ」とベリエルはぴしゃりと言った。

ふたりはヴェンデルセ・アレー通りにはいると、環状交差点をほぼ無視してグドブロリアデン通りに飛び出した。ブロームはずっとバックミラーを見ていた。

「どんどん追いついてくる」と彼女は言った。

ポンコツにはちがいないが、使いものにならないわけじゃない、とベリエルはアクセルを床に踏み込んで思ったものの、ロイとケントが濃いグレーの公安警察の高性能車で距離を縮めてきているのは一目瞭然だった。ベリエルは集中して考えた。走っているのは郊外の典型的な幹線道路。ロイは何を考えているか。交通量の多い幹線道路で本気で車をぶつけてくるだろうか。銃を撃ってくるだろうか。このまま幹線道路を制限速度で走りつづけるのが一番の安全策に思われた。しかし、それではいつまで経ってもロイとケントを撒《ま》くことはできない。しかもボルボのガソリンタンクはこのポンコツの二倍は大きいはずだ。応援も要請しているにちがいない。何か手を打たなければ。それもすぐ。

ベリエルはブロームをちらっと見た。彼女も同じように考えをめぐらしているようだった。あと少しでグドブロリアデン通りは国道の高架の下にもぐる。より交通量の多い国道のニナス通りに乗ることができれば、なんとか逃げきることができるかもしれない。

「上の国道に乗るか？」とベリエルは言った。

「いいえ」そう言って、ブロームは左を指差した。左の少し先にハーニンゲ・ショッピングセンターを取り囲むように建っている何棟かの高層住宅が見えた。南に向かう電車の音も遠くから聞こえてきた。ベリエルはガムラ・ニナス通りとの交差点の赤信号を突っ切った。彼らのうしろの車列が乱れ、そのおかげでボルボとのあいだにさらに百メートルの距離ができた。今は数メートルが大きな意味を持つ。ベリエルは急ハンドルを切ってジャングルのようなハーニンゲの高層住宅群の中に突入した。そして、駐車場を見つけ——ほぼ満車だった

——最後の空きスペースに車を停めた。

ブロームは黙ってうなずくと、車から飛び出した。彼らは身を低くして走った。遠くからだとほかの車にまぎれて見えないはずだった。団地の中に走り込んだところで、濃いグレーのボルボがガムラ・ニナス通りを走っていくのが見えた。が、そこで急停車した。ロイが方向転換できる場所を探そうとしているのが手に取るようにわかった。ただ、反対車線とのあいだには丈のある草の分離帯があり、車を傷めずに乗り越えるのは無理そうだった。

ブロームがいきなりベリエルの手をつかんで走りだした。怒りのクラクションを鳴らす車の列を突っ切り、ふたりはガムラ・ニナス通りを渡った。そこでやっとブロームが走りだしたわけがベリエルにもわかった。遠くから電車の音が聞こえていたのだが、その音質が変わっており、明らかに速度をゆるめていた。交通量の少ない道をしばらく走ると、数百メートル先に覆いのある歩道橋が見えてきた。鉄道の駅があるのかもしれない。雨の向こうに嵐に波立つ湖の湖面が見えた。湖の手前の土手に鉄道のプラットフォームがあった。有刺鉄線は悪意を剝《む》き出しにしていたが、フェンスはそれほど高くはなかった。電車の音はますます大きくなり、一番奥の線路に各駅停車の通勤電車がゆっくりとはいってきた。

ブロームはフェンスに向かって走った。そして、有刺鉄線の棘《とげ》のないところをつかむと、見事な宙返りをして反対側の土手に着地した。ラッシュアワーでプラットフォームは通勤客でごった返していた。通勤客がブロームをじろじろ見たり、携帯電話で写真を撮ったりしていた。ベリエルは肩越しに振り返った。駅へ続く道をグレーのボルボが猛スピードで走ってくるのが見えた。彼はフェンスまで走ると、有刺鉄線の棘が左の手のひらを突き刺すのも無視してつかんだ。南行きの各駅停車の電車がプラットフォームにすべり込み、ドアがゆっくりと開いた。

「急いで！」ブロームが土手から叫んだ。

低いうなり声のようなボルボのエンジンの音がはっきりと聞こえた。電車の開け放たれたドアから客が流れ出し、次に乗客が乗り込みはじめた。ボルボの運転手の叫び声がした。フェンスにうまく足をかけられず、ベリエルはまだもたもたしていた。ブロームがそんな彼の上着をつかんで引っぱった。ベリエルはフェンスを乗り越えて水たまりに落ちた。そこでボルボがふたりに追いつき、ベリエルの背中から数メートルのところで停まった。が、彼はすでにフェンスの反対側にいた。すばやく立ち上がると、必死にブロームを追った。彼女は一番近い線路からプラットフォームによじのぼると、電車のドアが閉まりかけたところで、飛び乗り、ドアの隙間から手を外に出した。ベリエルはその手をつかむと、渾身《こんしん》の力でわが身を電車に押し込んだ。ようやくドアが完全に閉まった。電車はすぐに出発し、ふたりが車中から最後に見たのは、反動で腕全体が跳ね返るほど激しくフェンスを叩いたロイの姿だった。

車両はほぼ満杯だった。乗客は迷惑そうな眼で彼らを見ていた。中には携帯電話で彼らを撮っている者もいた。巧妙な逃亡劇とは言えなかった。なんらかの対処が必要だった。

ブロームが機転を利かせ、警察の身分証を掲げて言った。「失礼しました。警察です。ご心配なく」

通勤客は疑念をすべてなくしたわけではないものの、とりあえずそれで納得したようだった。ベリエルは息をつき、出血している手に眼をやった。

「どうしてあいつらにおれたちの所在がわかったんだろう？」

「その件はまたあとで考えましょう。それより今問題なのは次の駅に着いたときのことよ」

「次はジョードブロ駅か？」

「道はかなり混んでるはず」とブロームは言った。「それでもガムラ・ニナス通りをそのまま行くだけだから、彼らのほうが先に着いてることも考えられる」

ベリエルの手の出血はなかなか止まらなかった。「しかし、ハンデン駅《ハンデン》で手に怪我をするとはな」

電車は速度を上げた。ボルボでもこのスピードは出せないだろう。三分後、彼らはジョードブロ駅に到着した。電車の窓からボルボは見えなかった。電車を降り、急いで改札を通り、駅舎を見た。典型的な田舎の駅ながら、線路の向こうにおなじみのロゴマークが見えた。世界で一番慣れ親しまれているロゴマーク。コカ・コーラ社のスウェーデン本社。工場のようなその巨大な建物の外に何台もの車が停まっていた。一向にやむ気配のない悲惨な雨の中、ふたりはその建物に向かった。

「シフト勤務だから」とブロームは言った。「明日の朝までは誰も気づかないはずよ」

「もう少しモダンな車がよかったかな？」とベリエルは言った。

彼女は怪訝《けげん》な眼を彼に向けた。ふたりはまた九〇年代の古ぼけた車に乗り込むと、ストックホルムに向けて走った。

「渋滞税がかかる区域は避けて」とブロームは言った。

「監視カメラのないところを走る」とベリエルはうなずいて言った。

ストックホルム南部のファルスタまで来ると、ふたりともようやく一息つくことができた。

ベリエルが言った。「どうしておれたちはあいつらに見つけられたんだ？」

「わたしのヴァンに送信機は取り付けられていなかったと思うけど」とブロームは言った。

「もしそうなら昨日の夜に捕まっていたはずよ。あるいは今朝買いものに出たときに」

「じゃあ、どうしてだ？　おれの体にチップでも埋め込まれているのか？　それともきみの体に？」

「それはないわ。もしかしたらGPSの逆追跡が可能になったのかも。まだ実現化はされてないと思ってたけど。そういう逆追跡は最低でも四基の人工衛星を調整しなくちゃならないんだもの」

「あのボートハウスは安全なんだろうか。戻っても大丈夫か？　ひょっとしてロイとロジャーがくつろいで待ってたりしないか？」

「それは彼らがいつ信号を受信するかによるわね」

ベリエルはため息をついて言った。

「わかった。確かめてみるしかないか」

29

十月二十八日　水曜日　十九時四分

無数の雨粒がエッツビケン湖の暗い湖面に無数の波紋を描いていた。

彼らの帰りをボートハウスで待っていた者はいなかった。

彼らの居場所を突き止められたことを示す証拠もなかった。

ベリエルは桟橋の手すりに寄りかかり、一息ついた。全身ずぶ濡れで、立ったまま眠らないよう気をつけた。手すりと手すりのあいだに隙間があり、そこから湖面へ梯子《はしご》が降りていた。いずれその梯子を降りなければならなくなるかもしれない。そう考えただけで、全身の血が冷たくなった。

ブロームがやってきて彼の横に立った。彼女も彼同様、ずぶ濡れだった。

「終わった？」と彼女は尋ねた。

彼はうなずいて言った。「四基のカメラを必要な場所に取り付けた。ヴィダル通りのアパートメントにあったのと同じ種類のカメラだよな?」

ブロームはうなずいた。「盗んだマツダのナンバー・プレートも替えておいた」

「公安警察のスーツケースは底なしだな。いったいどんなものがはいってるんだ?」

彼女は何も言わなかった。しばらくふたりは暗い入江を見つめた。

「煙草をまだ吸っていたらいいのに、と思うことが時々ある」とベリエルが言った。

ふたりはボートハウスの中にはいると、それぞれのパソコンが置かれているそれぞれの作業台のまえに坐った。作業台の横には寝袋とキャンピングマットが置かれていた。どちらもまだ使われていなかった。

ベリエルはコーヒーを飲み、ブロームは紅茶を飲んだ。ふたりとも疲労困憊していたが、とりあえずそのことは忘れることにした。

ベリエルは怪我《けが》をしている左手も使って、パソコンのキーボードを叩いてみた。意外なことにうまく叩けた。ヴェステル橋で思いついたことを調べた。あのときチャールズ・リンドバーグと名乗ってしまったことを後悔しながら。

一番明らかなことから調べはじめたブロームが言った。「全国的な捜索指令は出てないみたい」

ベリエルは黙って彼女を見つめた。

「警察はまだわたしたちのことを公には捜索してない」と彼女は続けた。「公安警察はわたしたちがいなくなったことを公表してない。記者会見もまだやってない」

「すばらしい」とベリエルは言った。「それはつまり、おれたちを追ってるのはスウェーデン屈指の優秀な警察官だけで、それも極秘にやってるってことなんだから」

ブロームはベリエルの皮肉に鋭い一瞥《いちべつ》で応じた。

ベリエルは続けた。「ディアとアランはどこまで知ってるんだ?」

「わたしが公安警察の捜査官だということはもう知ってる。内部捜査のためにわたしがあなたを拘束したことも。それ以上のことは何も知らないはずよ」

「おれは今どこにいると彼らは思ってる?」

「まだ公安警察に勾留されている。そう思ってると思う。あなたは休暇を取った、なんていう話をアウグスト・ステーンがでっち上げていなければ。正直に言って、ええ、わたしにも正確なところはわからない」

ベリエルはなにやらつぶやいてからパソコンに戻った。ブロームも作業を再開し、公安警察の果てしないデータベースの奥深くまで侵入した。ベリエルのほうは、棚上げされた捜査を掘り返し、それぞれの事件の接点を探していたのだが、ややあって立ち上がると、巨大なホワイトボードのところまで行った。探していたものはそこにあった。彼のパソコンではある映像が再生されていた。ブロームは低いうめき声をあげ、自分のノートパソコンを閉じた。

「収穫なし？」とベリエルは言った。

「公安警察のどのファイルにもニルス・グンダーセンの記録はないわね」とブロームは言った。

「もともと賭けのようなものだったからな」とベリエルは肩をすくめて言った。「グンダーセンというのは、アリシア・アンイエルの混乱した想像力がただ生み出しただけのものなのかもしれない」

ブロームはうなずいた。「ほかにも調べる手段はあるんだけど、それはかなり複雑なのよね」

ベリエルは少し考えてから言った。「シルを動かしていいものかどうか……」

ブロームは彼を見やった。「ばかばかしいほど謎めいたことを言うのね」

「シル」とベリエルはおもむろに言った。「きみを見つけることができたのはシルのおかげだ」

「あなたはどうやってわたしにたどり着くことができたのか、それはずっと謎だった」とブロームは言った。「シルというのはプログラムか何かなの？」

ベリエルは笑った。「当たらずとも遠からずだ」

「いいから教えて」

「これは明かしていいことじゃないけど」とベリエルはため息まじりに言った。「今のおれたちはふたりとも厄介な立場にいるわけだからな。好むと好まざるとにかかわらず互いに信用しないとな。シルというのは女性の名だ。シルヴィア・アンダーション。彼女とは警察学校以来、ずっと一緒に仕事をしてきた。ウィボル・サプライ社のことはシルが調べてくれたんだよ、ちょいと規則を破って。それでリストの中にきみの名前が見つかってボトックス注射を受けた人間と照合したんだ」

「リスト？」ブロームは大きな声をあげた。「リストって？」

「公安警察の〝内部要員〟と〝外部要員〟のリストだ」

「なんですって？　それを全部？」

「昨年末の組織改編のときにセキュリティが脆弱《ぜいじゃく》になった時期があったみたいだ。シルが言うには、いくつかの異常が見つかったらしい。そのせいで一番奥の奥まではいり込めたのかもしれない」

「わたしにもアクセスできないファイルがあるのかもしれない」とブロームは言った。「でも、できれば今はあなたのそのシルには頼りたくない。なんといってもこっちは逃亡の身なんだから。まずはわたしの方法でやらせて」

「〝かなり複雑な〟ってやつで」とベリエルはうなずいて言った。「それはどんな〝複雑な〟やり方なんだ？　もう隠しごとはなしだ」

「ＭＩＳＳよ」とブロームはそっけなく言った。

ベリエルは彼女を見て、ゆっくりと首を振りながら言った。

「軍情報保安局《MISS》。そこに知り合いでもいるのか？　昔の恋人とか？」

「昔のじゃない」と彼女は落ち着き払って言った。「あなたのほうの進捗《しんちょく》は？　隠しごとはなしよ」

「これだ」とベリエルは言って、パソコンの画面を彼女のほうに向けた。

それは市《まち》の中心部と思われる通りに面したＡＴＭの防犯カメラ映像だった。弱い雨が降っているようだが、映っている場所は明るく、誰もいない。やがてそのまえを少女が通過した。彼女の手にはボルト・カッターが握られていた。少女がカメラのほうに顔を向けたところでベリエルは映像を止めた。少女はとことん緊張していた。

「エンマ・ブラント、十五歳」とベリエルは言った。「今年の夏至祭の夜、場所はホーンストゥル」

「いいわね」とブロームは言った。「画面コピーをして。印刷したものが欲しいから」

「印刷？」

「誘拐された少女全員の写真が欲しい」そう言って、彼女はホワイトボードを指差した。

ベリエルはうなずき、画面のコピーを取ると、また映像の再生に戻った。誰も映っていなかった。彼は映像を早送りした。夜ふかしのスズメが映っていなければ、静止画像と思ったことだろう。彼は早送りをやめた。映像が普通の速さに戻った。ヴァンが画面を横切った。

彼は再生を止めた。白いヴァンの側面に、細かい文字列の上部に〝スタトイル〟という文字がはっきりと映っていた。犬を散歩させていた年配の女性がマーシュタの廃屋同然の家のそばに隠されているのを見つけたのが白いヴァンだった。レンタカー会社のスタトイル社の。

「ああ」モリー・ブロームは言った。

「ああ」ベリエルは繰り返し、ズームして細かい文字列を拡大した。

解像度はかなり悪く、読み取りにくかったが、辛うじて〝イェヴレ〟という都市名が読めた。

「ヴィリアムの登場だ」とベリエルは言った。「七分後だから、エンマ・ブラントはこの時点ではもう橋のてっぺんに着いていただろう。もうフェンスを切りはじめていたかもしれない」

一フレームずつヴァンを動かした。ベリエルが映像を止めた。ナンバー・プレートの最後の数字といくつかほかの文字も判別できた。

「公安警察はこのスタトイル社のヴァンの情報をおれたちには隠していた」とベリエルは言った。「きみのホワイトボードにもこのヴァンの目撃情報がある。ナンバーが一致する」

ブロームはうなずいて言った。「お見事。イェヴレ市のスタトイル社。セートラホイデン通りにあるガソリンスタンド。あそこは念入りに調査したわ。五月にヨーアン・エリクソンという人物が借りてる」

「ヨーアン・エリクソン？　エリク・ヨハンソンのもじりか？」

「かもしれない」とブロームはうなった。「いずれにしろ、かなり追ってみたんだけど、それ以上は何もわからなかった。ガソリンスタンドの防犯カメラの映像はとっくに消されてたし」

「エステルマルムのエレン・サヴィンエルの学校の外でも同じヴァンが目撃されていたとしてもおれは驚かない」

「いずれにしろ、わたしたちは本物の証拠に近づきつつある」とブロームは言った。

彼らはそれぞれのパソコン作業に戻った。ボートハウスの外の暗さはもうそれ以上暗くなることはなく、彼らを取り巻く世界から、時間の経過を推し量ることはできなかったが、それは彼らの疲れきった顔を見れば容易に知れた。

数時間経ったところで、ベリエルは歪んだ笑みを浮かべると、追跡される心配のないブロームの携帯電話をつかんで桟橋に出た。

そうしてベリエルが外で長電話をしているあいだに、ブロームは犠牲者である可能性が出てきたスニーサ・フェトウィセットとエンマ・ブラントの写真も印刷して、ホワイトボードに貼ってあるそれまでの犠牲者の写真の横に並べた。今のところ犠牲者の数は七人。並んでいる若い少女たちの顔をとくと眺めた——四半世紀まえに彼女を殺そうとした狂気の連続殺人犯の犠牲者たちだ。嫌悪感と底知れない悲しみだけでなく、何か別の感情もあった。ブロームは自らそのことに気づいた。が、その感情はおぼろげで、すぐに蒸発してしまった。

何かが見えたような気がしたのだが……

七人の顔の中に。が、気づいたときにはもう消えていた。

ベリエルが桟橋から戻ってきて、携帯を掲げ、やけに明るい声で言った。「明日、クリスティーネハムンに行こう」

「三百キロは離れてるんじゃない？」

「たったの二百五十キロだ。いいかい、きみは以前そこまでサイクリングしたんじゃないのか？」

ベリエルはブロームからの鋭い一睨《ひとにら》みが返ってくることを覚悟して言ったのだが、彼女はただこう言った。「話して」

「ヨンナ・エリクソンは今年の二月十二日、クリスティーネハムンの里親の家からボーイフレンドとともに失踪した。発足したばかりだったベルグスラーゲン警察は新旧の里親や友人、教師などあらゆる関係者から聴取した。しかし、ヨンナはボーイフレンドのシモンとそれぞれの里親のもとから逃げたということ以外、有効な情報は得られなかった。誰も彼らに関心を持っていなかったんだろう。ところが、彼らの捜査資料には特別な日付が書かれていた――ヨンナの親友のサンドラがオーストラリアから帰国することになっていた日付だ。その日はついこのまえだ。彼女は現在帰国して家にいる。今電話でいろいろと話してくれた」

「往復五百キロの旅の価値はあるってこと?」

「ああ、そう思う。サンドラは、ヨンナとシモンが世間から雲隠れするときに行きそうなヴェルムランドの森の中のある場所を知っているそうだ。ほかの誰も知らない場所だ。サンドラはオーストラリア未開拓地を旅してたんで、帰国するまで誰とも連絡を取ってなかったそうだ」

ブロームはうなずいて、短い笑みを——短いながらもすばらしい笑みを——浮かべた。

そして立ち上がると、ホワイトボードのそばまで行って、改めて少女たちの顔写真を眺めた。どれも笑顔の写真だった。

アイシャ・パチャチ、ネフェル・ベルワリ、ユリア・アルムストレーム、スニーサ・フェトウィセット、ヨンナ・エリクソン、エンマ・ブラント、そしてエレン・サヴィンエル。

「さっきここに立っていたとき、何か発見したような気がしたの。その感覚はもう消えてしまったんだけど、まだ何かが見える気がする。ヴィリアムがマーシュタの家をエリク・ヨハンソン名義で借りたのはいつだった?」

「二年まえだ」とベリエルは彼女をじっと見つめながら言った。「二年半まえの三月。所有者はアルゼンチン在住」

「二年半まえの三月」とブロームはおうむ返しに言った。「そのあと彼は学校が終わる六月七日に最初の犠牲者アイシャを誘拐した。そうしてマーシュタの家に彼女を連れていった。

その壁。どうして係船環があれほど壁の奥に埋め込まれていたのか。わたしは家の中にはいってはいないけど、でも、地下室の迷路――ほんとうに彼の仕業かな？」

「わからない」とベリエルは言った。「ただ狂ってることしかわからない」

ブロームは脳細胞を目覚めさせようとするかのように頭を強く掻いて言った。「わたしたちの仮説が正しければ、彼は二年半のあいだに七人の少女を誘拐したことになるのに、犯行現場としてわたしたちが押さえているのは、マーシュタの家ただひとつだけよ。彼には自由に使える同じような家がほかに七つもあるの？　じっくり時間をかけて拷問時計を組み立てることができるような場所が？　そんなに何軒もあるはずがないわ。時計はたったひとつ、犯行現場もたったひとつ、そう考えるほうが論理的じゃない？　そこに少女たちを全員連れていったんじゃない？」

「ああ」とベリエルは言った。「マーシュタの家は本部のようなものだった。そういうことか？　あそこに連れていかれたのはエレンが最初じゃない。そう言いたいのか？　彼女のDNAしか見つかってないのに？」

「こういうのはどう？」とブロームは新しい発見に眼を輝かせて言った。「少女を拷問するたび彼は新しい壁を塗り重ねていった。係船環は直径が十センチぐらいあるから、壁が厚くなっても機能していたけど、最後にはほとんど壁の表面から係船環は見えなくなった。そうやってヴィリアムは証拠となるDNAを壁に埋めて隠した」

ベリエルは顔を歪めて言った。

「くそ、明日の行き先はとりあえずマーシュタだな。クリスティーネハムンじゃなくて」

「明日?」とブロームはトレーニングウェアの上着に袖を通しながら言った。

30

十月二十九日　木曜日　零時一分

ベリエルは木の壁に背中を押しあてた。朽ち果てた木は軟らかかった。崩れかけている隣りの家に眼をやった。暗がりの中にブロームがしゃがみ込んでいた——直接彼女の姿は見えなかったが、彼女の懐中電灯の光が草むらを照らしていた。頭上のポプラの木に葉はもう残っていなかった。だから夜を貫くような葉鳴りはなかった。

雨も降っていなかった。

彼は腕時計を見た。ほぼ結露のなくなったガラスの内側で、時計の針が午前零時を指していた。

〝幽霊の刻《とき》〟が始まろうとしていた。

急にブロームがいなくなった。腕時計から視線を上げたときにはもういなくなっていた。

ベリエルは懐中電灯の光を草や木、廃墟《はいきょ》と化した離れ家の腐った壁や半分壊れた正面玄関のドアに向けた。

突然ドアが勢いよく開いた。家の中は明かりに照らされ、その光は裏の道にまで届いていた。

ブロームが光の中に現われ、手招きをした。彼女のそばまで行くと、反対側の壁がガレージの扉を開けたように完全に取り除かれているのがわかった。彼女はひとすじの光に照らされている地面を指差した。比較的新しいタイヤ痕がはっきりと残っていた。

彼らは先へ進んだ。この場所を最初に見たときからどれくらいの時間が経ったのか。ベリエルはふと思った――あのときには彼らが身を屈めながら次々に土砂降りの中から姿を現わすのを見たわけだが、うしろからでも彼らが神経を張りつめさせているのはひしひしと伝わってきた。

そのあとほどなくそのうちのひとりが飛んできたナイフで負傷した。最後にここに来てからそれほど経ってはいない――負傷したエクマンはまだ入院中だろう。ベリエルは日数を数えようとして、すぐに気持ちを変えた。

証拠だ、証拠。アランの視点だ。

ここ二、三日のあいだにさまざまなことがめまぐるしく起こり、埋もれていた過去からばかばかしいほど多くの記憶が掘り起こされた。ベリエルとブロームは常軌を逸した犯人の犠牲者となった可能性のある七人を探しあてた。彼らが知りうるかぎり、その犯人はヴィリアム・ラーション。ただ、凶暴な誘拐犯が今も動きまわっていることを示唆する証拠はたったひとつしかなく、連続殺人を示す証拠はひとつもない。唯一の物的証拠は、今彼らの眼のまえにそびえ立つこの家の地下から見つかったDNAだけだ。エレン・サヴィンエルの血液だけだ。

アイシャ・パチャチは兄を追ってシリアに渡った。実際のところ、ISの幼な妻にでもなっているのかもしれない。

ネフェル・ベルワリもエレブルー市ヴィヴァラで名誉殺人の犠牲になったのかもしれない。

ユリア・アルムストレームは身元不明の前科者のボーイフレンドと国外に逃亡したのかもしれない。

スニーサ・フェトウィセットはほんとうに小児性愛者のアクセル・ヤンソンに殺害されたのかもしれない。

ヨンナ・エリクソンは同じような不幸を背負ったボーイフレンドのシモン・ルンドベリとどこかに逃げたのかもしれない。

エンマ・ブラントはヴェステル橋から投身自殺をして、海に流されてしまったのかもしれない。

ヴィリアム・ラーションはサム・ベリエルとモリー・ブロームの過去の暗い闇の中から召

喚された亡霊にすぎず、実際にはもう存在しないのかもしれない。冷静に考えてみれば、変形が起きる病気のせいで一九九〇年代に死亡していることも考えられなくはない。

終わってみれば、すべては〝機械の中の幽霊〟だったということになるのだろうか。だとしたら、ちょうど幽霊の刻を迎えた今このときに真実が暴かれるというのは理に適《かな》っている。

とはいえ、エレン・サヴィンエルだけは話が異なる。彼女は明らかに誘拐され、殺害された可能性のある十五歳の少女だ。それには疑いの余地はない。

彼らが対峙《たいじ》しているのは幽霊などではなく、本物の連続殺人犯であることを示す証拠が壁の血痕の奥に何か残されているはずだ。

本物の証拠が実際に壁の奥に。

玄関ポーチにあがる階段に張られたままの青と白のビニールのテープが夜のかすかな風に吹かれて揺れていた。ベリエルが先を歩き、ブロームがそのあとに続いた。家の中に誰かがいるとも思えなかったが、ふたりは反射的に同時に拳銃を抜いた。

ドアを開け、ベリエルはすぐしゃがみ込み、ナイフが飛び出す仕掛けに懐中電灯の光を向けた。何も変わっていないように見えた。中にはいった。ブロームもあとに続いた。

左に曲がって居間にはいった。やはり何も変化はなかった。寝室をざっと見まわしてからキッチンにはいった。床のハッチは開けられたままで、警察のテープも彼が最後に来たときのままだった。あれから誰かが家の中にはいったことを示すものは何もない。

ベリエルは懐中電灯で照らしながら地下への階段を降り、降りきると迷路の壁に光をあてた。振り向くと、緊張したブロームの白い顔が暗闇に浮かび上がった。彼らはいくつもの部屋をめぐる迷路を進み、ベリエルたちが四日まえにこじ開けた壁の穴のところまでやってきた。ベリエルは膝をついて、拳銃を構えたまま穴をくぐりぬけた。ベリエルの懐中電灯の光が多くを語る剝き出しの壁の表面を躍る中、ブロームも穴を通り抜けた。まるで壁が徐々に崩壊しているかのように白い粉が彼女に降った。ブロームは口にはいった石膏《せっこう》ボードの破片を吐き出すと、内部を見まわし、一番奥の壁まで進んだ。そして、壁に染み込んだ血液のへりに指を這《は》わせると、しゃがみ込んで床に残された爪跡を懐中電灯で照らした。足の爪の跡。手の爪の跡。次に二本の柱に眼をやり、壁に埋められた係船環に触れた。

壁があげる悲鳴が彼女にも聞こえているのがベリエルにはわかった。いや、聞こえるのではない。感じられるのだ。最初にこの場に立ったとき、彼もその悲鳴に圧倒された。おそらく彼女も同じだろう。感じ方はちがうかもしれないが。いや、そんなことより今問題なのは何人の悲鳴かということだ。

少女全員?

「ええ」とブロームは言った。「たぶん同じ時計ね」

「時計塔にあるような巨大な時計だ」と彼は言った。「考える以上に強力だ」

「考えたくもない」と彼女は吐き捨てるように言うと、血が染み込んだ壁の左側に行き、真ん中の係船環のまわりに刻まれたくぼみを指差して言った。

「これだけから判断するのはむずかしいわね。別の層があるかもしれないけど。でも、かなり粗く削られているから、やはりなんとも言えない」

「お眼鏡に適う仕事ができなくてすみませんねえ、奥さま」とベリエルはわざと拗《す》ねた口調で言った。

「今回はもう少し丁寧にやりましょう」とブロームは落ち着いた声で言うと、ミリタリー・パンツの無数のポケットの中からハンマーと鑿《のみ》を取り出し、鑿を血痕の真ん中にあてて振り向くとベリエルを見た。彼はうなずいて言った。

「きみが思っている以上に硬いはずだ」

ブロームは鑿をハンマーで叩いた。何も起きなかった。もう一度叩いた。かけらがいくつか剝がれ落ちた。

しばらくすると、三センチ幅の四角い溝ができた。彼女はその溝の内側をできるだけ薄く削った。

一センチほど削ると、壁の色が変わった。もう一度ハンマーで鑿を叩くと、比較的大きなセメントのかけらが床に落ちた。それは明らかに茶褐色の壁の一部だった。

「なんとなんと」とベリエルは言って、上着のポケットから証拠品用の袋を取り出した。

ブロームはゴム手袋をはめ、錆《さび》色の壁のかけらをさらに小さく砕いてそのひとつをベリエルが持っている袋の中に落とした。彼は袋を閉じ、油性ペンで〝層1〟と書くと、袋をポケットにしまい、ブロームの作業を見守った。

慎重に掘り進めてしばらくすると、新しい層が現われた。きつく握りしめた拳で同じ作業が繰り返された。が、今度はブロームがハンマーと鑿をベリエルに差し出した。彼は少し躊《ちゅう》躇《ちょ》してからそれを受け取った。

そのあとラベルに〝層3〟と書かれた証拠品用の袋を持ち上げ、懐中電灯の光をあてながら言った。「問題はどうやってこれからDNAを取り出すか、だ」

「なんとかできるかもしれない」とブロームは小さなビニール袋がベリエルのポケットに収められるのを見ながら言った。

「あててみようか」とベリエルは言った。「外部要員を使う、だろ？」

そう言って、道具を床に置くと自分の両手を見た。前回大きな係船環を掘り出したときより手にたこができていた。

ブロームはハンマーと鑿を取り上げ、壁を四角く掘る作業を引き継いだ。錆色の層がまた現われた。

時間が経過し、ベリエルに替わった。そのあとひたすら削りつづける無言の作業が続いた。最後にふたりは震える筆跡で〝層6〟と書かれたラベルが貼られたビニール袋をじっと見つめた。

「六つの層とエレンで」ブロームは言った。「七人の少女ね」

また壁から悲鳴が聞こえてきた。ベリエルは七人の叫び声が聞き分けられるような気がした。煉獄《れんごく》から聞こえてくる叫びが。

努めて理性的に考えようとしたが、容易にはいかなかった。

「必ずしも七人とはかぎらない」と彼は言った。「犠牲者はほかにもいるのかもしれない」

そのとき物音が聞こえた。何かがこすれたようなかすかな音だった。ブロームが体を硬直させたのがベリエルにもわかった。彼女は彼のほうをちらっと見ると、黙るように合図した。ベリエルにしてみればいちいち合図されるまでもなかったが。

玄関のドアが開いたのか？

それとも単に、〝幽霊の刻〟を持て余しているこの家がたてた音なのか？

ブロームとベリエルは身じろぎひとつすることなく、その場にじっと立って待った。ほかの音は聞こえなかった。沈黙がこだましているだけだった。

ブロームは懐中電灯を消し、ベリエルを横に押した。そのときこすれるようなかすかな音がまた聞こえた。

地下への階段を降りてくる足音のようにも聞こえた。

ベリエルは静かにショルダーホルスターから拳銃を抜き、指を一本立て、次に二本立ててもの問うような眼をブロームに向けた。彼女はただ首を横に振り、音をたてずに壁の穴のほうに移動した。足音がもう一度壁の穴の近くで聞こえてもそれがひとりなのかふたりなのかはまだわからなかった。

いずれにしろ、穴をくぐって地下室にはいってこられるのは一度にひとりだけだ。

彼らは壁の穴の脇に立ち、穴に向けて銃を構えた。ベリエルも懐中電灯を消した。すべてが漆黒の闇に包まれた。何者かが膝をつき、腹這いになるような音が聞こえた。

誰かが穴をくぐり抜けようとしている……

ベリエルは懐中電灯をまたつけると、穴の上の壁を蹴った。地下室にもぐり込んだばかりのその人物に灰色がかった白い粉が降り注いだ。

ブロームが怒鳴った。「動くな！」

より細かい粉が侵入者の上に降り注いだ。灰色がかった白色ののっぺりした顔に恐怖におののく茶色い眼があった。

鹿の眼。

「ディア！」とベリエルは叫び、銃をおろした。

「ああ、もう」デジレ・ローゼンクヴィストはしわがれた声で言った。「これって悪夢よね、でしょ？」

「ひとり？」とブロームは怒鳴った。

「残念ながら」とディアは答えた。

ベリエルは彼女の手を引いて立たせた。

ブロームもようやく拳銃をおろして尋ねた。「ここで何をしてるの？」

「それってこっちの台詞《せりふ》じゃない？」とディアは言って体に降りかかった壁の破片を払った。「ずっと探してたのよ、サム。あなたはまだ取り調べ中だってアランはその一点張りだったけど。でも、いったいどうなってるのよ？」

「話せば長くなる」とベリエルは言った。

ディアはブロームを指差した。「ナタリー・フレーデン。驚いた！　しかもふたりとも銃を持ってる。なんなの、これ？　ほんと、悪夢としかほかに言いようがない」

「ひとことじゃとても説明できないが」とベリエルは言った。「いずれにしろ、おれを信用するかしないか、決めてほしい」

ディアは疑わしげな眼をベリエルに向けた。

「結局、この人は警官だったってわけ？」と彼女は言った。「アランから聞かされたのは彼女は釈放されて、かわりにあなたが内部捜査の取り調べを受けてるってことだったけど。でも、わたしとしては公安警察がからんでいるという疑いがずっと頭から離れなかった」

「そう、わたしもあなたと同じ警察官よ」とブロームは言ったものの、銃をしまおうとはしなかった。「それよりなにより、あなた、ここで何をしているの？」

「真夜中のひらめきってやつね」とディアは言った。「壁よ。なんであんなに厚かったのか。

犯人は一度に十センチも壁を厚くしたわけじゃないんじゃないのか。何度か繰り返したんじゃないのか。そう思ったわけ。つまり、ユリア・アルムストレームとヨンナ・エリクソンも同じように壁につながれてたんじゃないかって」

「おれの教育はどうやらまちがってなかったようだ、ディア」ベリエルはそう言うと、小さな証拠品袋のひとつをディアに渡した。

「ねえ、あなたに教育してもらった覚えなんかないって何度言ったらわかるの、サム？」ディアはそう言ってラベルを見た。「〝層6〟？　6？」

「この下に六つの層があって、明らかに血が染み込んでる。七人の少女がここに囚《とら》われていたということだ」

「なんですって？」とディアは言った。「いったいなんなの、これは？　秘密の並行捜査か何かなの？　公安警察の？　あなた、公安に雇われたの、サム？」

「話はもっと複雑よ」とブロームが言った。「問題はあなたを信用していいかどうかということね」

　ベリエルはちらっとブロームを見やり、同意を得たと思った。

「おれたちは存在しない。きみはここでおれたちには会わなかった。四角い穴はきみひとりで掘った。この六つの証拠品袋はきみが国立科学捜査センターのロビンに届ける」

　ディアは鼻を鳴らして首を振りながら言った。

「何か変だと思ったのよね。でも、これってつまり、あなたたちは逃亡中ってこと?」

「秘密裏に行動しているだけよ」とブロームが答えた。やはり拳銃を手に握ったまま。

「サム?」とディアは問いかけた。

「秘密捜査だ」とベリエルはブロームのことばを裏づけた。「プリペイド式のあの携帯電話はまだ持ってるか?」

「家にある。充電してないけど」とディアは答えた。

「あとで四人の名前をメールする。その名前を調べてくれ。ユリアとヨンナとエレンのDNAは捜査資料に含まれてるけど、残りの四人のDNAは古い事件の現場から探さないとわからない——机の引き出し、櫛《くし》、歯ブラシ、服、抜け毛、なんでもいい」

「正直に言うと、もう捜査らしい捜査はしてないのよ」と言ったディアの声はいかにも沈んでいた。「わたしたちの手元にはもうほとんど何も残ってない。このあとはたぶん公安警察が捜査を引き継ぐんじゃないかな」

「でも、これで少しは捜査にも活気が戻るんじゃないか?　これから送る名前を見てつながりが確認できたら。そういうことになったら、また調べてくれ。分析が終わったら返事をくれ。だけど、公式のルートは絶対に使うな」

ディアはため息をつき、しばらく考えてから言った。

「ということはやっぱりほんとうだったの?　ほんとうに連続殺人事件だったの?」

「ああ。それに犠牲者七人全員がおそらくここにつながれていた」とベリエルは言った。

「わたしもこの地下室に最初にはいったときから何か感じたわ」とディアは言った。「何かあったのはまちがいないって。そんな勘が働いた」

「おれたちはもう行くけど」ベリエルはそう言って残りの証拠品用の袋もディアに渡した。「さっき言ったとおり、きみはおれたちに会っていない」

「あなたが何者なのかさえ知らない」とディアは言い、壁のほうに向かい、入念に削られた四角い穴を調べて首を振った。「そんなことより、サム、わたしにはあなたのことがわからない。あなたはずっとわたしに嘘をついてた。嘘をついて、陰で並行捜査をしていた。しかも本捜査を妨害した。あなたがこれからも刑事を続けていけるかどうか、正直に言ってわたしにはわからない」

「今大事なのはきみがおれのことを信用することだけだ、ディア。そのほかのことは――状況が普通に戻ってから謝らせてくれ」

ベリエルは膝をつくと、うしろ向きに穴を出ていった。

ディアはブロームのほうに振り向いて言った。「わたしはあなたのことをほとんど知らない。あなたは誰なの？」

「エーヴァ・リンドクヴィストよ」とモリー・ブロームは言い、ようやく拳銃をショルダーホルスターにしまった。

ふたりが出ていくと、ディアは両手に力を込めて耳をふさいだ。

それでも悲鳴は大きくなるばかりだった。

31

十月二十九日　木曜日　七時二分

ふたりはそのときを待った。そう長くはかからなかった。

変化はゆっくりと始まった。暗闇の中から世界が難儀しながら浮かび上がり、やがてふたつに分裂し、真っ赤な夜明けが湖面から姿を現わした。空と湖とのあいだから、色とりどりの光が洩れ出し、水面《みなも》に広がった。

ふたりはわずかな睡眠のあと、桟橋に出て待った。ベリエルは包帯を巻いた左手を撫でた。ブロームの視線が感じられた。案の定、彼女は訊いてきた。

「逃げたあとどうしたの？　二十二年まえのあのとき」

ベリエルは首を振りながら言った。「しばらく牧草地を走ったら、きみの悲鳴がやんだ。なのにおれは引き返しもしなかった。ただ尻尾《しっぽ》を巻いて家に逃げ帰って隠れた。思春期の子供が大げさに平静を装う。それはどう考えても心配すべきことだ。だけど、おれの両親はまるで気づかなかった」

「ヴィリアムは？」

「あれ以来、おれはあいつのことを避けるようになった。学期が終わるまでずっと。しかし、そのときも自分が見た少女がきみだとは知らなかった。はっきり見えなかったんだ」

「結局のところ、彼はわたしたちのことを憎んでた。そう思う？」とブロームは訊いた。

思うより速く大きくなっていく太陽を見ながらベリエルは言った。「この件を理解するにはヴィリアムのことをどうしても理解する必要がある。彼と母親はひどいいじめから逃げるためにフブスタ、ヘッセルビュー、ストゥブスタ、バンハーゲンを転々とすることを余儀なくされた。ヴィリアムは生まれてからずっとでこぼこの顔のせいで苦しんでいた。自分のまわりに地獄が渦巻く中、時計という救いにすがって生きていた。だけど、いつか何かが弾けたんだろう。もしかしたら、おれに懐中時計を見せてくれたときにきみが投げた雪玉がきっかけになったのかもしれない。あるいはもっと別の何かか」

「あの雪玉」とブロームは言った。「わたしは投げてないんだけど」

「でも、きみもいたんだろ？」とベリエルは言った。「あのときさきみもあの集団の中にいた。あいつは時計が大好きだった。それを壊されるというのはこの世で一番大切なものを攻撃されるのと変わらない。あいつが好きだったのは、腕時計、懐中時計、壁掛け時計だった。でも、あの頃には一番むずかしい時計を組み立てはじめていた——塔時計だ。とはいえ塔などなかった。あったのはボートハウスだけだ。だからボートハウスに合うように時計の構造を修正して、復讐のために使おうとした。結果的にきみがその犠牲になったのは、モリー、たぶん偶然だよ」

「でも、今はちがう。今はもう偶然とは言えない」

「今はまったく別次元の問題になった。ただ、おれに時計を見せてくれたときにはあいつは称賛されたかったんだよ。顔ではなく、才能で評価されたかったのさ。あのときには何かを共有したかったんだろう。あいつが経験した苦しみは……そう、その苦しみを乗り越えれば強くなれる。強くなれれば生き延びられる。人殺しなんかになってしまってはもう死んだも同然なのに」

「彼がやってることは自殺と変わらないということ？」

「ああ。やつには正しい埋め合わせのやり方がわからなかった」

「正しい埋め合わせ？」

「赦《ゆる》しとか。おれにもよくはわからないが」とベリエルは言った。「〝赦し〟はおれの専門分野じゃないんでね」

「赦しが唯一の解決方法だった。そう言いたいわけ？」

「たぶん。まあ、内なる〝悪〟にも外なる〝悪〟にも立ち向かうために〝悪〟を理解し、〝悪〟から学ぶ。そういうことかな。もっとも、おれにはそういうことができたためしがないんだが」

「わたしも赦すことはできなかった」とブロームは言った。「そもそもそんなこと、人にできるの？」

「少なくともきみはまえに進んだ」

「人生の中で演技することでね」

「多かれ少なかれ、みんなそうしてるんじゃないのか？」ベリエルは鼻を鳴らして言った。

「おれは息子だったときは息子を演じてた。父親になったら父親の役を演じた。そのうち老人の役も演じるようになって、最後は死人の役というわけだ」

「警察官は演じてない？」

「そう言われてみると、警察官を演じたことはない気がする。きみは？」

「わたしが演技しない唯一の役ね」とブロームは言った。

しばらくふたりはそのままそこに佇《たたず》んだ。真っ赤だった朝焼けがやがてまばゆい朝の光に変わり、その光が容赦なくエッビゲケン湖に降り注いだ。一日の始まりだ。

「その役にもそろそろ終わりが来そうだ」とベリエルは言った。

ブロームはおもむろにうなずいてからそのあと首を振りながら、ボートハウスの中に戻った。ベリエルのほうはしばらくその場にとどまってから中にはいった。

そして、トレーニングウェアの上着を羽織り、プロテイン飲料を飲みながら前日の防犯カメラ映像を確認した。画面は四分割されていた。四つの画面はボートハウス周辺の映像を映していたが、いずれの画面にもことさら変化はなかった。

「静かな夜だったみたいね」と彼女は言い、上着のファスナーを閉じた。「思えばわたしたちって風変わりなカップルよね」そう言ってさきに出た。

ベリエルはフェンスのところで彼女に追いついた。

「運転はわたしがする」

ベリエルも異は唱えなかった。はるばるクリスティーネハムンまでずっと、偽装ナンバー・プレートをつけた一九九四年製マツダの盗難車を運転する気にはなれなかった。

二百五十キロの道中、なんとか雨は降らずに過ぎた。ふたりのあいだで意味のあるやりとりが一度だけあった。まずベリエルが尋ねた。

「登山について話してくれるか？」

「登山？」とブロームは訊き返した。車はエレブルー市近郊の制限時速九十キロの道を走っていた。

「唯一きみの人生の中で情熱を注いでるものみたいだから」

「本気でお互いの人生について語り合うつもり？」

ベリエルは笑った。「いや、いいんだ。ただ、ちょっと不公平だと思って」

「どういう意味？」

「おれはナタリー・フレーデンとしてのきみは知っているが、モリー・ブロームとしてのきみのことはほとんど知らない。それに比べてきみはサム・ベリエルの退屈なほど安定した精神状態を深くまで掘り下げた」

彼女のすべらかな額に皺が寄ったように見えた。が、それは急に雲のあいだから太陽が顔をのぞかせたせいのようだった。

「そう」しばらくして彼女は言った。「山に登るのは好きよ」

「潜入捜査官というのは、仕事を連想させないことをしてるときにしかリラックスできない仕事だと思ってた。編みものとか、ゼラニウムを育てるとか」

「登山が潜入捜査官の仕事を連想させる？」

「ちがうのか？　どちらも崖っぷちに立たされたときの精密さとか自己抑制とかが要求されるんじゃないのか？」

「ある意味ではそうかもしれない」と彼女は認めて言った。「でも、永遠に広がる自然の中でぶら下がっているとき、わたしが感じるのは圧倒的でとてつもない解放感よ」

ベリエルはうなずいて言った。「おれは高いところが苦手でね。それに自分のことを本気で信じてはいない。だから衝動的に手を放すかもしれない」

「ねえ、時計のことを話して」

彼は笑みを浮かべた。「時計を見ると、落ち着くんだよ。小さな歯車が相互に作用することがおれにはただひたすら驚嘆的に思えるんだ。でもって、別世界にはいり込んで、体内エネルギーみたいなものを充電することができるんだ。そこではいつも時間は同じように流れてる。ゆっくり、まっすぐ。複雑さゆえに」

「奇妙に聞こえるかもしれないけど、それって少し登山に似ているかもしれない」とブロームは言った。

「だったら転落防止ネットが完備されている登山だな」とベリエルは言った。

クリスティーネハムンに着くまで、そのあとふたりは無言で過ごした。

少女がひとり、強くなる一方の雨に打たれ、スードラトリエットのバス停留所の隅に不機嫌そうに坐っていた。タトゥーが薄手の服の生地越しにはっきりと透けて見えた。怪訝そうにふたりの車の中をのぞき込んできた。

「サンドラだね?」とベリエルは言った。

「うん」と少女は言った。「その人、誰?」

ブロームは偽の警察の身分証を見せて言った。「うしろに乗って」

「やめとく」とサンドラは言った。「ヨンナとシモンの二の舞いはごめんだから」

「そのときはオーストラリアにいたんじゃないのか?」とベリエルは言った。「心配するな。おれたちは警察だ。ちょっと話が聞きたいだけだ。昨日の電話できみは秘密の隠れ場所のことを話してくれた」

サンドラは深くため息をつき、後部座席に乗り込んだ。ブロームはゆっくりと車を出し、近くに駐車した。

「わたしたちの洞窟《どうくつ》」とサンドラは言った。「小さい頃、そこがわたしたちの隠れ場だった。あの子がシモンを連れていったかはわからないけど」

「小さい頃は親しかったのね？」とブロームが尋ねた。

「うん」とサンドラは答えた。「わたしたち、何年か同じ里親の家で暮らしてたのよ。その頃あの洞窟に行ったの。世界から隠れたくなったときに。でも、そのうちヨンナは別のところに行かされて、そんなに会わなくなった。シモンと会ったのは二回くらいのものね」

「ヨンナがシモンに洞窟を見せたかどうかはわからないって言ったけど、あなたの想像ではどう？　見せたと思う？」

サンドラはうなずいて言った。「ヨンナたち、むしろしょっちゅうあそこに隠れてたんじゃないかな。嫌なことばかり続いたときなんかに。わたしたちがそうしてたように」

「最近そこには行った？」

「わたし、オーストラリアから帰ってきたばかりなのよ。オーストラリアには一年近く行ってた。洞窟にはそのまえも二、三年は行ってないと思う。もうそんなに逃げる必要がなくなったから」

「その洞窟に案内してくれるか、サンドラ？」とベリエルが言った。

サンドラはうなずいた。彼らはヴェルムランドの森に続く狭い道を走りはじめた。ますます強くなってきた雨が車の屋根を激しく叩きつけた。森にはいると、道の起伏が激しくなり、何度かぬかるみにはまりそうになった。

しばらく走ると、サンドラが前方を指差した。待避所を示す標識が立っていた。

「あそこから小径が枝分かれしてる」とサンドラは言った。

ブロームは標識のすぐそばの茂みの中に車を半分乗り入れた。泥だらけの道もそこだけ少し幅が広くなっていた。車は前輪を数センチ泥に埋めて停まった。

「ここからだいたい五百メートルくらい行ったところよ」とサンドラは言った。「そこまで小径が続いてるけど、すごくわかりづらい道よ」

「外はかなり雨が降ってる」とブロームが言った。「あなたは車の中にいて」

「わたしがいないと、どこを歩けばいいかもわからないと思う」サンドラはそう言ってドアを開けた。

実際、彼女なしではとても見分けがつかない小径で、濡れた枝が鞭《むち》のようにしなって彼らを打ち、雨水を滴らせた。十メートル進んだだけで三人ともずぶ濡れになった。これ以上は濡れようがないというほどに。

しばらく進むと、起伏の激しい一帯になり、彼らは苔《こけ》や藻類《そうるい》さえ生えにくそうな急な斜面の崖のそばを這う小径を歩いた。やがて崖は遠のき、サンドラが立ち止まり、前方を指差した。大量のマスカラが頬を伝っていた。

「昔と比べたらずいぶん茂みが濃くなってる」と彼女は言った。

ベリエルたちは彼女の指の先を眼で追った。岩の下に生えている茂みに一個所だけ不規則な生え方をしているところがあった。

サンドラはその茂みの一帯をめざして歩きだした。ブロームが彼女の肩に手を置いた。サンドラは苛立たしげに振り向いた。

「ここで待ってて」とブロームは言った。

「あの松の木の下で雨をよけていてくれ」とベリエルも言い、背の高い木を身振りで示した。それが松の木だといいのだが、と内心思いながら。

見るからに不服そうに松の木の下に佇んでいるサンドラをあとに残し、ブロームとベリエルは洞窟へ向かった。ベリエルが肩越しに振り返ると、サンドラはまるで北欧神話に出てくる幽霊さながらだった。眼を大きく見開き、青白い顔に黒い線が走っていた。

茂みの木の種類はわからなかったが、棘《とげ》に覆われ、丈のある木もあった。若い少女たちには——敵意に満ちた世界から逃げるためとはいえ——とても通り抜けられそうにないような場所だ。ここ数年のあいだに想像をはるかに超えて成長したのだろう。

問題はこの茂みを通った者がいるかどうかということだ。五年まえではなく、約八ヵ月まえの二月中旬に。

ヨンナ・エリクソンとシモン・ルンドベリがなんの痕跡も残さず地球上から消えたときに。

ベリエルに先頭に立たれるのが業腹《ごうはら》で、ブロームは密集した下草を自ら掻き分けて進んだ。金属色の空に稲光が走った。ベリエルはとっさに、木から離れろとサンドラに注意を呼びかけようと思ったものの、地鳴りのように重い雷鳴が轟《とどろ》くのを聞いたときには、自然の中では彼女のほうがよほど身の処し方を心得ているはずだと思い直した。それになぜか今は叫ぶときではないような気がしたせいもあった。どうしてそんな気がしたのか。そのわけは洞窟の入口が見えたときにわかった。誰かがその洞窟を占拠している。なぜかそんなふうに思えたのだ。

ヴィリアム・ラーションが中にいて、エレン・サヴィンエルを巨大な時計の仕掛けにくくりつけている可能性もなくはなかった。

ベリエルは拳銃を抜いた。茂みの先でブロームも銃を抜いたのが見えた。次の稲光が空一面に枝分かれした光を放った。そのときにはもう彼女は妙に敵意に満ちた緑の中に姿を消し、さきほどより大きな雷鳴が轟いたときにはもう、洞窟の入口のそばに立っていた。どうしてもベリエルに先んじたかったのだろう。

洞窟の入口の高さはちょうど大人の背の高さほどで、雨に破れた蜘蛛《くも》の巣が天然のカーテンのように暗い入口のまえに垂れていた。暗がりの中から鳥らしい鳴き声がかすかに聞こえた。暗闇がゆらめき、辛うじて見える壁がわずかに動いているように見えた。もっとよく見ようとベリエルが懐中電灯を上げかけたのを制して、ブロームが小声で言った。

「光は下に向けたままにしましょう」

そう言って、懐中電灯の明かりを注意深く地面に向けながら、さきに中にはいった。ベリエルも同じようにしてそのあとに続いた。地面には長い年月を経て重力の力で天井から剝がれ落ちた岩がごろごろしていた。岩のほかにも地面を覆っているものがあった。何かの動物の糞《ふん》のようなものだ。それもかなり小さな生きものの。たとえばネズミとか。

細い通路が十メートルくらい続いた。ベリエルは懐中電灯の光が壁を照らさないように気をつけた。狭かった洞窟がいきなり広がり、気づいたときには彼らは大きな地下空間の中にいて、五メートル上方の隠れた割れ目からほの暗い光が射し込んでいた。ゆらめいていた影の正体が明らかになった。

洞窟の壁一面をコウモリが覆い尽くしていた。壁面からぶら下がり、まるで集団として同時に呼吸しているかのような不思議なリズムでゆっくりと動いていた。

洞窟の奥の一メートルほどの高さのところに、圧倒されるほどの数のコウモリが群れを成していた。ぶら下がっているだけでなく、動きまわっているもの、這いつくばっているもの、奇妙な法則で互いにまたがり合っているものがいた。そのさまはまるでローマ風呂の彫刻が命を得てうごめいているかのようだった。

思わずうめき声を咽喉《のど》から洩らして、ベリエルはブロームを見た。彼女もコウモリの巨大な塊をじっと見つめていた。ふたりの懐中電灯は地面に向けられていたので、上方の割れ目から射し込む光だけがコウモリを照らしていた。

「三つ数えたら」とブロームが小声で言った。「懐中電灯の光をあの群れにあてて。あてたらすぐ地面に伏して身を守って。いい？」

ベリエルは本能的に理解した。同時に呆気《あっけ》に取られてもいた。そのためブロームのことばに応じる自分の声がやけに遠くから聞こえた。「ああ」

薄明かりの中、ブロームは様子を確かめるようにベリエルに眼をやってから小声で言った。

「一、二、三！」

ふたつの懐中電灯の光が同時にコウモリの群れに向けられた。その瞬間、すべてが静止画像になった。コウモリの群れがひとつの塊となってマンタのように飛び立つなり、ベリエルは地面に突っ伏した。鳴き声が一気に高まり、コウモリの大群は彼らの頭の上をかすめて洞窟の外へと飛び出すと、雨の中、巨大な水柱のようになって上空にのぼっていった。ベリエルは膝の痛みを覚えたが、それが脳に伝達されたのは異常なほど時間が経ってからだった。

懐中電灯のふたつの光はコウモリの去ったあとに残されたある物体を照らしていた。そこには古代からの生きものがまだ二匹残っていた。そのうちの一匹はあばら骨にぶら下がり、もう一匹はほとんど肉の削《そ》げた頭蓋骨の歯のあいだから外をのぞき見ていた。

骸骨の顎の骨が動き、まるで骸骨がコウモリを貪《むさぼ》り食っているように見えた。

「なんてことだ」とベリエルは立ち上がると言った。

白骨死体。地面にしゃがみ込み、洞窟の壁面に寄りかかっていた。腐敗して乾燥した肉の残りが白い骨にへばりついていた。顎の骨のあいだにいたコウモリが一羽、具現化された悲鳴となって口の中から這い出てきたかと思うと、仲間を探しに飛び去った。

暗闇の中、ベリエルはブロームの手を探した。彼女のほうも彼の手を握り返してきた。彼らは手に手を取り合って死体に近づいた。懐中電灯の揺れる光に照らされた洞窟の中の光景は古代を思わせ、ふたりとも洞穴《ほらあな》に暮らしている原始人の時代にはいり込んだかのような錯覚にとらわれた。

マンモスの狩猟を終えて休んででもいるかのようにしゃがみ込んでいる白骨死体。死体のまわりには体が縮んだことでずり落ちた服の残骸が散らばっていた。積み重なったコウモリの糞の下から、財布の一部が見えた。

ブロームはベリエルの手から自分の手を離すと、ゴム手袋をはめてから財布を引き抜き、震える指で身分証を見つけた。

シモン・ルンドベリ。

彼らは白骨死体を眺めた。十五歳の少年の死体である可能性は充分にあった。

洞窟の中を懐中電灯で照らしてみた。ほかにめぼしいものは見つからなかった。

「ヨンナ・エリクソンはここにはいない」とベリエルが言った。

「ええ」とブロームは言って、白骨死体のまわりに落ちている服の残骸に懐中電灯の光をあてながら、糞の山から布の切れ端をひとつひとつ拾い上げた。その中からきらきら光るものが出てきた。

直径がわずか一センチにも満たないもので、完璧な円形をして小さな歯がついていた。とても小さな歯車だった。

32

十月二十九日　木曜日　十三時十二分

ボートハウスへの帰途、ブロームはハンドルを握りながらひどい睡魔に二度襲われた。幸いにも、二度ともベリエルの頭脳が覚醒している貴重な瞬間と重なったので大事には至らなかったが。一方、彼のほうはそのとき以外ほとんど使いものにならなかった。文字どおり半分死んでいるような状態だった。

その日の午後の早い時間にボートハウスに急いで戻ると、ふたりは一番近くのタウンハウスの駐車場の防犯カメラの映像チェックをまずすませ、そのあとは寝袋に直行すべきということでお互い異論はなかった。この数日どれくらいの時間起きていたのか、ふたりとも考える気にもなれなかった。

ベリエルはポケットから小さな証拠品袋を取り出し、ラベルに〝ヨンナ・エリクソン、洞窟〟と書き込んで袋に貼ると、ほかの袋と一緒に腕時計の箱の中にしまった。

「二時間ね」とブロームが作業台をはさんだ彼女側のスペースから、トレーニングウェアの上着を脱ぎながら言った。そのあと立ったままミリタリー・パンツのボタンをはずした。

ベリエルのほうはほとんど考えることもなく、上着を脱いでさらにジーンズを脱いでいるところだった。が、彼女の鋭い視線に気づくとその手を止めて言った。

「わかってる。そろそろ湖にはいって水浴びしなきゃいけないことは。だけど、今はまず寝かせてくれ」

「あなたの体臭のことじゃないわ」とブロームは言って指差した。「その腕、どうしたの？」

ベリエルは左腕にある五センチほどのくぼみを指でなぞった。いつもと同じように感覚はなかった。

「古い傷だ」そう言って、ジーンズを脱いだ。

「まるで誰かに齧《かじ》り取られたみたいな傷じゃないの」

ベリエルはもう横になって寝息をたてていた。

砂だらけの荒れたサッカー場の夏の初めというのは奇妙なまでに無慈悲だ。風もないのに砂にまみれた空気を通して降り注ぐ太陽の光は尖っていて、ちくちくと痛い。ベリエルはサッカー場の反対側のゴール近くに人だかりがあることに気づく。集まっているのは女子、それもかなりの人数だ。彼女たちの甲高い声が聞こえてくる。それでも何を言っているかまではわからない。砂地の上に広がる何もない空間が言語というものすべてを濾過《ろか》しているかのように。ベリエルはまったく別の人間になってしまっている。時間が彼を変えた。ここ数週間だけで何歳も歳を取ってしまったような気がする。最近はあのような人だかりを自然と避けている。自分が一匹狼になったような気がする。それでもよく聞き取れない叫び声がわけもなく気になる。意に反して彼は声のする方向に引き寄せられる。少女たちひとりひとりの背中が徐々に見えてくる。彼女たちが着ているのはいかにも夏らしいワンピースとスカートで、容赦ない日光を浴びて彼女たちの長い髪があらゆる色に輝いている。彼女たちが動くたびに砂埃が舞い上がり、少女たち以外にも誰かがいるのが見える。彼女たちの向こうにひときわ高い頭が現われる。アントンの頭だ。少女たちのカーテンの向こうに隠れたかと思うとまた現われ、また動く。カーテンが少し開くと、ゴールポストに縛りつけられた人影が見える。人影の顔を覆うカーテンのように、長い金色の髪が垂れている。ズボンを引きおろされ、下半身が露出している。

そこでアントンがベリエルに気づくと、いつものにやけ顔を見せ、大声で叫ぶ。「おい、サム！　おまえもこっちに来て、おまえの友達に挨拶していけよ！」

ベリエルはヴィリアムに気づかれるまえにその場から逃げたかった。が、もう遅い。少女たちのカーテンを通り抜けながら、ベリエルにはひとつのことしか考えられない——もうすぐ夏休みだ。夏休みになれば、こんな馬鹿げたことも終わるだろう。ただ、アントンにとっては終わってはいない。まだまだ終わりではない。彼はベリエルに何かを手渡す。それがなんなのかわかるまで少し時間がかかる。タオルだ。濡れたタオル。

「それで鞭打《むちう》ちにするんだ！」

ベリエルはそこで初めてヴィリアムがすでにひどく鞭打たれていることに気づく。と同時に、彼の眼のまえにボートハウスが現われる。少女の舌が粘着テープを押し上げるのが見える。少女の大きな悲鳴が聞こえる。その悲鳴は、ベリエルが怯《おび》えたウサギのように草の中を逃げる最中に突如やむ。ベリエルはヴィリアムを何度も鞭打つ。ヴィリアムは苦痛に体を萎縮させる。それでもうめき声ひとつ出さない。ヴィリアムは視線を上げ、初めてベリエルと視線を合わせる。

ベリエルはヴィリアムに近づくと、すぐそばに立って囁く。「これはボートハウスの報いだ。この変態野郎」


ベリエルは何かに起こされ、上体を起こした。ぼんやりとボートハウスの中を見まわすうち、眼の焦点が合った。視野の中央にモリー・ブロームがいて、プリンターから印刷された写真を彼の眼のまえに掲げていた。しゃがみ込んだシモン・ルンドベリの白骨死体。

「やつのほんとうの獲物はこのおれだよ」とベリエルは疲れた声音で言った。

ブロームはその写真をホワイトボードに貼って彼を見たものの、何も言わなかった。

ベリエルは寝袋から起き上がって続けた。「やつはおれが覚えている以上におれのことを憎んでるんだよ。おれはどこかで自分の記憶を自分に都合よく書き換えてた」

「それって人間みんなの処世術じゃないの」とブロームは言った。「で、どんな夢を見たの？」

彼女はまたミリタリー・パンツとトレーニングウェアの上着を着ていたが、どこかちがって見えた。ベリエルはホワイトボードに近づき、そこに立ってヴィリアム・ラーションの犠牲者たちの写真を眺めながら尋ねた。

「あのときさみもサッカーのゴールのそばにいたのか？」

ブロームは射抜くような鋭い視線をベリエルに向けていた。「なんの話なのかわからない」

「ヴィリアムはゴールポストに縛りつけられていた」と彼は言った。「ボートハウスのあと、夏の初めの頃だ。女の子の一団がいた。きみもその中にいたのか？」

ブロームは首を振って言った。

「わたしは学期が終わるまでたいていいつもひとりだった」

「だけど、きみの友達はいた」とベリエルは言った。「おれはやつのペニスを鞭打った。濡れたタオルで」

「ヴィリアムを鞭打った？」

「ああ、そうだ」

そう言って、ベリエルは彼女の眼を見た。わずかながらも同情のかけらが見えた。自分が彼女に同情を求めているのかどうか、ベリエルにはわからなかったが。

彼女はうなずくと、下着のままのベリエルを身振りで示して言った。

「さあ、体を洗ってきて。シャンプーは外に置いてあるから」

彼女のどこが変わって見えたのか、ベリエルにはそのときわかった。髪の毛がまだ濡れていた。

ベリエルは張り出し屋根の下に立つと、見渡すかぎりエッビケン湖を覆い隠している雨のカーテンをしばらく眺めた。そして、深くため息をつくと、手すりの上に置いてあったシャンプーをつかんで梯子を三段降りた。突き刺すような痛みが足の親指から全身を貫いた。彼は思いきって湖に飛び込んだ。水は臍《へそ》のあたりまでの深さだったが、雷に打たれたようになって、脳細胞の瞬間瞬間の微細な働きが見えたような気がした。上半身も水の中に沈めて麻《ま》痺《ひ》するような冷たさを感じていると、ヴィリアムが彼らに何かを求めていることが、今までにないくらいはっきりと感じられた。ヴィリアムは彼らと話したがっている。彼は何かの物語を語りたがっている。その物語は多くの痛みと、多くの死を伴って幕を閉じる。

死によって終止符が打たれる。

一方、ベリエルの肺は彼に命じていた。今すぐ氷のような冷たさから出ろ、と。水から出た彼の頭に別の名前とともにある考えが浮かんだ。体を洗いながら、脳に受ける刺激を利用してその考えをはっきりさせた。

数分後、ベリエルはタオルを巻きながらボートハウスに駆け込んで叫んだ。「アントンだ！」

ブロームは立って八人の犠牲者の写真を眺めていた。ベリエルのほうを振り向く直前、慌てて涙を拭ったのが見えた。

「どうしたの？」

「アントンだ」とベリエルは繰り返した。「クラス一のいじめっ子。覚えてるか？」

「わかってると思うけど、あなたとは同じクラスじゃなかったのよ。あなたが九年生のとき、わたしは八年生だった」

「でも、聖ルチア祭のことは覚えてるだろ？　ヴィリアムの頭にルチアの冠を糊で貼りつけたときのことは」

彼女はあまり訪れたくはない過去の時間に不承不承引き戻されて言った。

「ええ、覚えてる。九年生の三人組」

「アントンとミッケとフレダンだ」とベリエルは言った。「ヴィリアムに歌えと言ったのがアントンだ」

「ああ、あれね。『さあ、歌えよ。恥ずかしがるなよ。さあ早く』」

「ああ、それだ」とベリエルは言った。

「覚えていたくないくらい覚えてる」とブロームは言った。「そのアントンがどうしたの？」

「ヴィリアムをゴールポストに縛りつけたのも、ズボンを脱がせたのもアントンだ。どうやったのかはわからないが、その場に女の子たちを集めて、ヴィリアムを辱《はずかし》めるのを見物させた」

「彼があなたも引き込んだの？」

「おれは怒りで頭がいっぱいだった」とベリエルは言った。「もしかしたら、奥底でおれは自分自身を鞭打ってたのかもしれない。自分の中の臆病さを叩き出そうとしていたのかもしれない」

「それはただの言いわけよ。あなたはひたすら臆病だった。ちがう？」

「ちがわない」とベリエルは認めて言った。「でも、ヴィリアムがヘレネルンドに戻ってきたんだとしたら、そしてもしこれが子供時代の不正義に対する腐った復讐なんだとしたら、アントンのことを放っておくと思うか？」

「なるほど」とブロームは言った。「彼を見つけられる？」

「捜してみる」すぐにベリエルはパソコンに向かった。

名前もわかっていれば生まれた年もわかっている。誕生日についてもおぼろげながらわかる気がした。実際、アントン・ベルマルクを見つけるのにさして時間はかからなかった。

「配管工」とベリエルは言った。「ずっとソレントゥナにいたようだ。十年ほど親父《おやじ》さんの会社で働いてから、その会社を引き継いだ。それで社長になったものの、その後、就労不適格と診断された」

「就労不適格？」とブロームは言った。「いつ？」

「そう診断されたのが三年まえで、その半年後には引退してる」

「大きな人生の曲がり角というわけね。それも短期間での大きな変化ね。一番考えられるのは薬物の乱用かしら」

「コカイン・デザート付きのビジネス・ディナーが続いたとか？」とベリエルは言った。

「ないこともないな。結局、会社は立ちゆかなくなって倒産した。その少しまえにふたり目の妻と離婚している。三人の子供の親権は妻が取得してるけど、そのうちひとりは彼女の実子ではなく、アントンの最初の妻の子だ」

「接近禁止命令とかは？」

「そういうものは見つからない。ただ、ここに住所がある」

「あててみる」とブロームは言った。「リハビリ施設でしょ？」

「〈スヴァラン・ケアホーム〉」とベリエルは言った。「ソレントゥナの中心部だ」

施設の中にはいるなり、ふたりはそこが想像していたところとどこか異なることに気づいた。〈スヴァラン・ケアホーム〉はマルム通りに面した大きな建物のふたつのフロアを占めており、長い廊下の壁には、依存症のリハビリ施設を思わせる〝家はわたしのお城〟や〝どこに行っても家が一番〟といったことばが刺繡《ししゅう》されたクロスステッチの額が、これでもかとばかり飾られていたが、最初に出くわした車椅子の老女——九十代後半と思われる——に「あらまあ、象牙のカップル！　もうお便所を空《から》にする時間？」などといきなり言われ、ふたりの違和感は一層強まった。怪訝そうな顔で現われた看護師に、ベリエルは身分証を見せて言った。

「ここはどういうケアホームなんです？」

おかしなことに返事をするまえに看護師は笑った。「昔は〝ロングステイ〟なんて呼んでいた施設ですよ」

「高齢の認知症患者が死ぬのを待っているところ……？」

「ええ、でも、高齢者ばかりじゃありません。もっと若い患者さんもいますよ」

「アントン・ベルマルクとか？」

看護師はうなずき、大きな部屋まで長い廊下を案内してくれた。その部屋からはまわりに建っているアパート棟が見渡せ、部屋には十人ちょっとの患者がいた。テレビがついていたが、誰も見ていなかった。ベリエルとブロームのところからは高齢の患者しか見えなかった。彼らは何もせず、ただ車椅子に坐っていた。看護師は老人たちのあいだを通って窓ぎわまで行った。男がひとり車椅子に坐って、窓の外の雨を眺めていた。ベリエルたちに背を向け、まえ屈みの姿勢で両手をだらりと垂らして。大きな窓ガラスに男の顔が映っていたが、はっきりとは見えなかった。

「アントン?」と看護師が声をかけた。

そう呼ばれてもなんの反応もなかった。

看護師は車椅子の持ち手を握ると、ゆっくりと向きを変えた。

その瞬間、ベリエルは十五歳のサムになった。胸の高さまである牧草の中をそれまで経験したことがない速さで全力疾走している自分に。彼のまえを走っている人影が走る速度を落として、ゆっくりと振り向いた。

ソレントゥナの中心部に位置する〈スヴァラン・ケアホーム〉でベリエルとブロームのほうに向き直った男の顔は変形していた。まるでキュービズムの作品のように頭からいくつものこぶが突き出していた。

彼らは歪んだアントンの顔を見つめた。返ってきた視線は暗く懐疑的で彼らを拒んでいた。

ベリエルはヴィリアムに気づかれるまえにその場から逃げたかった。が、もう遅い。少女たちのカーテンを通り抜けながら、ベリエルにはひとつのことしか考えられない——もうすぐ夏休みだ。夏休みになれば、こんな馬鹿げたこともすぐ終わるだろう。ただ、アントンにとっては終わってはいない。まだまだ終わりではない。彼はベリエルに何かを手渡す。それがなんなのかわかるまで少し時間がかかる。タオルだ。濡れたタオル。

「それで鞭打ちにするんだ！」

ベリエルはそこで初めてヴィリアムがすでにひどく鞭打たれていることに気づく。と同時に、彼の眼のまえにボートハウスが現われる。少女の舌が粘着テープを押し上げるのが見える。少女の大きな悲鳴が聞こえる。その悲鳴は、ベリエルが怯えたウサギのように草の中を逃げる最中に突如やむ。ベリエルはヴィリアムを何度も鞭打つ。ヴィリアムは苦痛に体を萎縮させる。それでもうめき声ひとつ出さない。ヴィリアムは視線を上げ、初めてベリエルと視線を合わせる。

ベリエルはヴィリアムに近づくと、すぐそばに立って囁く。「これはボートハウスの報いだ。この変態野郎」

ヴィリアムはまっすぐにベリアルの眼を見る。ヴィリアムの眼はベリエルが生まれて初めて見るような暗い色をしている。そのとき何かが動く。とてもゆっくりとした動きながら。ベリエルにはその一齣《ひとこま》一齣が鮮明に見える。長い金色の髪が持ち上がってうしろに流れる。

その下から歪んだ顔が現われ、その顔から二列の歯が剝き出しになる。二列の歯は上下に分かれ、ベリエルの二の腕に近づく。その歯がベリエルの皮膚を引き裂く。それが肉まで達する。なのにベリエルは何も感じない。自分の腕の中で上下の歯が合わさる音も聞こえない。聞こえもしなければ感じもしない。二の腕から放射される痛みも、ヴィリアムの口から肉の塊が吐き出され、そのあと腕から血が流れだすまで感じない。彼の二の腕の肉片は乾いたサッカー場の地面にありえないほどゆっくりと落ちていく。

33

十月二十九日　木曜日　十四時五十四分

ベリエルとブロームは歪んだ顔を見つめた。返ってきた視線は暗く懐疑的で、彼らを拒んでいた。ベリエルはひどいショックを受けて言った。

「ヴィリアム？」自分の声とも思えなかった。

眼の隅にブロームが見えた。震えていた。

あのモリー・ブロームがわなわなと震えていた。

車椅子の男からはなんの反応もなかった。じっと坐ったままただベリエルを見つめていた。

完全に無表情だった。ひとすじのよだれが顎を伝った。

ベリエルは思った、おれたちはまるっきりまちがっていたのか？

おれもモリーも子供時代に負った心の傷にすっかり惑わされてしまっていたのか？　その惑いのためにふたりともこれまで築いてきたキャリアを棒に振ってしまったのか？

要するに、これで振り出しに戻ってしまったのか？

いくらか冷静さを取り戻して、ベリエルは思い直した。この男はほんとうにヴィリアムなのか？　だとしたら、どうして昔彼をいじめたアントン・ベルマルクの名前でケアホームに入所して、こんなところに坐っているのか。

加齢による皺と皮膚の赤さが年月を語っているのはまちがいなかったが、顔の腫れやこぶや角張ったぎざぎざは二十二年まえとまったく変わらなかった。

まったく同じだった。

さきに自分を取り戻したのはブロームのほうだった。看護師を見て、彼女は言った。「アントンに関する書類一式を持ってきてもらえます？」

看護師はうなずいてどこかに姿を消した。

それでも、ベリエルには眼がちがっているように思えた。それがヴィリアムの眼だとしたら、完全に壊れていた。潤んでいて、あまりに虚《うつ》ろだった。

「きみはヴィリアム・ラーションなのか？」とベリエルは大げさなくらいにはっきりとゆっ

くりと尋ねた。

顔の表面にできたクレーターのようなくぼみの奥から、うるんだ眼がベリエルをとらえた。ベリエルも見つめ返したが、自分が何を見ているのかわからなかった。

「やあ、サム」と男は言い、歪んだ笑みを見せた。口の左端が持ち上がり、右端からよだれが糸を引いて垂れた。

ベリエルはブロームを見やった。今、眼のまえの男はベリエルの名を呼んだ。それは何を意味しているのか。彼女はもう震えてはいなかった。なにやら考え込んでいた。ヴィリアム・ラーションはほんとうは国外に出ていなかったのか。だとしたら、それは何を意味するのか。ヴィリアムが病気のせいで車椅子状態になっているのだとしたら、誘拐の犯人はいったい誰なのか。いったいどのような経緯で、ヴィリアムはアントン・ベルマルクになり変わったのか。さきほどのブロームの震えに今は頭の回転が取って代わっていた。彼女の頭がフル回転しているのはベリエルにもはっきりとわかった。

「やあ、ヴィリアム」とベリエルも応じて言った。「元気かい？」

男は口から隙間風のような音を出した。たぶん笑ったのだろう。

「元気かい、サム？」と男も言った。「腕の具合はどう？」

無意識にベリエルは右手で左腕に触れた。上着の生地越しに二の腕のくぼみがはっきりと感じられた。

「きみに嚙まれた」と彼は言った。「相当ひどく嚙まれた」

男はじっとベリエルを見つめていたが、次第に意識がどこかに消えてしまったように見えた。さっきいっときはっきりした眼差《まなざ》しが今はもう曇っていた。どこかに行ってしまっていた。

看護師が診療記録を持って戻ってきた。「ソレントゥナ署の報告書もあります。下のほうのファイルにはいっています」

彼女はふたつのファイルをブロームに渡し、またいなくなった。彼らはそれぞれ一冊ずつ持って娯楽室のもう一方の端まで行き、立ったままファイルを読んだ。読みおえると、ファイルを交換した。ベリエルは二冊目のファイルを読むと、ブロームを見やった。彼女は眼を閉じていた。

ベリエルが言った。「くそっ」

「わたしたち、まちがってた」とブロームは言った。「でも、思ったほどはずれてもいなかった」

「恐れたほどにはまちがってなかった」とベリエルは苦笑まじりに言った。

「ヴィリアムの最初の犠牲者はアイシャ・パチャチじゃなかった」とブロームは言った。

「アントン・ベルマルクだった」

ベリエルはうなずき、空咳をしてから言った。

「ここに書かれてることをまとめてみよう。ほぼ三年まえの二月のある夜、離婚したばかりのアントン・ベルマルクは、ソレントゥナのヘッグビークにある自宅で酒を飲んでいた。そのとき誰かが訪ねてきた。証拠から判断すると、アントンのほうから訪問者を招き入れた。その後のことは、アントンの手首と足首、居間のテーブルの脚に残っていた痕跡から、仰向《あおむ》けでテーブルに縛られていたと考えられる。そのほかの痕跡からはなんらかの装置がテーブルの端に取り付けられ、アントンの頭を固定していたことがうかがえる。そのあと暴行が始まった。診療記録によれば、暴行には大きさの異なる四種類のハンマーが使用された。異様な拷問は二日近く続いた。その過程のどこかで、アントン・ベルマルクは精神に異常をきたした。そのため、就労不適格と診断され、半年後に早期退職となった。アントン・ベルマルクは犯罪組織と仕事上のつきあいがあったことから、暴行は未払い債務に関連したものと推測され、捜査はこれらの組織に焦点をあてておこなわれたものの、いかんせん証拠がなかった。それでもソレントゥナ警察は捜査を秘密裏に進めたので、マスコミが事件を取り上げることはなかった。だから暴行後のアントン・ベルマルクの顔は公表されなかった。二十年まえのヴィリアムの顔と、現在のアントンの顔を結びつけられる者はどこにもいなかった」

ブロームは顔をしかめてうなずき、しばらくしてぼそっと言った。

「ヴィリアムは昔の役柄を逆転させた」

ベリエルは続けた。「ヴィリアムはアントンの顔をつぶして、いじめられていた頃の自分とそっくりにした。たぶん今は別の顔をしてるんだろう。ヴィリアムはアントンを自分とそっくりに変形させるのに頭を固定する装置や四種類のハンマーを使った。それほどまでの固い決意と緻密さ、感情の欠如を考えると、ヴィリアムについて再評価する必要がある。やつはもはやプロだ。普通の人間がどうすればそんな専門家になれる？」

「確かに専門家ね。でも、完全にいかれてる」とブロームは言った。「完全にいかれてなければ、かつてのいじめっ子に対してあれほど精巧な復讐を成し遂げるなどできやしない」

「あいつは十六歳で、普通の人間には想像もできないような悲惨ないじめにあって、肉体的にも精神的にも壊れた。そして、その後二十年かけて拷問の専門家になった。いったいどうやって？」

「すべては仮定の話でしかないわね」とブロームは言った。「暗闇の中で手探りしてるだけのことよ。そもそも拷問の専門家になるために訓練なんか要る？」

「あいつは生まれつきそういう人間だった？」

「わからない。復讐への飽くなき欲望の結果？」

「それは少しちがうな」とベリエルは言い、十メートルほど離れたところにいる車椅子の男を指差した。「きみもアントンをさっき見ただろ、モリー？　あれはまえにも拷問をしたことのある者の仕業だ。それも何度も。おそらくやつは犯罪の世界か、あるいは軍隊の世界で訓練を受けたんだと思う。今ここでおれたちが眼にしていることは、〝どこか真っ赤なアラブの国〟で傭兵《ようへい》をしていたニルス・グンダーセンという父親がいることを裏づけてる。ニルスを捜す必要がある」

いささか困惑顔になって、ためらいがちにブロームは言った。

「まだ判断がつかないんだけど……でも、ことここに至ってはもう避けられないかもしれない……」

「軍情報保安局《MISS》のことを言ってるのか？」

「でも、あなたが思ってるほどこれは単純なことじゃ……」

「今さら何を言ってる？　もう覚悟を決めるしかないだろうが」とベリエルは言った。「きみと相手とのやりとりは聞かないよ。それは約束する」

「それじゃ不充分ね」とブロームは携帯電話を取り出して言った。「絶対に聞こえないところにいてもらわないと」

ブロームは携帯電話を持って角を曲がり、ベリエルは娯楽室の中を歩きまわった。部屋にはどんな動きも見られない入居者が十五人ほど散らばっていた。テレビはつけっぱなしになっていて、無音でサッカーの試合を映していた――誰ひとり見ていなかった。ここだけ時間が止まっているかのようだった。激しい時間の流れの中にぽっかりと空いた小さな溝のように。時計の中のひとつの歯車がはずれて落ちてしまったかのように。

アントンは車椅子に坐ってまだ窓ぎわにいた。何も見ていないその眼が窓の外の古い住居棟を見つめていた。車椅子の背もたれにもたれかかるさまを見るかぎり、数年後には坐ることさえできなくなるのが今から決まってしまっているように見えた。

ベリエルは彼の横にしゃがみ込んで声をかけた。「アントン？」

アントン・ベルマルクはベリエルのほうに顔を向けた。意識に似た何かがベリエルを見つめるその潤んだ眼に一瞬戻ったように見えた。「おまえ、本気でぶっ叩いたよな」

ベリエルは思わずのけぞり、訊き返した。

「今、なんて言った、アントン？」

車椅子の男はそのときにはもうどこかに飛んでいってしまっていた。

ベリエルは立ち上がると、アントンの頭をやさしく撫でた。雨がすじを引いて流れる窓ガラスに映るベリエルの顔も歪んで見えた。アントンの顔とさして変わらないほど。

そのあと廊下に出たものの、心はそこにはなかった。ぽつんと離れたソファにブロームが坐り、膝の上にノートパソコンを広げていた。

画面を見つめたまま顔を上げもせず、彼女は言った。「思ったよりはうまくいった」

「それはＭＩＳＳが好意的にきみのことを覚えていてくれたということか？」とベリエルは尋ねた。

ブロームはそのことばを無視して言った。「ＭＩＳＳのデータにニルス・グンダーセンの登録情報があった。各種の戦争犯罪で国際手配されてる。一九四八年生まれ。二〇〇〇年まではノルウェー国籍を持っていたけど、そのあとレバノン国籍を取得した。で、今はサウジアラビアのジュベイル――ビブロスと言ったほうがわかりやすいわね――在住ということになってる」

「これは驚いた」とベリエルは言った。

「二十二歳でノルウェー軍に入隊。そのあとはとんとん拍子に昇進したのに、一九七三年には二十五歳で外人部隊にはいっている。その二年後、脱走して突然姿を消した。おそらく、当時レバノン内戦に関わっていた派閥のひとつの傭兵になったのね。一九七六年のクリスマス頃には、戦車に乗っている姿がベイルートからのニュースに映ってる。当時はレバノン国内と国外の利害が複雑にからみ合っていた。この場合、国外というのはイスラエル、シリア、イラン、イラク、アメリカといった国々ね。レバノン側の派閥は、スンニ派、シーア派、パレスチナ人、ドゥルーズ派、マロナイト派。グンダーセンがどの派で戦ったのかはMISSにもわかっていない。それでも、国際手配されている彼の動向についてはもちろん関心を持っていて、一九七六年から一九八四年にかけて、彼が十個所ほどのヨーロッパの都市にいたことは記録に残っている。おそらく兵士の募集をしていたんじゃないかというのがMISSのおおむねの結論ね。でもって、最初に訪れた都市のひとつがストックホルムだった」

「たまげた」とベリエルは言った。「それが一九七六年？」

「グンダーセンはひとつところに長くはとどまらない。あとになってわかったことだけど、実際に彼がストックホルムにいたのは、一九七六年の四月中旬の一週間にも満たない期間で、ヴィリアム・ラーションはちょうどその九ヵ月後、一月十七日の月曜日に生まれた」

「なるほど」とベリエルはつぶやいた。

「でも、これだけではなんの証明にもならない」とブロームは言った。「そこにいた証拠となるような写真も残ってない。でも、これを見て」

そう言って、ブロームはパソコンをベリエルのほうに向けた。画面にはいくつもの写真が表示されており、彼女がそのひとつをクリックすると、日焼けした顔にひげを生やし、がっちりした体型の五十代の男の画像の粗い写真が拡大された。市場の中を歩いているところのようだった。

「MISSによれば、これがニルス・グンダーセンの最新写真」とブロームは言った。「マラケシュにいるCIA捜査官が撮影した写真よ。姿を消してかなり経ってから発見されたらしい。その時点で彼はレバノンだけじゃなく、アフガニスタンとイラクでの戦争犯罪で指名手配されてる」

「CIAか」とベリエルは冷ややかに言った。

ブロームはほかの写真も次々にクリックした。さまざまなものを背景に、最初の写真よりはるかに若いグンダーセンが写っていた。時間を経るほど、それらの写真の戦争色が増していた。

「ええ」そう言ってブロームはひとつの写真を指差した。「これは湾岸戦争のときにイラク側で戦っていたグンダーセン。砂漠の嵐作戦のときの」

「湾岸戦争？」とベリエルは訊き返した。その写真に写っているのは部下の兵士たちのまえに立っている口ひげを生やしたブロンドの将校だった。

「ええ」とブロームは言った。「これは一九九一年の写真。まちがっていなければおそらく階級は大佐ね」

「サダム・フセインに雇われてたのか？」

「そのようね。この大佐が二年後、息子を引き取りにスウェーデンに現われた」

「もう息子と決めつけてもいいか」

「ちょっと待って」とブロームは言って写真を次々に表示した。ニルス・グンダーセンはどんどん若くなっていった。一枚目の写真のグンダーセンは山岳地帯の風景の中で、豊かなひげを生やしてバズーカ砲に寄りかかっていた。

「アフガニスタン？」とベリエルは尋ねた。

「ムジャーヒディーン。どうやらグンダーセンはＣＩＡとつながりがあって、一九八〇年代にジハードの戦士、つまりムジャーヒディーンを訓練していたみたい。ソ連との最後の戦争に参加してたのね」

「なるほど」

スライドショーはさらに続いた。ノルウェー国旗が胸ポケットにきれいに縫いつけられた軍服を着ている、若くておしゃれなニルス・グンダーセンの写真。弾けるような笑顔の高校時代の写真。スキーをしている赤い頰の少年の写真。砂場に坐って砂を投げている黄ばんだ白黒写真。肘掛け椅子に坐る母親の腕に抱かれている赤ん坊の写真。その椅子のうしろに男がひとり立っていた。

「これはグンダーセンの父親が写っている唯一の写真ね」そう言って、ブロームは男の顔を拡大した。「隔世遺伝ってけっこうあるものよ」

男の顔がベリエルにも徐々にはっきりと見えた。顎が湾曲し、額の片方に骨ばった突起があった。

ヴィリアム・ラーションの祖父の顔は角ばって歪んでいた。まるでキュービズムの彫刻のように。

34

十月二十九日　木曜日　十六時十二分

その日の午後、ハリネズミたちは冬眠にはいった。一家は丸ごとボートハウスの一番奥の隅に引っ込んだ。冬用の住処《すみか》を母ハリネズミがつくったのだろう。その母ハリネズミがホワイトボードのそばに立っている不幸そうな人影に近づいた。こんな挨拶をするかのように――「これからわたしたちは冬眠の世界、夢の無限の世界に行きますね。あなたたちの世界よりずっといい世界に。それじゃ、おやすみなさい」

挨拶を終えると、母ハリネズミは子供たちと一緒に巣にもぐり込んだ。

ホワイトボードのそばの不幸そうな人影のひとつは上半身が裸だった。ふたつ目の人影がもうひとつの人影の腕に触れて言った。

「歯形がはっきりわかる」

「ああ」とベリエルは言った。

彼が服を着るあいだ、ブロームは向き直ってホワイトボードに新しい写真を貼りつけた。十五歳のヴィリアム・ラーションの隣りに現在のアントン・ベルマルクのスナップ写真が加わった。顔の変形が驚くほど似ていた。

「なんとも緻密な仕事だよ」とベリエルが言った。

ブロームは彼の横に立って二枚の写真を見ながら言った。「もしヴィリアムがアラブ世界で暗躍するブロンドの傭兵である父親の助けを得て、スウェーデンから出国したとすれば、かなり広範囲な整形手術をアラブ世界で受けたことは大いに考えられるわね。それはたぶん一九九三年のことでしょう。レバノンの内戦はその数年まえ終わってるし、湾岸戦争も終わっていた。どうにか平和が保たれていたその時期に、ニルス・グンダーセンは自分に息子がいることを知ったんじゃないかしら。しかも息子がどんな暮らしをしているか、どんないじめにあっているかを知って、救い出そうとした。そうして自分の世界、レーダーに引っかからない秘密の世界に息子を連れ帰った。闇の世界に」

「だとしても、グンダーセンとしてもスウェーデンでは誰かの助けが要ったんじゃないだろうか？」とベリエルは言った。「本人は国際指名手配されている戦争犯罪者なんだから。傷ついた十六歳、それもかなり人目を惹《ひ》く少年を誰にも気づかれずにスウェーデンからレバノンに移動させるのはそう簡単じゃなかったはずだ」

「七六年にスウェーデンに来たときに——ヴィリアムをもうけたときに——知り合った人物に連絡を取った？」

ベリエルはホワイトボードのすぐ近くまで行き、若い頃のヴィリアム・ラーションの写真を注意深く見て言った。

「グンダーセンは筋金入りの戦士だった。右の頬を打たれたら左の頬を差し出すタイプの人間じゃない。人を赦すことの尊さを常日頃息子に説いていたとは思えない」

ブロームはうなずいた。

「むしろ拷問と暴力を教え込まれた男よ」と彼女は言った。「その息子、ヴィリアムは整形手術を受け、軍事訓練も受けて二十数年後、スウェーデンに戻ってきた。そして、まずいじめの首謀者だったアントン・ベルマルクにこれ以上ない復讐をした。狂気に満ちた悪夢の二日間、ハンマーでアントンを痛めつづけ、もはや想像の中にしか存在しないような顔にした。あまつさえ、別の犯人による暴行のように見せかけてこの犯行を偽装した。ところが、罪ある者への攻撃はそのあとなくなり、彼の怒りの矛先は罪のない少女たちに向けられた。どうして？」

「おれたちが今いるのは論理の領域を越えた世界だ」とベリエルは言った。「あいつは大人の女性に復讐することには興味はない。辱めを受けたとき、それを目撃したのは十五歳の少女たちだ。そのことがあいつの中にずっと残っていて、そのせいで大人の女性とはずっとノーマルな接し方ができなかったのかもしれない。で、排除しなくちゃならないのは少女たちということになったんだろう。どこから見てもあいつはサイコパスだ。それはまちがいない。合理性と専門性という見せかけで自分の行動を覆い隠す技。大量殺人者の父親からそういうことは教え込まれたかもしれない。だけど、どう考えてもヴィリアムの動機は根本的にいかれてる。邪魔と思えば誰でも殺す——洞窟のシモン・ルンドベリのように。少女にしか関心がないんだよ」

「マーシュタの地下室の七つの血の層」とブロームは言った。「彼は全員を拷問した。そういうことができる能力も非情さも持っていることは、アントンの件からよくわかる。二日もかけたとはね」

「ああ」

ふたりは押し黙ってどんどん大きくなっていくホワイトボードの奇妙な模様を眺めた。

しばらくしてブロームが言った。「十六歳の息子を父親が迎えにきたとき、母親にはひとことあったはずよね？　ただ連れ去ったのでなければ」

「そう考えるのが普通だよな」とベリエルは言った。「ただ、ニルス・グンダーセンに関してはふたつのまったく異なる人物像が考えられる。まずひとつ、それは明らかに屈強な男ということだ。外人部隊を脱走して傭兵になると、レバノン、アフガニスタン、イラクで戦い、戦争犯罪と国際法違反で指名手配されることになった。もうひとつ、それほど明らかではないのは、息子がいることを知り、さらにその子がいじめられて辛い目にあっていることを知り、息子を救出する父親像だ。母親のスティナ・ラーションはこのふたつのうちのどっちを見ていたのかと言えば、たぶん後者だ、ちがうか？　息子を救い出すために戻ってきた父親のほうだ」

「わたしもそう思う」とブロームは言った。「だったらなんらかの接触があったはずね。スティナは彼の申し出に同意したはずよね」

「もしかしたら、スティナの姉、〈ヴェンデルソーゴーデン・ケアホーム〉にいるアリシア・アンイエルは何か知ってるかもしれない」

「ことばの深い霧の中で迷子にならずにいてくれたら、の話だけど」

「それでも試してみる価値はある」ベリエルはそう言って手を差し出した。ブロームはいっときためらったものの、最後には自分の携帯電話を彼の手に置いた。

「〈ヴェンデルソーゴーデン〉のミア・アルヴィドソンです」と女の声が言った。

「やあ、ミア」とベリエルは言った。「先日、そちらに入居中のアリシア・アンイエルに会いにいった者です」

「はい」とミア・アルヴィドソンは事務的な口調で言った。「お名前は？」

「名前は……チャールズ・リンドバーグ。覚えておられるかどうかわからないけど、昨日アリシアに会いにいった警察の者です。彼女と話したいんだが、電話に出してもらえます？」

「はい。ええと、いいえ」

「えっ？」

「はい、覚えています。でも、いいえ、彼女は電話に出られません」

「会話がむずかしいのはわかってるけれど……」

「むずかしいんじゃありません。もう不可能です」とミア・アルヴィドソンは言った。「アリシア・アンイエルは亡くなりました」

ベリエルはことばをなくした。すべての音が失われた。

ミアは続けた。「警察も来ました。それであまり一般的ではない自然死ということになりました。警察の人が使ったことばで言うと〝誤食〟だったということです」

思いますと

「ことばではちょっと」とミア・アルヴィドソンは言った。「実際に見ないとわからないと思います」

「誤食？」

ベリエルはいっとき考えてから賭けに出た。「写真を撮ったりしてません？」

「撮りました」とミアは言った。「でも、人に見せるために撮ったわけじゃありません」

「私は警察です。マスコミじゃありませんから」

「でも、警察の方はもう持っていきましたけど……」

「その警察は私じゃない」とベリエルは言った。「どうしても見る必要があるんです。今すぐ」

看護師がため息をつくのがはっきりと聞こえた。

「メールアドレスを教えてください」と彼女は言った。

ベリエルはブロームのほうを見た。彼女はすでにパソコンにアドレスを入力しており、画面を彼のほうに向けた。ベリエルはそこに表示されているメールアドレスを読み上げた。

三分後、新しくつくったばかりの一時的なメールアドレスに添付メールが届いた。〈ヴェンデルソーゴーデン・ケアホーム〉で面会したアリシア・アンイエルが揺り椅子に坐っている写真だった。ただひとつちがっていたのは彼女の表情が会ったときより安らかだったことだ。

もっとも、その口からは黒い靴下が黒ずんだ舌のように垂れ下がっていたが。

ミア・アルヴィドソンは説明文も一緒に送ってくれていた。〝ミセス・アンイエルの食習慣と、食事の際には日常的に事故が起きていたことを考慮すると、靴下を食べものと単に勘ちがいして窒息した可能性が高く、本件は事故死と想察される〟。

警察の報告書からの抜粋だろう。

「もしかしたらそうなのかもしれない」とブロームはそのおぞましい写真を見ながら言った。「認知機能が万全でなかったのは明らかだったものね」

「〝赤の乙女〟」とベリエルは言った。「きっと今頃、赤の乙女は主神オーディンの角に蜂蜜酒でも注いでることだろう。だけど、これは明らかに他殺だよ」

「ヴィリアム？」とブロームは言った。「年老いた伯母を殺す理由がどこにあるの？」

「殺しが起きたのは今朝のことだ」とベリエルは言った。「ロイとロジャーがおれたちの居場所を突き止めた翌日のことだ。これがただの偶然だと思うか？」

「彼の名前はロジャーじゃなくてケントよ」とブロームは訂正した。「ケントとロイとはもう長いこと一緒に仕事してる。彼らがそんな真似をするとは思えない」

「いずれにしろ、おれたちが会いにいかなければ死なずにすんでたんじゃないだろうか」とベリエルは言った。

そのとき機密保護が万全のブロームの携帯電話が鳴った。それまで一度もかかってきたことはなかったので、ふたりともびくっとして電話を見つめた。画面には〝非通知〟と表示されていた。いつものことだ。

彼女は電話に出た。

「はい」

ベリエルは彼女の対応を見守った。彼女は無表情のまま何も言わずに電話を彼に手渡した。

「もしもし？」

「サム」まちがえようのないディァアの声だった。「会う必要がある」

「メールじゃ駄目なのか？」とベリエルは訊いた。

「この携帯電話はボタンが小さすぎるの。ノール・メーラルストランド通りのベンチに三十分後。いい？」

「わかった」とベリエルは言った。「シルを連れてきてくれ」

「シル？」とディァアは訊いた。「どうして？」

「理由は彼女が知ってる。それから、拒否しても一向にかまわないとも伝えてくれ」

通話はそれで終わった。ベリエルは腕時計に眼をやった。ちょうど四時をまわったところだった。

ブロームがぼそっと言った。「ベンチ？」

リッダー湾北岸の桟橋のベンチは以前と感じがちがっていた。ベリエルとディアは、警察本部の重苦しい雰囲気から逃れるために以前はよくここでコーヒーと会話と景観を愉《たの》しんだものだった。

その当時、ここは一息つく場所を提供してくれていた。が、今はただのびしょ濡れの場所でしかなかった。

そんなベンチにディアは傘をさして坐っていた。ひとりではなかった。ふたつ目の傘の下にディアより少し背が高い女性が坐っていた。傘の下から鋭い顔つきがのぞいていた。

ベリエルとブロームはしばらくベンチを遠くから観察し、ディアが〝情に法を加味する〟という誘惑に負けていないかどうか確かめた。とりあえずディアを見張っている者は誰もいないようだった。ベリエルとブロームは傘をさすこともなく、ディアとシルヴィアをはさんでベンチの両脇に坐った。

ノール・メーラルストランド通りのまばらな街灯の下、彼ら以外に人影はなかった。

「あなたたちはふたりとも指名手配中よ」とディアが言った。「今日の昼、公安警察が通達を出した。やっと決断したみたい。それに、あなた、ナタリー・フレーデンは、エーヴァ・リンドクヴィストじゃなくてモリー・ブロームと呼ばれてる。〝内部要員〟の身元を明かすなんてかなり思いきったことをしたものよ。それだけ重大な犯罪性があるということね」

「わかった」とベリエルは言った。「で、隠しマイクはつけてるのか？」

「もちろん」とディアは冷静な声で言った。

「ここに呼びつけたほんとうの理由はなんだ？」とベリエルは訊いた。「電話で話せないようなことというのはなんなんだ？」

ディアは彼にファイルを渡して言った。

「資料全部のコピーが欲しいだろうと思って」

ベリエルはファイルを上着の中にしまうと、にやっと笑って言った。

「おれの教育にまちがいはなかった」

「これは周知の事実だけど、わたし、あなたに教育された覚えはないから」とディアは言い返した。「DNAサンプルは一致した。何個所かから髪の毛を採取したけど、全部一致した。あなたがメールで名前と誕生日と個人番号を送ってくれた七人の少女たちは、マーシュタの地獄の地下室に閉じ込められていた。それもひとりずつ」

ベリエルはうなずいてブロームを見やった。彼女もうなずいていた。

「やっぱり〝機械の中の幽霊〟じゃなかった」少し間を置いてベリエルは言った。

「ほかにもまだふたつある」とディアは言った。「ひとつ目はヴィーラからの伝言。ヴィーラ、覚えてる？」

「フーグ医務官の助手だろ？　二十一歳の？　もちろん、はっきりと覚えてるよ」

「さらに詳細な分析の結果、抗凝血剤だと思われていたのは抗凝血剤なんかじゃなくて、スウェーデンでは入手できない鎮静剤だった」

「ふたつ目は?」とブロームが言った。

ディアはブロームのほうを向いて何秒か見つめてから言った。

「公安警察」その声には奇妙な響きがあった。

「公安警察?」その響きを無視してベリエルはただ訊き返した。

ディアはもう一度ベリエルのほうを向くと、ブロームに向けたのと同じ懐疑的な表情で言った。「自分のしていることがほんとうにわかってるの、サム? 刑務所送りになんてなってほしくない。そのことがめぐりめぐってわたしの履歴書にも傷がつかないともかぎらないから」

「いいから話せ」とベリエルは言った。

ディアはひとつ咳払いをしてから言った。「今朝、公安警察が通達を出したとき、説明があまりにも曖昧でまわりくどかったから、もう少し詳しく調べてみることにしたのよ。昔の友達が今は公安警察にいるんで、少し探りを入れてみたわけ。そうしたら、取り調べの録画映像の中から技術チームが新たに抽出した情報が関係している、ということだった。何か思いあたることは?」

ベリエルはブロームを見た。彼女は不安そうにしていたが、それでもうなずいた。

「ありがとう、ディア」とベリエルは言った。「大いに助かった」

「で、なんでわたしも呼ばれたの？」といかにも落ち着かない口調でシルヴィアが尋ねた。

「ディアから状況は聞いてると思うけど」

「まったく、今日付けであなたには通達が出てるのよ、サンボ」とシルヴィアは憤慨して言った。「今こうやって逮捕もしないで話してること自体、わたしたちは共犯と見なされるのよ」

「でも、来てくれたじゃないか」とベリエルは言った。

「わたしの名前を見つけたのはあなたなんですってね、シルヴィア」とブロームが言った。

「誰にも話さないって約束したのはどこの誰だっけ？」と言ってシルヴィアは射るような視線をベリエルに向けた。

「異常なこと」とベリエルは言った。「非公式の調査で公安警察のリストを見つけたとき、異常なことが次々に見つかったってきみは言ってた。リスト以外にも何かが見つかったって……？」

「ええ。で、わたしはすぐに眼を閉じた」とシルヴィアは言った。

「閉じた眼をもう一度開けてくれ」とベリエルは言った。「どんな異常だったんだ？」

シルヴィアは顔をしかめ、ねずみ色の薄い毛を指で掻き上げた。「年末の数時間だけ意図的にセキュリティが弱められた形跡があったのよ。だから、ただ単に機密文書に不正なアクセスがあっただけじゃないような感じがしたわけ」

「で？」

「わからないけど」シルヴィアは言った。「たとえば何かが削除されたとか」

「つまり、公安警察の極秘ファイルの保管データベースから、何かが削除された形跡があったということ？」とブロームが尋ねた。ついつい声が大きくなっていた。

「形跡だけだけど」とシルヴィアは言った。「それだけのことだけど」

「それをもう少し詳しく調べてくれないか？」とベリエルは言った。

「この件はもう終わりってお互い同意したはずだけど」とシルヴィアは言った。「それにそのときはあなたもまだ警察官だった」

ベリエルは笑った。「頼む。もう少し詳しく調べてくれないか？」そう繰り返した。

「わかったわよ」不承不承ながらシルヴィアはそう言った。

「ありがとう。もうこれ以上は引き止めない」

ディアとシルヴィアは立ち上がった。シルヴィアはすぐに歩きはじめた。ディアは少しその場にとどまってベリエルを見つめた。それでも最後には首を振って向きを変え、傘をさして歩き去った。やがてふたりの姿は雨の中に呑み込まれて見えなくなった。

モリー・ブロームが言った。「当番表ならわかるわ」

「ええ？」とベリエルは訊き返したものの、遠い過去を見るような眼でディアとシルヴィアが歩き去った先を見ていた。

「技術チームの当番表。知ってるのよ。技術チームの担当がいつどこで替わるか。ループ再生するようにしたはずの映像から、彼らが何を抽出したのか探らないと。あのときわたしたちが話したことは、これからのわたしたちの捜査全体を台なしにしかねない内容だもの」

「つまり、きみはおれたちがすでに積み重ねてきた見事な成果の中に〝公僕に対する暴力行為〟も加えようっていうわけだ」

「上級技師のアンデシュ・カールベリは友人よ」とブロームは言った。「彼とは話せると思う。暴力に訴えなくても」

「友人？」

「ええ、そうよ」とブロームは言って肩をすくめた。「単なる友人とは言えない友人よ」

35

十月二十九日　木曜日　十七時四十五分

彼らは暗証番号を入力してベリィ通りに面した階段室にはいり、地獄への入口のエレヴェーターのまえを通って中庭に出た。そこにはブロームのメルセデス・ヴィトーが停まっていた。すでに所有権は別の誰かに移っているのだろう。防犯カメラに映らないよう彼女は左側の壁に体を押しつけるようにしてテスラの新車に忍び寄った。ベリエルも彼女の隣りにしゃがみ込んだ。

「テスラか。大したもんだ」と彼は小声で言った。

「アンデシュは最先端技術に眼がない人なの」と彼女も小声で言った。

「ベッドの中でも？」

「あなたのマダムXにはとうてい及ばない。言うまでもないけど」

そのあとふたりは三十分押し黙った。公安警察のやり方がすっかり染み込んだらしく、ベリエルはその間少しも気まずさを感じなかった。

悲惨な中庭に長いことしゃがんでいたので、ふたりとも関節が固まったようになり、筋肉も痙攣《けいれん》しはじめた。やがてふたりの人間が現われ、それぞれの車に乗って出ていった。三人目も同じようにして出ていった。

〝時間〟が雨に屈服して洗い流されてしまったかのように思えたとき、四人目の足音が聞こえてきた。ブロームはベリエルの腕時計を見てうなずいた。テスラのドアがカチッと開いた。運転者が運転席に着くのと同時にふたりはテスラに飛び乗った。ブロームは助手席に、ベリエルは後部座席に。

「なんの真似だ！」白髪の交じりはじめた運転者はそう叫んで、頭を車の天井に打ちつけた。

「通達はどうしてもっと早く出されなかったの、アンデシュ？」とブロームは尋ねた。

「モリー、勘弁してくれよ！」とアンデシュ・カールベリは言って振り返り、肩越しにちらっとベリエルを見た。「心臓発作を起こしても不思議じゃない歳だってことを忘れないでくれ」

「わかってる」とブロームは言った。「でも、わたしも明確な根拠なしに馘《くび》になる歳じゃない。何があったのか教えて」

「くそ」カールベリは低くうなり、禿《は》げた頭頂部を手のひらでこすった。「よりにもよって共犯者をおれのテスラに引きずり込むとはな」

「汚さないようにするよ。約束する」とベリエルは言って、うっかりシートにつけてしまった泥に眼をやった。

「わたしのことはよくわかってるでしょうが、アンデシュ」とモリー・ブロームは言った。

「わたしが犯罪者じゃないことぐらい。だから教えて」

「ああ、確かによく知ってるよ。きみが手強《てごわ》い女だということは」

「そんなことはいいから、アンデシュ」

「録音録画装置が何かに妨害された」とアンデシュ・カールベリは言った。「で、映像がループしていることに気づくまで時間がかかった。送信機から送り込まれたなんらかのコードによって、二十秒間の映像がループ状に繰り返すように仕組まれてたんだ。簡単に言ってしまえばウィルスだ。ところが、そのループが数秒間だけとぎれた。ループ映像は三十回以上繰り返されたのに、どうしてそんなことが一回だけ起きたのかすぐには理解できなかったんだが、最後にはきわめて巧妙な隠しコードに惹《ひ》き起こされていたことがわかった。通達が今になって出されたのは、そういうことがわかったのが今日の昼どきだったということだ」

「でも、どうしてそれが全国規模の通告につながったの？」

「その不具合が意図的なものだとわかったからだよ。コーディングの小さな奇跡と言ってもいい。が、アウグスト・ステーンは、きみが故意に仕組んだと見てる。わざわざ見つかるようにしたんだと。でも、その理由がわからない。だからアウグストとしてはどうしてもきみを見つけなきゃならない。きみが何を企《たくら》んでいるのか。きみから説明を聞きたがってる」

「ちょっと待って」とブロームは言った。「ループ映像の不具合は意図的だった？」

「ああ」とアンデシュ・カールベリは言った。「まるで極小の目覚まし時計のようなものだ」


サム・ベリエルはおんぼろのマツダのクラッチを踏み込んでローギアに入れたあと、ギアチェンジをして加速し、ノール・メーラルストランド通りを走った。「ウィボル・サプライ社？」

「そう」首を振りながらブロームは言った。「気づくべきだった。いつもは完璧に仕上げてくれる会社がどうしてそんなヘマをしたのか」

「その装置をつくったウィボル社の技師はオッレという男だったね？　その男のことはどの

くらい知ってるんだ？」

「ほとんど知らない」とブロームは言った。「オッレ・ニルソン。ウィボル社で働いてもう何年かになるみたいだけど。頭がよくて無口で、かなりの専門家。でも、プライヴェートなことは全然知らない」

「それでも彼に非公式の仕事を頼んでたのか？」

「あそこの人たちはありとあらゆる仕事を引き受けてくれる。特に潜入捜査に関するものはなんでも。それにあらゆる形態の支払いにも応じてくれる。自分たちがどういう陰の仕事に関わっているのか、よくわきまえている技術の天才集団ね」

「でも、ただの天才じゃなくてオッレ・ニルソンを選んだのには何かわけがあったんじゃないのか？」

「信頼できる気がしたし、まるで透明人間のようで、お墓のように静かな人だから。通常じゃない支払いでも引き受けてくれるし。わたしは現金で支払った。領収書なしで」

「しかし、きみの装置に〝極小の目覚まし時計〟を仕込んだのはその男かもしれないわけだ。でもって、目的はきみの正体を暴くことだ。ひょっとしたら〝おれたちの正体〟かもしれない。その場合、オッレ・ニルソンはヴィリアムとなんらかのつながりがある可能性が出てくる」

「直接会って訊いてみましょう」とブロームは言った。「何かのまちがいということもあるし」

「その可能性はかなり低い。ちがうか？」

「ちがわない」とブロームは言った。「かなり低い」

彼らはリンドハーゲンスプランの環状交差点を通過し、そのあとは無言でトランネベリ橋とブロンマプラン通りを走った。彼らを乗せたマツダはそのあとしばらくベリスローグ通りを走り、やがてヴィンスタの荒廃した工場地帯に着いた。今にも倒壊しそうなウィボル・サプライ社の建物のまえに車を停め、ベリエルはちらっと腕時計を見た。そろそろ夜の七時になろうとしていた。荒廃した建物に誰かが仕事をしている気配はまるでなかった。積荷用デッキに立って駐車場を見まわした。人っ子ひとりいなかった。エンジンをかけはじめる車もなかった。最後の審判の翌日さながら無人だった。ブロームはドアの横にある薄汚れた操作盤のところまで行くと、長い暗証番号を押した。見るからにアナログのドアが思いがけないなめらかさで開いた。

殺風景な受付にはメタノールのにおいのする不機嫌そうな受付係すらいなかった。ブロームは受付の机の下に手を伸ばして、ボタンを押した。受付の背後のドアがひゅうという音をたて、建物の入口のドアと同じようになめらかに開いた。ふたりは倉庫と作業場が一緒になったような部屋に足を踏み入れた。ベリエルはその殺風景な室内の様子はむしろ見せかけなのではないかと思った。何層もの埃で覆われたような二台のコンピューターのまえに、五十代の男がひとり坐っていた。

「当直の人？」とブロームは言い、きちんとは判読できない距離を置いて警察の身分証を見せた。

　男はうなずいて立ち上がって言った。

「ヘーグベリだ」と彼は言った。「そちらさんは？」

「エーヴァ・リンドクヴィストとロイ・グラーン、公安警察よ。オッレ・ニルソンは今日いるかしら？」

　ヘーグベリは首を振って椅子に坐った。

「ここのところしばらく見てないな」とヘーグベリは言った。「そもそもほとんど見かけないと言ったほうがいいかな。あいつの勤務形態はフレキシブルだから」

「フレキシブル？」

「基本的には家で仕事をしてる。どうしても必要なときだけ出社してる」

　ベリエルとブロームは互いに顔を見合わせた。

「彼の住所、わかるかしら？」とブロームが訊いた。

「住所を教える権限はおれにはないよ。ここの人間はできるだけめだたないようにしてるし」

「ヘーグベリ、ウィボル社と公安警察との関係はあなたも知ってると思うけど。あなたたちは疑義をはさまずわたしたちに従い、一切の情報を秘匿する。ちがったかしら？――彼の住所は？」

ヘーグベリは不服そうにしながらもコンピューターのマウスを数回クリックして、皮肉を込めて言った。

「これこそ情報漏洩《ろうえい》になるんじゃないのか？」

「公安警察の求めに応じて公安警察に情報を提供するのは漏洩とは言わないの」とブロームは言った。ベリエルはその高飛車な物言いに吐き気を覚えた。

ヘーグベリはプリンターを指差した。印刷された紙が一枚出ていた。ブロームはその紙を手に取って見ると、礼も言わず部屋を出た。ベリエルもそのあとに続いた。

彼らはマツダに戻った。

「ボルスタ」とブロームは言った。「かなり田舎のほうね」

「マーシュタからボルスタへ」とベリエルは言った。「田舎から田舎へ」

彼はマツダの限界までタイヤを焦がして走った。ベリスローグ通りは慈悲深いまでに空《す》いていて、欧州高速道路E18号線にはいると一気に距離を稼げたが、目的地はまだまだ先だった。

「もっと早く気づけたのに」とブロームが悔しそうに言った。ノートパソコンに住所を入力すると、ほとんど緑に覆われた地図が表示され、ズームアウトすると、その緑色が次第に人工衛星から見えるような森に変わった。

「オッレ・ニルソンの家は森の中にあるのか？」とベリエルは横目で人工衛星画像を見ながら言った。

「一番近い隣家まででも一キロはあるわね」

ベリエルは使いものにならないワイパーが円形の縞《しま》模様を描くフロントガラスの先の闇を見つめた。今のところ、強力な街灯が道を照らしてくれていた。

一分が経つごとにいよいよ近づいているという思いが高まった。

ボルスタにはいると同時に文明の気配が消えた。ブロームは自信を持ってベリエルを誘導した。マツダはどんどん狭くなる道を進んだ。すれちがう車はますます少なくなり、街灯が立っている間隔もどんどん広がり、最後には真っ暗な闇しか残らなくなった。まわりにはスウェーデンの荒涼とした秋の森が広がっているはずだが、車を覆う雨越しにほとんど何も見えなくなった。叩きつける雨の鈍い音がこだまする闇だけが自らの存在を主張していた。

「その先を右」ショルダーホルスターに手をやりながらブロームが言った。

右に曲がった先にあったものはとても道路と呼べるようなものではなかったが、それでも数百メートル行くと少し広くなった。

「ここで停めて」

彼女はそう言って、ノートパソコンの画面をベリエルに向けた。

「これ以上近づくと、音を聞き取られてしまう」画面にはその一帯の衛星画像が映し出されていた。

「くそマッダ」とベリエルはぼそっと言った。

「ここよ」とブロームは指で示した。「四百メートルほど森の中を行くと、大きな空所がある。正確にはわからないけど、奥行きが二百メートルくらいある空所よ。その奥に家が一軒ぽつんと建ってる」

ベリエルはうなずいてエンジンを切った。ほとんど何も変わらなかった。暗闇がうなっていた。

ふたりは懐中電灯を取り出した。二本の光線が木の幹にあたって跳ね返った。降りしきる雨にあたった光線は雨粒というより針のような雨を蹴散らした。

森の中に足を踏み入れたとたん、ふたりとも苔《こけ》に覆われた地面に足首まで沈み込んだ。苔は水分をたっぷりと含んでおり、森は文字どおり水浸しの世界と化していた。木々が密集して生えており、先に進むだけで苦労した。一メートル進むのにさえ。枝が鞭《むち》のように跳ね返ってきて、ベリエルは鼻を直撃された。もちろん何も言わなかったが。今、ことばは要らない。木々につかみかかられる、まさに悪夢の行進だった。

ブロームの姿が消えてはまた現われ、彼女のびしょ濡れの上着が深緑色に光って見えた。

やがて森の中に明かりが見えた。あまりにもかすかな明かりで、まるで蜃気楼のように思えた。それでもふたりは暗闇のわずかな裂け目をはっきりと眼にした。密集していた森の木々が次第にまばらになり、空所の近いことが知れた。

森のへりまでたどり着くと、明かりの出所が空所のもっと先であることがわかった。ベリエルは懐中電灯を消すと、森の下草を踏んでまずは空所に出た。

明かりは空所の奥、二百メートルくらい先にある小さい粗末な家の正面を照らしていた。

その明かりに照らされているのは家だけではなかった。

少なくとも四基の投光照明が地面二メートルほどのところから、樹皮の剝がされた四本の木に囲まれた区画を照らしていた。長方形の区画を。その区画がライトアップされているのだった。

それ以上はよくわからなかった。ベリエルは背の高い草に覆われた空所に激しく降り注ぐ雨越しに眼を凝らした。

まずライトアップされている長方形の区画を注視した。真っ暗な闇の中、その区画が浮かび上がって見えた。樹皮を剝がされた四本の太い幹はどれも三メートルの高さに切りそろえてあった。

それらは天井を支える支柱を連想させた。

そして、その四本の柱のあいだに太い鎖が複雑に張りめぐらされていた。いや、鎖だけではなかった。ベリエルにはそれ以外のものも見えるような気がした——大きな歯車やピニオンやバネ、軸、重り、振り子も。

それは時計だった。

塔を持たない塔時計だ。

その時計の中心にひとりの人間がいた。

今の季節にそぐわない花柄の上品なサマードレスを着ており、長い腕——信じられないほど長く見えた——が両方向に引っぱられていた。長いブロンドの髪の少女。

「エレン……」ブロームが絞り出すような声を洩らして走りだした。ベリエルのところから背の高い草の中に吸い込まれる彼女のうしろ姿が見えた。よく見ると、生い茂っているのは葦《あし》だった。さらに空所と思っていたところは沼地だった。ブロームは胸の高さまである葦に苦戦していた。一歩進むのさえ一苦労のようだった。

ベリエルも彼女のあとに続いた。彼はブロームより深く沈み込んだが、背が高かった。激しさを増す雨がそんなふたりに容赦なく降り注いだ。彼らが不安定な一歩を踏み出すたび、執拗《しつよう》に照らされている時計が震えた。カチッという大きな音が暗闇を切り裂き、エレンの両腕が左右に引っぱられるのがベリエルにも見えた。悲鳴は聞こえなかった。さきほど聞こえた時計の音と、苦労して沼地を進むベリエルとブロームがたてる音以外、何も聞こえなかった。

沈み込んだ彼らの足に草の根がからまり、抜けると妙な音がした。葦が彼らの顔を鞭打った。闇の中、ブロームの顔が白く浮き上がって見えた。どこまでも青白かった。が、決意がみなぎっていた。

ふたりはどうにか沼を半分ほど横切った。ベリエルは足をまえに動かすことだけ考えた。自分のうなり声が聞こえた。まるでどこか別のところから聞こえてくるかのように思われた。あるいは自分の奥深くから。

カチッという鋭い音がまた聞こえた。エレンの腕が花柄のワンピースからさらに引っぱられた。ふたりはぴんと張られた体がよく見える距離まで近づいた。うなだれた頭。ブロンドの髪。ベリエルはエレンの後ろ姿を見ていた。

エレンは両脚をワンピースの下で縛られ、腕だけがワンピースから出ていた。エレン・サヴィンエルはまさに〝時間〟そのものによって磔《はりつけ》にされたかのようにそこに立っていた。うなり声がすぐ近くから聞こえた。ベリエルは力を振り絞って泥から足を引き抜くと、ブロームを追い越した。すぐそこまで来ていた――エレンの後頭部のブロンドの髪の一本一本まで見える気がした。

カチッという音がまた聞こえた。これまでより大きな音だった。

ライトアップされた長方形にほとんど届きそうなところまでベリエルが来たところで、太い鎖がもう一目盛きつく引かれるのが見えた。その瞬間、片方の腕が体からちぎれた。肩関節から腕がもぎ取られ、筋肉がちぎれ、皮膚が裂ける音まで聞こえたような気がした。なのに、ベリエルはワンピースの袖から右腕が離れるのをただ見ているしかなかった。腕は鎖につながれたまま弧を描いて宙を舞い、皮の剝がれた木の幹の柱からぶら下がり、振り子のように揺れた。

ベリエルはようやく沼地から抜け出し、うなり声をあげて固い地面に身を投げ出すと、時計に向かって走った。そして、腕を引きちぎられたエレンのまえにまわり込み、彼女の眼を見た。その眼は彼の眼を見返してはこなかった。

彼女の眼はただ一点を見つめていた。

それは人間の眼ではなかった。

人形の眼だった。

「くそ！　マネキンだ！」夜に向かってベリエルは吠えた。

ブロームも沼地から姿を現わした。顔にできた小さな傷から、薄いピンクの血が垂れていた。彼女は何も言わず、太い鎖の先で揺れている腕をしばらく見つめてから、人間のものではなかった胴体のところまで行った。そして、生命など一度も宿したことのない物体をとくと観察し、その口から何かを取り出すと、両膝に両手を置いて喘《あえ》いでいるベリエルに見せた。

それはとても小さな歯車だった。

36

十月二十九日　木曜日　十九時四十八分

ベリエルはブロームを見やった。彼女は銃を構え、壊れたマネキンの脇をそっと通り過ぎると、横を身振りで示し、小さな家の玄関に向かった。ベリエルもそのあとに続き、玄関ポーチの階段の下に身を屈めた。マーシュタの家での残響が甦った。まるで〝双子の家〟のようにそっくりだった。

投光照明のまばゆい光のへりにしゃがみ込み、いくらか落ち着いた心で彼は思った――さきほどの時計の仕掛けは彼らがすんでのところで間に合わないまさにその瞬間に起動するようになっていたのだろう。ヴィリアムは、彼らが沼地に到着するまでの時間については言うに及ばず、沼地を渡るのにはどれくらいかかるかということまで計算していたにちがいない。

つまりここにいたのだ。

だったら――とベリエルはさらに思った――沼地を渡るのに悪戦苦闘していたおれたちをいつでも銃で撃つことができたはずだ。何分かのあいだ、おれたちは簡単に狙える標的だった。しかし、ヴィリアムはそうしなかった――それはつまり、さらに別の趣向を用意しているということだ。

その趣向はこの家の中に用意されているにちがいない。

ブロームが懐中電灯を取り出し、ベリエルにうなずいてみせた。彼も懐中電灯を取り出し、うなずき返した。彼女の眼を見れば、彼女も同じことを考えているのが容易に察せられた。

この家の中にははいらなければならない。もうあと戻りはできない。

彼らはポーチにあがり、あらゆるブービートラップから身を守れるようドアの横に屈み込んだ。ドアは施錠されていなかった。ブロームはドアを押し開けた。

人工の光の中を突き抜けて飛んでくるナイフはなかった。玄関の敷居を越えた暗闇の中にも邪悪な仕掛けは待ち受けていなかった。ふたりは懐中電灯をつけた。

玄関ホールはマーシュタの家とはちがっていた――双子の家ではなかった。キッチンはまっすぐ先、地下室へ続く階段は左、二階への階段は右。それだけだった。まずどちらに進むか。

ベリエルがキッチンと玄関ホールの両方が見渡せるように一番近くのドアの横に立ち、ブロームがキッチンにはいった。彼女の姿が一瞬キッチンの角の向こうに消えた。が、すぐに首を振りながら出てきた。

ふたりは玄関ホールに戻った。そこでようやくにおいに気づいた。その場に立ったままにおいの正体を探った。最初は排泄物《はいせつぶつ》の悪臭だけだった。ひょっとして死臭も？

ふたりとも同じことを思った——自分たちはこの地獄の家でいったいいくつの腐敗した死体と対面しなければならないのか。

しかし、死臭はなかった。彼らにとっては馴染《なじ》みの腐肉の不快な悪臭はなかった。それはしばらくすればわかった。

といって、それに意味があるわけでもないが。死臭がしなければ死体がないと決まったものでもない。死体はどこかにあるのかもしれない——隠された死体が、においを消した死体が、滅菌された死体が。どのみちこの家の中のすべてが〝死〟を暗示していた。

頃合いを見計らってブロームが地下への階段を指差した。

もうあとへは引けない。

地下からは暗闇がまるで実体のあるもののように湧き上がってきていた。ふたりは階段を照らした。が、見えたのは最初の数段だけで、その先は曲がっていて見えなかった。どちらかが先頭になって行くしかない。

ベリエルはグロックの安全装置をはずして先に立った。ブロームは狭い階段を降りるベリエルを援護した。懐中電灯に照らされ、周囲の悲惨さから解放された埃が光の中で舞っていた。何も音は聞こえなかったが、鼻を突くような不快な悪臭はどんどんきつくなっていた。

糞と尿。

ベリエルは階段の角を曲がった。閉まっているドアが見えた。ふたりはそのドアのあるところまで階段を降りた。ベリエルはドアの取っ手を握った。そこで不自然な自分の呼吸音に気づいた。今にも死にそうな男のいかにも苦しげな息をしていた。ドアを押した。ドアはゆっくりと開いた。

そこは小さな部屋で、中にさらに小さなドアがふたつあった。天井の低い部屋で、ブロームは立っていられたが、ベリエルは身を屈めなければならなかった。床の上にはカヴァーのかかっていないマットレス、それにくしゃくしゃになった毛布。部屋の隅に蓋つきのバケツ。そのバケツに近づくと、糞尿のにおいが強くなった。

糞と尿。

彼らは部屋の中を見まわした。独房だ。エレン・サヴィンエルがここに囚われていたのはまちがいない。この不潔きわまりない地獄に。

ブロームは深く息をつくと、部屋の奥にあるふたつのドアに近づき、ちらっとベリエルのほうを見てからドアを開けた。ベリエルは、まえ屈みになって部屋にはいっていくブロームの背中を援護した。彼女の懐中電灯が奥の部屋の中を照らした。

似たような部屋だった——使い古したマットレスに毛布、蓋つきのバケツ、電球のない天井。その小部屋の奥にもまたふたつドアが並んでいた。

ベリエルは驚いているブロームの顔を見て、自分もたぶん同じような表情をしているのだろうと思った。いったいここは……？

ふたりはまたふたつのドアの一方を選んだ。その奥にも同じような小さな独房があった。同じように空《から》だった。

来るのが遅すぎたのだ。それはまぎれもない。ヴィリアム・ラーションもエレン・サヴィンエルもここにはもういない。またしてもヴィリアムは彼らの指のあいだをすり抜けたのだ。

動きまわるうち、地下における自分たちの位置を把握するのがむずかしくなった。どこにいるのかがわからなくなり、最初の場所に何度も戻った。一方、新しいドアは次々と現われた。調べたことがすぐにわかるよう、開けたドアはそのままにした。

最後にすべてのドアが開けられた。彼らは奇妙につながった小部屋をすべてめぐった。ついに黙ってはいられなくなって、ベリエルが言った。

「この馬鹿げた地下室はなんなんだ？　やつはエレンを部屋から部屋に移動させたのか？　七つの部屋を一週間に一日ずつ順繰りに使ったのか？」

ブロームはただ首を振ると、出口と思《おぼ》しい方向に歩きだした。ふたりは数回迷ってようやく階段の裾までたどり着いた。ブロームはそこでしゃがみ込むと、懐中電灯の光を最大にした。強い光線が一番近くの独房の中を貫き、届くかぎりその奥にあるドアの先まで照らし出した。

ベリエルが思いついたのと同じことばをブロームが口にした。「まさに迷路ね」

「マーシュタの家と同じだ」とベリエルは応じて言った。声がしわがれていた。「あそこにも同じような小部屋があった。数も同じ七つ」

「でも、その七は一週間の日数じゃない」ようやく気づいて、ブロームは眼を大きく見開いて言った。「一週間の日にちの数の七じゃなく、誘拐された少女の数の七だったのよ」

ふたりは顔を見合わせた。ふたりとも顔にできたすり傷から血を流していた。その血が髪からしたたり落ちる雨と混じり合っていた。ともに疲れきってやつれた顔をしていた。

「少女ひとりにひとつの独房」とベリエルは言った。「殺すまえにひと部屋ずつ与えていたんだ」

「殺してはいない」とブロームは言った。ベリエルがこれまで聞いたことのない声音になっていた。「彼は少女たちを生かしておいた。人によっては何年も。そして、西側の国では当然禁止されている鎮静剤を投与しつづけた。大量に長期間にわたって。そう、彼は少女たちをコレクションとして集めていたのよ」

ベリエルはブロームをじっと見つめた。彼女の顔を伝っていたのは雨だけではなかった。彼女は泣いていた。

ベリエルはモリー・ブロームがあふれる涙を隠そうともせずに泣くのを初めて見た。そう思った。そして、これが最初で最後かもしれないとも思った。

眼を閉じると、世界がまるでちがって見えた。何もかもが危機に瀕《ひん》していることに彼は気づいた。まるで天啓を得たかのようにいきなり。さらに、その危機が回避できるかどうかは自分たちにかかっていることにも。

今や彼らの手に七人の命が握られていた。

ふたりとも一階の玄関ホールまで階段を駆けあがった。開け放たれたドアの向こうに投光照明の邪悪な光が見えた。やっと息ができた。ふたりは互いの二の腕をつかんで体を引き寄せた。まるでハグするように。

「きみの言うとおりだ！」とベリエルは言った。「やつは少女たちを生かしていた。おれたちのことを待っていたんだ」

「彼はマーシュタで目撃されたけど」とブロームは言った。「犬の散歩中にスタトイル社のヴァンを目撃した女性のことを彼も知ったのよ。だから大急ぎでマーシュタの家を引き払った。何もかも運び出して、ドアまではずして、念入りに掃除した。そのあと少女七人全員をここまで運んで、わたしたちを待っていた。なのに、わたしたちがここに来る直前にヴァンに彼女たちを乗せて走り去った。ここには地図にはのってない道があるはずよ」

突如、ベリエルの眼にすべてが明確に映りはじめた。

「〝ラーマ人は何事も三つ一組にしないと気がすまない〟」とだしぬけに彼は言った。

ブロームはただ彼を見つめた。

「ヴィリアムの大好きな本の話だ」とベリエルは説明した。「アーサー・C・クラークの『宇宙のランデヴー』という本の」

「それが？」ブロームにはすぐにはわからなかった。「それがどうしたの？」

「三軒目の家がある」とベリエルは言った。「〝三つ子の家〟だ」

彼は壁を拳で殴った。

右拳の関節の傷がまたぱっくりと開いた。壁に血が飛び散った。

そんなことはどうでもよかった。いや、何もかもがどうでもよかった。何もかもが。

ただひとつのことを除いては。

ひとりではなく七人の少女たち全員を救出すること以外はすべてどうでもいい。

ぎらぎらとしておぞましい投光照明の光が玄関ホールまで射し込んでいた。ベリエルはポーチに出ると、投光照明の電球をひとつずつ拳銃の弾丸《たま》が空になるまで撃った。それでも光は完全には消えなかった。ポーチから降りて振り返ると、家の正面がまだ光っていた。内側から光をあてられてでもいるかのように。

蛍光塗料が塗られているかのように。

彼は家の中に急いで戻ると、二階への階段を駆けのぼった。二階は作業場になっており、さまざまな形と大きさのハンマーや、ナイフの刃をつくる鋳型《いがた》が置かれていた。壁はナイフを突き刺した跡らしい穴だらけで、作業台はハンマーで叩かれたくぼみだらけだった。

「カス野郎」とベリエルは食いしばった歯の隙間からことばを押し出すようにして言った。

「救いようのないカス野郎が」

　ブロームは黙ってうなずいた。涙がまた彼女の頬を伝った。

　彼らが今いるのは邪悪の只中《ただなか》だった。

　ベリエルは次のドアに駆け寄った。そのドアの向こうは小さな部屋で、黄ばんだシーツの掛かった汚いベッドが置かれていた。隅にL字形の机が置かれ、そこにコンピューターが置かれていたのだろう。

　ヴィリアム・ラーションはここですべての計画を立てたのだ。

「何か光ってる」とブロームは言った。

　ベリエルはうなずいた。机の下のほうにかすかな光が見えた。壁から机を引き離すと、終夜灯が直接壁に差し込まれていた。

　彼らは屈み込んだ。

　薄暗い電球の横に紙切れが釘で打ちつけられ、釘からは小さな歯車がぶら下がっていた。紙切れにはメッセージが血でなぐり書きされていた。

〝もうすぐおまえに会いにいく〟。

　最後にスマイルマーク。

　さらに近づいて見ると、紙切れの下半分は封筒の中にはいっていた。封筒ごと紙切れを壁から剝がしてブロームは立ち上がった。ベリエルも彼女の脇に立った。彼の右手からはまた血が出ていた。

震える指でブロームは封筒を開け、用心しながら中から写真を取り出した。内部の光源から光っているような建物の写真だった。

あのボートハウスの写真だった。

四部

37

十月三十日　金曜日　一時二十九分

血は氷のように冷たい水の中に広がり、ぼやけた三角州となり、湖に呑《の》み込まれた。広大な湖面に光る円をひとつ残して。

ベリエルは懐中電灯を消すと、エッビケン湖から手を引き抜いた。傷口の開いた右拳の血管が冷たさに収縮するのがわかった。

また時間が過ぎていた。ふたりはボートハウスに近づくまえに防犯カメラの映像をピクセル単位で念入りに調べた。ボートハウスには誰もいなかった。

それでも、ヴィリアム・ラーションがやってくることはわかっていた。

いつ来ても不思議はない。

ベリエルは自分の緩慢な脳細胞を元気づけようと頭を振ると、世界の海にどこまでもひかえめにつながっている入江を見渡した。

それからボートハウスの中にはいった。ブロームは広げられたホワイトボードのまえに立ち、ヴィリアム・ラーションの七人の犠牲者の写真を見つめていた。これまで何度もしてきたように。

「もう少しだったのに」とブロームは首を横に振りながら言った。「ここには何かがあるはずなのに」

「そっちもちゃんと見たんだね？」とベリエルは言い、二台のノートパソコンを顎で示し、ホワイトボードのもう一方のへりに立った。パソコンの画面には、以前からあった防犯カメラに加えて新しく設置したカメラの映像も表示されていた。

「あなたのほうは？」とブロームは言った。

「外にいたんでしばらく見てないが」そう言って、ベリエルはホワイトボードに新しく貼られた写真――十五歳のヴィリアム・ラーションとエリク・ヨハンソンの二枚のモンタージュ写真のあいだに貼られた写真――を示した。「オッレ・ニルソンの運転免許証の写真だ。これしか見つけられなかった。この写真の男がウィボル・サプライ社のオッレか？」

ブロームはうなずいて言った。「それに、エステルマルムとマーシュタで目撃された男のモンタージュ写真とも恐ろしいほど似てる」

今度はベリエルがうなずいて十五歳のヴィリアムの写真を指差した。

「こっちはどうだ？」

ブロームは首を横に振った。

「眼はどこか似ている気がするけど」ややあって彼女はそう答えた。

「なるほど」とベリエルは応じて網膜の上でふたつの写真を融合させた。「ヴィリアムはボルスタの家をウィボルのオッレ・ニルソン名義で買った。マーシュタの家を借りる四ヵ月まえに。どう考えてもあらかじめ念入りに計画を立てていたわけだ。必要なときにはすぐに一方の家からもう一方へ少女たちを移動できるように。イェヴレ市のスタトイル社から長期レンタルしているヴァンを使って」

「ウィボル・サプライ社で仕事を得たということは」とブロームは言った。「相当に優秀な技術者だということよ。でも、それ以外にも公安警察の厳しい身辺調査も合格しなくちゃならない。それがどうしても腑《ふ》に落ちないのよ。公安警察の関係先に潜入することほどむずかしいこともないいんだから。潜入捜査を長年やってきた人間としてはそう言わざるをえない」

「テクノロジーに対する興味。それは時計に夢中だった頃と変わらないんだろう」とベリエルは言った。「オッレ・ニルソンというのはかなり巧妙につくりあげられたキャラクターにちがいない。ナタリー・フレーデンに引けを取らないくらい。履歴書を見るかぎり、ヨーテボリのチャルマース工科大学で資格を得た土木技師として採用されているが、ほかの履歴も完璧だ。EUの外に出たことを示す記録もない。当然、いつどのようにしてオッレ・ニルソンに成りすましたかを示すような証拠も」

「いつスウェーデンに戻ってきたのか、そのことを示す記録も皆無ね」とブロームは言った。「わたしは今でも彼がアラブのどこかの国――レバノンかサウジ・アラビアか――で整形手術を受けたと思ってるんだけど。これも推測だけれど、彼の父親——ニルス・グンダーセン——が息子を自分の世界に引き込んだのよ。そして、高度な技術教育を受けさせたのよ」

「それだけじゃない」とベリエルは言った。「すべての状況から見て、ヴィリアムは自分の父親と同じ足跡をたどった。ヴィリアムも軍隊にはいってそのあと傭兵《ようへい》になった。ひょっとすると潜入捜査官のような仕事もしていたかもしれない」

ブロームはうなずいた。「出入国の記録が残ってないのはそのため？　でも、実際の話、彼は誰のために仕事をしてたの？」

「スウェーデンに戻ってきたのは、頭の中の声が大きくなりすぎたからじゃないか？　あるいは、仕事でスウェーデンに戻ってきていたときに、その声が大きくなりすぎたのか。いずれにしろ、何かがきっかけで精神になんらかの破綻を生じて、今では完全にいかれてしまったんだろう」

「シナリオその一。父親のグンダーセンが息子の復讐心《ふくしゅうしん》を煽《あお》り立て、ついにその機が熟したと見ると、完璧な偽造書類を渡してスウェーデンに帰国させた。シナリオその二。ヴィリアムはなんらかの指令を受けてスウェーデンに戻っていた。ところが、生まれ育った国にいることで彼は過去に取り憑《つ》かれて、ついに正気を失った」

「直接訊いてみるしかないな」とベリエルはユーモアのかけらもない笑みを浮かべて言った。

「それにしても、どうやってウィボル社にはいったのか」とブロームは同じ疑問を繰り返した。

「今一番重要なのは第三の家がどこにあるかということだ」ベリエルは言った。「なんとしても見つけ出さなければ。今夜じゅうにも」

彼らは顔を見合わせた。ともに重苦しい眼をしていた。が、そこで突然、ブロームの眼に光が宿った。眼の表情が一気に切り替わった。

ヴィリアムの七人の犠牲者の写真のところまで戻ると、彼女は勢い込んで言った。

「これはわたしたち」

「ええ?」

「雪玉のことを話してくれたわよね?」とブロームは続けた。

「雪玉?」とベリエルは言った。「いったいなんの話だ?」

「あなたとヴィリアムが校庭のベンチに坐っていたときのことよ。わたしたちはてっきり初めての嚙《か》み煙草《たばこ》でも試してるんだと思った。で、リンダが雪玉を投げて、あなたの手から煙草が落ちた。でも、それは嚙み煙草の容器じゃなくて時計だった」

「ああ、〈エルジン〉の懐中時計だ」ベリエルはそのときのことを思い出してうなずいた。

「あのときヴィリアムはおれに初めて時計を見せてくれたんだ。でも、雪玉を投げられ、歯車が雪の上に散らばって埋もれてしまった」

「あのときわたしたちは笑いながら逃げた」とブロームは言った。「わたしたち七人、七人全員。

リンダとわたし以外にいたのは、レイラとマリアとアルマとサルマとエーヴァで、リンダとマリアとアルマとわたしはスウェーデン生まれ。レイラとサルマは中東からの移民で、エーヴァは韓国から来た養女だった」

「なんだって」とベリエルは言った。「つまりそれは……？」

「ええ、彼はあのときのわたしたちを再現したのよ。彼はわたしたちをコレクションとして集めはじめたのよ。マリアとアルマはスウェーデン人に多い茶色の髪、ちょうどユリア・アルムストレームとエンマ・ブラントのように。リンダの髪はもう少し濃い茶色で、少し不良っぽくてピアスもしていた。ヨンナ・エリクソンのように。レイラはアイシャ・パチャチと同じイラク人だった。サルマがネフェル・ベルワリと同じクルド人だったとしてもなんの不思議もないわね。エーヴァはアジア系だった。スニーサ・フェトウィセットと同じように。最後はわたし、モリーよ」

「なるほど。グループ中唯一のブロンドか」

「ええ」と抑揚のない声でブロームは言った。「エレン・サヴィンエルがわたし、モリー・ブロームということ」

「最後を飾る華か」とベリエルはぼそっと言った。

ふたりはしばらく黙り込んだが、そのあいだもノートパソコンの画面の確認は怠らなかった。

やがてベリエルが口を開いた。「時計はやつにとっての聖域だった。あの日、あいつはその最愛のものを踏みにじられ、それが意識の奥に深く刻み込まれた。しかも、そのときの少女たちのほとんどがサッカー場での辱《はずかし》めも目撃していた。しかし、モリー、きみはそのときそこにはいなかった」

「それでも、彼がわたしを忘れるわけがないじゃないの」とブロームは言った。「彼の時計の仕掛けに縛りつけられたのはこのわたしなのよ」

「やつはおれのことも忘れるわけがない」とベリエルは言った。「いや、おれのほうこそだ。やつを裏切ったんだから」

「ヴィリアム・ラーションは自分の過去を再現しようとしてるのよ」とブロームは言った。「そう、彼はこの瞬間のために少女たちを生かしておいたのよ。意識を混濁させたままそのときがくるのを待ってたのよ……」

「おれを抹殺できるチャンスが来るのを待って」ベリエルはそう言って眼を閉じた。「同時に七人とも殺すつもりなんだろう」

「それはつまり、あなたを抹殺するチャンスを彼に与えてはいけないということよ」とブロームは言った。

彼らはまた顔を見合わせると、互いの眼の奥までのぞき込んでから、おもむろにそれぞれのパソコンに戻った。その夜、ふたりは同じことを何度も繰り返していた。

時間の進み方がまた変わった。何もかもがゆっくりになった。自分たちの動作さえそれまでとちがって感じられた。どこにもたどり着けないのではないか。ふたりともそんな思いに駆られていた。

ややあってまた顔を見合わせた。ともに眼つきが変わっていた。忙《せわ》しなくマウスをクリックしてため息まじりにブロームが言った。「これ以上やっても意味がないわ。二時間くらい寝ることにする」

ベリエルはうなずいて言った。「おれはちょっと新鮮な空気を吸ってくる。さきにおれが見張りにつくよ」

作業台の反対側がブロームの寝場所と決まっていた。彼女が寝袋のほうに向かうのを待ち、ベリエルはホワイトボードに貼ってある何枚かの写真の位置を整えた。そのとき写真の中のエレン・サヴィンエルと眼が合った。彼女のひかえめな笑み、彼はふと彼女の無限の可能性を思った。

かつてのモリー・ブロームがそうであったような。

ベリエルはホワイトボードのまえから離れ、桟橋に出るドアを開け、張り出し屋根の下に出た。漆黒の闇が広がっていた。雨がうるさいほど屋根に打ちつけ、ただでさえほとんど見えていない湖面を叩いていた。

一部分を除いて。一部の水面は何にも乱されていないように見えた。近づいて眼を凝らした。

それは湖面ではなかった。ボートだった。

手漕《てこ》ぎのボート。

ベリエルは反射的に手を上着の内側に突っ込んだ。まだ出血している拳の関節がショルダーホルスターにあたった。ホルスターは空《から》だった。

振り向いてドアの小窓を見た。彼の銃はドア近くのテーブルの上にあった。

ドアを押し開けて中に飛び込んだ。ボートハウスの薄暗さの中、彼のグロックに伸びる手が見えた。立ち止まったときにはもう自分の拳銃の銃口を見つめていた。

オッレ・ニルソンの顔を実際に見るのは妙な気分だった。

その顔はまぎれもなくヴィリアム・ラーションだった。が、まったくちがってもいた。

ベリエルはヴィリアムが拳銃を寝袋に向けるのを見た。それがはるか遠くの出来事のように思えた。寝袋にくるまれて眠っているブロームの体の輪郭が見えた。寝袋の口から彼女のブロンドの髪がこぼれていた。

ヴィリアム・ラーションはベリエルの眼のまえで銃を撃った。寝袋の中で体が一瞬弾《はじ》かれたように揺れ、そのあとはまったく動かなくなった。

ヴィリアムはもう三発ブロームを撃った。ベリエルはヴィリアムに飛びかかった。銃声がボートハウスに轟《とどろ》き、ベリエルは耳が聞こえなくなった。腸《はらわた》がちぎれるような自分のうなり声さえ聞こえなかった。

殴られたことさえ感じなかった。ベリエルは気を失った。

38

十月三十日　金曜日　二時十四分

まずめまい。次いで自我。あるのはただめまいだけで、ほかのすべてに先んずる。めまいがすべてになる。それも長いあいだ。

次にくるのは発汗だ。とてつもない量の汗。熱い汗ではない。氷のように冷たい汗。どこかでちょろちょろと何かが流れている。が、空間も肉体もない――痛みもない、感情もない、自我もない。あるのはめまい。それと汗。ほかには何もない。

汗は死より冷たい。

恐怖も自我に先んずる。〝無〟から生まれる恐怖。脈拍と連動してそれがますます強くなる。初めは根拠も方向もない黒い恐怖なのだが、それが徐々にすべてを呑み込み、まわりにあるものをすべて吸収していく。

恐怖は最後に根づき、脳を膨張させ、頭蓋骨を圧迫する。同時に、最小限の住処《すみか》に収めて膨張する脳を幽閉しようとする。そこには体とは無関係の苦痛がともなう。感覚印象の爆発がある。それがやがて自我となる。苦痛の単なる矢尻《やじり》でしかない自我となる。

締めつけられている感覚がある。ということは肉体が存在するということだ。拘束された体があるということだ。脚はどの方向にも動かない。腕も縛られている。肩からまっすぐ横に引っぱられ、縛られている。

ようやく視野が開ける。そこには部屋がある。薄暗い部屋だ。穴だらけの寝袋からブロンドの髪がこぼれている。

悲鳴が聞こえる。叫び声が聞こえる。怒鳴り声が聞こえる。

地獄がある。ここにある。今ここに。

そこでようやく自我が現われ、その自我は自分の名前を知る。自分の名はサム・ベリエルだと。しかし、それ以上のことはわからない。それ以外には苦痛しかない。

音が聞こえる。こだまする音、くぐもった音、金属的な音。うしろのほうから何かを引きずるような音、引っ掻《か》く音、打ちつけている音。金属と金属がぶつかり合う音。何かが構築され、配置されている音。それでも人の気配はまだない。生きているものの気配は何もない。

ベリエルは首をめぐらせようとする。拍動とともに痛みに襲われる。冷たい汗をかいている額に何か温かいものが流れる。それが血であることがベリエルにはわかる。

だからどうだということでもないが。

彼は可能なかぎり首をめぐらす。うしろの床の近くでなんらかの動きがある。奇妙な仕掛けの輪郭が見える。首をもとに戻しかけたところで壁の係船環から伸びている鎖が見える。と同時に、引っぱられている自分の腕も。手首を革ひもできつく縛られ、その革ひもは太い鎖に取り付けられ、その鎖は暗闇の中に伸び、その先に大きな歯車がぼんやりと見える。うめき声が聞こえる。それが自分の声だと気づくまでずいぶんと長い時間がかかる。腕を引っぱってみる。少しも動かない。

もう一度うしろに首をめぐらすと、真正面に顔がある。その青く澄んだ眼がベリエルを静かに見つめている。見慣れないその顔が子供の頃の聞き慣れた声で話しだす。「いつかはここで決着をつけなくちゃいけないことはおまえにもわかってたはずだ、サム」

ベリエルは自らの息づかいを意識する。ひとつ息をするたび自分の敗北を悟る。呼吸を止めることができれば楽なのに。

そこで顔は少しうしろにさがり、暗闇に呑み込まれ、また見えなくなる。それでも体は見える。防弾チョッキを着て、レンチを手に持っている。

「絶妙なタイミングだ」見知らぬ顔からヴィリアムの声がする。「あとはふたつほどボルトを締めれば終わる。それくらいは待っていられるだろ?」

顔がまた消える。背後から新しい音が聞こえる。別の種類の金属音。クランクの音が響き、そのあとにチクタクという大きな音が続く。

顔がまた現われ、ヴィリアムの声が聞こえる。「クランクみたいな陳腐なものを使うことを許してくれ。でも、急いで時計を組み立てなければならなかったんでね。疑問に思っているようだから教えてやると、かかったのは三十分だ。おまえの腕時計ではわからないだろうけど。結露して中が見えないから。よくもまあそんな雑な扱いができたもんだ」

チクタクと時を刻む音が、カチッという音にさえぎられる。両腕をさらに引っぱられたのがわかる。しかし、その痛みも彼の存在を侵しているほかのすべての痛みに比べればものの数にはいらない。

ヴィリアムはゆっくりとあとずさる。暗闇の少し先まで見えるようになる。ヴィリアムが大工用の作業台のひとつに腰かけるのが見える。その作業台の上にベリエルのグロックがある。

その反対側はもう少し明るく、そこにモリー・ブロームが横たわっている。

死んで横たわっている。

ヴィリアムは坐ったまま待っている。時計の仕掛けがまたカチッと鳴り、ベリエルには彼が何を待っているのかわかる。それでもまだ自分の両腕が引っぱられていることが感じられない。

ベリエルが何を見ているのかに気づいてヴィリアムが言う。「彼女は大人だ。おれは大人の女に興味はない。声が低すぎる」

そう言って、ブロームのノートパソコンを自分のほうに向け、防犯カメラの映像を見る。「おまえたちのどっちが勝つのか、おれは愉《たの》しみにしていた。で、マーシュタの家を立ち去るときには、ナイフの飛ぶ高さをどっちに設定するか考えたよ。おまえに合わせるか、モリーに合わせるか。モリーの背後には公安警察がいるわけだが。しかし、それにしてもおまえはのろかったな、サム。いったいどうしたんだ？」

ベリエルはなんとか声を絞り出す。「生きてるのか？」

残念そうにヴィリアムはうなずく。しばらくそのままうなずいている。「三軒目の家は死でいっぱいだが。しかし、今はそんなことを話している場合じゃない。なにしろおまえの片腕が引きちぎられるまであと八分しかないんだから。通常は左腕からだ。右利きなら」

「三軒目の家はどこにあるんだ、ヴィリアム？」

「その話も今はすべきじゃない」とヴィリアムは言う。「今はおまえの裏切りについて話そうじゃないか。おまえは自分の裏切りと向き合って死ぬことになる」

「どういう意味だ、〝裏切り〟というのは？」とベリエルは言う。「おれはおまえがモリーに通報したことを通報しなかった」

「それはおまえに勇気がなかったからだ」とヴィリアムは薄笑いを浮かべて言う。「実のところ、おまえが通報したほうがよほどよかった。そうすればすべてが明るみに出たからな。なのに、実際にはすべてが闇にまぎれて、どんどん大きくなった」

「カス野郎がわかったようなことを言うんじゃないよ」とベリエルは吐き捨てるように言う。「今のおまえはなかなか勇敢だったな。〝カス野郎〟か。サッカー場のゴールポスト。正真正銘のカス野郎のアントン。それに不快きわまりない不良少女たち。丸出しになったおれの下半身。馬鹿みたいに笑い転げる少女たち。そこにのこのこやってきたのはおれのみじめな人生の唯一の友達だった。なのに、そいつは濡れタオルを鞭《むち》のようにしておれの下半身を何度も何度も叩いた。なんとすばらしい人生であることか！」

ベリエルはヴィリアムを見る。どうしても知る必要がある。これがこの世で自分が聞く最後のことばだとすればなおさら。

「三軒目の家はどこにあるんだ、ヴィリアム？」

時計の仕掛けがまたカチッと鳴る。ようやく腕の痛みがほかのすべての痛みを突き抜ける。

「どうして伯母《おば》さんを殺した⁉」とベリエルは叫ぶ。

そのとき初めてヴィリアムは驚いたような顔をする。

「伯母さんを殺した？」

「おまえは自分の伯母さんのアリシア・アンイエルを殺した。どうしてそんなことをしたんだ？」

「アリス伯母さんのことか？」とヴィリアムは夢でも見ているように言う。「伯母さんはやさしかった。今もまだ生きてたなんて知らなかったな。でも、理解できる」

「理解できるって何を?」

「おまえたちは驚くほどのろかった。おれはエステルマルムの学校のまえにヴァンで乗りつけ、白昼堂々とブロンドの少女を拉致した。大勢の目撃者の眼のまえで。これでやっとおまえがおれを探しはじめると思ったら心が躍ったよ。なのに何も起こらなかった。だからわざとヴァンを目撃させたんだ。犬の散歩をしてた婆《ばあ》さんに、マーシュタの家の近くで。それでも何も起きなかった。モリーがウィボル社に現われて、録音録画装置の誤作動を惹《ひ》き起こす機器をおれに注文するまでは。その理由まではっきりとわからなかったが、彼女が公安警察から何かを隠したがっていることだけはわかった。その何かについちゃ考えるまでもなかった。容易に見当がついたよ」

ヴィリアムはそう言うと、めちゃくちゃに破壊されたホワイトボードのほうを身振りで示す。登山者たちの黒いシルエットも粉々に砕かれ、ポスト・イットのメモが床一面に散らばっている。

ヴィリアムがまえ屈《かが》みになってパソコンの画面をのぞき込むと、彼の背後の窓がベリエルにも見える。眼の中に流れ込む血を透かして赤い何かが見える。四半世紀まえ、汗まみれの手が汚れた窓ガラスをこすってつくったのぞき穴の向こうに、ふたつの眼が現われる。時計がまたカチッと音をたて、強烈な痛みが肩に走り、ベリエルは叫び声をこらえて呑み込む。

ヴィリアムが体を起こすと、窓はまた見えなくなる。

「モリーが正規の手順に従って捜査してないことがわかったんで、録画映像のループが不具合を起こすようにちょっとしたウィルスを仕込んだのさ。これが予想をはるかに上まわる結果を招いた」

ヴィリアムは立ち上がると、ベリエルに近づく。

「サム、もうすぐおまえはばらばらになって壊れる」そう言って笑う。ベリエルにも見覚えのある笑みを浮かべる。「近くでとくと見せてもらうよ。おまえがどんな表情を見せてくれるか愉しみだ。自分が死ぬだけじゃなく、おまえと一緒になんの罪もない七人の少女たちも死ぬんだからな。それを思っておまえはどんな表情をするのか。彼女たちのことはここ数年ですっかりよく知るようになった。そんなあの子たちの悲鳴がおれたちをまた引き合わせてくれたわけだが、こうして再会できた以上、あの子たちはもう用済みだ」

ヴィリアムは立ち止まり、時計がさらに時を刻むのを待つ。

完璧な距離を保って。

ベリエルは深々と息を吸う。これまで生きてきた中で一番深く吸う。そして、なけなしのエネルギーすべてを使って叫ぶ。「今だ！」

不思議なほど音が聞こえなくなる。世界がスローモーションになる。

一発目の弾丸《たま》がヴィリアムの左足を貫通するのをベリエルは見る。二発目と三発目はともにはずれるが、四発目が右足を粉砕する。五発目はヴィリアムの体の奥深くに消える。六発目が木の床を突き抜けて飛んできたときには、ヴィリアムはもうそこにはいない。うなり声をあげて、ブロームの寝袋に飛びかかっている。彼女のブロンドの髪をつかんで引っぱっている。弾丸《たま》を受けたマネキンの頭が飛び出る。ヴィリアムはドアを力任せに引き開けると、夜の中に姿を消す。

時計がまたカチッと鳴る。それと同時に、桟橋側のドアからびしょ濡れの人影が飛び込んでくる。ベリエルは両腕を左右に引っぱられ、今や苦痛に全存在を支配されている。ブロームは革ひもをナイフで切って、彼を時計の仕掛けから解放し、さらに足の拘束を切りながら叫ぶ。「わたし、彼を仕留めた?」

「傷は負わせた」ベリエルはそう言って肩をまわすと——大丈夫のようだ——グロックをつかみ、血痕を追って闇の中に飛び出す。

雨がすさまじいうなり声をあげている。木々に葉はもう残っていない。なのに、ベリエルの耳にはポプラの葉のざわざわという歌がはっきりと聞こえる。胸の高さまである牧草を掻き分けながら、それまで経験したこともないような速さで全力疾走しているのに、葉の音が聞こえる。ポプラの葉のそのざわざわという音に圧倒され、まるで別の時間から得体の知れない何者かがこれから侵入してくるような感覚に襲われる。

夜がねばりついてくる。極端に動きが遅くなる。偽物の時間が流れているかのように。先を走っている、もはや金色ではない髪が少し速度をゆるめる。チョークのように白い頭がこちらを向きはじめる。ベリエルにはそのときにはもうわかっている。そのあと自分が驚かずにはいられないことを。

彼はヴィリアムに飛びかかる。ヴィリアムは転ぶ。彼らは一塊になって地面を転がる。まるで仲よく抱き合っているかのように。

血の気が完全に失われた蒼白《そうはく》なヴィリアムの顔の皮膚を透かし、ケロイド状の手術痕が顔一面に脈打っているように見える。ベリエルはヴィリアムの上から転がり落ちる。ヴィリアムの薄い色のズボンの股のあたりに、大きすぎる血の染みが広がっているのが見える。防弾チョッキのすぐ下からズボンの脚まで真っ赤に染まっている。

「急所を直撃されたよ、サム」とヴィリアムは声を絞り出す。「あのときと同じだな」

「三軒目の家はどこだ！」とベリエルは怒鳴る。

「サム、あそこは死であふれている。歯車を忘れるな」

「家はどこだ？」

ヴィリアムの息がごぼごぼと音をたてる。ますます蒼白になっていく彼の顔に雨が容赦なく降り注ぐ。

「おれは看視役で」とヴィリアムがかすれた声で言う。「同時に連絡係でもあった。その代償が大きすぎた。アントンで終わりにできると思ってたんだが、それじゃすまなかった。ドアにはおれの拳の跡が残っていた」

「おまえは彼女たちを死なせたいとは思ってない。そんなことは望んでないんだろ、ヴィリアム？　彼女たちのせいじゃない。あの子たちのことをもっと知るんだ。おまえだってほんとうは殺したくないはずだ」

ヴィリアムは弱々しく笑う。そして声を絞り出す。「家じゃない。すべてが始まった場所だ。たったひとりの友達がおれにもできた場所だ」

銃を構えて走ってくるブロームの足音が聞こえる。ヴィリアムを見てブロームは銃をおろし、しわがれた声で言う。「出血が多すぎる。弾薬がちがってた」

どんどん赤く染まる自分の股間を指差してヴィリアムが囁《ささや》くように言う。「おまえだよ、サム。おまえは最後までおれの股間を鞭打つのをやめなかった」

そう言って、ヴィリアムは息絶える。

ヴィリアムはまっすぐにベリエルの眼を見る。ヴィリアムの眼はベリエルが生まれて初めて見るような暗い色をしている。そのとき何かが動く。とてもゆっくりとした動きながら。ベリエルにはその一齣《ひとこま》一齣が鮮明に見える。長い金色の髪が持ち上がってうしろに流れる。その下から歪《ゆが》んだ顔が現われ、その顔から二列の歯が剝《む》き出しになる。二列の歯は上下に分かれ、ベリエルの二の腕に近づく。その歯が皮膚を引き裂き、肉まで達する。なのにベリエルは何も感じない。自分の腕の中で上下の歯が合わさる音も聞こえない。聞こえもしなければ感じもしない。二の腕から放射される痛みも、ヴィリアムの口から肉の塊が吐き出され、そのあと腕から血が流れ出すまで感じない。彼の二の腕の肉片はありえないほどゆっくりと乾いたサッカー場の地面に落ちていく。ベリエルは吠えながら濡れたタオルを振り上げ、ヴィリアムを打ちつづける。視野が暗くなっても手を休めない。何度も何度も打ちつづける。やがて血がとめどもなく流れはじめる。

39

十月三十日　金曜日　三時十八分

そのアパートメントハウスの階段のところまで来ると、もう死臭がした。ただ、それほど強いにおいではなかった。少なくとも近所に気づかれるほどではなかった。それでも、階段をのぼるにつれ、ベリエルには段々自分が別の時間にはいり込んでいくのがわかった。

死臭など知らなかった時間に。

彼は十五歳だった。ドアの表札には〝ラーション〟と書かれていた。ドアの向こうに時計の魔法の世界が待っていた。さらに顔の歪んだ仲のいい友達が。その友達は歯車やピニオン、バネや軸、重りや振り子が完璧に調和した世界にベリエルを導いてくれた。その世界では毎秒毎秒が謎に満ちあふれていた。

そこで彼らは多くのことを語り合った。十八世紀、パリの貴族のお抱え時計職人たちがフランス革命を逃れ、スイスに移ったためにスイスが一躍世界の時計づくりの中心地になったことや、古代ギリシャ人たちはキリストが生まれる百年もまえに神秘的で複雑な時計――〝アンティキティラ島の機械〟――をつくっていたことを。

ヴィリアムの話を聞いていると、ベリエルは頭の中の扉が開き、ありふれた日常の中に隠された未知の世界が見えはじめたような気がしたものだった。それはヴィリアムがいなければ知ることのなかったすばらしい世界だった。今、ベリエルはその頃の倍以上の歳《とし》になって、そうしたことが起きた世界につながるドアのまえに立っていた。ブロームが彼に追いついた。銃を構えて。

今、郵便受けに書かれている名前は〝ラーション〟ではなく、〝パチャチ〟。

死臭はさっきより強くなった。

サムはピッキング道具を取り出し、音をたてないように気をつけて鍵穴に挿し込んだ。ふと自分の手に眼をやった。ひどく震えていた。ブロームを見やった。青ざめ、彼女も震えていた。ヴィリアムの子供時代の家のドアの向こうに地獄が待っていることをふたりとも覚悟していた。それがどんな形の地獄であれ。しかし、もうあと戻りはできない。行くしかない。

ふたりは別の宇宙、闇が支配する真の宇宙にいた。すべての光が幻覚でしかない宇宙に。光はこの世界で生きつづけられるよう、大人になれるよう、心強い味方になってくれるうわべだけのまやかしだ。彼らは今、まったく別の時代にいた。野蛮で未開な時代、複雑に入り組んだキメラのような文明が訪れるまえの時代に。

カチッという音とともに鍵が開いた。懐中電灯を出し、ベリエルも銃を構えた。ドアが開いた。

アパートメントの中の気圧が外より低かったのか、空気が吸い込まれたように感じられた。中は真っ暗だった。死臭が壁となって彼らに襲いかかった。ドアのまわりに付着している物質をベリエルはざっと見まわした。なんなのかすぐにわかった。防臭用のシーリング剤だ。廊下に死臭が漂うのをそうやって防いでいたのだろう。

彼らは狭い廊下に立ち、訓練を受けたとおりの呼吸をするように心がけた。重ねてきた訓練がこの完全な闇を払いのけてくれることを祈って。

悪臭の向こうにベリエルの子供時代が甦《よみがえ》った。彼はそのアパートメントの中のどんな角もどんな隅も覚えていた。左側にある廊下を行くとキッチンと寝室があり、右側の長い廊下を行くともうひとつの寝室と居間がある。そっちがヴィリアムの寝室だった。窓はないが、異様に大きな部屋で、ふたりの少年は腰をおろしてさまざまな時計で遊んだものだ。ふたりにとっては小さな歯車が大事な遊び道具だった。

死ぬ直前のヴィリアムのことば。〝歯車を忘れるな〟。

ベリエルとブロームは互いの眼に同じ疑問を読み取った。

誰の死体なのか。

七人の少女のうち、大人になるチャンスがまだ残っているのは？

死ぬ直前のヴィリアムのことば。〝あそこは死であふれている〟。

廊下の壁に何かがピンでとめてあった。ベリエルは懐中電灯の光を向けた。腕時計だ。ガラスの小さな引っ掻き傷に見覚えがあった。

ベリエルのパテックフィリップ2508カラトラバ。

それを無視して、ベリエルはキッチンと寝室につながる左側の廊下を顎で示した。彼らはそれぞれ部屋にはいった。

小さな寝室には誰もいなかった。寝室のドアにも防臭用のシーリング加工が施されていた。机に電子機器が置かれているのを見ると、この部屋がヴィリアムの直近の本拠地だったのだろう。彼らの疑問に対する多くの答がこれらのコンピューターの中にあるはずだ。

振り向くとブロームと眼が合った。眼が合うと、彼女は顎でキッチンを示した。その眼にはガラスのように生気がなかった。ベリエルは寝室を出るとキッチンにはいった。

キッチンテーブルにふたりの人物が坐っていた。まるで短い休憩時間におしゃべりでもしているように見えた。どちらも若い男で、死後かなり経っていた。肉が骨から削《そ》げ落ちはじめており、完全に乾燥しきっていない肉には蛆虫《うじむし》がうごめいていた。

サムは思わずうめいた。

「なんなんだ、これは？」

鼻に強く押しあてたハンカチ越しにブロームは言った。「ひげを生やして、ゆったりとした服を着た若い男がふたりということは？」

「イスラム過激派？　ＩＳの戦士？」

彼女は肩をすくめた。ふたりはキッチンを出て、玄関ホールに戻った。右に延びている廊下はベリエルが記憶していたよりずっと長かった。まるで人間の体の中をめぐっているかのような感覚を覚えた。廊下の先で今にも消えそうな明かりがちらちらと光っているのが見えた。陰気な廊下の壁がふたりを押しつぶそうとしているかのように思えた。はるか昔に失われてしまった時間に彼らを押し出そうとしているかのようにも。

まるで時間が永遠に失われてしまったかのようにも思えた。

居間まで来ると、光の出所がわかった。ドアそのものが光っているのだ。そのドアはベリエルにとって見覚えがあるようでもあり、同時に初めて見るドアのようにも思えた。ベニヤ合板のドアの表面に四つの凹《へこ》みが残っていた。拳の関節の跡だ。そのドアは子供の頃のヴィリアムの部屋のドアだった。

ただ、あの頃、ドアは光ったりしていなかった。

ふたりはドアのすぐそばまで来た。

「蛍光塗料ね」とブロームが言った。

ベリエルはドアを調べた。明らかに補強されており、鍵穴はなく、電子ロックのようなものが取り付けてあった。さらにドアの横にはマイクらしいものが入れられた小さな箱があった。

「何かが仕掛けられていてもおかしくないわね」とブルームが電子ロックを見ながら言った。

「爆発物？」とベリエルは箱を調べながら訊いた。

「その可能性は高いわ。だから、鍵は銃で壊さないほうがいいかも。鍵のピッキングもこれじゃ無理ね。ひょっとしてこれは音に反応して作動するんじゃないかしら」そう言って、ブロームは箱を指差した。

「音ってどんな？」

ふたりとも同時にはっとした表情になった。

「取ってきてくれ」とベリエルは言うと、リュックサックを肩からおろした。

そして、ソファに腰かけ、リュックサックから古い時計の箱を取り出した。金箔《きんぱく》張りの留め具をはずし、四つの腕時計が置かれたビロード張りの底板を持ち上げて脇に置くと、その下に隠してあった小さなビニール袋をひとつずつ取り出した。ブロームが彼のパテックフィリップ2508カラトラバを持って戻ってきた。ベリエルは首を振りながら、その腕時計を受け取り、居間のテーブルの上に置き、リュックサックから拡大鏡とピンセットとウォッチケース・オープナーを取り出した。

「明かりが要る」

ブロームは懐中電灯の光をテーブルに向けた。「歯車をすべて見つけ出せたことを祈るしかないわね」

サムは苦笑いを浮かべ、ウォッチケース・オープナーを腕時計にあてて裏側の蓋を開け、剝き出しになった時計の内部を拡大鏡を使ってのぞき込んだ。完璧なまでに調整された微小な歯車やピニオンの集合体を見ると、いつも心が落ち着き、ベリエルの心拍数は劇的に下がる。が、今はちがった。おぞましいこの家の居間のソファに坐り、強烈な死臭に襲われながら、若い命が自分にかかっていることを痛いほど意識し、必死に手の震えを抑えようとしている今、彼の心臓は逆に早鐘を打っていた。証拠品袋をひとつずつ傾けて中の歯車をテーブルの上に置いた。クリスティーネハムンとヴェステロースの家で見つけた歯車、マーシュタの家で見つけた歯車、コウモリだらけのヴェルムランドの洞窟《どうくつ》で見つけた歯車、マネキンの口の中から見つけた歯車、ボルスタの家で見つけた歯車。それで全部だと示すものは何もなかった。

ベリエルの知識以外には。四半世紀まえにまさにこの家で学んだ腕時計の内部構造についての知識以外には。その知識が今、足りないのはちょうどその六つの歯車だと彼に告げていた。

モリーは拳銃を抜いたままアパートの中を歩きまわった。ベリエルには彼女の焦燥感が手に取るようにわかった。

「どうやって出はいりできたの？」しばらくして彼女が訊いてきた。

「なんのことだ？」

「ヴィリアムがあなたの腕時計を盗んで解体したとすれば、あなたの時計を使ったはずがないでしょ？　あのマイクには別の腕時計を使ったんじゃないの？」

「どんなモデルの時計にも独特の音がある」とベリエルは言いながら、ひとつ目の歯車を装着するために回転錘《ローター》を注意深く脇へ寄せた。

「どうやったんだと思う？」

「おそらくあいつも同じ２５０８カラトラバを持ってたんだ」とサムは言った。「それほど出まわっていないモデルだが」

「ここにはないの？　この家のどこかにあるんじゃないの？」

「まずそれはないな」とベリエルは答えた。「これはおれに対するテストだからだ。ヴィリアムはおれたちに出し抜かれる可能性を考えていた。だからこれはプランBみたいなものだ。死んでもおれを試すことができる。そう考えたんだろう」

「わかった。でも、念のためにもうひとつのカラトラバを探してみるわね」とブロームは言うと、居間を出ていった。

「ご随意に」とベリエルは誰にともなく言った。「キッチンの死体の下にあったりしてな」

さらに時間が過ぎ、ベリエルはこれまで学んできたすべて――ヴィリアムから教わったすべて――を傾注した。ピンセットが何度となくすべった。手の震えはまだ続いていたが、いくぶん収まってきた。逆説的とも思えるような静寂に包まれ、自動巻き時計の独特の時間の刻み方にも助けられ、彼は徐々に自分を取り戻した。歯車がひとつずつ本来の場所にぴたりと収まった。どれくらい経ったのか。目的を達成できなかったブロームが戻ってきた。

「ヴィリアムの時計のコレクションはここにはないよ」とベリエルは言った。「おそらくレバノンにあるんだろう」

最後に残ったのは歯車がひとつ。どうやらまちがえなかったようだ。時計の中で空いているのはあと一個所のみ。

彼はマーシュタの家で見つけた歯車をピンセットでつまみ、懐中電灯の光にかざした。ほかの歯車を置いた場所がひとつもまちがっていないとは言いきれなかった。

極小の歯車を時計の中に沈めた。小さなカチッという音とともに歯車は最後に残った場所にぴたりと収まった。機械の構造を凝視した。動きがなかった――仕事が終わったことを示すものは何もなかった。

ベリエルは裏側の蓋をもとに戻し、腕時計を振った。時計が正常に動いているなら、回転錘《ローター》が自動巻き機構を作動させるはずだ。彼は三十秒間振りつづけた。無理に引っぱられた肩に強い痛みを覚えながら。時計を耳にあてた。

最初は何も聞こえなかった。そこにあったのは死の静けさだけだった。失敗という沈黙がこだましていた。

が、その次の瞬間、チクタクと時を刻む音が始まった。ベリエルは安堵《あんど》の吐息を深々と吐いた。そのあと同じようにまた息を深々と吸い込むと、おぞましい死臭に襲われた。

ゆっくりと立ち上がり、ブロームを見やった。ふたりで蛍光塗料が塗られたドアに向かって歩いた。ベリエルは組み立てたばかりの腕時計をしばらく見つめてから軽くキスをし、マイクが仕込まれている小さな箱に近づけた。

永遠とも言える遅さで一秒一秒が過ぎた。

すぐには何も起こらなかった。

その一瞬のち、複雑な錠前がカチッという音をたて、続いてゆっくりと、ゆっくりとすべるように、漆黒の闇のとばぐちであるドアが開いた。

案の定、ドアにはかなりの量の爆発物が取り付けてあった。無理やり拳銃で錠前を破壊しようとしていたら、アパートメントの部屋ごと空高く吹き飛ばされていたところだった。

懐中電灯で中を照らした。立てつづけに異なる感覚を覚えた。まず天井も壁も床も分厚くふかふかしたもので覆われているのがわかった。防音のためか？　そう思うと同時に、部屋の構造がマーシュタの家とボルスタの家の地下室を連想させることに気づいた。蛍光塗料で光るドアに隠されていたのが迷路であることはもう疑いようがなかった。

三つ目の感覚はにおいだった。ひどい悪臭が充満しており、それが死臭さえ掻き消した。ただ、迷路から死のにおいは漂っていなかった。

四つ目の感覚は音だ。

ひとつ目の部屋に置かれたマットレスからかすかなうめき声が聞こえた。点滴スタンドから伸びるチューブがマットレスを覆っているカヴァーの下にはいり込んでいた。

ブロームは息を止め、マットレスの横にしゃがみ込んだ。そして、ゆっくりとカヴァーを剥がした。黒い髪の少女と眼が合った。

薬物で意識が朦朧《もうろう》としているのは一目瞭然だった。が、どんなに薬漬けにされようと、どんなにその小さな体が痩せ衰えようと、生きるという頑丈な本能がその少女には感じられた。タイ人の少女、スニーサ・フェトウィセット。なんとしても生きようとする健気《けなげ》な決意がはっきりと見て取れた。彼女の殺害容疑で有罪となり、服役中の小児性愛者アクセル・ヤンソンに殺されてもいなければ、ヴィリアム・ラーションに殺されてもいなかった。

彼女は生きていた。

ベリエルは思わず拳を握りしめ、どうにか壁を殴りたい衝動を抑えた。そのかわり、居間にはいって窓という窓を開け放った。地獄から現われたその家に冷たく新鮮な夜の外気が流れ込んだ。

ブロームとスニーサの脇をすり抜けると、ベリエルは別のドアを蹴破った。同じようなマットレスの上に、同じような点滴スタンドの横に、ピアスをした少女が横たわっていた。ヨンナ・エリクソン。少女は驚いたようにベリエルを見つめ、ことばにならない声をあげた。

ベリエルは少女のそばに屈み込み、頬をやさしく撫でて言った。「信じられないかもしれないが、ヨンナ、きみはもう自由だ」

そう言うと、そのまま横たわっているように彼女に言って立ち上がった。そのあと次々にドアを蹴破り、少女たちを見つけた。全員が生きていた。見つかった少女の数は五人。

時々別の方向から来たブロームと同じ部屋で出くわした。

「昔よりかなり広い」と彼は言った。

「たぶんアパートメントの隣り部屋も買ったのよ」とブロームは言った。

ベリエルはしばらくブロームを見つめてから言った。「応援を要請してくれ」

最後にふたつのドアが残った。まずひとつ目のドアを蹴破った。

その部屋もほかの部屋と変わらなかった。床の上に置かれたマットレス、点滴スタンドからベッドカヴァーの下に伸びているチューブ。しかし、ベリエルがカヴァーを剝がしてもそこに少女はいなかった。

空き部屋がひとつ。

少女の数がひとり足りない。

ベリエルは最後のドアに近づいた。唾を呑み込んで気を静めてからドアを蹴った。

マットレスの上にブロンドの長い髪の少女が坐っていた。ピンクの革ひもにくりつけられた正教会の十字架が首に掛かっていた。ほかの部屋で今起きたことがここでも聞こえたのだろう。それは表情を見ればわかった。薬物の影響で眼は曇っていたが、ひかえ目な笑みを浮かべた。ベリエルはその笑みの中に無限の可能性を秘めた将来を見たような気がした。

「エレン」と声をかけて、マットレスの横にしゃがみ込んだ。

「あなたは警察?」とエレン・サヴィンエルは尋ねた。

ベリエルは笑って言った。「ああ、そうだ」正確には今はそう言えなくとも。

彼女を抱きしめた。雨で湿った新鮮な空気がこの迷路の一番奥までようやく届いたことが実感された。

ベリエルとブロームはそのあとしばらく各部屋をまわり、できるだけ少女たちを慰めて安心させ、救急隊の到着を待った。ひとつだけ誰もいなかった部屋にも何度かはいった。その部屋にいるときだけは雨で湿った新鮮な空気が感じられなかった。そこにいるときだけ悪臭が戻った。

「いないのは誰?」とブロームがベリエルに尋ねた。

「アイシャだと思う」とベリエルは言った。「アイシャ・パチャチ」

「最初の被害者」とブロームは言った。「この家に住んでいた少女」

「そうだ。おそらくキッチンで死んでいる男のひとりがアイシャの兄だろう」

玄関のドアが叩かれる音が聞こえ、ふたりは顔を見合わせた。

「まだ終わってない」とブロームは言った。

彼らは迷路から抜け出した。ケントとロイの声がキッチンから聞こえてきた。ブロームのかつての部下は片手に懐中電灯、もう一方の手に銃を構えながら廊下に出てきた。ふたりとも顔面蒼白だった。

「銃をおろせ」とベリエルは言った。「安心しろ、おとなしくおまえたちについていくから。ただ、そのまえに中を見てから、今ここに来ている人間を全員呼んでくれ」

ベリエルはそう言って開け放たれた窓に近づき、窓越しに外の闇を眺めた。その闇から何かが押し寄せてくるような気がした。アイシャ・パチャチがいないことは否定できない事実だった。同時に六人の少女たちが生きていたこともまぎれもない事実だ。さらに夜の闇から押し寄せてきたのが、心の底からの達成感であることもまぎれもない事実だった。

大勢の救急隊員がアパートになだれ込んでくる中、ブロームがそばにやってきた。

ベリエルは黙って彼女に腕をまわした。

彼女も同じように彼に腕をまわした。

雨はもうやんでいた。

40

十月三十日　金曜日　十六時四十二分

ストックホルム警察のアラン・グズムンドソン警視は煙草のにおいがした。人間味に欠けるという点でなにより個性を発揮している男ながら、机に坐っているその姿はまるで年金受給者のそれだった。分厚い資料を読みながら老眼鏡のかけ具合を調節すること十八回、ようやく机の反対側に坐っている奇妙なふたり組に視線を向けた。女のほうはブロンドの髪にし鼻、男のほうは白髪まじりの髪に一週間分の無精ひげ。

「やっと週末をのんびり過ごせると思ってたんだがな」アラン・グズムンドソンは言った。

「今のことば、どこかで聞いたような記憶がありますけど」とサム・ベリエルは言った。

「貧乏くじはお互いさまみたいですね」

アランはモリー・ブロームのほうを向くと、老眼鏡のふち越しに非難がましく見やって言った。

「要するに、ナタリー・フレーデンにからんだ一切合切は芝居だったということか？」

「必要に駆られてのことです」とブロームはぶっきらぼうに答えた。

「どうして必要だったのか。私もできるだけ理解しようとは思うが」とアランは続けた。「きみ独自の非公式捜査にサムの助けが必要だったからなのか？　きみたちの共通の知人が殺人犯だと互いに疑いはじめたことに気づいたからなのか？　子供の頃の知人が犯人だと？」

「まあ、そんなところです」とブロームは言った。「でも、今重要なのはそこではありません」

アランは老眼鏡の位置をもう一度直し、厳しい表情を強めて言った。

「何が重要なのか決めるのはこの私だと思うんだがね、お嬢さん。きみたちの進退は迅速な調査ののちに決まるだろうが、現段階ではきみたちはふたりとも警察官ではない。この件については公安警察とステーン情報部長の判断に委ねられている。おそらく明日の土曜日、会議への出席を要請されるだろう。だから今はそんな横柄《おうへい》な態度はひかえたほうがいいんじゃないか？」

「彼女たちの様子は？」とベリエルはアランのことばを無視して今一番気になっていることを横から尋ねた。

「サム、サム、サム」とアランは厳しい表情を崩すことなく言った。「知ってのとおり、私はあともう何日かで退職だ。だから、あとはきみに任せようとすべて準備してあったのに。なのにいやはや、やらかしてくれたもんだよ」

「後任は誰になるんです？」

「もちろんローゼンクヴィストだ」とアラン・グズムンドソンは言った。「デジレ・ローゼンクヴィストだ」

ベリエルは笑った。「ディアですか。やっぱりおれの教育はまちがってなかった」

「きみの教育？　いつきみが彼女の教育をしたんだ？」とアランはぴしゃりと言った。

「おっしゃりたいことはわかります」とベリエルも認めて言った。「彼女ならおれなんか逆立ちしてもなれないようなボスになるでしょう」

「どんな様子なんです？」とブロームがベリエルと同じ質問をした。

「きみたちはたぶん少女たちのことを言ってるんだろうが」とアランは言った。「あのような状況下にあったことを考えると、おおむね良好のようだ。今はそれより私の質問に答えてほしい。あんな形でここを抜け出したのは、きみたちふたりがそれぞれ単独で、公安警察と犯罪捜査課のいずれの捜査方針にも反する、非公式かつ無許可の捜査をおこなっていたからだ。それにまちがいないね？」

「ええ、そのとおりです」とブロームは言った。「わたしたちも自分たちの仮説に絶対の自信を持っていたわけではなかったんで。実際、耳を貸してくれた人はひとりもいませんでした。証拠は何ひとつなかったんだから。それでも、わたしとしては少女たちを何がなんでも助けたかった。だから、取調室の録音録画装置の妨害を疑われると、もうこうなった以上、サム・ベリエルの身柄拘束を解いて一緒に消えるしかない。そう思ったんです」

「きみたちの進退が私ひとりの判断に委ねられていなくてほんとうに助かったよ」とアランは書類の束で膝を叩きながら言った。「きみたちの捜査は徹底していた。それだけは認めよう。きみが撃ち殺した男、ソレントゥナのエッビケン湖の荒地で見つかった死体は、公安警察が非公式に雇っていた民間技術者のオッレ・ニルソンと名乗る人物であることが確認された。しかし、その男がほんとうはヴィリアム・ラーションという名で、連続誘拐犯だというのはきみたちだけの主張だ。オッレ・ニルソンがこの二年半のあいだに七人の十五歳の少女を誘拐して、ゆくゆくは全員を殺すつもりだったというのも」

「そのことを示す証拠は今後いくらでも見つかるとわたしもサムも確信しています」とブロームは言った。「でも、今知りたいのは少女たちがどんな様子かということです」

アランはうなずいてからいささか気乗りのしない口調で言った。「興味深いのは――もちろん喜ばしいことだ――誰にも拷問の跡が見られないことだ。その事実とマーシュタの家の地下室にあった血痕と床の爪跡がどうしても結びつかない。それに悪魔の時計との関連も不明のままだ」

「その件についてはわたしたちも腑に落ちません」とブロームは言った。「ただ、時計に関してはヴィリアムはサムのために取っておいたのではないかと思います。つまるところ、ヴィリアムのほんとうの狙いはサムだったんですから」

「ヴィリアムは連続殺人犯なんかじゃなかった」とベリエルが横から言った。「おれと連絡を取りたがっていただけだった。正真正銘の裏切り者のこのおれとね」

アランはベリエルをじっと見つめてから書類をぱらぱらとめくって言った。「血液に関して少女のひとりが興味深い証言をしている。そう……ここだ。最後に誘拐されたエレン・サヴィンエルの証言だ。少女たちから抜き取った血液を犯人が試験管に入れているのを見たような気がすると言ってるんだ。ただ、そのときは薬物の影響で意識が朦朧としていたそうだが」

「それで少し安心しました」とブロームが言った。「それはつまり、あの血痕はわたしたち――わたしとサム――に向けたものにすぎなかったということです。彼の狙いどおりにわたしたちを誘導するための単なる小道具だったんです。ひょっとすると、マーシュタの家には最初から仕掛け時計なんてなかったのかもしれません。床に残されていた爪跡もヴィリアムが仕掛けた特殊効果のひとつだったのかもしれない。すべては今後の少女たちの証言で明らかになるでしょう」

アランはまたうなずくと、パソコン画面に眼をやって言った。「少女たちの現在の状況だが……いや、これは全体報告に眼を通してからにしたほうがよさそうだな。いずれにしろ、少女たち六人は全員まだ入院しているが、これは健康状態の観察と最終的な解毒治療のための入院だ。日常的にかなり強力な鎮静剤を投与されていたようなんでね。医者によれば、薬漬けにされていた期間が短ければ短いほど早く普通の生活に戻れるそうだ。二番目の被害者のネフェル・ベルワリは筋肉にダメージを受けているようだが、それでも数週間もすればまた歩けるようになるそうで、それよりは精神的なダメージのほうが大きいらしい。重症の鬱《うつ》状態だ。ただ、認知機能と知的機能は問題ない。今は家族が引き取るための手続きがおこなわれている。三番目の被害者、ユリア・アルムストレームだが、あんなにひどい状況で一年半も囚《とら》われていたにもかかわらず、健康管理はちゃんとできていた。だからヴェステロースに戻ったら、すぐにでも普通の生活ができるそうだ。四番目の被害者、タイ人のスニーサ・フェトウィセットは、監禁による精神的ダメージが少女たちの中では一番軽くすんだようだ。オッレ・ニルソンに監禁されていたときのほうがよほどよくしてもらった、とさえ言っているそうだ。彼女には今後スウェーデンの市民権が与えられて、アルバニア・マフィアから保護されることになっている。ただ、ヨンナ・エリクソン——五番目の被害者だな——は状態が一番悪い。肉体的に相当消耗している上に、恋人のシモン・ルンドベリの死を受け入れることがまだできないようだ。ちなみに、きみたちの説明どおり、クリスティーネハムン近くの洞窟で白骨死体が見つかった。とはいえ、ヨンナにしてもまだ若い。早晩元気になってくれるだろう。親身な支援が期待できそうなストックホルム在住の夫婦からさっそく里親の申し出があった。六番目の被害者のエンマ・ブラントは、すでに父親との再会を果たしており、あと数日で退院できるそうだ。彼女は、殺人犯に自殺を止められたことにただただ驚いているということだ。今後は親子ともどもスコーネ県に引っ越して新しい生活を始めるそうだ。

最後の被害者のエレン・サヴィンエルだが、今は二十四時間ずっと家族と一緒に過ごしており、今学期が終わるまえにエステルマルムの学校に戻れるという話だ。ただ、鎮静剤の長期的影響については医者としても確かなことは言えないようだが」

ブロームとベリエルは顔を見合わせた。懸念していたより状況ははるかによかった。

ブロームが言った。「ヴィリアム・ラーションの犯罪行為について少女たちはどのように言っています?」

「今のところ、聴取は最小限にとどめている」とアランは言った。「少女たちの健康状態に鑑《かんが》みてのことだ。それでもどの証言もほぼ同じ内容で、きみたちの話と合致する。被害者たち全員が犯人はオッレ・ニルソンだと証言している。彼のDNAがボルスタの家とヘレネルンドのアパートメントで見つかった。ニルソンが七件の誘拐の犯人だということにはもはや疑いの余地はない。それ以外の三人の殺害——シモン・ルンドベリ、ヤズィード・パチャチ、レイハン・ハムダニ——とソレントゥナでのアントン・ベルマルクに対する過重暴行についても同様だ」

「やはりキッチンの死体はアイシャの兄のヤズィードだったんですね」とベリエルが言った。

「しかし、レイハン・ハムダニという名前は聞き覚えがない」

「ISの戦闘員になったソレントゥナ出身の若者のひとりだ。直接の死因は銃創によるものだが、予備検死したところ、体内から大量のヘロインが検出された。ふたりがスウェーデンに帰国したのは今年の八月二十日で、やはり予備検死によると死後二ヵ月ということだ。つまり帰国してすぐあのアパートメントに行ったんだろう」

「でもって、アパートメントを迷路につくり変えていたヴィリアムと鉢合わせした。そういうことか」とベリエルは言った。

「パチャチ家のほかの家族はどうなったんです?」とブロームが尋ねた。「当然、父親と母親もいたはずです。アイシャが行方不明になったとき、わたし自身ふたりに事情聴取をしたんです」

アランはうなずいて言った。「そう、アリとタヘラ・パチャチ。彼らも忽然《こつぜん》と姿を消した。娘のアイシャと同じように」

「そこのところは妙ですね」とブロームは言った。

「そうでもない」とアランは言って肩をすくめた。「おそらく迷宮づくりの邪魔になってオッレ・ニルソンに殺されたんだろう。いずれにしろ、きみたちの仮説――オッレ・ニルソンの本名はヴィリアム・ラーションで、中東のどこかで整形手術を受けたという仮説――を裏づける証拠は今のところひとつも出てきていない。それればかりか、レバノン在住のニルス・グンダーセンという傭兵《ようへい》とのつながりもまだわかっていない。言うまでもないが、きみたちの子供の頃の記憶は証拠にはなりえない。ただ、きみたちの〝非公式な〟捜査に関しては、公安警察が詳細を調査しているところで、その過程できみたちの持っている資料から何かわかるかもしれないが。あるいは、オッレのヴァンや十六歳のラーションのDNAが見つかれば。ストゥプ通りのアパートメントから押収されたオッレ・ニルソンのパソコンの分析といううきわめて重要な作業もおこなわれている。おそらくそこから多くの疑問に対する答が出てくるだろう。しかし、言っておくが、彼がほんとうは誰だったかなどというのはどうでもいい話だ。名前がヴィリアム・ラーションだろうと、エリク・ヨハンソンだろうと、ヨーアン・エリクソンだろうと、オッレ・ニルソンだろうと、そいつはもうこの世にいないんだから」

「ヴィリアムはいろんな人間だった」とベリエルは言った。

アランもブロームもベリエルの顔を見た。

「きみたちの供述を読ませてもらった。とても興味深い内容だった。しかし、どのように誘拐が始まったのかについてはあまり詳しく書かれてなかった。彼はどうやって少女たちのことを知ったんだ？　どのようにして彼女たちの存在を知ったんだ？　どうやって誘拐の計画を立てたんだ？」

ブロームが咳払《せきばら》いをしてから口を開いた。「そこのところはわたしたちにもわかっていません。彼が学年の終わりを祝う行事の直後にアイシャ・パチャチを拉致したこと、真夜中にユリア・アルムストレームの家に押し入って彼女を拉致したこと、エステルマルムの学校からブロンドの少女を無作為に拉致したこと、そういった事実以外のことは何も。どのようにネフェル・ベルワリが消息を絶ったのかも同じです。ほかにもわかっていないことがあります。たとえば、売春を強要されていたスニーサ・フェトウィセットはある特定の夜、小児性愛者を訪問することになっていた。だったらヴィリアムはどうしてそのことを知りえたのか。大量のコウモリが生息する洞窟の隠れ家にいたヨンナ・エリクソンとシモン・ルンドベリをどうやって見つけ出したのか。夏至祭の夜、エンマ・ブラントが自殺しようとしていることをどうやって知ったのか。それでも、ヴィリアムのパソコンの分析が進めば、そういったことが明らかになると期待しています。まあ、SNSのにおいがぷんぷんしますけど」

アランはうなずいて言った。「彼をボートハウスで捕まえるという計画についてだが、ひとつ確認しておきたい。ボルスタの家で、〝もうすぐおまえに会いにいく〟という伝言を受け取ったあと、きみたちはボートハウスへ行った。そこからがよくわからない。ボートハウスの周囲に新たに四台の防犯カメラを設置したと言ったね。そのうち一台は湖に向けてあった。それはつまり、ラーションがその夜やってくることを見込んでいたということか？　最初の犯行がおこなわれたその場所で彼がベリエルを時計の仕掛けに縛りつけることを。つまり、きみは自分を囮《おとり》にすることを覚悟していたということか、サム？」

「まだ肩が痛みます」とベリエルは言った。

「床下に時計の部品が隠してあるのを発見したんです」とブロームが言った。「それでヴィリアムが時計の仕掛けにサムをくくりつけたがっていることに気づいたんです。サムは進んでその役を買って出て、その隙にわたしがヴィリアムの武装を解除するのがわたしたちの計画でした。もちろん殺さずに捕まえるのが。三軒目の家がどこにあるのかを訊き出す必要があったから。三つ目の迷路を発見することにすべてがかかってましたから」

「やつはどの方向からやってくるか。そのことを考えていくつかの作戦を立てました」とベリエルが言った。「ボルスタの家から持ち出したマネキンはどの作戦にも登場する予定でしたけど」

「結局、彼は湖からやってきた」とブローム。「手漕ぎのボートで。それは想定外でしたが、対処可能でした。彼はわたしのことを単なる部外者と見なして、よく見もせずに片づけようとするだろうと思いました」

「もちろん、それは不確定要素ではあったけれど」とベリエルが続けた。「それでも、やつがマネキンに気づいたとしてもその作戦でいこうと決めたんです」

「それで？」とアランは促した。

「桟橋のカメラにボートで近づいてくる彼が映りました」とブロームは言った。「だからすぐに準備しました。マネキンはすでにわたしの寝袋の中に仕込んでありました。ただ、ヴィリアムが防弾チョッキを着ていることがわかったんで、ボートハウスの下にわたしがもぐり込む作戦にしました。ボートハウスは支柱の上に建っているので、下には充分なスペースがあります。彼が聞き耳をたてていることは大いに考えられたので、ぎりぎりまで待って、わたしは仮眠を取るという芝居をしました。そうして最後の最後に桟橋のカメラを切って、パソコンから切り離しました。ヴィリアムがカメラの映像に気づけば、わたしたちの計画を感づかれてしまうおそれがあったからです」

「おれが死ぬところをあいつがどこに立って愉しむか。それも織り込みずみでした」とベリエルは言った。「で、やつが射程内にはいるまで待った」

「ほんの小さな床の隙間からでも上にいる人間の動きはけっこうわかるものです」とブロームは言った。「でも、彼の足だけを撃つつもりでした。いかなる事情があろうと、彼を死なせるわけにはいかなかった」

「しかし、実際には死んだ」とアランは言った。

ブロームはアランをじっと見つめた。そのままいっときが過ぎた。

最後に分厚い書類を閉じてアランが言った。「いずれにしろ、一番重要なのは怪物を排除できたということだ。ボートハウスでの発砲の正当性はもう認められてる。警察捜査の〝一環〟として、きみたちはすばらしい働きをしてくれた。きみたちが六人の少女の命を救ったことはまぎれもない事実だ。その点については心から感謝と称賛の意を表しておく」

ベリエルとブロームは顔を見合わせた。ふたりとも今のが結論ではないことはよくわかっていた。

案の定、アランは続けた。「とはいえ、きみたちの進退はあくまで公安警察に委ねられている」

41

十月三十日　金曜日　十九時三十七分

一列になって、雪に覆われた山を必死に登っている登山者たち。極彩色の夕陽《ゆうひ》を背景に彼らの黒いシルエットが浮かんで見える。しかし、その行軍もそこで終わる。あと少しでも進んでいたら、彼らは闇の中に真っ逆さまに落ちていただろう。スウェーデンのストックホルム近郊、ソレントゥナにあるエッビケン湖畔のボートハウスの木の床に転げ落ち、びっくり仰天していたことだろう。

サム・ベリエルとモリー・ブロームは半分ほど糊《のり》づけされた写真をしばらく眺めた。そのあとそれぞれが手にしている糊のチューブに蓋をして、パズルのピースのように床に散らばっているホワイトボードの残骸に視線を移した。

もうこれ以上は無理だ。とりあえず今のところは。

「きみは弾丸《たま》のことは何も言わなかった」とベリエルは言った。

「あなたもヴィリアムの最期のことばについては何も言わなかった」とブロームは言った。

彼らは顔を見合わせた。

「ヴィリアムは死んだ」とベリエルは言った。「七人のうち六人の少女が救出された。おれの良心に関するかぎり、事件はこれで落着だ。すべて解決した、だろ？」

「それでもわたしたちは仕事を失うことになる」とブロームは言った。

「おれが言ったのはそういうことじゃない。わかってると思うけど」

「ええ、わかってる」

彼らは悲しげに修復途中の写真を見た。ホワイトボードには今は何もなかった。すべて取り除かれていた。

「アランが言うことももっともだよ」とベリエルは言った。「ヴィリアムは二年半まえアイシャ・パチャチを誘拐した。で、きみは彼女の両親の事情聴取をした。三つ目の隠れ家が必要になったとき、子供の頃に住んでいた場所に戻るのは理に適《かな》っていなくもない。そのアパートメントに住んでいたアイシャの両親を処分して、隣りの部屋も購入した。そこへＩＳの一員になった息子がヘロイン中毒になって戻ってきた。だからもうひとりのヤク中の仲間──そいつもＩＳの殺戮者《さつりくしゃ》だった──ともども殺した。アイシャは一番長くヴィリアムに囚われていた。違法な鎮静剤の影響で体が衰弱し、マーシュタとボルスタとヘレネルンドの家を行き来する途中、彼女は死んだ。以上」

「それでわたしたちは満足？」とブロームは訊いた。

「おれたちの目的は少女たちの救出とヴィリアムの逮捕だった」とベリエルは言った。「そのどちらも達成できた。今おれたちに必要なのは睡眠だ」

「だとしても、それでわたしたちは満足なの？」ブロームは引かなかった。「すべてが明らかになった？　これが完成図？」

「やめてくれ。睡眠が必要なのはおれだけじゃない。きみもだ」

「そうかしら」とブロームは言った。「何かが変だということにはあなたも気づいてるはずよ」

「でも、そんなことはもうどうでもいい」

「アイシャ・パチャチがどこにいるのか気にならないの？　まだ少女がひとり行方不明なのよ。正確には一家全体が。ヴィリアムは犠牲者たちを隠そうとはしなかった。アントン・ベルマルクは車椅子に坐っていたし、シモン・ルンドベリは洞窟に放置されていた。ＩＳのふたりはキッチンのテーブルに、アリシア・アンイエルは揺り椅子に坐ったままだった」

ブロームは印刷された紙をベリエルに差し出した。彼はそのグロテスクな写真を見つめた。揺り椅子に坐っている老婆の顔には血の気がなく、その口からは真っ黒な靴下が垂れ下がっていた。

嫌悪感もあらわに彼は写真を押しやった。この数日、嫌なものを見すぎた。

「介護士も警察もあれは事故だったと言ってる」と彼は言った。「アリシア・アンイエルは認知症が進み、まちがって靴下を食べて窒息した。それは不思議なことでもなんでもない。きみだって見ただろ、モリー？　彼女の認知機能はとても正常とは言えなかった」

「あなたの携帯電話にすべてが録音されている。ボートハウスの中と外でヴィリアムが言ったことすべてが」

「いちいちそれを聞く必要はないよ」とベリエルは言った。「きみは一言一句覚えてるんだから」

彼女はもう一度写真をベリエルのまえに押し出して言った。「『伯母さんはやさしかった。今もまだ生きてたなんて知らなかったな』」

ベリエルは眼を閉じて言った。「ああ、あいつが殺したんじゃない」

「じゃあ、誰なの？」

「もう一度弾丸《たま》のことを説明してくれ」とベリエルは言った。「今度はおれにもわかるように」

ブロームはひとつ大きく息を吸ってから言った。「潜入捜査では撃ってはいけない相手をどうしても撃たなくちゃならなくなることがある。そういう場合、一番重要なのはまちがって相手を撃ち殺さないことよ。だからわたしは致命的なダメージを与えないよう、貫通性の高いフルメタルジャケット弾を使う。警察の標準仕様のスピア・ゴールド・ドットみたいなホローポイント弾は弾頭先端がすり鉢状にくぼんでるから、命中したときに先端が拡張して大きなダメージを与えてしまう。ところが、あのときわたしの拳銃の弾丸《たま》はなぜかそのホローポイント弾にすり替えられていた」

「ダムダム弾」とベリエルは言った。

「そう呼ばれることもあるけど」とブロームは言った。「それが正式の名前じゃない」

「いつすり替えられたんだ？」

「銃はいつもケースに入れてある。ケースはいつもヴァンの中よ」

「となると、きみがおれを公安警察の拘束から逃がす以前、ふたりで逃走する以前ということになる」

「ええ」とブロームは言った。「いつもの弾丸《たま》を使っていれば、ヴィリアムは死なずにすんだはずよ。いずれにしろ、これは不可解きわまりないことよ」

「ヴィリアムの最期のことばもそうだ」とベリエルは言った。「もちろんこれもきみは覚えてる。だろ？」

「『おれは看視役で、同時に連絡係でもあった。その代償が大きすぎた。アントンで終わりにできると思ってたんだが、それじゃすまなかった。ドアにはおれの拳の跡が残っていた』」

「ああ」ベリエルは言った。「きみの記憶力にはただただ感嘆するよ。だけど、いったいどういう意味なんだ？　やつが言っていたほかのことと同じように、ただのたわごとかもしれない。あいつは少女たちを看視していた。少女たちの連絡係だった。アントン・ベルマルクをハンマーで襲撃して立場が逆転したことで、積年の恨みが晴らせると思っていたのに、実際にはそうはならなかった。だから矛先を少女たちに向けた。そして、それがおれにつながり、ヘレネルンドに住んでいた頃の子供部屋のドアに残っていた拳の跡へとつながった」

「でも、もしそれがあなたとのつながりを意味していたんじゃなかったとしたら？」とブロームは言った。「そのあと彼はこうも言ったんだから。『家じゃない。すべてが始まった場所だ。たったひとりの友達がおれにもできた場所だ』って。そのあと、彼は三つ目の家はパチャチの家だと明かした」

「ほんとうにわからない」

「わたしもよ。それでも、ヴィリアムがわたしたちに何か伝えようとしていたのは確かよ。彼は誰かを看視していた。彼は何者かと何者かとの連絡係だった。でも、その何者かとは少女たちのことじゃないのかもしれない。もしかして、彼の〝拳の跡が残っている〟家に住んでいた人たちを見守っていた、ということはない？」

「パチャチ一家か？　いったいなんのためにそんなことをする必要がある？」

「誰かに依頼されて」とブロームは言った。「その誰かと一家の連絡係が彼だった。でも、何かとんでもないものに打ちのめされた。予想もできなかった何かとんでもないものに。子供の頃のトラウマが甦った？　アントンには復讐を果たしたものの、それだけじゃ解決できなかった。なぜなら、彼が看視していた人たちの家のドアに自分の拳の跡が残っていたから」

「アイシャ・パチャチ？」

「アイシャの寝室はかつてのヴィリアムの部屋だった」とブロームは言った。「十五歳の少女——彼のことをいじめて辱めた女の子たちと同じ年頃の少女——が住んでいたのは、ヴィリアムが唯一の友人と仲よくなった部屋だった。その唯一の友人とはもちろんあなたのことよ、サム」

「今ひとつ説得力に欠けるな」とベリエルは言った。「腑に落ちない。曖昧すぎる。あいつは昔の寝室にいた？　子供時代の家に住んでいた家族を看視していた？　看視するってどうやって？　なんのために？」

「誰かに依頼されて」とブロームは言った。「その誰かとパチャチ家との連絡係が彼だった。それが彼を狂気へと向かわせた。つまり、〝代償が大きかった〟というのはそういうことじゃない？　かつて自分をいじめたアントン・ベルマルクに復讐することで、彼はその狂気をなんとか静めようとした。でも、それだけではすまなかった。なぜなら、あのアパートメントにいるあいだは常にドアに残された自分の拳の跡を見ることになったから。おまけに、あのアパートメントには十代の頃彼を辱めた十五歳の少女のひとりのような少女がいた。彼はその少女を拉致しないではいられなくなり、すべてが始まった」

「あいつは誰かに依頼されてパチャチ一家を看視していた？」とベリエルは言った。「それがほんとうならいったい誰がそんな依頼をするんだ？」

モリー・ブロームは顔を両手でこすった。

「彼をスウェーデンに戻したのは誰？　彼を雇ったのは誰？　高度な技術を要求する仕事を彼に与えたのは誰？」

「ウィボル」とベリエルは言った。「ウィボル・サプライ社」

「その延長線上にあるのは？」

ベリエルは思わずうめき声をあげた。彼としてもこんな結末は望んでいなかった。どんなことも受け入れる覚悟はしていたが、これだけは勘弁してほしい。「その延長線上？」と彼は言った。

「ええ」とブロームは言った。

「くそっ！」とベリエルは言った。「公安警察」

ブロームはベリエルの手首をつかむと、腕時計を自分のほうに向けた。ガラス面はまた結露しはじめていたが、針が八時ちょうどを指しているのは見えた。

「彼女は時間厳守の権化だ」とベリエルは腕を引っ込めながら言った。

そのことばどおり、ドアをノックする音がした。

ブロームは銃を抜くと、作業台の下に隠して構えた。ベリエルはドアまで行き、用心深く外を見た。

彼女が立っていた。一週間も降りつづいた雨の中から現われたかのようにねずみ色の薄い髪が頭に貼りついていた。

「シル」とベリエルは言った。「さあ、はいって」

ごく少数から〝シル〟と呼ばれているシルヴィア・アンダーションはボートハウスにはいると、室内を見まわした。

「あら、可愛いわね」雪山の稜線《りょうせん》に浮かび上がる登山者たちのシルエットが写っている修復途中の写真を見ながら、シルヴィアは言った。

「坐ってくれ」とベリエルは言い、大工用の作業台近くの椅子を身振りで示した。そのそばではブロームが別の椅子に坐り、銃をホルスターにしまっていた。

シルヴィアはブロームに軽く会釈をしてから腰をおろした。ベリエルはシルヴィアと眼を合わせた。彼女の眼の奥にはことばにはできない何かがひそんでいるように見えた。心の奥底からの恐怖といったような。しかし、そういうことを言えば、それはこのところ彼女がずっと抱えているものだ。

「何か進展は？」とベリエルは訊いた。

「自分がなんのためにここにいるのかさえわからない」とシルヴィアは自由気ままなヘアスタイルをそれでも整えながら言った。「悪いけど、教えてくれない？」

「おれを助けるため」とベリエルは苦笑いを浮かべて言った。

「ええ、そうね。そのせいで長年ひどい目にあわされてるわけよ、人のいいわたしは」とシルヴィアは言った。

「何がわかった？」

「異常なことがわかった」とシルヴィアは言った。「データベースの中がかなり掘り返されてた。しかも同時期に」

「公安警察のデータベースが？」

「もちろん。今はその話をしてるんじゃないの？」とシルヴィアは冷ややかに言った。

「で」とベリエルは言った。「それは昨年の年末あたりに起きた？」

「年末あたりなんかじゃない」とシルヴィアは言った。「年末ぴったりに起きてる」

「セキュリティが弱くなることをそいつは知ってたということか？」

「ええ、そうみたい。いくつかのファイルが消されてた。削除履歴は復元できるけど、ファイルそのものの復元はできない。少なくとも今はまだ。なんとかならないかやってるところよ」

「削除されたファイルの作成時期はわかるのか？」

「ファイル全部は無理だけど。今のところ、最も古いのは一九七六年に作成されたものよ」

ベリエルとブロームは顔を見合わせた。

「一九七六年？」とブロームが言った。「ひょっとして一九七六年の四月？」

シルヴィアは初めて真剣にブロームを見て言った。

「ええ、そう。四月二十八日」

「傭兵の募集があって、ニルス・グンダーセンがスウェーデンに入国していた時期ね」とブロームは言った。「それは彼がヴィリアムの母親スティナ・ラーションを妊娠させた時期でもある」

「その件に関する記録が公安警察に残ってるのか？」とベリエルは訊いた。

「ファイルの中身についてはなにもわからない」とシルヴィアは言った。「削除されたということ以外は」

ベリエルはうなずいて言った。「削除されたファイルの中でそれが一番古いんだな？」と彼は言った。「その次に古いのは？」

「定期的に削除されているけど、その後の十五年間は多くても一年にひとつのファイルだけね」とシルヴィアは言った。「削除されたファイルの大きさだけはなんとか割り出したんだけど、年一回のファイルはどれも一九七六年のファイルよりかなり小さいものだった。ただ、それは一九九一年の三月までで、その最後のファイルはかなり大きかった。実際のところ、一九七六年のものより若干大きかった」

「なるほど……一九九一年か」ベリエルはブロームに向かって言った。「十六歳のヴィリアム・ラーションが忽然と姿をくらます二年まえ。一九九一年の三月で思いあたることは？」

ブロームは首を振った。「そのときグンダーセンは四十三歳。第一次湾岸戦争でサダム・フセイン側で戦っていた。ヴィリアムは十四歳で、ストゥブスタでひどいいじめにあっていた」

ベリエルはうなずいた。脳が沸点まで来ているのがわかった。

「データベースにその次に大きな介入があったのは一九九三年の夏のファイルなんじゃないか？」

「ご名答」とシルヴィアは言った。「七月のファイル。ただそのまえに一九九一年三月から三、四ヵ月のあいだにいくつか動きがあった。四つのファイルが消されていた。そして、一九九三年の七月に大きなファイルが削除された」

「ヴィリアムがスウェーデンから出たのがちょうどその時期ね」とブロームがうなずきながら言った。

「ニルス・グンダーセンの情報はMISSには残っているのに、公安警察のデータベースからは一切見つからない理由がはっきりしたな」とベリエルは言った。「グンダーセンの情報は完全に抹消されたということだ」

「MISS？」とシルヴィアが声をあげた。「軍情報保安局？　なんてことにわたしを引きずり込んでくれたの？」

「一九九三年のあとは？」とベリエルは返事をするかわりに尋ねた。

「ほとんど動きはないわ」とシルヴィアはかつての上司を睨《にら》みながら言った。「また年に一回の報告に戻ったみたい。毎年、小さなファイルがひとつずつ消去されてるけど、そのうちそれも間遠になった。二〇〇〇年以降は二年に一回に減って、二〇一二年までその頻度のまま続いたと思ったら大きなファイルが削除された。今までで一番大きなファイルよ。それが二〇一二年十一月十一日」

「アントン・ベルマルクが襲われる三ヵ月まえ」とブロームが言った。「ヴィリアムがスウェーデンに戻ってきた時期。公安警察はそのことに関するファイルを持っていたのよ。大きなファイルを」

「そうとは言いきれない」とベリエルは言った。「どれも確かな情報とは言えないんだから」

「そういうことを言えば、確かな情報なんてひとつもない」とブロームは言った。「でも、ガンジス川に積もり積もった排泄物《はいせつぶつ》みたいに状況証拠はどんどん積み重なってきてる」

「ガンジス川は聖なる川だぞ」とベリエルは言ってからシルヴィアを促した。「そのあとは？」

「そこで終わり」とシルヴィアは言って立ち上がった。「わたしが関わるのもこれで終わり。あとは自分でなんとかして」

ベリエルはシルヴィアを見つめた。警察学校で一緒だった頃以来初めて、日頃の彼女の外見の奥に隠れたほんとうのシルヴィア・アンダーションを見たような気がした。五歳の娘モイラ――シルヴィアと瓜《うり》ふたつ――のシングルマザーのシルヴィアに対して、ベリエルは女性として興味を一度も抱いたことがなかったのだが。

そのときベリエルが彼女の中に見たのは混じりけのない純粋な恐怖だった。それも自分のことを心配するのではなく、モイラを思うがゆえの恐怖だ。

「きみがおかしいと感じているものはなんだ?」とベリエルは訊いた。「きみにはおれたちには見えない何かが見えてるんじゃないのか?」

「何も」とシルヴィアは食いしばった歯の隙間からことばを押し出すようにして言った。「何も見えてないし、何も聞こえてない。それよりなにより何も言うつもりはないから」

「ひとことでいい。思いついたことをそのまま言ってくれ」

「あなたたちが言ってるニルス・グンダーセンという傭兵と、公安警察とのあいだの密接な協力関係。でも、そんなことにはわたしは一切関わるつもりはないから」

「だったら、さっき『なんとかならないかやってるところよ』と言ったのはどうして?」とブロームが横から言った。

「そんなこと、言ってないわ」シルヴィアは言い返した。

「彼女は一語一句そのまま人が言ったことを繰り返せるんだよ」とベリエルはブロームのほうを顎で示しながら言った。

ブロームはベリエルを見やってから言った。「『いくつかのファイルが消されてた。削除履歴は復元できるけど、ファイルそのものの復元はできない。少なくとも今はまだ。なんとかならないかやってるところよ』」

「なんとかならないか。何をどうやってやってるんだ、シル？」ベリエルは訊いた。

「わたしの名前はシルヴィアよ」と彼女は言った。

「何をやってるんだ？」

「何も。もう何もやってない」

「消されたファイルを復元することなんてほんとうにできるのか？　そんなことは無理なんじゃないのか？　だろ、モリー？」

「ええ、絶対に無理よ」ブロームはベリエルの即興に調子を合わせて言った。「そんなこと、誰にもできやしない。将来的には可能になるかもしれないけど。それはきっと七年か八年先のことよ」

「確かに無理だな」とベリエルは言った。「そんなことができるやつなんてこの世にいないよ」

「可能性のある方法ならわかる」とシルヴィアは不承不承言った。「ただ、いろんな装置が必要になるけど」

「それは手配できるのか？」

「お金がかかる」

「請求書はおれたちに送ってくれ」

「〝おれたち〟？　何をしようというの？」

「探偵稼業だ」とベリエルは答えた。

42

十月三十一日　土曜日　十五時十九分

警備員のいる受付より先に進むまえから、ふたりは何もかもが変わっていることに気づいた。ベリエルはまずカードを読み込ませようとした。何も起こらなかった。防弾ガラスの向こう側にいる警備員は、ｉＰａｄで遊んでいるソリティアから眼を上げようともしなかった。が、ブロームが彼女のカードを読み込ませると、立ち上がってボタンを押した。金属的な声が聞こえた。「そのままお待ちください。今、迎えの者が来ます」

ふたりがいるのはストックホルム市クングスホルメン地区にある警察本部。わずか数秒たらずで、蛍光灯に照らされた一番近くの廊下から大柄な人影がふたつ現われた。ベリエルは思わず大きなため息をついた。

次第にセキュリティ・レヴェルが上がる長い道のりのあいだ、ケントとロイはひとことも発しなかった。直接の問いかけにさえ答えなかった。最後に、ベリエルとブロームは公安警察情報部の廊下に置かれたソファに坐らされた。頭上に掲げられた表示板は一番近くのドアがステーン情報部長のオフィスのドアであることを示していた。

ベリエルとブロームは顔を見合わせたものの、ふたりとも何も言わなかった。

義務的な十五分の待ち時間がもう十五分間延長されかけたところで、表示板の脇のドアがいきなりうめくような低い音をたてた。ブロームがさきにソファから立ち上がり、ベリエルはそのあとに続いた。

アウグスト・ステーンは机の向こうに坐っていた。ベリエルは彼に直接会うのは初めてだったが、まっすぐな背すじが印象的な男だった。六十年以上ずっとそうやって気をつけの姿勢で過ごしてきたのではないか。そんなことを思ったせいだろう、鉄灰色の髪をした子供が背すじをまっすぐ伸ばして一九五〇年代のチャイルドシートに坐っている図が思い浮かんだ。その像のおかげでそのあとの会話がいくらか楽になった。

「坐りたまえ」アウグスト・ステーンはそう言い、机のそばにある二脚のローチェアを軽く顎で示した。

そして、ふたりが腰をおろすのを待って言った。「この一週間、きみたちふたりは警察の尻に火をつけつづけた。それはまぎれもない事実だ。きみたちは六人の少女を救い出し、犯人がそれ以上の犯行に及ぶことを阻止した。その事実は大いに評価に値する。よってきみたちの逸脱行為、違法行為の大半については大目に見ることにした。ただ、きみたちの上司に対する背信行為はきわめて重要な問題をはらんでいる。多くの管理職がそう考えている。私もその例外ではない」

「それはちがいます」とブロームが言った。「わたしたちがしたことはすべて上司のためにしたことです。ことばを換えれば警察のために。さらに言えば、一般市民のため、正義のために――それが警察の仕事ではないのですか？　正義を為すことが」

「もちろん」とステーンは石のように表情のない眼でブロームを見すえて言った。「しかし、正義とは複雑な概念だ。正義とはおこなわれた犯罪に対する報い以上のものだ。法執行機関としては、犯罪が起きないよう事前に犯罪を抑止することが重要となるが、犯罪がまだ起きていないあいだは正義の概念はいささか不明瞭なものになる」

「そのことがヴィリアム・ラーションを追っていたことにどう関係するのかわかりません」とブロームは言った。

「オッレ・ニルソンだ」とアウグスト・ステーンは訂正した。「今回の事件でヴィリアム・ラーションに結びつくものは何も見つかっていない」

「オッレ・ニルソン」とベリエルはおうむ返しに言った。「オッレ・ニルソンは公安警察の悪名高い徹底的な身辺調査を見事にかいくぐり、三年まえの十一月、ウィボル・サプライ社に雇用されました」

「その理由は単に彼がオッレ・ニルソンだったからだ」ステーンはそう言うと、じっとベリエルを見すえた。ベリエルは射るようなその視線の鋭さをそのとき初めて実感した。

「彼のコンピューターの中に、オッレ・ニルソンの過去とヴィリアム・ラーションを結びつける何かが残っているはずです」ベリエルとしてはそう言うのが精一杯だった。

「コンピューターについては現在分析中だが」とステーンは言った。「いずれにしろ、きみたちの〝非公式〟の捜査からは、オッレ・ニルソンと現在行方不明でおそらくとっくにこの世からいなくなっていると思われるきみたちの幼馴染《おさななじ》みのヴィリアム・ラーションとの関連を証明するものは、何も見つかっていない」

「おれたちは誘拐犯を見つけました」とベリエルは言った。「これはモリーの非公式な捜査がなければできなかったことです」

「きみたちが誘拐犯を見つけ出すことができたのは、ブローム、オッレ・ニルソンがたまたまきみの言いなりにはならなかったからだ。オッレ・ニルソンは国家資源を利用して、法に反するサーヴィスをきみに提供しなかった。そうした不法のサーヴィスを要求したのはきみのほうだ」おだやかな口調でステーンは言った。「で、彼はその不法な装置に警告を発する仕掛けを組み込んだ。その人物が重大な犯罪を実行しようとしたら、それが発覚するように。われわれにわかるように。モリー・ブローム、きみは取調室の録音録画装置にウィルスを感染させた。この期《ご》に及んでそれが上司に対する背信行為ではないなどとよくも言えたものだな」

「部長は、その技術者がおれたちが追っていた連続殺人と誘拐の犯人だったのはただの偶然だったと言われるんですか？」とベリエルが言った。

「そう見える。さきほども言ったとおり捜査は継続中だが」

「おれたちはたまたま運がよかっただけなんですか？」ベリエルは声を荒らげた。

「結末はそうではなかったがな。過剰な武力行使があったにしろ、きみたちの行動はきわめて効果的だった。さっきも言ったが、六人の少女の救出につながったことに鑑みてその件については不問に付す」

「過剰な武力行使……？」とベリエルは繰り返した。

「言うまでもないが、一メートルの至近距離からホローポイント弾を直接急所に撃ち込めば、大量出血で死に至るというのは、警察官なら誰でもわかることだ」

ベリエルはそれ以上は何も言わず、ブロームのほうをちらっと見た。彼女は微動だにせずに坐り、無表情のままベリエルと眼を合わせた。それだけでベリエルには伝わった——ここではよけいなことは言わないほうがいい。

ステーンは続けた。「それでも、犯人が死亡するまえに被害者たちの居場所を訊き出すことができたことに免じて、ストックホルム警察はきみの発砲に関する正当性を認めるよう要請してきた。さっきも言ったとおり、それには応じることにしたが、だからと言って、事実がちがってくるわけではない」

「事実はなんだったとおっしゃるんです?」とブローム本人が尋ねた。

「殺人だよ、もちろん」とステーンは冷ややかに言い放ち、ことばと同じように冷ややかな視線をブロームに向けた。「子供の頃に受けた不正義、きみがそう思っていることへの報復としての殺人だ。しかもきみの非公式の捜査中にきみたちの身辺で起きた不審死はこれだけではない。公安警察の盗難車両のGPS逆追跡で、きみたちがヴェンデルセの認知症ケアホームに向かったことがわかり、われわれの捜査官は現地できみたちに追いついた。が、それをきみたちは振り切った。死体をあとに残して」

「なんですって?」とベリエルが大きな声をあげた。

「アリシア・アンイエルという患者が生きているときに最後に会ったのがきみたちだ。それでも、われわれはこの明らかな殺人が単なる事故として処理されるよう裏で手配し、きみたちを逃がしてやった。しかし、私にはどうしても理解できない——きみたちはこの老婆から何を訊き出したかったんだ? それはどれほどの情報だったんだ? 老婆の口を永遠に封じなければならないほどのものだったのか?」

「彼女を殺害したのはおれたちじゃない。そんなことはあなたにだってよくわかっているはずだ」とベリエルは持てるかぎりの自制心を総動員して言った。

「どうして私にはわかってなきゃならないんだ?」

ベリエルはその質問に隠された罠《わな》にすぐに気づいた。気づいたときにはもうブロームが大きな咳払いをしたあと話しはじめていた。「アリシア・アンイエルはヴィリアム・ラーションの伯母でした。行方をくらましたヴィリアムについて、彼女なら何か情報を持っているのではないかと思ったんです」

「で、結果は？」

「駄目でした。認知症がかなり進行してたんです。彼女は自分のことを〝赤の乙女〟という名で呼び、自分は十世紀に生きていると言い張っていました。そんな彼女から意味のある情報を訊き出すのは不可能でした。それと、わたしたちは彼女を殺してなどいません。あえて言っておきますが」

「ううん」とステーンはうなり、むしろ悲しげにブロームを見た。

ベリエルもブロームを見やった。彼女の眼には強い反発心が宿っていた。そのことからふたりのうちのどちらが話すべきかおのずと知れた。

ステーンは机を指先で軽く弾《はじ》き、十秒ほど想像上のピアノを弾《ひ》いてから言った。「きみたちは公安警察にいかなる隠しごともしない。これはきわめて重要なことだ。本件の捜査が重大な局面を迎えている今こそ、全体像が明確にされなければならない。きみたちの知っていることはこれですべてだな？」

「はい」とブロームは答えた。

ステーンはかつての自分の信奉者をじっと見つめてからまたうなった。

「ううん。正直に言おう。私はきみたちのことばに満足していない」

「これ以上何を言えばいいんです？」

「それはこっちが訊きたい。さらに正直に言おう。現時点では私はきみたちを百パーセント信じていない。これは私の直感だが」

「直感？」ベリエルは思わず言い返したものの、すぐに後悔した。

「直感の重要性について説明が必要になるとは思わなかったな。ほかでもないサム・ベリエルを相手に。何事においても直感に従って行動するきみを相手に。今さら言うまでもないことだが。いずれにしろ、あくまで直感にしろ、私はきみたちを百パーセント信じていない」

ステーンはそこでいったんことばを切ってから続けた。「きみたちはつい最近までスウェーデンじゅうの警察から追われていた。そのわりにはいささか図に乗りすぎてるんじゃないか？　現況に鑑み、もう少し謙虚さがあってもいいんじゃないのか？」

「謙虚さ？」とブロームは訊き返した。

「そう、そうしていたほうがより効果的だった。度重なる過《あやま》ちに対しての自覚にしろ、後悔にしろ、そういうものが多少なりともきみたちにあれば、私としてもそれなりの申し出ができたかもしれない。実際、大目に見るようにという公安警察上層部からの申し出もあるんだから」

アウグスト・ステーンは苦笑を浮かべ、ふたりの背後の壁を見つめた。「実を言うと、きみたちが行方をくらましたときには刑事告発することで、アラン・グズムンドソン警視と話がついていたんだ。だからそのまま推移していたら、きみたちは通常の刑事裁判を受け、まちがいなく刑務所に送られるところだった。ところが、今はどうだ。公安警察も警察庁もきみたちの行動は警察官としての過度な熱意によるものであって、それ以外の何物でもないとまで言ってきている。私としてもそれは無視できない。だからきみたちの刑事告発は見送ることにした。しかし、きみたちの数々の不正行為、犯罪行為全部を見逃すわけにはいかない。きみたちは成文法、不文法にかかわらず、あまりにも多くの不法行為を犯した。警察組織にとどめおくことはできないほど。だから警察官にはもう戻れない。残念なことだが」

ベリエルとブロームは顔を見合わせた。ふたりにとってステーンのことばは意外でもなんでもなかった。ここではすべてを受け入れるのが最善策だ。だから反論はしない。ただ動転しているように見せるだけでいい。

それは無理だった。ベリエルは言った。「公安警察の申し出はわれわれを大目に見るようにということだけですか？」

アウグスト・ステーンは顔をしかめて言った。「公安警察の上層部はきみたちの奮闘ぶりを大いに買っている。で、きみたちには公安警察の外部要員としての仕事を提供するようにと言ってきた。もちろん最終的な判断は私に委ねられているが」

「外部要員というのは、公安警察のために仕事はしても正規の警察官ではない、ということですよね？」とベリエルは訊いた。

「言っておくが、きみたちはすでに今朝から警察官ではない」とステーンは言った。「この裁定が覆ることはない」

「警察の資料保管庫の下級職員よりはいくらかましなポストを提供する。おれにはそんなふうにしか聞こえないんですが」とベリエルは言った。皮肉な笑みを抑えるのができなかった。できれば思いきり声をあげて笑い飛ばしたいところだった。

「そんなことはない」とステーンは言った。「外部要員は重要なポストだ」

「冗談じゃない！」とブロームが怒鳴った。

「わかった」とステーンは言った。「どのみち私はこの申し出をするつもりはなかった。何度も言うが、私は今回の件についてきみたちを百パーセント信じてない。だから、白黒をはっきりさせてきみたちの進退を決めることも可能だ。が、それは双方にとって得策ではない気がする。きみたちには自主的な退職を勧めたい。六ヵ月分の給与が退職金だ。それでどうだ？」

「一年分」とブロームは言った。

ベリエルはまじまじと彼女を見た。が、自分を制して何も言わなかった。

「その根拠は？」アウグスト・ステーンが強い口調で言った。

「マスコミのことは当然考慮に入れる必要があります」とブロームは言った。「現在、エレン・サヴィンエルとほかの少女たちの解放が大きく取り上げられています――実際、新聞やテレビだけでなく、ブログやツイッターやフェイスブックなどでもです。あらゆるメディアにおいて、この件以外の記事を見つけることのほうがむずかしいほどです。そして幸いなことに今のところ、極秘情報については一般大衆の眼にさらされずにすんでいます。しかし、公安警察も犯罪捜査課も捜査に失敗し、すべてはならず者の警察官ふたりの手柄だったことが世間に知れたら、それは司法当局にとっておよそ芳しいこととは言えません。わたしはそれがなにより心配です」

アウグスト・ステーンは氷のような眼でブロームを見つめ、三十秒ほど間をおいてから言った。「きみの今のことばを整理させてくれ。一年分の退職金があれば、いかなる情報もマスコミに洩れることはないが、六ヵ月分の補償ではそのかぎりではない。そういうことかな？」

「そういうことです」とモリー・ブロームは言った。

「さがってよし」とアウグスト・ステーンは言った。

彼らはステーンに背を向け、ドアに向かった。ステーンは部屋を出ようとしているふたりに念押しをした。「最後にもう一度言っておくが、包み隠さずすべての情報を公安警察に開示することだ。それが最重要事項だ。関係者全員にとってそれが最重要事項だ。きみたちの持っている情報すべてを提供することが」

ベリエルとブロームはまた顔を見合わせた。

そして部屋を出た。

43

十一月一日　日曜日　十時十四分

魔法をかけられたような太陽の弱い光が、すっかり葉の落ちたポプラの木々や汚れですすけている窓ガラス越しに射し、蛍光塗料のようにボートハウスの内部に沈殿していた。モリー・ブロームはボートハウスの中を見てまわった。柱に手をあて、壁に埋め込まれた係船環に触れ、しゃがみ込んで床に残っている六発の弾丸《たま》のあとを確かめた。それから部屋の隅まで這《は》っていき、ほとんど聞こえないほどのかすかな息づかいに耳をそばだてた。

死と生。

ベリエルが桟橋側のドアからはいってきた。彼女は彼を見上げて言った。

「ハリネズミたちは無事みたい。よく寝てる」

「ちょっと来てくれ」彼はそう言ってモリーの手を引いた。

ふたりは桟橋に出た。不思議なほど静かな湖面にヴィリアム・ラーションの手漕ぎボートが浮かんでいた。その中に花がちりばめられていた。

「絶対に乗らないわよ」とブロームは花を見ながら言った。

「今さら怖がるなよ」とベリエルは言った。「すばらしい小春日和《こはるびより》だ。今年最後のまともな日光を享受しようじゃないか」

彼女は意に反して笑みを浮かべた。そしてボートに乗り込むと、花をよけてゆったりと坐った。ベリエルはボートを漕ぎだした。まるで十八世紀の絵のようだった。足りないものがあるとすれば、それは昔の弦楽器リュートの爪弾きと装飾音の震えるような響きくらいのものだ。

岸からかなり離れたところまで漕ぎ出ると、ベリエルはオールを漕ぐ手を休め、古いリュックサックからシャンパンのボトルを取り出した。さらにグラスをふたつ取り出し、ブロームに持たせた。コルク栓は十メートルも空高く飛び上がり、ボトルの中身の半分はエッビケン湖の泡となった。

「共犯者であり、最高の仲間に乾杯！」そう言って、ベリエルはグラスを高々と掲げた。

「何に対する祝杯？」と彼女は言った。「馘《くび》になったお祝い？　長年忠実に任務に励んできて——しかも最後は壮大な救出劇で有終の美を飾ったのに——挙句の果てに無職の元警察官になったことを祝して？」

「たとえば、口をつぐんでいられたことに対する褒美とか？」

「確かにそれはあるわね」と彼女は言った。「わたしたちが気づいてるなんて彼らは夢にも思ってない」

「ああ」ベリエルはグラスを下げた。「だけど、すべての真相が明らかになるまで、彼らとは一緒に仕事はできない」

「ええ、絶対に」とブロームは言った。

突然元気を取り戻したように、ベリエルはまたグラスを高く掲げた。「そうだ、これからおれたちを待ち受けている新たな挑戦に乾杯だ！」

歪んだ笑みを浮かべて、ブロームもグラスを掲げた。「何はともあれ、一年分の報酬に乾杯」

「二年分だ」とベリエルは言ってシャンパンに口をつけた。

鏡面のようなエッツビケン湖から平穏と静けさが周囲に広がっていた。荒れ地にまで。日光は言うまでもなく束の間のものだ。だからふたりとしてはそれを有効に使う必要があった。

〝その日をつかめ〟。

ベリエルはリュックサックの中を漁《あさ》って腕時計の箱を取り出すと、金箔張りの留め具をはずし、中に並べた時計を眺めた。腕時計が五つ。はめていたロレックス・オイスターパーペチュアル・デイトジャストをはずした。ガラスの内側の結露は消えていた。そのロレックスを指定の場所に置くと、六つの腕時計がすべてそろった。それぞれの時計が指定の場所に収められた。中からパテックフィリップ2508カラトラバを取り上げ、手首にはめて彼は言った。

「日曜日ごとに腕時計を替えるんだ。今この瞬間、マーシュタの家に突入してからちょうど一週間が過ぎた」

「とんでもない一週間だった」とブロームは言った。

彼らはしばらく押し黙り、太陽の輝きを眺め、生の美しさを享受した。命の美しさは必ず戻ってくる。何があろうと。

「新しい仕事を探さないと」シャンパンを一口飲んで、ブロームが言った。「ここを去るのが淋《さび》しいくらい。もう四十近いことを考えると、役者に戻るのはむずかしい。でも、あなたは哲学者になれる。年配の男性は重宝される。プロの文化コメンテーターになったら？」

「おれがさっき〝二年分〟と言ったのはそのことだ」とベリエルは言った。「おれたちはふたり合わせて二年分の報酬を元手に仕事ができる。もしここにとどまるなら」

「ここにとどまる？　いったいどうして――クソどうしてここにとどまらなくちゃならないの？」

「きみが卑語を吐くのは初めて聞いたような気がする」

ふたりの沈黙がまわりに広がった。エッツビケン湖の北端にエッツベリ城のやさしい黄色の壁面と、そのまえにある庭園や岸辺の小径《こみち》がそのとき初めて見えた。信じられないほどきれいだった。

ベリエルは仰向《あおむ》けに寝転ぶと、真っ青な空を見上げた。これほど青い空を見たのはばかばかしいほど久しぶりだった。

眼を閉じた。「さっき弁護士に連絡して訊いたんだが、法律上ごたごたが起きたのは、あのボートハウスが湖岸線上で建築許可のおりる唯一の場所に建っているからだそうだ。で、両社とも膠着《こうちゃく》状態に嫌気が差してるみたいで、できるだけ早く手頃な値段で売って、儲《もう》けを山分けしたがってるそうだ。ということなんで、手頃な値段で早く手を打ってもいいだろうか？」

「つまりあなたは頭のおかしな殺人者にわたしが拷問されて、その四半世紀後にわたしがその男を撃ち殺した建物をふたりで買おうと言ってるの？」

「今きみはおれが言おうとしたことばを一言一句たがえずに言ってくれた」とベリエルは言った。

そのあとふたりはまったく同時に笑いだした。今までそんなことがあったかどうか。ふたりとも思い出せなかった。

「あなたとわたしで？」とブロームは言った。「フリーランスのお巡《まわ》りをやるの？　仕事のパートナーになるの？　探偵会社をやるの？」

「まあ、どちらかといえば……そう……個人及び公的機関からの委託に基づく専門調査サーヴィス……」

「そんなんじゃ駄目よ」とブロームは言った。「そうねえ……超現代的調査サーヴィス……専門分野は……そう……暗黒街における諸活動」

ボートはエッビケン湖を気ままに漂っていた。ベリエルは古い携帯電話を取り出した。SIMカードもちゃんと装着されていた。彼は北極星を表示した──それは固定点、回転する世界の中で唯一静止している点だ。フキタンポポの咲き乱れる水路の中の八歳のマルクスとオスカルの写真。

パリに電話をかけるときが来た。

ボートは漂いつづけた。たぶんふたりとも眠ったようだった。「六人の少女を救出した」とブロームが言ったのをベリエルは聞いたような気がしたが、自信はなかった。

それに対して自分が「それがすべてだ。ほかのことはどうでもいい」と答えたのかどうかも。

いずれにしろ、ふたりとも最初の雨粒で眼が覚めた。雨はまだやさしく、霧のようだった。死人が生き返ったようにふたりとも体を起こした。

「この件については今後は二度と話さないようにしよう」とベリエルが言った。

「何かの誓いみたいに？」とブロームは言った。「二度とこの事件のことを話さないと誓います、みたいな？」

「ああ、そうだ。誓いというのはいいかも」

ふたりは船首と船尾から眼と眼を合わせた。お互いの眼の中にまぎれのない信念が見えているのかどうか。ふたりとも自信はなかった。

「おれたちはヴィリアムを捕まえた」やがてベリエルが言った。「ただ、おれたちが思っていたヴィリアムとはちがっていた。頭がおかしくなってしまっていたが、その状態でこっちに戻ってきたわけじゃなかった。こっちへは専門家として、パチャチ一家の連絡係として公安警察に雇われてやってきた。パチャチ一家が何者なのかはおれたちにはまだ何もわかっていない」

「ただ、公安警察が保管している記録の中で一九九一年の分に大きな穴があいていることだけはわかっている」とブロームは言った。「その欠落部分の説明がつかない」

ベリエルはうなずいて言った。「その年、戦争で荒廃したイラクからパチャチ一家がスウェーデンにやってきた。イラクで戦っていたグンダーセンは一家に関連した何かを公安警察に伝えた。その結果、それに関心を持った公安警察とパチャチ一家とのあいだになんらかのつながりが生まれた」

「そのつながりから、ヴィリアムの母親に代わってパチャチ一家がヘレネルンドのアパートメントに住むようになった」

「公安警察とパチャチ一家のつながりが一連の事件の鍵だ。それは断言できる」とベリエルは言った。「シルがその謎を解いてくれるといいんだが」

その瞬間、轟く爆音に湖が揺れた。見上げると、空はいつのまにか灰色がかった黒の分厚い毛布のような雲に覆われ、それほど遠くないところで稲光が空を縦横無尽に走っていた。

ふたりはじっと坐り、土砂降りになるのを待った。

ベリエルが言った。「この事件について話すのはこれが最後？」

「誓いだから？」とブロームは訊き返した。

「誓いだから」

ベリエルはそう言ってうなずくと、笑った。そして、力任せにオールを漕ぎはじめた。雨足が徐々に激しくなった。自然の偉大な力を誇示するかのように。

ふたりは桟橋の階段を駆けあがり、張り出し屋根の下で立ち止まった。湖を見渡すと、エツベリ城の黄色い壁面も小径のある庭園もはるか彼方《かなた》に消えはじめていた。

ベリエルはパテックフィリップに眼をやった。時間はよくわからなかった。ガラスの内側の半分がうっすらと曇っていた。

彼はドアを開け、手首から視線をそらした。

大工用の作業台のひとつに背を向けて坐っている人影が見えた。それほど長くない髪はねずみ色をしていて薄かった。が、濡れてはいなかった。

「シル！」とベリエルは叫んだ。「よく来てくれた。何かわかったんだね？」

作業台まで近寄ってまわり込みながら、ベリエルはブロームをちらっと見やった。奇妙に青ざめていた。

ベリエルはまわり込んでシルヴィアと眼を合わせた。

彼女の眼は何も見ていなかった。そこには誰もいなかった。シルヴィアの口から大きな黒い靴下が垂れていた——真っ黒な舌のように。

その瞬間、天がその大きな口を開けた。

解説

新生アルネ・ダール、再上陸す
――追う者と追われる者の熾烈な攻防戦と逆転につぐ逆転劇

川出正樹

「彼の計画は完璧に実行された――まるで時計仕掛けのように正確に」

ジェフリー・ディーヴァー『ウォッチメイカー』

「きみが思い描いているのは古典的な連続殺人犯、飛び抜けて優れた頭脳を持ち、ゲームや難しいことに挑むのを面白いと思う気質を持った、冷酷な人殺しなんだな？」

ジョー・ネスボ『スノーマン』

スウェーデンからまた一つ、独創的な男女が活躍する型破りなミステリ・シリーズがやってきた。ストックホルム警察犯罪捜査課の警部サム・ベリエルと公安警察の潜入捜査官モリー・ブロームが、精密機械のごとく複雑精緻に計画された少女連続失踪事件の謎を追う『時計仕掛けの歪んだ罠』は、シリーズの幕開けにふさわしい外連《けれん》と計略に満ちた、緊迫感漂う一気読み必至の犯罪小説だ。作者はアルネ・ダール。この名前に、おっ、と思った方はかなりのミステリ・ファンに違いない。というのも彼の作品はこれまでにわずか一作しか邦訳されたことがなく、今回、実に八年ぶりの再登場となるからだ。

スティーグ・ラーソンのメガ・ヒット作『ミレニアム1　ドラゴン・タトゥーの女』に始まる《ミレニアム》三部作《トリロジー》が二〇〇八年に日本に上陸してから早十二年。世界中に北欧ミステリ・ブームを巻き起こしたこのシリーズの成功を受けて、それまでほとんど顧みられることのなかった北欧五カ国のミステリが俄然《がぜん》脚光を浴び、次々に日本語に訳されるようになった。

ノルウェーのジョー・ネスボ（『コマドリの賭け』）やアイスランドのアーナルデュル・インドリダソン（『湿地』）といった《ミレニアム》以前から質の高い作品を発表し評判が聞こえてきていた実力派から、スウェーデンのヨハン・テオリン（『黄昏に眠る秋』）やデンマークのユッシ・エーズラ・オールスン（《特捜部Q》シリーズ）のようなラーソン以後にデビューした新鋭まで。一九九〇年代以降に現れたこれら勢いのある作家を中心に、これまでに五十人に及ぶニュー・フェイスが続々と紹介されている。

北欧ミステリと言われて思い浮かぶものが、ともに原著刊行から十年後にようやく訳され始めたスウェーデン・ミステリ界が誇る二大警察小説シリーズ――マイ・シューヴァル&ペール・ヴァールー夫妻が生み出した、一九六〇年代半ばから十年間に及ぶ〝犯罪の物語〟《マルティン・ベック》シリーズと、彼らの四半世紀後に登場したヘニング・マンケルによる、一九九〇年代以降の〝スウェーデンの憂慮すべき事柄に関する小説〟である《クルト・ヴァランダー》シリーズ――ぐらいしかなく、実際、それ以外には紹介されることも話題になることも稀《まれ》だった二十一世紀初頭までとは、隔世の感がある。

ただその反面、短期間に集中して多数の作家、とりわけ警察小説の書き手が紹介されたために、受けとる側としてもやや食傷気味となり、実力はあれども話題にならず訳出が途絶えた例も少なくない。

アルネ・ダールも、そんな不遇にも埋もれてしまった大物作家の一人だ。二〇一二年に、《特別捜査班A》シリーズの第一作『靄《もや》の旋律　国家刑事警察　特別捜査班』が訳されたものの、二作目以降の紹介は残念ながらストップしてしまった。奇《く》しくも一九九九年、マンケルが第九作『ピラミッド』でシリーズの幕を一旦下ろしたのと同じ年に刊行されたこの作品は、《マルティン・ベック》から《クルト・ヴァランダー》へと受け継がれたフォーマットを咀嚼《そしゃく》した上で、ダール自身の興味と価値観を核に創り上げられた新たな時代のスウェーデン・ミステリを予感させる意欲作だった。

即《すなわ》ち、高度に発達した福祉国家の内面を照射して社会システムの欠陥を剔出《てきしゅつ》し、批判的な検討を試みるという北欧ミステリのお家芸を踏まえつつ、〝悪〟そのものを見つめ掘り下げるのではなく、犯罪の誘因を重視して筆を割き、明解な解釈でミステリに仕上げているのだ。その際、一人の主人公――世界の〝罪〟を双肩に担《にな》っているかのような孤独な中年男性――による一面的な見方ではなく、集団による多様な視点から事態を解釈し、真相を究明していく型式を採用した。同書の解説で杉江松恋氏が「個性的な登場人物満載の警察捜査小説であり、ぞくぞくするような謎解きの小説であるということである。それに加えて、主人公イェルムのどこか頼りなく、放ってはおけない人物像も魅力を感じさせる」と述べているように、いくつもの妙味を併せ持つ、偉大な先達《せんだつ》とは一味違った警察小説なのだ。

「現実社会で新たな犯罪が発生する時には、必ず新たな変革が社会の中で起きている」という考え方に基づいて全十作からなる《特捜班A》シリーズを刊行したアルネ・ダールは、〈ラーソン旋風〉以前に本国で人気を確立した、今のスウェーデン・ミステリ界を代表する名実兼ね備えた作家だ。二〇〇八年に現代版「デカメロン」と評されたメタ・フィクション型式のシリーズ番外編Elvaを発表した後、二〇一一年に、続編である《オプコップ》四部作をスタート。イェルムを始めとする《特捜班A》のメンバー数名が、ヨーロッパ各国の精鋭警察官を集めた欧州刑事警察機構《ユーロポール》内の秘密組織の一員となり、よりグローバルで大規模なネットワーク時代の犯罪者と対決していく。

　こうしてミステリ界にデビューして以来、一貫して国際的な性格を有する暴力事件に立ちむかう警察官集団の活躍を描き続けてきたアルネ・ダールだが、二〇一六年に、それまでのスタイルを一新したシリーズを開始する。その第一作が本書『時計仕掛けの歪んだ罠』だ。

ストックホルムの高級住宅街に暮らす十五歳の少女エレン・サヴィンエルが、学校のすぐそばで誘拐された。犯人から何の接触もないまま三週間が経った十月二十五日の朝、ついに有力な通報が寄せられる。正体不明の男が一人で暮らす森の外れの一軒家で、一瞬だけ少女の姿を目撃したというのだ。激しい雨が降る中、サム・ベリエル警部率いる犯罪捜査課のメンバーは現場に急行する。だが廃屋同然の家の地下室には、監禁されていたと思《おぼ》しき痕跡はあったものの人っ子一人いなかった。しかも目撃者の話には不自然な点が多く、身元を偽っていたことも判明。電話をかけてきた女性は一体何者なのか？

過去一年半ほどの間に、スウェーデン中部地方で同じように何の前ぶれもなく十五歳の少女が姿を消し、通報に基づき捜索したものの空振りに終わり、自らの意思で失踪したと見なされ捜査が打ち切られたケースが二件あったことを知ったベリエル。〝スウェーデンには連続殺人者は存在しないし、知的な殺人者もほとんどいない〟という古色蒼然《そうぜん》とした社会民主主義国家の格言をそのまま信じている上司の警告を無視して単独で調査を進めるうちに、ベリエルは、どの現場にも自転車に乗った不審な女性がいたことに気づく。同じ頃、公安警察のモリー・ブロームもまた独自にこの事件を追及し、鍵を握る人物へと肉薄していく。だが真相を追う二人の身にもまた、急速に忍び寄るものが……。

徐々にターゲットに迫っていく第一部に漂う高揚感も並々ならぬのだけれど、これはまだ序の口。ともに獲物を捕らえたベリエルとモリーによる尋問シーンが、全体の約二割にあたる百ページ以上を費やして延々と展開される第二部の緊迫感たるや、ちょっと類例が思い浮かばない。閉塞空間で繰りひろげられる強者同士の一対一の攻防戦に固唾《かたず》を呑《の》み、逆転につぐ逆転劇に何度も息を呑む。かくて身を削る取り調べの果てに、ベリエルとモリーの軌跡が交わり、事件が思いもよらぬ貌を見せた瞬間、本当の意味での物語の幕が上がるのだ。この構成の妙には、思わず唸《うな》ってしまった。

果たして少女たちはどこに消えたのか？　現場に隠すように遺されていた腕時計のものと思しき歯車は何を意図しているのか？　随所に挿入される一種幻想感漂うボートハウスのシーンの意味するものは？　精緻に張り巡らされた伏線を回収して、徐々に謎を解明していく過程で、冒頭から入念に打たれた布石が効果を発揮していく。絶妙なカードさばきで五百ページを超える大部を飽きさせることなく一気に読ませる筆力には目を見張る。

多様な背景を持つ集団による捜査をやめて、複雑な事情を抱えた個人が事件と対峙《たいじ》するスタイルへと変えたことにともない、元々、本名のヤーン・アーナルド名義で主流文学や現代詩を書き文芸評論家としても活躍していた作者の特質が、より積極的に発揮され、物語に奥行きと深みが加わった。嬉しいことに、シリーズ二作目 Inland（英題 Hunted）も、来年翻訳されることが決定している。新生アルネ・ダールの再上陸を言祝《ことほ》ぎ、今度こそ多くの読者の眼に触れ、堪能されることを願いつつ筆を措きたい。

（かわで・まさき／書評家）

本書のプロフィール

本書は、二〇一六年にスウェーデンで刊行された『UTMARKER』の英語版『WATCHING YOU』を本邦初訳したものです。

小学館文庫

時計《とけい》仕掛《じか》けの歪《ゆが》んだ罠《わな》

著者　アルネ・ダール
訳者　田口俊樹《たぐちとしき》

二〇二〇年七月十二日　初版第一刷発行
二〇二一年八月十日　第三刷発行

発行人　飯田昌宏
発行所　株式会社 小学館
〒一〇一-八〇〇一
東京都千代田区一ツ橋二-三-一
電話　編集〇三-三二三〇-五七二〇
　　　販売〇三-五二八一-三五五五
印刷所──────大日本印刷株式会社

ISBN978-4-09-406539-8